Wie viele zweite Chancen kann man bei seiner ersten großen Liebe bekommen?

Ethan und Cassandra teilen den Traum vom ganz großen Broadway-Erfolg. Doch die Auswahlverfahren für die zu besetzenden Rollen werden für sie immer wieder zu schicksalshaften Begegnungen: Ihre Körper ziehen sich so sehr an, dass die Spannung auf der Bühne nahezu greifbar ist.
Hinter den Kulissen herrscht hingegen Krieg. Cassandra ist sich sicher: nie wieder Ethan! Doch jetzt steht er vor ihrer Tür und will für die wahre Liebe kämpfen.

Leisa Rayven lebt am anderen Ende der Welt, in Brisbane, Australien. Eigentlich wollte sie Schauspielerin werden genau wie ihre Protagonistin Cassandra. »Da ich als junge Frau oft nicht wusste, wohin ich gehöre, erschien es mir einfacher, eine Identität zu spielen. Das gilt besonders, wenn man wie ich unter einem wilden Temperament leidet, eigentlich aber schüchtern und introvertiert ist.« Bekannt wurde Leisa Rayven jenseits des Broadways, als einer ihrer Texte quasi über Nacht bei über 2 Millionen Internetlesern eine Welle der Begeisterung auslöste. Später entstand daraus ihr erstes Romanprojekt: ›Bad Romeo & Broken Juliet‹.

Weitere Informationen, auch zu E-Book-Ausgaben, finden Sie bei www.fischerverlage.de

Leisa Rayven

BAD *Romeo* & BROKEN *Juliet*

Ich werde immer bei DIR *sein*

Roman

Aus dem Amerikanischen
von Tanja Hamer

FISCHER Taschenbuch

Erschienen bei FISCHER Taschenbuch
Frankfurt am Main, November 2015

Die Originalausgabe erschien 2014 unter dem Titel ›Broken Juliet‹
im Verlag St. Martin's Press LLC, New York.

Satz: Dörlemann Satz, Lemförde
Druck und Bindung: CPI books GmbH, Leck
Printed in Germany
ISBN 978-3-596-03323-2

»Und stirbt er einst, …
Nimm ihn, zerteil in kleine Sterne ihn:
Er wird des Himmels Antlitz so verschönen,
Daß alle Welt sich in die Nacht verliebt
Und niemand mehr der eitlen Sonne huldigt.«

– Julia, wie sie Romeo beschreibt

William Shakespeare, Romeo und Julia

1 *Wunderschöner Makel*

GEGENWART
NEW YORK CITY
WOHNUNG VON CASSANDRA TAYLOR

In Japan gibt es etwas, das *Kintsugi* genannt wird – eine Handwerkskunst, bei der man wertvolles Porzellangeschirr mit Gold repariert. Das Ergebnis ist ein Stück, das offensichtlich zerbrochen war, aber nun noch schöner ist als zuvor.

Das Konzept hat mich schon immer fasziniert.

Die Menschen versuchen oft, ihre Narben zu verstecken. So, als würde schon das kleinste Anzeichen eines Schadens beweisen, dass sie schwach sind. Sie setzen ihre Narben mit Fehlern gleich und diese Fehler mit Schande. Alle streben nach Perfektion.

Kintsugi ist das Gegenteil. Diese Kunst lehrt: »Schönheit entsteht aus Tragödien. Seht euch diese wunderbaren Bruchstellen an, die für Fehler und Lebenserfahrung stehen.«

Während ich in meinem Flur stehe und die Eingangstür anstarre, an die gerade meine verflossene Liebe geklopft hat, wird mir bewusst, dass *Kintsugi* zwar ein nobles Konzept ist, aber nichts an den Tatsachen ändert. Was einmal zerbrochen ist, kann nie wieder so sein wie zuvor. Egal wie schön und elegant die Reparatur auch sein mag. Es bleibt eine Ansammlung von Einzelteilen, die die frühere Form nachbildet.

Seiner aufgewühlten E-Mail zufolge, die eine Liebeserklärung epischen Ausmaßes enthielt, nehme ich an, dass Ethan vorhat, mich beziehungsweise uns zu reparieren. Was ironisch ist, da er derjenige ist, der alles kaputtgemacht hat. Aus uns einen Scherbenhaufen gemacht hat.

> Ich weiß, du denkst, ich hab dich verlassen, weil ich dich nicht geliebt habe, aber das ist nicht richtig. Ich habe dich immer geliebt, vom ersten Moment an. Ich hab lange mit mir gerungen deswegen, weil ich das Konzept der Liebe eigentlich für ziemlich lächerlich halte. Aber am ersten Tag der Aufnahmeprüfungen an der Grove ist es passiert, und ich wollte dich am liebsten sofort in den Arm nehmen.
> Von diesem Moment an, wusste ich, dass du für mich bestimmt bist, aber ich war so ein blöder Dickkopf, der das einfach nicht akzeptieren konnte.
> Ich habe wirklich keine Ahnung, wie du mich lieben konntest. Ich war ein Arschloch, immer so sehr mit meinen eigenen Gefühlen beschäftigt, dass ich nicht bemerkt habe, was für ein Geschenk du bist. Ich konnte nicht verstehen, dass ich nur aufhören musste, ein unsicherer Idiot zu sein, und dich dann vielleicht … nur vielleicht … wirklich behalten könnte.
> Ich will dich behalten, Cassie.
> Deshalb bin ich zurückgekommen. Auch wenn ich die ganze Zeit dachte, du bist ohne mich besser dran – so ist es nicht. Du brauchst mich genauso wie ich dich. Ohne den anderen sind wir beide verloren, und es hat lange Zeit gebraucht, bis ich das verstanden habe.

Es klopft wieder an der Tür, diesmal lauter. Ich weiß, ich muss aufmachen, aber ich wünschte, ich hätte irgendeine Ahnung, was ich ihm sagen soll.

Er hat recht. Ohne ihn fühle ich mich verloren und innerlich leer. Das war die ganze Zeit so. Jetzt habe ich nicht mehr zu bieten als die Hülle der Frau, in die er sich damals verliebt hat.

> Mach jetzt bitte nicht denselben Fehler wie ich, und lass deine Unsicherheit die Oberhand gewinnen. Denn ich weiß, du denkst, mich wieder zu lieben wäre ein Spiel mit unsicherem Ausgang. Lass uns gewinnen. Und lass mich dir eines sagen: Ich bin mir sicher. Ich könnte nicht aufhören, dich zu lieben, selbst, wenn ich es wollte.

Hah! Er kann mich lieben und trotzdem verlassen – das hat er mir mehr als einmal bewiesen.

> Ob ich noch Angst habe, dass du mich verletzen könntest? Natürlich. Aber ich bin mittlerweile mutig genug, um zu wissen, dass es das Risiko absolut wert ist.
> Lass uns mutig sein.

Mutig ist ein Wort, das ich schon länger nicht mehr benutzt habe, um mich selbst zu beschreiben.

Mein Handy vibriert. Ich habe eine Nachricht.

Hey. Ich steh vor deiner Tür. Bist du da?

Aufregung und Angst durchrieseln mich und lähmen mein Gehirn. Als ich vorhin seine Mail zu Ende gelesen hatte, wollte ich ihn unbedingt sehen. Aber jetzt, wo er hier ist, weiß ich nicht, was ich tun soll.

Ich gehe auf die Tür zu, bewege mich wie in einem Traum. So, als wären die vergangenen drei Jahre nur ein Albtraum gewesen, aus dem ich gerade aufwache. Alles fühlt sich verlangsamt an. Als ich bei der Wohnungstür ankomme, ziehe ich meinen Bademantel fester um mich und atme tief durch, um meine Nerven zu beruhigen.

Dann öffne ich mit zitternden Händen die Tür.

Mir stockt der Atem. Ethan steht direkt vor mir und hat das Handy noch in der Hand. Er sieht so gut aus, aber unendlich müde. Und nervös. Es ist dieselbe Nervosität, die auch ich fühle.

»Hey«, sagt er vorsichtig, als hätte er Angst, ich könnte ihn wegschicken.

»Du bist hier.«

»Ja.«

»Wie … ich meine, ich hab dir doch gerade erst geschrieben. Warst du schon hier?«

»Äh … ja. Ich … naja, ich bin schon 'ne Weile hier.«

»'Ne Weile?«

»Nachdem ich dir die E-Mail geschrieben hatte, konnte ich nicht mehr schlafen.« Er schielt auf sein Handy und steckt es dann ein. »Ich wollte in deiner Nähe sein, nur für den Fall, dass du …« Er lächelt und schüttelt den Kopf. »Ich wollte hier sein. Bei dir.«

Seine Jacke liegt auf dem Treppenabsatz neben einem Kaffeebecher aus Pappe.

»Ethan, wie lang bist du schon hier draußen?«

»Ich hab doch gesagt, 'ne Weile …«

»Wie lang genau?«

Sein schwaches Lächeln ist ein Versuch, die eigene Verlegenheit zu überspielen. »Ein paar Stunden, aber irgendwie …« Er senkt den Blick und schüttelt wieder den Kopf. »Ich hab irgendwie das Gefühl, seit drei Jahren hier draußen zu warten. Drei Jahre hat es gebraucht, den Mut aufzubringen, an deine Tür zu klopfen. Ich schätze, die Mail war meine Art, das zu tun.« Als er schließlich wieder aufschaut, entdecke ich Furcht in seinem Blick. »Die entscheidende Frage ist jetzt nur, ob du mich auch reinlässt?«

Ich bemerke, dass meine rechte Hand immer noch die Türklinke umklammert hält. Meine Körpersprache wirkt nicht gerade einladend. Ethans Weg ist verstellt. Es ist so, als würde mein Körper ihn unterbewusst am Reinkommen hindern wollen.

Er beugt sich vorsichtig etwas näher zu mir. »Ich meine, du hast die Mail doch gelesen, oder?«

Die Verringerung des Abstandes zwischen uns hat einen enormen Effekt. Ich keuche.

Keine Luft.

Ein paar Sekunden spätere stammele ich: »Ja.«

Er steckt die Hände in die Hosentaschen. »Und, hat es etwas gebracht?«

Ich weiß nicht, was ich sagen soll. Erwartet er jetzt auch eine Art Liebeserklärung von mir? Etwas, das an sein tausendfaches »Ich liebe dich« rankommt?

Das kann ich nicht.

»Ethan, diese E-Mail war … wundervoll.«

Er schnappt das letzte Wort begierig auf. Sein Gesicht hellt sich auf. »Sie hat dir gefallen?«

»Ich fand sie total schön.« Ich spüre, wie ich einen Kloß im Hals bekomme. »Hast du wirklich … jeden Satz einzeln geschrieben?«

»Ja.«

»Wie lang hat das gedauert?«

»Ich hab nicht auf die Uhr geschaut. Wichtig war nur, dass du weißt, was ich fühle.«

Ich kralle mich noch stärker an der Türklinke fest. Es ist gerade das Einzige, das ich tun kann, um mit der Absurdität der Situation zurechtzukommen.

Ich weiß, wir sollten dieses Gespräch nicht im Hausflur führen, aber wenn ich Ethan reinlasse … Er wird mich berühren und damit das letzte bisschen Widerstandskraft brechen, das ich noch in mir habe.

»Also … wie geht es jetzt weiter?« Er kommt auf mich zu. »Ich meine, ich weiß, was ich will.« Er steht so dicht vor mir, dass sich unsere Füße fast berühren. »Ich glaube, das hab ich ziemlich deutlich gemacht. Aber was ist mit dir?«

Meine Schultern verspannen sich, ich bin fluchtbereit wie eine misstrauische Katze.

Dieser Mann ist mein Untergang. Er war mein erster richtiger Freund. Meine erste Liebe. Mein erster Liebhaber. Er hat mir Freuden beschert, von denen ich vorher nicht mal wusste, dass sie existieren. Er hat mir aber auch mehrfach das Herz gebrochen und mich so unerträglich leiden lassen, dass es mich fast um den Verstand gebracht hat.

Es scheint fast unmöglich, diese ganzen Eindrücke alle in dem einen Ethan zusammenzufassen.

Und jetzt will er nur eine Sache für mich sein? Mein Freund?

»Cassie …« Er berührt meine Hand und lässt die Finger über mein Handgelenk und meinen Unterarm gleiten. »Was willst du?«

Ich bekomme sofort eine Gänsehaut.

Bekannte Gefühlsabfolgen spulen sich in mir ab: Ich will ihn. Darf ihn nicht wollen. Ich brauche ihn. Hasse es, dass ich ihn brauche.

»Ich weiß nicht, was ich tun soll«, flüstere ich.

Ich weiß nicht, ich weiß nicht, ich weiß nicht.

»Lass mich rein. Ich verspreche dir, dass ich dieses Mal nicht davonlaufen werde.«

2 *Verhasste Verletzlichkeit*

SECHS JAHRE ZUVOR
WESTCHESTER, NEW YORK
THE GROVE

Als ich aufwache und mich ausstrecke, dauert es einen Moment, bis ich mich erinnere.

Ich hatte Sex. Unglaublich leidenschaftlichen, unfassbar tollen Sex. Mit Ethan.

Ich lächle unwillkürlich.

Ethan Holt hat mir die Unschuld genommen.

Szenen der letzten Nacht tauchen vor meinem inneren Auge auf und verursachen ein Kribbeln in meinem Bauch.

Sicher sehe ich jetzt anders aus. Ich fühle mich anders. Wundervoll. Reifer. Als hätte sich mir eine völlig neue Welt erschlossen. Und ich kann es kaum erwarten, diese Welt weiterzuerkunden.

Mit ihm.

Ich seufze zufrieden und rolle mich auf die andere Seite, nur um festzustellen, dass dort niemand liegt.

Ich reiße die Augen auf. »Ethan?«

Ich stehe hastig auf und gehe durch die Wohnung. Leer. Ich checke mein Handy. Keine Nachrichten. Ich schaue sogar unter dem Bett nach, ob nicht vielleicht eine Notiz daruntergefallen ist.

Nichts.

Na super!

Ich bin mir ziemlich sicher, dass es kein gutes Zeichen ist, wenn ein Mann dein Bett mitten in der Nacht fluchtartig verlässt.

Später am Vormittag wippe ich ungeduldig mit den Beinen hin und her, während ich darauf warte, dass der Schauspielunterricht beginnt.

Holt ist zu spät. Das ist noch nie vorgekommen.

Ich kann es immer noch nicht fassen, dass er einfach abgehauen ist. Ich meine, wenn man das erste Mal mit einem Mädchen schläft, kann man ihr doch wenigstens eine Nachricht hinterlassen, oder? Ein Anruf wäre auch nett gewesen. Irgendeine Art der Aufmerksamkeit. Es hätte ja nicht gleich ein »Hey, danke, dass ich dich entjungfern durfte. Es war toll« sein müssen. Aber irgendein Zeichen …

Ich weiß, dass es ihm schwerfällt, offen seine Gefühle zu zeigen. Aber merkt er denn nicht, dass er nicht der Einzige ist, der Bestätigung braucht?

Erika rauscht herein, und ich versuche, die Gedanken an Ethan zu verdrängen und mich auf den Unterricht zu konzentrieren.

»Willkommen zurück, meine Damen und Herren. Ich gehe davon aus, dass Sie erholsame Thanksgiving-Ferien hatten.« Bestätigendes Gemurmel bricht aus, und sie lächelt. »Gut, denn die nächsten Wochen werde ich Sie härter fordern als je zuvor. In diesem Semester werden wir mit Masken arbeiten, was eine der anspruchsvollsten und traditionellsten Kunstformen des Theaters ist.«

Die Tür geht auf, und Erika runzelt missbilligend die Stirn, als Holt hereingeschlurft kommt und sich auf seinen Platz setzt. Er sieht müde aus.

»Schön, dass Sie uns auch beehren, Mr Holt.«

Er nickt. »Gern geschehen.«

»Kann ich Ihnen etwas bringen? Eine Uhr vielleicht?«

Er senkt den Blick. »Ja, tut mir leid, dass ich zu spät bin.«

Sie schaut ihn tadelnd an und fährt dann fort. »Wie gesagt, die Arbeit mit Masken ist schwierig. Alles muss noch deutlicher werden. Es ist eine Kunstform, die keine emotionalen Blockaden oder Unsicherheiten verzeiht. Bereiten Sie sich auf einen handfesten Seelenstriptease vor.«

Holt wirft mir einen kurzen Blick zu und lächelt zaghaft.

Erika geht zu ihrem Pult und zieht eine Kiste mit Masken hervor, die sie auf dem Boden verteilt. »Diese Masken drücken verschiedene emotionale Zustände aus. Ich will, dass Sie sich ein paar Minuten Zeit nehmen und sich eine aussuchen, die Ihnen zusagt.«

Alle stehen auf und gehen zu den Masken. Während die anderen lachen und plaudern, hält sich Ethan im Hintergrund und wartet ab, bis die anderen sich eine Maske ausgesucht haben. Ich stelle mich neben ihn.

»Hey.«

»Hey.« Er schaut mich kaum an.

»Du bist heute Morgen einfach abgehauen.«

Er steckt die Hände in die Hosentaschen und presst die Lippen aufeinander.

Ich versuche es noch mal. »Bist du … sauer auf mich? Wegen gestern Abend? Ich meine, ich weiß, dass wir eigentlich warten wollten und ich dich gedrängt habe, aber –«

»Nein.« Er zuckt mit den Schultern. »Ich bin nicht sauer auf dich. Ich war nur … Ich hatte was zu erledigen und wollte dich nicht wecken. Sonst alles in Ordnung.«

Seine Worte hätten mir Sicherheit geben sollen, aber sie tun es nicht. »Also … hat es dir gefallen?«, flüstere ich.

Ich sehe den Anflug eines Lächelns, als er sich zu mir runterneigt und mir ins Ohr flüstert: »Cassie! Das kann auch nur dir einfallen, mitten im Schauspielunterricht über Sex reden zu wollen. Können wir das bitte später machen?«

»Oh. Klar. Natürlich. Später.« Ich weiß, er hat recht, aber mein Ego schrumpft mit jeder Sekunde. »Was heißt später?«

Er seufzt, und als er antwortet, berühren seine Lippen leicht mein Ohr. »Natürlich hat es mir gefallen. Sehr sogar. Das war zweifellos der beste Sex, den ich je hatte. Aber ich kann jetzt echt nicht darüber nachdenken. Also, bitte, wenn ich nicht gleich mit 'nem peinlichen Ständer in der Hose rumlaufen soll, sei besser still.«

Sein Geständnis lässt mich strahlen. Es entschuldigt zwar nicht, dass er einfach abgehauen ist, aber wenigstens fühle ich mich jetzt nicht wie der totale Loser.

Erika winkt uns zu. »Mr Hold, Miss Taylor … ein bisschen weniger quatschen und mehr Masken-Aussuchen, bitte. Ich würde gern anfangen.«

Es gibt nur noch zwei Masken: eine mit einer großen Nase und dichten, gerunzelten Augenbrauen und eine, die aussieht wie ein Kindergesicht – mit großen Kulleraugen und rosigen Bäckchen.

»Aggression und Verletzlichkeit«, erklärt Erika. Als ich zu der kindlichen Maske greifen will und Holt zu der anderen, schnalzt sie mit der Zunge und nimmt sie uns aus den Händen. Dann reicht sie uns jeweils die andere. »Das war eine viel zu offensichtliche Wahl für Sie beide, finden Sie nicht?«

Holt grummelt etwas, und ich rechne schon fast damit, dass er anfängt zu diskutieren, aber Erikas strenger Blick lässt keine Widerworte zu.

Kurz darauf ruft Erika die Studenten paarweise nach vorn. Sie gibt eine knappe Einweisung in das improvisierte Spiel ohne Worte, das nur über die Körpersprache funktioniert. Es ist nicht einfach, und alle tun sich schwer, aber Erika lässt nicht locker und treibt uns unerbittlich an. Heute macht sie mir irgendwie Angst, und während Holt und ich warten, bis wir an der Reihe sind, bekomme ich schwitzige Hände vor Nervosität.

»Miss Taylor, Sie stellen Kraft dar, aber in einem negativen Kontext. Dominant, herumkommandierend, kompromisslos. Mr Holt, Sie repräsentieren das Gegenteil. Sind sensibel, offen, vertrauensvoll. Sie können jederzeit anfangen, wenn Sie so weit sind.«

Ich ziehe meine Maske an. Sie ist eng, und das Atmen fällt mir schwer. Mein Blickfeld ist durch die schmalen Augenschlitze stark eingeschränkt, ich muss den Kopf drehen, um Holt zu sehen. Er mustert mich einen kurzen Moment lang komisch, ehe er seine eigene Maske überstülpt.

Ich nehme mir kurz Zeit, um mich zu konzentrieren, dann gehe ich auf ihn zu und verhalte mich so dominant wie möglich. Was nicht so einfach ist, da er mich um einen Kopf überragt. Trotzdem versuche ich, aggressiv und einschüchternd zu wirken.

»*Fühlen* Sie, was Sie tun, Miss Taylor. Sie müssen die Emotionen der Maske ausleben.« Ich packe Holt am Shirt und befehle ihm leise, sich auf den Boden zu setzen. Er weicht aus, wobei er Furcht andeutet, aber seine Bewegungen wirken unbeholfen.

»Mr Holt, Ihre Maske steht für Unterwürfigkeit und Verletzlichkeit. Sie müssen diese Eigenschaften zum Ausdruck bringen.«

Holt versucht zu tun, was sie sagt, aber als ich erneut auf ihn losgehe, ist es noch schlimmer. Seine Bewegungen sind unglaubwürdig und linkisch, als wäre er ein schlechter Schauspieler in einem alten Stummfilm. Man merkt, dass er seine eigene Rolle lächerlich findet, was ihn noch weniger verletzlich wirken lässt.

Ich sehe Erika ihre Enttäuschung über unsere Darbietung an. Ein paar Minuten später ruft sie »Halt«.

Holt reißt sich sofort die Maske vom Gesicht und stürmt zurück zu seinem Platz.

Erika sammelt die Masken wieder ein und verstaut sie in der Kiste. »Ich weiß, dass das heute sehr schwierig für Sie alle war, aber die abschließende Prüfung in diesem Kurs wird 50 Prozent ihrer Note in Schauspiel ausmachen.«

Holt meldet sich.

»Ja, Mr Holt?«

»Ich hätte nächstes Mal gerne eine andere Maske. Eine, mit der ich auch arbeiten kann.«

»Nein. Die Maske, die Sie heute hatten, wird Sie das ganze Semester begleiten. Sie müssen lernen, sich mit Ihrer verletzlichen Seite anzufreunden, Mr Holt.«

Holts Gesichtsausdruck ist so gequält, dass es schon fast wieder lustig ist.

3 Masken

Die Schauspielausbildung an der Grove ist die angesehenste im ganzen Land, daher ist der Anspruch hier natürlich extrem hoch. Obwohl wir das alle wissen, glaube ich nicht, dass auch nur einer von uns damit gerechnet hätte, wie schwierig manche Kurse tatsächlich werden würden. Besonders jetzt der mit Masken.

Entgegen Erikas Ankündigung, dass es mit der Zeit einfacher werden würde, haben wir alle noch immer arg zu kämpfen. Ethan ist mit Abstand am schlechtesten. Erika treibt ihn mehr an als alle anderen, was bedeutet, dass er immer miesere Laune bekommt.

Er verhält sich mir gegenüber distanziert, und obwohl ich ihm deutlich gemacht habe, dass ich gern mehr Kontakt hätte, entwischt er mir wie ein Fisch. Wir halten nie Händchen, außer ich lege es darauf an – was ich so oft wie möglich tue. Wenn ich schon nicht den Rest seines Körpers haben kann, dann will ich, verdammt nochmal, wenigstens seine Hand halten.

»Erika hasst mich«, mault er, während wir gemeinsam zur Büchse, dem Campus-Hauptgebäude, rübergehen, um unsere Freunde zum Mittagessen zu treffen.

»Das stimmt nicht.«

»Wieso zwingt sie mich dann dazu, mit dieser bescheuerten Maske zu arbeiten? Wut, Traurigkeit, Aggression; das wären alles Emotionen, die ich brillant abliefern könnte.«

»Ja, aber sie weiß, dass du ein Problem mit Verletzlichkeit hast. Du solltest dich dieser Herausforderung stellen. Überleg mal, wie toll es wäre, wenn du den Durchbruch schaffst. Dann wärst du bestimmt der Beste der Klasse.« *Und könntest endlich ein aufmerksamerer Freund sein.*

Er schüttelt den Kopf. »Die Wahrscheinlichkeit, dass das passiert, geht gegen Null. Ich kann das einfach nicht, Cassie. Genaugenommen, weiß ich nichts über Verletzlichkeit.«

Ich ziehe mein Smartphone aus der Tasche und google den Begriff. »Verletzlich. Adjektiv, bedeutet, empfänglich dafür zu sein, verletzt oder verwundet zu werden; offen für moralische Angriffe, Kritik, Versuchung. O wow! Neben der Definition ist ein Bild von dir.«

»Sehr lustig.«

»Danke. Ich geb mir Mühe.«

Wir sind schon fast bei der Büchse angekommen, als ich eine Gruppe Zweitsemester neben der Eingangstür bemerke. Ich erkenne Olivia, Ethans mehr als nur ein bisschen verbitterte Exfreundin. Sie runzelt die Stirn, als sie sieht, dass Ethan meine Hand hält.

»Kaum zu glauben«, sagt sie, als wir näher kommen. »Ich dachte, die Geschichten, dass du eine Freundin hast, wären alle erfunden. Aber jetzt sehe ich dich hier mit demselben Mädchen wie Anfang des Jahres. Du gibst dir wirklich Mühe, sie richtig zu verkorksen, ehe du sie fallenlässt, hm? Ich meine, was du mir angetan hast, war ja schon schlimm, aber das mit ihr? Sie wird dich noch jahrelang verfluchen. Dafür leg ich meine Hand ins Feuer.«

Ethan fasst meine Hand fester und murmelt: »Und der Tag

wird immer besser.« Er zieht mich weiter, und wir gehen durch die Eingangstür. Dabei spüre ich die ganze Zeit Olivias Blick auf uns.

»Sie hasst dich wirklich, oder?«

Er nickt. »Ja, naja. Sie hat auch guten Grund dazu.« Dann murmelt er noch, dass er dringend was zu essen braucht, und verschwindet in der Menge.

Ich schlage mich zur anderen Seite der Cafeteria durch, wo ich Jack, Lucas, Connor, Aiyah, Miranda und Zoe an unserem üblichen Tisch in der Ecke entdecke.

Jack schaut sich angewidert um. »Verdammt, dieser Ort ist echt frustrierend. Ich meine, hat der Studentenrat denn nichts Besseres zu tun, als alles zu dekorieren? Hier drinnen sieht's aus, als wäre eine riesige Glitzerfee explodiert.«

»Es ist immerhin bald Dezember«, entgegnet Aiyah. »Das ist doch festlich.«

»Festlich?« Jack macht eine ausladende Bewegung über den Tsunami aus Lametta und Christbaumkugeln, der über den Raum hereingebrochen zu sein scheint. »Das grenzt an Psycho-Terror. Gestern hing hier noch die Thanksgiving-Deko, und heute laden sie diese Tonnen an Glitter-Weihnachts-Zeug hier ab. Niemand braucht dieses beschissene Lametta! Wenn ich heute Nachmittag mit Glitter in den Haaren beim Rugby-Training auftauche, beschwere ich mich persönlich beim Direktor. Ich werde nicht als lebende Discokugel in die Geschichte der Grove eingehen – auch wenn es mir vermutlich phantastisch stehen würde.«

Alle lachen ausgelassen. Nach einer Weile fragt Lucas: »Und, was macht ihr so am Wochenende? Jack, hast du die rothaarige Tanz-Studentin endlich überreden können, mit dir auszugehen?«

Jack grinst triumphierend. »Ja, Mann, hab ich. Ich führe sie in dieses neue italienische Restaurant aus. Ein bisschen Wein, ein bisschen Pasta. Und danach lasse ich den berüchtigten Avery-Charme spielen, so dass am Ende des Abends die Ballett-Strumpfhosen runtergelassen werden.«

Miranda zieht missbilligend die Augenbrauen zusammen. »Dir ist schon klar, dass eine Einladung zum Essen nicht bedeutet, dass du sie auch flachlegen darfst, oder?«

Jack schnaubt verächtlich. »'Türlich ist mir das klar. Außerdem mag ich sie wirklich. Wenn es mir nur um Sex gehen würde, müsste ich mir doch gar nicht so viel Mühe mit dem Ausgehen machen, oder? Ich würde sie einfach zu mir einladen, ein bisschen *YouPorn* mit ihr schauen und hoffen, dass sie in Stimmung kommt.«

Connor stupst Lucas mit dem Ellenbogen an. »Und bei dir, Kumpel? Triffst du dich mit dieser Braut aus der Kunstklasse? Die mit den Dreadlocks?«

Lucas lehnt sich zurück und legt demonstrativ die Hände an die Brust. »Ach, süße, süße Mariah. Ich fahre übers Wochenende mit ihr weg. Wir machen eine Weintour mit Bed and Breakfast. Das volle Programm.«

Jack runzelt fragend die Stirn. »Mann, das ging aber schnell. Geht ihr nicht erst seit zwei Wochen miteinander aus?«

»Was soll ich sagen, Alter? Wenn es passt, passt es. Sie ist toll. Ich vergeige sicher so einiges, aber wenn es darum geht, mich um die Bedürfnisse einer Frau zu kümmern, geb ich Vollgas.«

Ich zucke innerlich zusammen, als ich die anderen so reden höre, weil es mich daran erinnert, dass Ethan mich noch kein einziges Mal zu einem richtigen Date ausgeführt hat, obwohl wir jetzt offiziell schon über einen Monat zusammen sind. Meistens treffen wir uns bei mir oder bei ihm zu Hause und hängen auf der Couch rum. Fernsehen. Lesen. Lernen. Wenn ich Glück habe, machen wir ein bisschen rum, aber das ist dann auch schon alles.

Wirklich ziemlich frustrierend.

»Was ist mit Holt und dir?«, fragt Connor und schiebt sich ein paar Pommes in den Mund. »Irgendwelche hochromantischen Pläne fürs Wochenende?« Sein Tonfall lässt erahnen, dass er die Antwort bereits kennt.

Ich schaue zu Ethan rüber, der vor der Kasse in der Schlange steht. »Äh, ich weiß es nicht genau. Wir haben noch nicht drüber gesprochen, ehrlich gesagt.«

»Ah ja.« Connor konzentriert sich wieder auf sein Essen, und ich ärgere mich ein wenig, dass er überhaupt gefragt hat.

Ist es wirklich so offensichtlich?

Sieht hier jeder, wie unromantisch Ethan ist?

Wenn ich den anderen erzählen würde, dass er sich am Morgen, nachdem wir das erste Mal Sex hatten, klammheimlich aus dem Staub gemacht hat, würde es niemanden wirklich überraschen.

Es ist so, als wäre unsere Beziehung wie diese vertrackten Logik-Paradoxien.

Wann ist ein Freund kein Freund?

Wenn es Ethan Holt ist.

Während die anderen weiter über ihre Wochenendpläne

plaudern, entschuldige ich mich und schiebe mich zu den Toiletten durch. Ich habe immer gewusst, dass Ethan es nicht so damit hat, seine Zuneigung in der Öffentlichkeit zu zeigen. Aber ich dachte immer, dass sich das ändern würde, sobald wir offiziell ein Paar wären.

Offensichtlich nicht.

Als ich die Kabine verlasse, steht Olivia am Waschbecken. Sie ist vornübergebeugt und zieht sich offenbar gerade irgendwas in die Nase. Als sie sich aufrichtet, entdeckt sie mich und wischt sich schnell über die Nase. »Hey.«

Ich atme tief durch und schiebe mich an ihr vorbei, um mir die Hände zu waschen. »Vielleicht solltest du das irgendwo machen, wo dich nicht alle sehen können.«

»Mach ich normalerweise auch, aber es ist ja nicht verkehrt, wenn du gleich mal siehst, was dich erwartet, wenn Holt mit dir fertig ist. Das wird nicht schön.«

Ich schüttle nur den Kopf und wasche mir so schnell wie möglich die Hände. »Ich nehm keine Drogen.«

»Noch nicht. Wart nur ab.«

Ich trockne mir die Hände mit einem Papiertuch und versuche, nicht darauf zu achten, dass sie sich eine weitere Line reinzieht.

Als ich Olivia vor ein paar Monaten das erste Mal getroffen habe, ist mir gleich aufgefallen, wie hübsch sie war. Ihr gegenüber fühle ich mich irgendwie minderwertig. Meine Haare waren langweilig straßenköterbraun, ihre leuchteten schwarz und geschmeidig. Meine Figur war eher kurvig und normal proportioniert, sie hingegen war mindestens zehn Zentimeter größer als ich und hatte diese zerbrechliche Eleganz, die ich schon immer an dünnen Frauen bewundert habe. Ich kann mir vorstellen, dass sie neben Ethan phantastisch ausgesehen haben muss. Beide perfekt und schön.

Traurigerweise sieht die Frau, die jetzt vor mir steht, ganz anders aus. Ihre Haare sind irgendwie fettig und ungepflegt, ihre Haut glänzt rotfleckig, und aus der zerbrechlichen Eleganz sind eingefallene Wangen und herausstehende Knochen geworden. Was auch immer es für Dämonen sind, die sie aus ihrer Zeit mit Ethan verfolgen, sie scheinen sie von innen aufzufressen.

Als ich mich zum Gehen wende, verspüre ich einen Anflug von Mitgefühl. »Pass auf dich auf, Olivia, okay?«

Bevor ich die Tür öffnen kann, berührt sie mich am Arm. »Hör zu, ich will dich echt nicht nerven. Ich will nur sichergehen, dass dir bewusst ist, worauf du dich bei Ethan einlässt.«

»Das bin ich, danke.«

»Ach, wirklich? Denn soweit ich das beurteilen kann, ist der Ethan Holt, der mir das Herz gebrochen hat, deinem Lover verdammt ähnlich. Woher willst du wissen, dass dir nicht dasselbe blüht?«

»Er hat sich seitdem verändert.«

Sie lehnt sich mit der Hüfte ans Waschbecken und verschränkt die Arme. »Lass mich raten, wie das gelaufen ist.«

Ich weiß jetzt schon, dass es mir nicht gefallen wird, was sie mir zu sagen hat.

»Er hat nur widerstrebend eingewilligt, dass ihr offiziell zusammen seid. Trotzdem verhält er sich immer noch nicht wie ein richtiger Freund. Keine Dates, keine öffentlichen Bekundungen von Zuneigung. Und ihn dazu zu bringen, über seine Gefühle oder seine schwankenden Launen zu reden, ist in etwa so einfach, wie jemandem einen Zahn zu ziehen. Kommt dir das irgendwie bekannt vor?«

Ich versuche, mir nichts anmerken zu lassen, auch wenn mir das Adrenalin durch die Adern rauscht. »Ich weiß nicht, was ich dir sagen soll. Ich mag ihn. Sehr sogar. Ich bin bereit, ihm eine Chance zu geben.«

Olivia schüttelt den Kopf. »Du checkst es einfach nicht, oder? Du denkst bestimmt, dass es dir nicht passieren wird, weil du anders oder etwas Besonderes bist, und vielleicht hast du ja sogar recht. Aber das ist nicht das Problem. Du bist vielleicht anders, aber er ist es, der dich zerstören wird. Und er hat sich nicht geändert. Pass auf, wo du hintrittst. Dieser Typ ist wie eine Mine, die jederzeit hochgehen kann.«

»Stalkt die Tussi dich jetzt, oder was?«, fragt meine Mitbewohnerin Ruby, während sie umständlich versucht, eine Dose Tomatensuppe zu öffnen.

»Irgendwie schon, aber ich hab das Gefühl, sie will mich nur beschützen.«

»Ja, alles klar. Das kann sie schön bleibenlassen, das ist nämlich mein Job.« Sie leert die Dose in einen Topf. »Andererseits hat sie auch irgendwie recht. Schon unfassbar, dass er dich noch nie richtig ausgeführt hat. Sieht echt so aus, als hätte der Typ keinen Funken Romantik in sich.«

»So schlimm ist er auch nicht.«

»Cassie, wir haben den Wie-romantisch-ist-dein Freund-Test in der *Cosmopolitan* gemacht, und Holt's Ergebnis lautete:

›Dieser Mann weiß nicht, dass er dein Freund ist.‹ Es ist einfach lächerlich.«

Ich werfe einen Blick in den Ofen, aber die Aufbackbrötchen sind noch leichenblass. »Er ist eben mal verletzt worden. Er kann seine Zuneigung daher nicht so zeigen wie normale Typen.«

»Und wie kann er seine Zuneigung zeigen? Er küsst oder umarmt dich nicht zur Begrüßung, ihr haltet fast nie Händchen, und Sex hattet ihr auch nur einmal. Es gibt weder Geschenke, noch Dates, noch kitschige Liebesgedichte, die er geschrieben hat, während er bekifft war.«

Ich runzle fragend die Stirn. »Was war das Letzte?«

»Egal. Lange Geschichte. Was ich sagen will: Der Kerl ist null romantisch, und du bist es, die darunter leidet. Ich kann nicht fassen, dass du dich nicht mehr aufregst.«

»Naja, ich bin nicht gerade glücklich darüber, aber was soll ich machen?«

»Okay, hier ist mein Rat. Du bist ein Fußabtreter.«

»Das ist kein Rat. Das ist eine Feststellung. Und eine beleidigende noch dazu.«

»Verdammt, Cassie. Hab doch mal ein bisschen Stolz!« Sie rührt vehement in der Suppe. »Er behandelt dich wie Scheiße, weil er irgendwelche Probleme hat oder was auch immer. Aber das ist keine Entschuldigung.« Sie gibt einen Schuss Milch in den Topf. »Konfrontier ihn mit seinem Verhalten oder lass dir gleich WILLKOMMEN auf die Brüste tätowieren. Du hast die Wahl. Fußabtreter oder emanzipierte Frau?«

Ich weiß zwar, dass sie recht hat, aber ich habe trotzdem

das Gefühl, dass bei Ethan eine falsche Bewegung desaströse Folgen haben kann.

»Ach, verdammt.« Ruby starrt in den Topf und nimmt dann stirnrunzelnd die Dose in die Hand.

»Was denn?«

»Ich glaub, das hab ich vermasselt.«

»Wie hast du das denn geschafft? Das ist Suppe. Aus der Dose.«

»Ich hab zu viel Milch rein, glaub ich. Die hätte man wohl abmessen sollen oder so.« Sie taucht einen Löffel in den Topf und probiert die Suppe.

»Wie schmeckt es?«

Sie zuckt mit den Achseln. »Wie Milch mit Tomatengeschmack.«

Ich lehne mich seufzend zurück. »Naja, du hast schon schlimmere Sachen gekocht.«

»Okay. Wenigstens haben wir noch Brötchen.«

»Ach, Mist!« Ich reiße die Ofentür auf, und Rauch schlägt mir entgegen. Die Brötchen auf dem Blech sind kohlschwarz. »Verdammt!«

»Und, wer ist hier jetzt die schlechte Köchin, hm? Deine Aufgabe bestand nur aus Aufbacken, um Himmels willen.«

Wir stehen ein paar Sekunden schweigend da und starren die furchtbaren Überreste unseres Abendessens an. Ich weiß nicht, ob ich lachen oder weinen soll. Ich unterdrücke den Reflex, Holt anzurufen, damit er rüberkommt und uns was zu essen kocht. Wenn er reden oder Zeit mit mir verbringen wollte, hätte er sich schon gemeldet.

»Wein?«, schlage ich achselzuckend vor.

Ruby seufzt. »Auf jeden Fall. Ich glaube, den können nicht mal wir vermasseln.«

»Darauf trinken wir!«

O Gott. Autsch.

Ich kneife die Augen zusammen, ehe ich sie vorsichtig öffne. Das Sonnenlicht, das durchs Fenster fällt, verursacht mir pochende Kopfschmerzen.

Ich liege auf dem Fußboden, umgeben von leeren Weinflaschen und Pizzaschachteln. Dem Geschmack in meinem Mund nach zu urteilen, hab ich gestern Abend nicht nur viel zu viel getrunken, sondern auch päckchenweise Zigaretten geraucht. Mein Mund fühlt sich an wie ein erkalteter Vulkan. Als ich mich vorsichtig strecke und mit der Zunge über die Zähne lecke, entdecke ich Ruby auf der Couch, die mit dem Arm über den Augen schläft.

Ich hoffe wirklich, dass sie sich genauso mies fühlt wie ich, wenn sie aufwacht. Das ist alles ihre Schuld!

Mit krampfendem Magen setze ich mich vorsichtig auf, dabei fällt mein Blick auf meine Hand. Über die Knöchel steht mit schwarzem Eyeliner das Wort HOLT geschrieben.

Was zur …?

Auf der anderen Hand steht IST EIN ARSCH.

Ich höre ein Stöhnen von der Couch.

»Das war ich nicht«, sagt Ruby, ohne den Arm vom Gesicht zu nehmen. »Naja, gut, ich war es schon, aber du wolltest es so.«

»Du erinnerst dich an gestern Abend?«

»Du nicht?«

»Nicht wirklich.«

»Naja, ich hab 'ne Weile rumgeschimpft, was für ein Arsch Holt ist, bis du mir irgendwann zugestimmt hast. Dann hast du das mit mir gemacht.« Sie hebt den Arm, worunter sich das schlimmste Make-up aller Zeiten verbirgt. Ihre Augenbrauen sind dick nachgezogen, ihre Kinnpartie ist umrandet und ihre Wangen mit dicken Rouge-Schatten versehen.

»Du hast versucht, mich wie Holt aussehen zu lassen, damit du ihm eine reinschlagen kannst.«

»O mein Gott, Ruby, hab ich dich geschlagen?!« Mit all dem Make-up ist es schwer zu sagen, ob ich in meiner Trunkenheit meine Mitbewohnerin vermöbelt habe.

»Nee, aber du hast so um zwei Holt angerufen und ihn ziemlich angeschrien.«

»Was?! Was hab ich gesagt?«

Sie richtet sich mühsam auf und fast sich stöhnend an den Kopf. »Du hast alles Mögliche gesagt. Ich hab, glaub ich, im Hintergrund betrunken rumgegrölt. Am Ende hat er mir fast ein bisschen leidgetan. Du hast ihn echt fertiggemacht. Dann hast du aufgelegt und bist da auf dem Boden eingeschlafen.«

»O Gott.« Mir ist schlecht. Und zwar nicht vom Alkohol. Ich stehe auf und durchforste den Müll auf dem Boden nach meinem Handy. »Was hab ich gesagt, Ruby?! Wieso hast du mich nicht aufgehalten?!«

»Süße, ich war noch betrunkener als du. Außerdem hatte er es so was von verdient. Und für eine Betrunkene hattest du noch eine ziemlich gute Wortwahl – naja, bis auf den Teil, als du geheult hast.«

Ich halte inne. »Bitte sag mir, dass das nicht wahr ist.«

»Doch. Nach etwa zehn Minuten hast du angefangen zu weinen und ihm vorgeheult, dass er dein erster Freund ist und dass du dich verliebt und gut fühlen solltest. Dass du dich aber nur verwirrt und einsam fühlst, weil er nie richtig da ist, nicht mal, wenn ihr zusammen seid.«

»O Mann.«

»Dann hast du so was in der Art gesagt wie: ›Wieso lässt du nicht zu, dass ich dich liebe? Verstehst du nicht, wie gut wir zusammenpassen?‹ Und, naja, zu dem Zeitpunkt hab ich auch geheult, also …«

Ich reibe mir über die Augen. »Ach, Ruby, das ist nicht gut. Gar nicht gut.«

»Ja, wir dürfen echt nie wieder so viel trinken.«

Auf der Suche nach meinem Handy schiebe ich verzweifelt eine Ladung Krimskrams vom Couchtisch. Schließlich entdecke ich das Telefon unter einem Pizzakarton. Es ist ausgeschaltet, das Display schimmert fettig. Als ich es anschalte, habe ich acht verpasste Anrufe und zwei neue Nachrichten.

»Mist, Mist, Mist …«

Ich öffne die erste Nachricht.

Ruf mich zurück. Sofort!

Ich drücke mir das Telefon an die pochende Stirn.

Ich will die zweite Nachricht gar nicht lesen, aber ich weiß, dass es sein muss. Er hat sie mir eine Stunde nach der ersten geschrieben.

Ich hasse es, dass ich dich zum Weinen gebracht habe. Ruf mich an, wenn du das liest. Ist mir egal, wie verkatert du bist. Wir müssen reden.

Ich starre das Display an.

»Cassie? Alles in Ordnung?«

»Keine Ahnung. Er hat geschrieben ›Wir müssen reden‹.«

»O verdammt.«

»Das hab ich auch gedacht.«

Ich wähle seine Nummer. Die Mailbox geht dran. »Hey, hier ist Ethan. Hinterlasst mir 'ne Nachricht. Oder auch nicht. Egal.«

Ich lege auf. »Scheiße!«

»Es ist doch erst sieben«, meint Ruby, »und du hast ihn mit deiner betrunkenen Verbalattacke immerhin ziemlich lang wachgehalten. Vielleicht solltest du ihn ausschlafen lassen.«

»Ich brauch dein Auto.«

»Äh ... meinst du nicht, dass du noch zu betrunken bist, um zu fahren? Ich meine das nämlich schon.«

»Ich muss zu ihm, Ruby.«

Sie reibt sich die Augen. »Na schön. Der Autoschlüssel liegt auf meinem Schreibtisch. Du hast übrigens Pizzaflecken auf der Brust.«

Ich schaue an mir runter und bin nicht überrascht, dass sie recht hat. »Ruby, wir trinken nie wieder so viel.«

»Ehrenwort.«

Eine halbe Stunde später klopfe ich an Holts Tür. Mir ist so schlecht, dass ich Angst habe, gleich kotzen zu müssen. Als er nicht sofort aufmacht, steigt meine Panik ins Unermessliche. Ich klopfe wieder.

Nach ein paar Sekunden höre ich schlurfende Schritte, dann geht die Tür auf, und Elissa schaut mich verschlafen an.

»Cassie?«

»Hey, Lissa.«

»Es ist 7.30 Uhr.«

»Ich weiß.«

»An einem Samstag.«

»Tut mir leid. Ist dein Bruder zu Hause?«

»Ich glaub nicht. Er hat vor ’ner Stunde irgendwas gebrüllt, dass er laufen geht oder so. Ich hoffe, er wird von ’nem Auto angefahren. Der Idiot hat voll den Lärm gemacht heut Nacht. Um drei hat er angefangen zu putzen.«

»Er hat … geputzt?«

»Yep. Das tut er nur, wenn er total aufgebracht ist. Um vier hat er gesaugt. Ist irgendwas zwischen euch vorgefallen gestern Abend?«

»Äh … die Sache ist die, ich war betrunken, und ich … naja, ich glaub, ich hab ihn am Telefon ziemlich angeschrien.«

»Du hast ihn betrunken angerufen?«

Ich verziehe das Gesicht. »Offenbar schon.«

»Naja, das erklärt so einiges.« Sie gähnt. »Willst du reinkommen und auf ihn warten?«

»Gern, wenn das okay ist?«

»Klar.« Sie lässt mich rein und trottet zurück in ihr Zimmer. »Er ist bestimmt bald wieder da. Mach’s dir bequem. Ich geh wieder ins Bett. Wenn er zurückkommt, gib ihm ’ne Kopfnuss von mir, okay?«

»Okay. Danke. Sorry, dass ich dich geweckt hab.«

»Kein Ding.« Sie schließt ihre Zimmertür hinter sich, und ich schaue mich im Wohnzimmer um. Es ist blitzsauber.

Mein Kopf schmerzt, also lasse ich mich auf die Couch fallen und blättere eine herumliegende Zeitschrift durch, bis mir auffällt, dass ich rein gar nichts aufnehme. Ich lege das

Heft zurück auf den Couchtisch und gehe in Holts Zimmer. Sein Bett ist mit schon fast militärischer Präzision gemacht. Auf der Bettdecke liegt ein aufgeschlagenes Buch …

O Gott.

Ist das etwa sein Tagebuch?

Seine ordentliche Schrift bedeckt beide Seiten, und ein Stift liegt in der Mitte.

Versuchung, dein Name ist Holts Tagebuch.

Der Drang, es zu lesen, ist beinahe übermächtig, aber ich weiß, wie furchtbar es sich anfühlt, wenn jemand unerlaubt in die eigene Privatsphäre eindringt. Und obwohl ich meinen linken Arm geben würde, um einen kurzen Blick in Holts Gedankenwelt werfen zu können, wäre der Vertrauensbruch enorm.

Ich klappe das Buch schnell zu, ohne dass ich etwas lesen kann, und lege es zusammen mit dem Stift auf den Nachttisch. Dann krabble ich in sein Bett und drücke das Gesicht in sein Kissen.

Hmmm. Riecht das gut.

Bitte, lass ihn nicht sauer auf mich sein.

Bitte.

Etwas streift meinen Hals.

Lippen. Warmer Atem.

Ich drehe mich um.

»Cassie?«

Psst, du verscheuchst noch die Lippen.

»Hey … bist du wach?«

»Nein. Pssst. Mein Freund kommt bald zurück.«

Die Lippen kehren zurück. Irgendwie fühlen sie sich anders an. Lächelt der Mund? Er bewegt sich über meinen Hals und mein Kinn. So zärtlich, aber auch ein wenig rau. Sein Kinn. Seine Wange.

»Wer glaubst du, küsst dich da gerade?«

»Hmm. Orlando Bloom?«

Die Lippen halten mitten im Kuss inne.

»Bloom? Ernsthaft? Dein Freund würde diesen verweichlichten Engländer gnadenlos fertigmachen.«

»Willst du damit andeuten, dass du mein Freund bist?«

Mehr Küsse überziehen meinen Hals, einer landet auf meinem Ohr. »Ich will gar nichts andeuten. Ich stelle etwas fest.«

»Unmöglich. Mein Freund hat es nicht so mit Zärtlichkeit.«

Die Lippen verschwinden. Seufzen.

Ich schlucke mit geschlossenen Augen. »Tut mir leid.«

»Was denn?«

»Was ich gerade gesagt hab. Und was ich gestern Nacht gesagt hab. Bitte sei nicht sauer auf mich. Daran war nur der Wein schuld.«

»Nein, war er nicht.«

»Okay, du hast recht. Ich kann es nicht gänzlich darauf schieben.«

Er nimmt mein Gesicht in seine Hände. »Cassie, es war weder der Wein schuld noch Ruby – obwohl ich gehört hab, wie sie dich im Hintergrund angefeuert hat. Wenn hier irgendjemand an was schuld ist, dann bin ich es.«

Die Entschuldigung, die ich mir schon zurechtgelegt hatte, bleibt mir im Hals stecken. Ich öffne vorsichtig ein Auge. »Äh … was?«

»Du hast mich einen verfickten Arschloch-Freund genannt, und du hattest recht.«

Jetzt sind beide Augen offen. »Hab ich tatsächlich diese Worte benutzt?«

»Ja.«

»Sogar das F-Wort?«

»Ja. Ich muss gestehen, dass es mich ein bisschen angeturnt hat.«

Ich schiebe mich auf die Ellenbogen hoch und mustere ihn. Er muss gerade geduscht haben, weil er nur in Boxershorts neben mir liegt. Der Anblick irritiert mich. Was allerdings noch irritierender ist – er windet sich nicht wie sonst unter meinem Blick.

Ich schüttle den Kopf. »Sorry, was hast du gerade gesagt?«

Er lässt sich nach hinten fallen und schließt die Augen. »O Gott. Alles, was du gesagt hast. Die ganzen Vorwürfe ... Du hast ja recht. Ich hab dich auf Distanz gehalten.«

»Wieso?«

Als er zögert, streiche ich ihm über den Arm, will ihn ermutigen weiterzureden. Nach ein paar Sekunden öffnet er die Augen wieder und starrt an die Decke. »Weißt du, was mein erster Gedanke war, als ich hier reingekommen bin und dich in meinem Bett gesehen hab?«

»Was?«

»Dass du mein Tagebuch gelesen hast?«

»Hab ich aber nicht. Ich schwöre es –«

Er reibt sich die Augen. »Ich weiß. Als ich kurz darüber nachgedacht habe, wusste ich, dass du das nie tun würdest. Und trotzdem hab ich zuerst das Schlimmste von dir angenommen, weil das meine Art ist … mit Leuten. Ich rechne immer mit dem Schlimmsten, und wenn es dann passiert, überrascht es mich nicht. Und enttäuscht mich nicht. Also – deshalb war ich so.«

»Ethan –«

Er öffnet die Augen und setzt sich abrupt auf. »Ich war gestern Nacht ziemlich wütend auf dich. Ich meine, wirklich richtig wütend. Und zwar nicht deswegen, weil du mir das alles gesagt hast, sondern weil es die Wahrheit ist. Du hast die ganzen Dinge, die ich an mir hasse, auf den Punkt gebracht. Die ganze Scheiße aus meiner Vergangenheit, die nichts mit dir zu tun hat, aber trotzdem Auswirkungen auf dich hat.« Er schüttelt den Kopf. »Ich werde mich noch mehr bemühen. Ich weiß, das klingt ziemlich lahm, aber mehr kann ich nicht tun, oder?«

Ich bin mir nicht sicher, ob er versucht, *mich* zu überzeugen oder sich selbst.

»Bei was wirst du dich denn bemühen?«

»Insgesamt … es … besser zu machen.« Er nimmt mein Gesicht in die Hände und küsst mich. Die Geste hat etwas Verzweifeltes. »Ich kann das. Ich kann der Freund sein, den du verdienst.«

»Ich glaube dir.« Noch während ich es ausspreche, weiß ich, dass es eine Lüge ist.

Am nächsten Morgen packe ich gerade meine Bücher ein und schiebe mir schnell eine Scheibe Toastbrot in den Mund, als es an der Wohnungstür klopft.

Davor steht Ethan und streckt mir lächelnd einen Pappbecher entgegen.

»Ich-bin-ein-Arsch-Macchiato?«, frage ich besorgt.

»Nö, einfach 'ne normale heiße Schokolade. Mit extra Marshmallows.« Er grinst und gibt mir einen Kuss.

Er ist frischrasiert und trägt ausgewaschene Jeans und ein blaues Sweatshirt. Einen Moment lang bin ich baff. Er ist nicht wie sonst ganz in Schwarz gekleidet wie ein grimmiger Grufti. Und er ist hier. Zuvorkommend. Lächelnd.

Das passt nicht in mein Bild.

Sein Lächeln erstirbt. »Wieso zur Hölle starrst du mich so an, als wäre ich irgendein Serienkiller? Die Schokolade ist nicht vergiftet.«

Okay, das ist schon normaler.

»Es ist nur …« Es irritiert mich, wie gutgelaunt und … unbelastet er wirkt. »Äh, was machst du hier?«

Er schiebt sich an mir vorbei in die Wohnung und stellt den Becher auf den Tisch. »Ich versuche, ein besserer Freund zu sein, erinnerst du dich? Ein guter Freund bringt seine Freundin zum Unterricht. Also, hier bin ich.« Er nimmt meine Tasche, wirft sie sich lässig über die Schulter und stöhnt. »Fuck, was hast du denn da drin, bitte?«

»Bücher.«

»Bücher aus Blei?«

»Ich denke, ein guter Freund würde sich nicht beschweren.«

»Ich … beschwere mich nicht.«

Ich schnaube. »Na gut.«

Er legt mir den Arm um die Taille und zieht mich an sich, dann küsst er mich auf eine Art, dass meine Hormone von Null auf Hundert schießen.

Er sieht mich triumphierend an. »Das war ja wohl nett, oder?«

Ich nicke. Das ist zwar keine richtige Antwort, aber mehr bekomme ich nicht hin.

»Bist du so weit?«

»Yep.«

Er nimmt meine Hand und zieht die Tür hinter uns zu.

Ich glaube, ich mag meinen neuen Freund.

4 *Halt dich an mir fest*

GEGENWART
NEW YORK CITY
WOHNUNG VON CASSANDRA TAYLOR

»Lass mich rein, Cassie. Bitte.« Er ist echt überzeugend. Zärtlich fährt er mit den Fingern meinen Arm hoch bis zu meinem Hals und legt dann seine Hand an mein Gesicht. Er neigt den Kopf, und sein Mund ist weich an meiner Wange.

Ich umklammere die Türklinke noch fester und schließe gleichzeitig die Augen.

»Lass einfach die Tür los.« Seine Stimme ist ruhig, aber entschlossen. Hypnotisierend. »Ich weiß, dass diese E-Mail nicht alles wiedergutmachen kann, was ich getan habe –«

»Nein, das kann sie nicht.«

»– aber ich habe jedes Wort genau so gemeint. Und wenn du mich reinlässt, in dein Leben, werde ich es dir beweisen. Bitte …«

Sein Mund streift mein Ohr, und ich erzittere unter der sanften Berührung. Meine Hand schmerzt, weil ich die Klinke so fest drücke.

Er schaut auf meine Hand und löst langsam meine Finger. »Du willst Halt?«, fragt er leise. »Dann halt dich an mir fest.« Er legt meine Hand an seine Schulter.

»Ethan, ich weiß nicht, ob ich das kann.«

»Ich weiß. Aber lass mich dir helfen.«

»Du selbst hast früher nie zugelassen, dass ich *dir* helfe.«

»Ich weiß. Das hätte ich aber tun sollen. Mach nicht dieselben Fehler, die ich gemacht habe. Bitte. Lass mich dir zeigen, dass es nicht zu spät ist für uns.«

Ich schließe die Augen, als er meine Hand an seine Brust drückt und meine Finger streichelt. Es fühlt sich richtig an, aber trotzdem bleibt ein schaler Beigeschmack.

Tue ich das wirklich gerade? Denke ich wirklich darüber nach, es noch mal mit ihm zu versuchen?

»Rede mit mir, Cassie. Bitte.«

Ich starre seine Brust an. Sein Shirt ist blau. Wenn ich ihm jetzt in die Augen schauen würde, hätten sie dieselbe Farbe.

»Woran denkst du?«, fragt er leise.

»Ich weiß nicht.«

Er drückt meine Hand. »Dann sag ich es dir. Du denkst, dass du die letzte Zeit wie betäubt warst und dass du jetzt nicht mehr zurückfindest. Und dass alle diese verworrenen Gefühle, die ich in dir hervorrufe, dich Dinge wünschen lassen, die du nicht haben kannst. Dieser Teil von dir wünscht sich sogar, du hättest mich nie getroffen, weil ich verantwortlich bin für das ganze Chaos in deinem Leben. Hab ich recht?«

Ich seufze. »So ungefähr.«

Er hält kurz inne, ehe er weiterspricht. »So hab ich mich auch gefühlt. Als es mit uns ernst wurde. Ich hatte das Gefühl, dass alles zu groß ist. Und dann war da diese leise, paranoide Stimme in meinem Kopf, die mir fortwährend zugeflüstert hat, dass du mich zerstören wirst. Ich bin mir ziemlich sicher, dass du in deinem Kopf eine ähnliche Stimme hast.«

Das stimmt. Der Unterschied ist nur, dass ich nie Probleme hatte, jemandem zu vertrauen. Bis er kam.

»Aber du hast mir das schon zweimal gesagt«, wende ich ein. »Und zweimal hat es nicht geklappt. Zweimal hast du mir das Herz gebrochen.«

Er streichelt wieder meine Hand. »Ich weiß. Und genau deswegen wird es nicht leicht, dir zu beweisen, dass es dieses Mal anders ist. Aber Cassie, schau mich an.«

Ich hebe zögernd den Kopf. Als sich unsere Blicke treffen, fixiert er mich.

»In der Vergangenheit *fühlte* es sich gut an, wenn wir Zeit miteinander verbrachten. Aber wir wussten nicht, ob wir uns auch guttun. Fühlen und wissen sind zwei unterschiedliche Dinge. Jetzt *weiß* ich es. Wir sind füreinander bestimmt. Lass mich die paranoide Stimme zum Verstummen bringen, die immer am Zweifeln ist.«

Ich dachte auch immer, dass wir füreinander bestimmt sind. Dass unsere Verbindung besonders ist. Aber er hat mir mehrfach das Gegenteil bewiesen.

Wenn er mich dieses Mal wieder enttäuscht, wird nichts mehr von mir übrig bleiben.

5 *Perfekte Verkleidung*

SECHS JAHRE ZUVOR
WESTCHESTER, NEW YORK
THE GROVE

Seit zwei Wochen ist Ethan jetzt schon so, wie ich ihn mir immer gewünscht hatte. Er ist aufmerksam und zärtlich, und wir haben jeden Freitag und Samstag feste Dates. Er hat mir sogar Blumen mitgebracht. Schon zweimal.

Ich kann es nicht fassen, wie er sich verändert hat. Genauso wenig wie die anderen aus unserer Clique.

»Was zum Teufel hast du nur mit Holt gemacht?«, fragt Jack, als Ethan mir etwas zu trinken kauft. »Das ist ein bisschen so wie in dem Film, wo Aliens in die Körper von den Leuten schlüpfen und auf einmal alle ganz anders sind. Er hat mir seit Wochen nicht mehr gesagt, dass ich das Maul halten soll. Das ist unnatürlich und falsch.«

Connor zuckt mit den Achseln. »Vielleicht hat ihn die Liebe einer guten Frau verändert.« Er lächelt mir zu. »Ich persönlich bin ja froh, dass er nicht mehr so ein arrogantes Sackgesicht ist.«

Zoe zieht ihren Puder aus der Tasche und bearbeitet damit ihre Nase. »Also, ich kauf ihm das nicht ab. Niemand, der so ein Arschloch ist wie Holt, verändert sich über Nacht. Habt ihr gesehen, wie böse er Erika heute beim Masken-Unterricht angeschaut hat? Wenn Blicke töten könnten. Ich sage euch, der wahre Holt steckt noch in ihm.«

Ich blende ihre Stimmen aus. Es ist mir egal, was sie sagen. Ethan war in letzter Zeit einfach wunderbar, und ich habe vor, es so lange wie möglich zu genießen.

Als Ethan zum Tisch zurückkommt, gibt er mir einen langen Kuss. Die anderen verstummen. Jack steht auf und betrachtet Ethans Nacken.

»Was zur Hölle tust du da?«

»Nichts, nichts«, meint Jack und stellt sich auf die Zehenspitzen. »Ich suche nach den Alien-Tentakeln, die sich in dein Gehirn gefressen haben.«

Ethans Miene verfinstert sich, und er schubst ihn weg. »Halt's Maul, Avery.«

Die anderen grölen und applaudieren. Ethan sieht mich fragend an. Ich schüttle nur den Kopf und ziehe ihn neben mich auf den freien Stuhl. Als ich verstohlen zu Ethan schaue, lächelt er, aber seine Augen sagen etwas anderes. Es wirkt so, als würde ihn diese neue Version seiner selbst anstrengen.

So gern ich die Wahrheit auch leugnen würde, mit jedem Tag wird es deutlicher, dass er nur eine Rolle spielt.

Immer wenn ich versuche, mit Ethan darüber zu reden, wechselt er entweder das Thema, ignoriert mich oder benutzt seinen Sexappeal als Ablenkungsmanöver.

So wie jetzt.

Er liegt zwischen meinen Beinen und bewegt sich so, dass es mich ganz verrückt macht. »Ich hab noch 'ne bessere Idee«, murmelt er und knöpft meine Jeans auf. Meine Jeans sind schon halb heruntergezogen, als mir klar wird, was er gesagt hat.

»Äh … was, jetzt?«

Er zieht mir die Hose ganz aus und wirft sie auf den Boden. Dann kniet er sich zwischen meine Beine und streichelt meine Oberschenkel. Mir bleibt die Luft weg, ich kann nicht mehr reden. Wahrscheinlich hatte er genau das bezweckt.

Er senkt den Blick auf meine Unterhose. Seine Augen sind dunkel und hungrig. Als seine Finger zum Saum meiner Unterhose gleiten, ziehe ich scharf die Luft ein.

»Bist du nervös?«, fragt er. Ich nicke. »Musst du nicht sein. Genieß es einfach.«

Ganz langsam zieht er mir die Unterwäsche aus und senkt dann seinen Mund. Ich kann die Geräusche nicht unterdrücken, die ich von mir gebe, egal, wie peinlich sie mir sind. Als ich zusammenzucke, umfasst er meine Hüfte und saugt noch fester. Ich habe noch nie so etwas gespürt. Dann nimmt er den Zeigefinger dazu, und ich werde beinahe ohnmächtig.

In dieser Nacht explodiere ich vor Lust. Mehrfach.

Wir reden nicht über ihn. Oder darüber, wie es mit uns weitergehen soll.

Morgen, nehme ich mir vor, als er die Wohnung verlässt. *Wir reden morgen darüber.*

Ruby reißt entsetzt die Augen auf. »Warum habt ihr keinen Sex mehr?«

»Pssst!«

Die Leute, die vor und hinter uns in der Schlange stehen, haben sich umgedreht.

»Wir proben nur unsere Texte«, ruft Ruby. »Dreht euch wieder um, ihr Freaks.«

Wir bezahlen unser Mittagessen an der Kasse der Cafeteria und suchen uns einen Tisch.

»Er macht die ganze Zeit Sachen mit mir, aber … naja, du weißt schon.«

»Mann, Cass, was hast du nur beim ersten Mal mit dem Kerl gemacht, dass er jetzt so verschüchtert ist?«

»Nichts! Er hat mir gesagt, dass es toller Sex war.«

»Aber worauf wartet er dann? Eine offizielle Einladung?«

Ich seufze und stochere lustlos in meinem Salat. »Ich weiß auch nicht. Er scheint immer Panik zu bekommen, wenn wir …«

»Er ist so ein Idiot.«

»Ruby, komm schon. Er gibt sich Mühe.«

»Ein Idiot zu sein?«

»Ach hör auf!« Ich schaue aus dem Fenster und sehe Ethan auf die Cafeteria zugehen.

Er hat die Hände in den Hosentaschen vergraben, der Kopf ist gesenkt. Er sieht absolut nicht aus wie der Ethan, den ich in den letzten paar Wochen erlebt habe. Er sieht total niedergeschlagen aus.

Traurig.

Unglücklich.

Mir läuft ein kalter Schauer über den Rücken. Er weiß nicht, dass ich ihn beobachte, und mir wird bewusst, dass ich gerade sein wahres Selbst vor mir habe. Aus dem Augenwinkel bemerke ich, wie Olivia ihn vom Nachbartisch aus ebenfalls beobachtet. Mein perfekter Freund ist nirgends zu sehen.

6 *Aufgelöst*

Was tut man, wenn man sieht, dass jemand, den man liebt, in Auflösung begriffen ist? Versucht man, es zu verhindern?

Natürlich.

Ich sage Ethan, dass er sich nicht so sehr bemühen muss. Dass ich ihn auch mag, wenn er mir keine Blumen mitbringt oder mich nicht zu Dates ausführt.

Er verweigert jedes Gespräch zu diesem Thema.

Kapselt sich zunehmend ab.

Wir sind wieder da, wo wir angefangen haben.

Eines Abends hören wir ein Martinshorn ganz in der Nähe, und als wir auf die Straße gehen, sehen wir einen Krankenwagen ein paar Wohnblocks weiter unten. Als wir bei der Gruppe, die sich auf dem Bürgersteig gebildet hat, ankommen, entdecke ich Ruby, die mit Liberty redet, eine der Studentinnen aus der Kunstklasse.

»Was ist passiert?« Ich ziehe mir den Mantel enger um den Körper und schaue zu dem Gebäude, vor dem der Krankenwagen steht.

Rubys Gesichtsausdruck ist ernst. »Überdosis. Die Sanitäter haben sie wiederbelebt, aber für einen Moment stand es echt auf der Kippe.«

»O mein Gott. Wer ist es?«

Ruby wirft Ethan einen seltsamen Blick zu. »Olivia Pyne. Schauspielstudentin im zweiten Jahr. Holts Ex-Freundin, nicht wahr? Das ist doch das Mädchen, das dich gestalkt hat …«

Ich drehe mich zu Ethan um, er ist weiß wie die Wand. Ich will gerade noch etwas sagen, als die Haustür aufgeht und die Sanitäter eine fahrbare Krankentrage den Weg zum Bürgersteig runterschieben. Alle verrenken sich die Hälse, um einen Blick auf Olivia zu erhaschen. Auch wenn ihr blasses Gesicht halb von einer Sauerstoffmaske verdeckt wird, ist ihr bedenklicher Zustand sofort offensichtlich.

Ethan schiebt die Schaulustigen panisch zur Seite, um zu den Sanitätern zu gelangen. »Wird sie durchkommen?«

Eine Sanitäterin mustert ihn misstrauisch. »Sind Sie ihr Freund?«

Seine Miene verfinstert sich. »Nein.«

»Sie ist stabil. Mehr kann ich Ihnen nicht sagen.«

»War die Überdosis Absicht?«

»Das können wir zum jetzigen Zeitpunkt nicht sagen.«

»Was hat sie genommen?«

»Tut mir leid, Sir, ich kann Ihnen keine weiteren Informationen geben. Wir bringen sie ins White Plains Krankenhaus, dort werden die toxikologischen Tests durchgeführt.«

Die Sanitäterin schiebt sich an Ethan vorbei und öffnet die Tür des Krankenwagens. Olivia wird hineingehoben, und der Wagen fährt mit Blaulicht davon. Ich nehme Ethans Hand, seine Miene ist wie versteinert.

»Liberty meinte, sie war depressiv«, sagt Ruby. »Hat wohl ziemlich viele Drogen genommen. Ihre Mitbewohnerin dachte, sie wäre inzwischen clean. Aber offenbar war sie das nicht.«

Wortlos zieht Ethan seine Hand weg und stürmt davon. Als

ich ihn einhole, hat er die Kiefer so fest aufeinandergepresst, dass er Walnüsse mit den Zähnen knacken könnte.

»Ethan –«

»Ich will nicht darüber reden.«

Ja, wie immer. Bloß nicht reden.

Ich habe Mühe, mit ihm Schritt zu halten. »Du kannst dich nicht dafür verantwortlich machen. Jetzt mal im Ernst. Sie hatte ein Drogenproblem.«

»Das sie aber erst entwickelt hat, als ich sie verlassen hab.«

»Das weißt du nicht.«

»Doch, das tue ich, weil sie garantiert keine Drogen genommen hat, als wir noch zusammen waren. Das hätte ich gemerkt.«

»Das ist das College. Viele Leute machen dumme Sachen in der Zeit. Wenigstens haben sie sie rechtzeitig gefunden. Sie wird wieder gesund.«

Er bleibt stehen, und als er sich zu mir umdreht, lodert sein Blick. »Du gehst echt mit dieser rosaroten Brille auf der Nase durchs Leben, oder, Taylor? Hast du sie denn nicht gesehen? Sie war kaum noch am Leben! Ich weiß, dein Leben bestand bisher nur aus Kindergeburtstagen, aber nicht alle haben dieses Glück. Einige von uns leben in der echten Welt, wo Scheiße passiert, die man nicht einfach wiedergutmachen kann. Und sosehr man sich auch wünscht, dass sich die Dinge verändern – sie tun es, verdammt nochmal, einfach nicht. Wach mal auf!«

Als er davonstapft, beruhige ich mich damit, dass er unter Schock steht und einfach nur ein bisschen Zeit braucht. Dass es vorbeigeht, und alles wieder normal wird. Dabei weiß ich nicht mal, was normal bei uns bedeutet. Ich hasse es, dass wir von Tag zu Tag undefinierbarer werden und ich machtlos dabei zusehen muss.

Am Abend ruft er mich nicht an, und als er am nächsten Morgen zur letzten Maskenprüfung erscheint, sieht er aus, als hätte er kaum geschlafen.

»Mr Holt«, poltert Erika direkt los, als er sich mit der ersten Aufgabe abmüht. »Wie wollen Sie mit der Maske arbeiten, wenn es so viele Barrieren zwischen Ihrem Inneren und den Emotionen der Maske gibt?«

Er versucht es wirklich, Verletzlichkeit zuzulassen, aber er schafft es nicht.

»Lassen Sie los, Ethan! Entledigen Sie sich des Mülls, der Sie umgibt und den Sie für Schutz halten.«

Er knurrt frustriert und reißt sich die Maske vom Kopf. »Ich kann es nicht, verdammt! Ich kann es einfach nicht, okay?!« Er feuert die Maske quer durch den Raum. »Lassen Sie mich halt durchfallen, ich scheiß drauf!«

Erika lässt den Blick über die Gruppe schweifen. »Sie können gehen. Wir sehen uns morgen. Mr Holt, Sie bleiben hier.«

Betreten packen alle ihre Sachen und verlassen den Raum. Ich bleibe draußen auf dem Flur stehen und lausche angestrengt durch die angelehnte Tür. Gestern Olivia und jetzt das? Ich hab keine Ahnung, wie ich ihm helfen kann. Oder ob ihm überhaupt jemand helfen *kann*.

»Mr Holt, Ihr Verhalten in dieser Klasse ist inakzeptabel. Haben Sie eine Erklärung dafür?«

»Eine Erklärung? Okay, wie wäre es damit? Masken sind die letzte Scheiße. Ich will Schauspieler sein, kein verdammter Pantomime. Warum soll das denn bitte relevant sein für unsere Ausbildung?«

»Ein Schauspieler muss sich selbst mit dem Publikum teilen können. Diese Masken fordern Sie heraus, sich völlig zu öffnen. Deshalb ist es *sehr wohl* relevant.«

»Ich hab *versucht*, mich zu teilen und offen und verletzlich zu sein! Jede einzelne Stunde hier hab ich es versucht. Was wollen Sie denn noch?«

»Ich will, dass Sie einfach Sie selbst sind. Hören Sie auf, mir immer nur eine geschönte Version von sich anzubieten. Zeigen Sie mir den Mann unter all dem Ballast.«

»Verstehen Sie es denn nicht, verdammt? Unter meinem ganzen Ballast ist einfach noch mehr Ballast. Sie denken, dass irgendwo hier drinnen ein funktionierendes Individuum steckt, das ich nur finden muss? Aber diesen Menschen gibt es nicht! Glauben Sie mir, ich hab schon gesucht! Ich bestehe nur aus Chaos. Ich hätte gedacht, dass Sie das inzwischen auch wissen.« Er seufzt hörbar. »Lassen Sie mich einfach durchfallen. Es ist mir echt egal.«

Seine Stimme bricht beim letzten Satz, und ich würde am liebsten sofort reinrennen und ihn in den Arm nehmen.

Ethan hatte schon immer ein Problem mit seinem Selbstvertrauen, aber da ich weiß, was er durchgemacht hat, verstehe ich, wieso es ihm schwerfällt, sich zu öffnen. Er war ein Pflegekind, das mit drei Jahren adoptiert wurde, was er aber erst mit 16 erfahren hat. Das hat ihn völlig aus der Bahn geworfen. Zudem hatte er schon vorher eine komplizierte Beziehung zu seinem Dad, der immer extrem kritisch war. Als ob das nicht alles schon schlimm genug gewesen wäre, hat

Ethan in seinem letzten Jahr auf der Highschool auch noch seine Freundin dabei erwischt, wie sie ihn mit seinem besten Freund betrogen hat. Später fand er heraus, dass es nicht das erste Mal war.

Verarbeitet sind diese ganzen Erfahrungen nicht.

Ich wage einen Blick durch die angelehnte Tür. Ethan sitzt auf einem Stuhl, das Gesicht in den Händen vergraben. Erika befindet sich ihm gegenüber und beugt sich eindringlich vor.

»Ethan, hören Sie mir zu. Ich denke, wir wissen beide, dass es hier nicht nur um eine Schauspiel-Übung geht. Sie denken, dass Sie der Einzige sind, dem es Angst macht, anderen sein wahres Ich zu zeigen? Jeder von uns trägt verschiedene Masken in seinem Leben. Wir haben alle verschiedene Gesichter, die wir unseren Kollegen, unseren Freunden oder der Familie zeigen. Manchmal haben wir so viele Masken, dass wir vergessen, wer wir darunter wirklich sind. Aber Sie müssen den Mut aufbringen, unter all diesen Schichten zu suchen. Das ist es, was ich von Ihnen will. Das ist alles, was ich je von Ihnen wollte.«

Er schüttelt den Kopf. »Was, wenn mein wahres Ich nur … nur Scheiße ist? Und nicht liebenswert. Wieso sollte ich das jemandem zeigen wollen?«

Erika beugt sich wieder vor. »Weil es am Ende die einzige wahre Version von Ihnen ist. Alles andere ist nur gespielt.«

»Sie haben recht.« Seine Stimme klingt heiser. Entmutigt. »Ich spiele das alles nur. Vielen Leuten spiele ich schon viel zu lang etwas vor.«

Sie legt ihm eine Hand auf die Schulter, aber er zuckt zurück.

»Ethan …«

»Ich verzichte auf den Schein. Kann ich jetzt gehen?«

»Wenn Sie sonst über nichts mehr reden wollen, dann –«

»Nein, danke.« Er rauscht aus dem Raum und bleibt nicht stehen, als er mich erblickt.

»Ethan?«

Er ignoriert mich.

»Hey, bleib doch mal stehen. Wo willst du denn hin?«

Ich packe ihn am Arm, er fährt herum. »Lass mich, Cassie. Du … lass mich einfach, verdammt. Du brauchst mehr, als ich dir geben kann. Das hab ich immer gewusst, aber jetzt ist es ganz klar. Wir müssen beide aufhören, so zu tun, als wäre es anders.«

»Was willst du damit –?«

»Ich hab es versucht. Ich hab es echt versucht. Aber ich kann nicht mehr. Ich bin fertig. *Wir* sind fertig.«

Er reißt sich los und stapft davon. Ich bin so geschockt, dass ich ihm nur noch benommen hinterhersehen kann.

7 *Stärker*

GEGENWART
NEW YORK CITY
WOHNUNG VON CASSANDRA TAYLOR

Ich weiß nicht, ob er keine Lust mehr hat zu reden oder ob ihm die Worte ausgegangen sind. Er hat eine Menge geredet. Über Angst und wie man sie bekämpft. Dass man aus Fehlern lernen muss. Dass wir beide bessere Menschen werden, wenn wir zusammen sind.

Er hat all die Dinge gesagt, die ich vor Jahren von ihm hören wollte, als ich noch jünger und voller Hoffnung war.

Ich hab es mir alles angehört, ohne viel zu erwidern.

Ich hätte erwartet, dass Ethan irgendwann genervt ist von meinem beharrlichen Schweigen. Aber das ist er nicht. Er ist geduldig, zärtlich, überzeugend. So anders als früher.

»Ich will keine Garantie, Cassie«, sagt er schließlich. »Nur eine Chance. Eine Chance, es zu versuchen.«

Versuchen zu vergessen, was in der Vergangenheit passiert ist? Versuchen, ihn einfach wieder zu lieben?

Das wäre schön.

Versuchen ist nicht immer genug.

Ich räuspere mich. »Auch wenn ich zustimmte, woher weißt du, dass ich mich nicht genauso verhalte wie du damals und wieder alles kaputtmache?«

Zum ersten Mal sehe ich einen Anflug von Verwirrung in seinem Blick. »Weil du besser bist als ich. Das warst du immer. Unendlich viel weiser und stärker.«

Fast hätte ich laut gelacht. »Ethan, wenn es eins gibt, das ich nicht bin, dann ist es stark. Wäre ich stark, hätte ich dich längst abgehakt und würde mein Leben ohne dich genießen. Aber was tue ich: Hier stehen und ernsthaft darüber nachdenken, dir noch eine Chance zu geben.«

»So ein Quatsch. Du bist stark, *weil* du hier stehst und dich deinen Ängsten stellst, anstatt vor ihnen davonzulaufen. Wenn ich deine Stärke in der Vergangenheit gehabt hätte, wäre diese Geschichte schon vor Jahren ganz anders ausgegangen.«

Ich atme ein paarmal tief durch. So gern ich die Vergangenheit ruhen lassen würde, dieses Gespräch bringt alles mit Macht zurück. Mir wird schlecht, mein Brustkorb ist wie zugeschnürt. Ich erkenne die Anzeichen einer Panikattacke. Ich habe das schon ein- oder zweimal erlebt – nach Ethan. Normalerweise weiß Tristan, wie er mich beruhigen kann.

Ethan streichelt mir den Arm, als er merkt, was los ist. Er kennt die Symptome natürlich auch.

Seine Panikattacken waren es, die uns immer wieder zu Fall gebracht haben.

8 *Eine Nacht*

SECHS JAHRE ZUVOR
WESTCHESTER, NEW YORK
THE GROVE

Die Sonne geht unter, ich bewege mich nicht.

Ruby schreibt mir, dass sie zufällig eine alte Flamme von sich getroffen hat und heute Abend nicht nach Hause kommen wird. Ich bewege mich immer noch nicht.

Ich hab das vage Gefühl, unter Schock zu stehen. Und begreife nicht, was passiert ist.

Ethan.

Ethan ist …, aber …

Hat er gerade mit mir Schluss gemacht?

Nein.

Nein.

Wenn er mit mir Schluss gemacht hätte, wüsste ich es doch, oder? Er war aufgebracht, klar, aber er war wütend auf Erika, nicht auf mich. Nein. Es war nicht mal Erikas Schuld. Er war wütend auf sich selbst.

Also, warum fühlt sich alles so … falsch an?

Ich stehe auf und strecke mich, aber es hilft nicht gegen die Schmerzen in meinem Körper. Ich muss etwas tun. Ich sollte ihm sagen, dass es egal ist, was er fühlt, dass wir das zusammen schon schaffen. Das tun Paare doch, oder?

Aber sind wir noch ein Paar?

Ich suche mit zittrigen Händen in meinem Rucksack nach meinem Handy. Eine leise Stimme warnt mich. Bis jetzt habe ich die vage Hoffnung, die ich noch verspüre, der bitteren Wahrheit vorgezogen.

Aber ich kann ihn auch nicht *nicht* anrufen. Wir müssen das wieder hinbekommen.

Ich suche seine Nummer raus und zögere. Obwohl ich nie besonders religiös war, schicke ich ein lautloses Stoßgebet gen Himmel.

Bitte lass ihn zur Vernunft kommen. Lass uns das schaffen.

Ich tigere im Wohnzimmer auf und ab, während ich darauf warte, dass die Verbindung aufgebaut wird. Als es klingelt, bleibe ich abrupt stehen.

Was?

Ich höre Ethans Klingelton – AC/DCs *Back in Black* – durch die Wohnungstür.

Er ist hier?

Ich reiße die Tür auf, und da steht er. Mit hängenden Schultern, das Handy in der Hand.

»Ethan?«

»Ich weiß nicht, wieso ich hier bin.«

Ich kann ihn kaum verstehen. Seine Stimme ist kratzig, die Fingerknöchel der rechten Hand sind aufgeschürft und blutig.

»Was ist mit deiner Hand passiert?«

Er redet weiter, als hätte er mich nicht gehört. »Auch wenn ich versuche, mich von dir fernzuhalten – ich kann es einfach nicht. Was ist nur los mit mir?«

»Ethan? Deine Hand?«

Er hebt den Kopf, seine Augen sind rot und geschwollen. »Hab gegen eine Wand geschlagen.«

»Wieso?«

»Weil ich ein erbärmliches Arschloch bin. Das solltest du doch inzwischen wissen.«

Ich hab ihn noch nie so emotional und verletzlich gesehen. Meine Haut kribbelt. Das kann nicht gut ausgehen. »Hey, ist schon okay. Komm erst mal rein.« Ich nehme seine Hand und ziehe ihn durch die Tür. »Lass mich das desinfizieren.«

Widerwillig folgt er mir ins Bad. Ich wasche seine Hand unter warmem Wasser ab und betupfe sie mit einer Salbe. Er beobachtet mich, seine Finger zittern. Seine Anspannung scheint das ganze Zimmer auszufüllen.

Ich will ihn beruhigen, weiß aber nicht wie. Als ich versuche, sein Gesicht zu berühren, weicht er zurück.

»Nein …« Er geht ins Wohnzimmer und fährt sich durch die Haare. »Ich hätte einfach heimgehen sollen. Ich wusste von Anfang an, dass ich dich und dein Leben zerstören würde. Aber ich war zu schwach, um zu widerstehen. Du machst mich so verdammt schwach.«

Panik steigt in mir auf, während ich hilflos mit ansehe, wie er vor meinen Augen zerbricht. Schneller, als ich ihn wieder zusammensetzen kann.

Ich lege ihm beruhigend eine Hand an die Brust. Er schaut an sich runter, als würde ich ihm ein Brandmal verpassen. Schnell lasse ich die Hand sinken. »Ethan, hör zu, was auch immer du gerade fühlst, wir kriegen das gemeinsam hin. Bitte …« Ich atme einmal tief durch, versuche, das Beben in meiner Stimme zu unterdrücken. »Sag mir einfach, was ich tun kann. Kann ich überhaupt etwas tun?«

Er lehnt sich an die Wand und runzelt die Stirn. »Ich weiß es nicht.« Seine Panik ist so deutlich, dass sie mir eine Gänsehaut verpasst.

»Wie kann ich helfen? Bitte –«

»Verdammt, Cassie, ich *weiß* es nicht, okay? Ich weiß nicht mehr, was ich tun soll. Seit dem Tag, als ich dich kennengelernt habe, bin ich so verwirrt, dass ich nicht mehr weiß, wo oben und unten ist. Ich weiß nur, dass ich bei dir sein will, aber –«

Ich gehe zu ihm und nehme sein Gesicht in die Hände. Meine Verzweiflung ist ebenso groß wie seine. »Nein. Kein Aber. Du bist bei mir. Sieh doch. Du bist genau hier.«

»Das sollte ich aber nicht.« Er kneift die Augen zusammen.

»Nein. Sei still. Du bist bei mir, und ich gehöre zu dir, und … ich liebe dich.«

Er reißt die Augen auf und starrt mich an. Mir fällt auf, dass es das erste Mal ist, dass ich es ihm gesagt habe. Ich fühle schon so lange so, aber ich schätze, ich war zu stolz, zu dickköpfig oder hatte zu viel Angst, es ihm zu sagen. Aber jetzt muss es raus, weil ich dabei bin, ihn zu verlieren, und das darf nicht passieren. Das darf einfach nicht passieren.

Ich warte auf seine Reaktion. Erwarte ich, dass er es erwidert? Nach all den Monaten voll obsessiver Leidenschaft – natürlich erwarte ich es irgendwie. Aber er sagt es nicht. Stattdessen lässt er den Kopf hängen, als hätte ich gerade sein Todesurteil verhängt.

»Fuck. Cassie … Tu das nicht.«

»Es ist aber wahr«, entgegne ich. »Ich liebe dich, Ethan. Du bist … toll und talentiert und wunderbar, und ich liebe dich. Ich weiß, dass du Angst hast. Das letzte Mal, als du dich jemandem geöffnet hast, hat dich deine Freundin mit deinem besten Freund betrogen. Aber du weißt, dass ich das niemals tun würde. Und du solltest auch wissen, dass ich nicht deine Familie bin. Weder deine leiblichen Eltern, die dich zu einer Pflegefamilie gegeben haben, noch dein Dad, der nicht damit umgehen kann, was du mit deinem Leben machen willst. Ich bin keiner von denen, Ethan. Ich bin Cassie. Die dich liebt. Und ich hoffe, dass du unter deiner ganzen Angst … einen Weg findest … naja, ich hoffe dass … du mich auch lieben wirst.«

Bitte, Ethan. Sag mir, dass es so ist.

Er reibt sich die Augen und schüttelt den Kopf. »Ich kann nicht …«

Ich bin kurz davor, in Tränen auszubrechen. Aber ich will für ihn stark sein, und ich will, dass es ihm gutgeht. Wir können das schaffen. »Du kannst nicht … was? Mich lieben?« Ich spanne alle Muskeln an, um mich gegen einen weiteren Schlag zu wappnen.

Er reibt sich abermals die Augen. »Cassie, es ist egal, was ich für dich empfinde. Ich bin einfach nicht das, was du brauchst.«

»Doch, das bist du.«

»Wie kannst du das sagen?« Er klingt frustriert. »Ich beweise dir doch immer und immer wieder, dass du falschliegst. Du verdienst jemand Besseren.«

»Ich will aber niemand anderen.«

Er schüttelt den Kopf. »Du weißt, dass das Quatsch ist.«

»Was denn? Du willst mich, aber du liebst mich nicht?« Meine Stimme bricht, und ich ärgere mich, dass ich so erbärmlich klinge. »Geht es darum?«

Sein Gesichtsausdruck wird etwas milder, schon fast mitleidig. Ich hasse diesen Ausdruck an ihm. Er erkennt natürlich, wie verzweifelt ich mir wünsche, dass alles gut ist zwischen uns.

»Du glaubst, dass ich dich nicht liebe?« Er tritt von der Wand weg, an der er gelehnt hat, und richtet sich vor mir auf. Sein Blick ist starr. »Wenn ich das nicht tun würde, glaubst du ernsthaft, dass es mir dann jetzt so beschissen gehen würde? Meinst du, es macht mir Spaß, mich so zu fühlen? Es zerreißt mich innerlich, dich gehen zu lassen. Fuck, Cassie, ich weiß, dass es das Richtige wäre, dich in Ruhe zu lassen. Aber wenn ich daran denke, es zu tun …« Er fasst sich an die Brust. »Es tut einfach so verdammt weh. Und ich hab es satt zu leiden. Ich dachte, du könntest mir helfen, aber du hast alles nur schlimmer gemacht.« In seinem Gesicht spiegeln sich alle seine Gefühle wider. Er kann mir kaum in die Augen schauen.

In mir steigen Tränen auf.

»Du willst, dass ich es sage? Ja, verdammt, ich liebe dich. Aber du hast keine Ahnung, wie oft ich mir gewünscht habe, dass es nicht so wäre. *Absolut* keine Ahnung.«

Er ballt die Hände zu Fäusten und sieht aus, als würde er verrückt werden, wenn er mich nicht gleich berühren darf. Ich fühle mich genauso. Als wäre er das Einzige, das mich jetzt noch zusammenhält.

»Dich zu lieben«, fährt er fort, »ist das Dümmste und Egoistischste, was ich je getan habe, aber ich kann es nicht ändern. Und ich hab es echt versucht.«

Ehe ich etwas erwidern kann, ist er bei mir. Seine Arme umfassen mich, und er küsst mich. Der erste Schock weicht schnell einem heißen Fieber, das mich zu Butter in seinen Händen werden lässt.

Er stöhnt und küsst mich wieder und wieder, mit jedem Mal leidenschaftlicher. Ich kann kaum mithalten.

So hat er mich noch nie geküsst. Noch nie. Es ist, als würde er direkt mit meinem Körper sprechen. Um Erlaubnis bitten, sich entschuldigen und sich gleichzeitig etwas wünschen, das niemals sein kann. Er drückt mich an die Wand, und obwohl in seinem Kuss dieselbe hungrige Begierde liegt, die schon immer zwischen uns war, ist es doch etwas anderes.

Liebe.

Reine, unverstellte Liebe.

Ich spüre es unter meiner Haut und in jeder Zelle meines Körpers, während er sein Gesicht an mich drückt.

»Sag mir, wie ich aufhören kann, dich zu lieben, Cassie. Bitte. Ich hab nämlich keine Ahnung, wie es gehen soll.«

Er küsst mich noch inniger. Länger. Intensiver. Und in seinem Kuss spüre ich alle die Dinge, die er nicht aussprechen kann. Verführung und Sehnsucht liegen darin. Rohe Begierde, unerbittliche Furcht und verhasste Verletzlichkeit.

Einfach alles.

Unsere Münder und unsere Hände sind außer Kontrolle. Wir verschmelzen miteinander. Auch wenn Ethans Verstand diese Liebe nicht will, sein Körper scheint anderer Ansicht zu sein.

Die Luft schwirrt, als wäre sie elektrisch aufgeladen. Seine Bewegungen werden rauer, ungeduldiger. Als er nach meinem Shirt greift, hebe ich sofort die Arme, damit er es mir über den Kopf ziehen kann. Meine Jeans sind als Nächstes dran. Er reißt sie mir beinahe runter. Als er meine Beine von den Knöcheln aufwärts mit Küssen überzieht, werden meine Knie weich. Hitze wallt in mir auf, überall dort, wo er mich berührt. Ich scheine in Flammen zu stehen. Sein Mund ist überall, als würde er mich verschlingen wollen.

Ich weiß genau, wie sich das anfühlt. Ich bin ebenso hungrig nach ihm.

Ich mühe mich mit den Knöpfen an seinem Hemd ab, begierig nach der Haut darunter. Ungeduldig reiße ich an dem Stoff, bis ich das Hemd von seinen Schultern streifen kann. Als meine Hände endlich auf seiner nackten Haut liegen und ich seinen hämmernden Herzschlag darunter spüre, seufze ich.

Das ist mehr als Lust. Es ist eine zwingende Notwendigkeit. Jenseits jeder Vernunft. Ich kann ihn nicht fest genug halten.

»Gott, Ethan …«

Er zerrt an meinem BH und streift mir die Träger von den Schultern. Mein Atem geht stoßweise, während er meine Brüste küsst und an den Brustwarzen saugt. Dann fährt er mit einer Hand in meine Unterhose und drückt mich gleichzeitig an die Wand. Ich habe das Gefühl, wenn er das nicht täte, würde ich davonfliegen.

O Mann, wie er sich anfühlt! Und wie er aussieht, wenn ich ihn berühre. So männlich. Seine Muskeln zucken, er ringt um Beherrschung. Wenn ich könnte, würde ich ihm gerne immer so nah sein. Würde seine Zweifel und Unsicherheiten mit meinen Berührungen wegwischen.

Ich weiß nicht, wie wir auf dem Boden gelandet sind. Ich drücke ihn nach unten, damit ich jeden Zentimeter seiner warmen, gutriechenden Haut erkunden kann. Aus dem Augenwinkel bemerke ich, wie er nach seinem Geldbeutel fischt und ein Kondom herauszieht, das er sich mit ein paar geschickten Bewegungen überstreift.

Er dreht mich auf den Rücken und legt sich auf mich. Nackt schaut er auf mich herab, und in seinen Augen lodert ein Feuer. Er sieht mir fest in die Augen, dann spüre ich, wie er sich gegen mich drückt.

Der Druck. Der süße, ekstatische Druck.

Ich schaue ihn benommen an. Dieses Gefühl. Dieses wahnsinnig intensive Gefühl. Es ist einfach unglaublich, wie sich ein Körper mit einem anderen verbindet.

Sein Mund steht offen, die Augenlider sind schwer.

Wie kann er nur denken, dass wir nicht zusammengehören?

Er bewegt sich vorsichtig und langsam, sein Gesicht wirkt konzentriert. Doch dann gewinnt seine Lust die Oberhand, und seine Bewegungen werden schneller. Jeder Stoß bringt uns näher zusammen. Ich klammere mich an seine Schultern und beobachte sein Gesicht, wie es verschiedene Stufen der Lust durchläuft. Er ist wunderschön.

Er vergräbt die Hände in meinen Haaren, küsst meine Brust.

Ich hebe den Blick zur Decke. Sie verschwimmt vor meinen Augen. Ich schiebe ihm meine Hüfte entgegen und umfasse seinen Po mit den Händen. Adrenalin schießt durch meine Adern, und als er die Hand zwischen uns schiebt und die Finger kreisen lässt, bin ich verloren. Ich falle und falle und falle, während pulsierende Wellen über mich hinwegrollen.

In diesem Moment sind wir nicht mehr zwei Menschen; wir sind eine untrennbare bebende und keuchende Masse.

Unglaublich.

Ich seufze.

Ethans Körper liegt schwer auf mir, sein Gesicht ist in meinen Haaren vergraben. Ich fahre ihm mit den Fingern über den Kopf.

»Ich liebe dich, Ethan Holt«, hauche ich atemlos. »Egal, wie schwierig es vielleicht wird, erinnere dich immer daran, okay?«

Er schluckt mehrmals schwer und gerade als ich das Gefühl habe, mein Herz müsste zerspringen, atmet er hörbar aus. »Ich … ich liebe dich auch.«

Den Rest der Nacht sprechen wir nicht.

Aber wir schlafen immer wieder miteinander. In der Dusche, in der Küche, auf dem Sofa – und schließlich in meinem Bett.

Als die Erschöpfung uns übermannt, rolle ich mich neben ihm zusammen und lege meinen Kopf auf seine Brust. Ich schlafe ein mit Ethans Herzschlag im Ohr.

Was auch immer für Probleme uns erwarten, wir werden einen Weg finden, denn das tun Paare, die sich lieben.

In meinen Träumen lächelt er.

Am nächsten Morgen wache ich auf, und Sonnenlicht sickert durch meine noch geschlossenen Lider. Vor dem Fenster zwitschern Vögel. Ich lächle unwillkürlich, als ich den warmen Körper neben mir fühle.

Das erste Mal, als wir miteinander geschlafen haben, hat Ethan sich nachts davongestohlen. Dieses Mal ist er geblieben.

Ich atme seinen Geruch ein und fahre mit der Hand über seine Brust und seinen Bauch. Er ist warm. So viel Ethan sollte nicht legal sein. Er fühlt sich zu gut an. Es erregt mich, nur neben ihm zu liegen.

Als ich mich dichter an ihn kuschle, bemerke ich, dass Ethans Herz ziemlich schnell schlägt. Zu schnell.

Ich öffne die Augen. Er ist wach und starrt mit versteinerter Miene an die Decke.

Eine finstere Vorahnung ergreift mich. »Hey.«

Er blinzelt und dreht den Kopf. »Hey.«

Seine Haltung ist verdächtig steif. Der Arm, der mich nachts noch fürsorglich umschlungen hat, liegt jetzt ausgestreckt unter mir.

Ich richte mich auf. »Was ist los?«

Er reibt sich über die Augen. »Ich muss gehen.«

Ehe ich protestieren kann, schwingt er die Beine aus dem Bett, angelt sich seine Unterwäsche vom Boden und zieht sich an.

»Was? Ethan …?«

»Ich muss nach Hause und packen, bevor ich nach New York fahre«, sagt er, ohne mich anzuschauen. »Außerdem muss ich noch bei Erika vorbei, um rauszufinden, was ich als

Extra-Aufgabe über die Weihnachtsferien machen kann, um den nicht bestandenen Kurs auszugleichen. Das werden verdammt frohe Festtage.« Er zieht sich die Jeans an und sieht sich suchend nach seinem Hemd um.

»Naja, ich könnte auch mitkommen. Also, zu deiner Wohnung, meine ich. Wenn du mit Packen fertig bist, könnten wir etwas frühstücken gehen. Mein Flug nach Hause geht erst heute Nachmittag ...«

»Nein.«

Er verschwindet in Richtung Flur, und ich spüre Übelkeit in mir aufsteigen. Ich ziehe im Sitzen die Decke um mich. Er kommt zurück und knöpft sich das Hemd zu.

»Nein? Du willst nicht, dass ich mitkomme?«

Er setzt sich auf die Bettkante und zieht sich Socken und Stiefel an, ohne mich auch nur eines Blickes zu würdigen. Seine Bewegungen haben etwas Hartes an sich. Erinnert er sich denn nicht an letzte Nacht? Es war unfassbar schön. Wie kann er da wütend sein?

»Ethan ... rede mit mir.«

Er bindet seine Schuhe und starrt zu Boden. Seine Kiefer mahlen.

»Cassie ...« Er seufzt. »Ich dachte, ich könnte –« Er kneift die Augen zusammen. »Es geht einfach nicht.«

Panik steigt in mir auf. »Fang nicht wieder mit dem Mist an. Es geht wohl.«

Sein Atem beschleunigt sich. »Letzte Nacht war ein Fehler.«

Ich erstarre vor Schock. Seine Worte hängen in der Luft wie eine giftige Wolke. Etwas in mir zerbricht.

Das hat er nicht gesagt. Das kann nicht sein.

Er war doch hier. Er hat es gefühlt. Wie könnte er es nicht gefühlt haben? Es war nicht nur Sex. Wir haben uns *geliebt.*

»Ein … ein Fehler?«

»Gestern Nacht war …« Er schüttelt den Kopf. »Ich bin gestern durch den Schauspielkurs gefallen, weil ich mich für die beschissene Masken-Übung nicht öffnen konnte. Was dich natürlich nicht überrascht hat, oder? Immerhin willst du seit Monaten, dass ich mich öffne, und das hab ich auch nie geschafft.« Er schaut über seine Schulter, meidet aber den Blickkontakt. »Ich bin nicht fähig, ein guter Freund zu sein. Das wissen wir beide. Gestern Nacht hat daran nichts geändert.«

Mein Gesicht glüht vor Wut. »Wie kannst du das sagen? Wir haben uns gesagt, dass wir uns lieben, verdammt! Das ändert alles!«

Er dreht sich zu mir um, seine Augen sind feucht. »Ja, aber manchmal kann Liebe allein nicht alles richten. Ich hätte nicht zulassen dürfen, dass es so weit kommt.«

Ich kann einfach nicht glauben, was ich höre. »Das ist doch lächerlich! Du glaubst nicht, dass es funktioniert, also war's das? Es ist einfach vorbei?!«

Er springt vom Bett auf. »Ja! Weil ich weiß, dass ich zu kaputt bin, um derzeit eine Beziehung zu führen. Ich werde dir *weh tun*, Cassie! Ich habe schon anderen weh getan, und bei dir wird es genauso sein. Hast du vergessen, dass da gerade ein Mädchen in einem verdammten Krankenhausbett liegt? Dank *mir*. Ich hab es jedenfalls nicht vergessen! Und jetzt kann ich nur noch daran denken, dass *du* das sein könntest.

Und du *wirst* es sein, wenn ich diese Beziehung nicht so schnell wie möglich beende.«

»Ethan, nein.«

»*Doch*, Cassie. Ich bin nicht gut für dich. Ich verlange zu viel, und ich bin launisch und übertrieben eifersüchtig, und so sehr ich es *hasse*, dass ich so bin, kann ich es doch nicht ändern. Glaubst du, ich hab nicht versucht, mich zu ändern? Die letzten Wochen habe ich *nichts anderes* getan. Ich hab meine natürlichen Reaktionen unterdrückt, um dir der Freund zu sein, den du verdienst, aber es war alles gespielt. Und jetzt sag nicht, dass du es nicht bemerkt hast, ich weiß nämlich, dass es so ist.«

»Natürlich hab ich es bemerkt, aber ich wusste nicht, was ich tun kann, weil du ja nie mit mir *reden* wolltest!«

Er reißt die Arme hoch. »Das liegt daran, dass meine Gefühle in der Regel total bescheuert und unlogisch sind! Ich sehe dich mit Avery tanzen und kann an nichts anderes mehr denken als daran, dass du irgendwann mit ihm schlafen wirst! Du bist zehn Minuten zu spät, und schon hab ich Angst, dass du mich verlassen hast.«

»Das ist doch lächerlich!«

»Ich weiß! Das ist ja das Problem. Aber ich kann die Gedanken einfach nicht abstellen! Ich vertraue dir nicht, obwohl du *nichts* getan hast, dass mich an dir zweifeln lassen sollte.« Er reibt sich seufzend übers Gesicht. Als er weiterspricht, ist seine Stimme wieder leiser. »Ich hab in meinem Leben viele Dinge getan, die ich bereue. Hab Menschen schlecht behandelt. Meine Launen an anderen ausgelassen. Ich spüre, wie ich das auch bei dir tue, und ich ertrage es nicht. Du verdienst es nicht, so behandelt zu werden, und ich verdiene dich nicht. Akzeptier es einfach, und leb dein Leben. Das werde ich auch versuchen.«

Mir rauscht das Blut in den Ohren, ich habe das Gefühl, alles versinkt um mich herum. Ich kralle die Finger so fest in die Decke, dass es weh tut. »Hörst du dir überhaupt selbst zu? Du machst mit mir Schluss, um mich zu *beschützen*? Ist das dein Ernst?«

»Cassie –«

Ich schlage wütend auf die Matratze und hasse es, dass mir heiße Tränen über die Wangen laufen. »Ich liebe dich, du Arschloch! Was bitte hat es damit zu tun, mich zu *beschützen*, wenn du mir das Herz brichst?!«

Er starrt mich ein paar Sekunden lang gequält an; so dass ich schon denke, er wird mich gleich in den Arm nehmen und trösten. Aber er tut es nicht, und das Loch in meinem Herzen reißt ein Stück weiter auf. Stattdessen steckt er die Hände in die Hosentaschen und senkt den Blick. Alles an ihm schreit nach unterdrücktem Schmerz.

»Cassie«, sagt er leise, »wenn ich das jetzt nicht tue, werde ich uns in drei Monaten beide zerstört haben, und du wirst mich für immer hassen. Oder noch schlimmer. Wenn ich es jetzt beende, dann … Vielleicht gibt es eine Chance, dass wir noch … Freunde sein können.«

»Freunde?« Meine Stimme überschlägt sich fast. *»Freunde?«* Dicke, hässliche Tränen rollen mir über die Wangen. Er tut es wirklich. Trotz allem, was wir füreinander empfinden … tut er es.

»Du bist kein *Freund*«, sage ich leise und verbittert. »Du

bist der Mann, den ich liebe. Soll ich einfach vergessen, was ich für dich empfinde? Oder wie du für mich empfindest? Du wirst nie ein Freund sein können, Ethan. Niemals.« Mein Brustkorb ist wie zugeschnürt, meine Kehle brennt. Trotzdem kann ich mich nicht davon abhalten, eine letzte Bitte zu flüstern. »Ethan … bitte, tu das nicht.«

Ich weiß, ich bettele, aber es ist mir egal. Er kann nicht gehen. Er liebt mich. Er hat es gesagt. Ich habe es gespürt. Wie kann er das nur alles aufgeben?

»Ich habe es schon getan.« Damit macht er einen Schritt zurück. Sein Atem geht flach, und er senkt den Blick. »Ich muss los.« Er wendet sich zum Gehen.

Heißer Schmerz überflutet mich. Hilflos schlinge ich die Arme um den Oberkörper, um mich irgendwie zusammenzuhalten, aber ich spüre, wie ich auseinanderfalle. Ein Riesenscherbenhaufen ist alles, was von mir übrig bleibt.

»Ich liebe dich«, flüstere ich, ohne es verhindern zu können.

Er erstarrt in der Bewegung. Die Stille im Raum ist ohrenbetäubend. Mir dämmert, dass er es dieses Mal nicht erwidern wird. Er hat beschlossen, uns zu zerstören, und ich kann nichts dagegen tun.

Er dreht den Kopf. »Mach's gut, Cassie. Wir sehen uns im neuen Jahr.« Mit drei Schritten ist er aus dem Zimmer, dann höre ich, wie die Wohnungstür ins Schloss fällt.

Jede Chance, den Lauf der Dinge zu verändern, verschwindet mit diesem Geräusch.

Das erste Schluchzen ist so schmerzhaft, dass es sich fast wie ein Schnitt in der Kehle anfühlt. Das zweite gleicht einer

Verbrennung im Hals. Dann bestehe ich nur noch aus Schmerz und Tränen. Als ich das Gesicht ins Kissen drücke, rieche ich den Mann, der für all das verantwortlich ist.

9 *Schleusen*

GEGENWART
NEW YORK CITY
WOHNUNG VON CASSANDRA TAYLOR

Er versucht, mich zu beruhigen, als mein Herz zu zerbersten droht.

»Hey«, sagt er und streicht mir eine Haarsträhne aus dem Gesicht. »Cassie … es ist okay …«

»Nichts ist okay. Du hast mich verletzt.«

»Ich wünschte, ich könnte es ungeschehen machen, aber das kann ich nicht.«

»Hast du dich schon mal so gefühlt? So wütend? Und außer Kontrolle?«

»Ja.«

»Das ist ätzend.«

Er legt mir die Hände an die Wangen. »Ich weiß. Und es ist meine Schuld. Es tut mir leid.« Er streichelt mir sanft über den Rücken.

Ich stoße ihn weg. Er stutzt kurz, legt dann aber entschlossen erneut die Arme um mich. Ich stoße ihn wieder weg, mein Gesicht brennt vor Wut und anderen Gefühlen, die ich nicht mal identifizieren kann. Ich würde am liebsten um mich schlagen.

Um ihn zu bestrafen.

Er weiß es. Es ist nicht schwer, seine alten Verhaltensmuster in mir zu erkennen.

»Tu es«, sagt er. »Schlag mich, wenn du willst. Gib mir 'ne Ohrfeige. Schrei mich an. Tu irgendwas, Cassie. Das brauchst du jetzt.«

Ich schlucke schwer. Doch die Emotionen lassen sich nicht runterschlucken. Ich stöhne, als sich die Schleusen öffnen und mir heiße Tränen in die Augen schießen. Dann endlich schlage ich ihm gegen die Brust. Es ist ein kräftiger und gleichzeitig verzweifelter Hieb.

»Ja. Lass es raus. Tu es.«

Ich schlage ihn einmal … zweimal … dreimal … viermal. Dabei fluche ich und schluchze, und er steht einfach da und nimmt alles hin. Murmelt nur, dass er mich liebt.

Mein Schluchzen wird heftiger, ich lasse alles raus, die ganze Wut auf ihn, für alles, das er mir angetan hat. Ich strafe ihn für den Schmerz, den er verursacht hat, und die Zeit, die er mir geraubt hat. Die Jahre voller Gift. Ich lasse alles raus, bis ich nichts mehr in mir habe. Jeglicher Brennstoff für mein Feuer ist dahin. Die verbitterte Stimme in meinem Kopf ist endlich still. Ich bin nur noch erschöpft.

Er schlingt die Arme um mich und hält mich fest, als meine Beine unter mir nachgeben. Dabei flüstert er, dass alles gut werden wird. Dass mit *uns* alles gut werden wird.

Ich habe keine Kraft mehr, ihm zu widersprechen. Ich bin zu erschöpft.

Als die Tränen auf meinen Wangen irgendwann zu trocknen beginnen, erwidere ich die Umarmung und lasse zu, dass ein Hauch von Hoffnung in mir aufkeimt.

Ich weiß nicht, wie lang wir so dastehen, aber keiner von uns scheint das Bedürfnis zu haben, sich zu bewegen. Es ist, als wollten wir nicht, dass der Moment endet.

Nach einer Weile küsst er mich auf den Kopf, dann auf die Stirn und auf die Schläfe. Er nimmt mein Gesicht in beide Hände und küsst meine Wangen. Jede seiner Berührungen lässt mich erschauern und entflammt Orte in mir, die sehr lange dunkel gewesen sind. Alles andere rückt in den Hintergrund, wenn er mich so berührt. »Cassie …«

Die Art und Weise, wie er meinen Namen sagt, ist wie ein erleichtertes Seufzen. Ein Versprechen. Eine Entschuldigung.

Er streicht mir mit den Daumen über die Wangen und sieht mir ein paar lange Sekunden in die Augen, ehe er mich auf den Mund küsst. Er bewegt sich nicht, seine Lippen liegen einfach nur weich auf meinem Mund.

Mein Puls rast.

Er löst den Kuss und legt mit geschlossenen Augen seine Stirn an meine. »Nur noch eine Chance, das ist alles, was ich brauche. Cassie, bitte. Ich weiß, zweite Chancen bekommt man nicht so leicht, und ich will sogar eine dritte von dir, aber … Fuck, ich brauche dich. Sag einfach ja. Bitte!«

Ich schlucke die gewohnte Panik runter. »Nach meinem Ausbruch eben … Bist du dir sicher, dass du diese Ansammlung von Unsicherheiten wirklich willst?«

Er hebt mein Kinn und sieht mir tief in die Augen. »Cassie, ich kann dir mit absoluter Gewissheit sagen, dass ich noch nie in meinem Leben etwas so sehr gewollt habe wie dich. Auch wenn du nein sagst, wird sich daran nichts ändern.«

Ich seufze. Er findet immer die richtigen Worte, um mich

rumzukriegen. »Naja, okay. Ich schätze, dann … ähm … geben wir der Sache noch eine letzte Chance.«

Sein Lächeln ist so strahlend, es ist überwältigend.

»Aber«, sage ich, »es wird garantiert nicht einfach. Ich werde meine Zeit brauchen, wir müssen es also langsam angehen, okay?«

Er atmet hörbar aus. »Okay. Gar kein Problem.« Dann zieht er mich wieder in seine Arme und küsst mich so leidenschaftlich, dass meine Ermahnung wie ein Witz wirkt.

Ich reiße mich los. »Ethan …«

»Langsam. Ja, schon gut, ich weiß. Ich muss nur noch eine Sache tun.« Er nimmt mein Gesicht in die Hände und küsst mich noch einmal stürmisch. In dem Kuss spüre ich seine Freude, aber auch seine Verzweiflung.

Benebelt und berauscht von seinen Küssen merke ich kaum, wie er mich rückwärts durch die Tür schiebt, die ich noch vor kurzem blockiert habe. Dann schließt er die Tür hinter uns.

Er presst sich an mich.

»Ethan …«

Ich komme kaum zu Atem.

»O Gott, Cassie … Danke. Danke für das. Für dich. Danke.« Er hört auf, mich zu küssen, und umarmt mich stattdessen innig.

Ich vergrabe mein Gesicht an seinem Hals.

Und so stehen wir eine Weile da. Atmen einander ein.

Sind einfach.

Immer noch nicht repariert, aber doch schon viel weniger zerbrochen.

10 *Alles geht vorbei*

SECHS JAHRE ZUVOR
IRGENDWO ÜBER AMERIKA

Mein ganzes Leben lang habe ich Leute über Liebeskummer reden hören, ohne wirklich zu wissen, was sie meinten. Bis jetzt. Ich habe nie verstanden, warum sich eine Emotion, also etwas, das weder Masse noch Form hat, wie eine Python um unser Herz wickeln kann, bis man den Schmerz kaum noch aushält. Irgendwann fühlt es sich so an, als ob das Blut bei jeder Pumpbewegung Stacheldraht durch unsere Adern zerrt.

Doch jetzt, als ich aus dem Fenster des Flugzeugs schaue, das mich für die Weihnachtsferien nach Hause bringt, fühle ich mich genau so. Mein gebrochenes Herz schlägt unregelmäßig und zu schnell, verhaspelt sich ständig und stolpert – genau wie mein verwirrtes Gehirn, das nicht weiß, wie es mit den Ereignissen des Morgens umgehen soll.

Der Teil in mir, der dachte, Liebe könnte alles überwinden, fühlt sich betrogen. Die Teile in mir, die vor nicht mal 24 Stunden noch vor Lust am Beben waren, fühlen sich jetzt beschmutzt und kalt an. Ich bin so wütend, ich würde am liebsten um mich schlagen. Der Schmerz … dieser unlogische Herzschmerz … sorgt jedoch dafür, dass ich mich nur auf meinem Fensterplatz zusammenrolle, gegen die Tränen ankämpfe und die Übelkeit in meinem Bauch zu ignorieren versuche.

Ich hasse ihn. Ich hasse sein Verhalten. Ich hasse die Gründe dafür.

Das Wort klebt heiß und rot in meinem Kopf.

Hass.

So ein starkes Gefühl. Laut genug, um den Schmerz niederzuschreien.

Es ist einfach, ihn zu hassen, also tue ich es.

Es lenkt mich davon ab, wie sehr ich ihn liebe.

Als wir gelandet sind, steige ich wie betäubt aus dem Flugzeug.

»Liebling.« Mom umarmt mich, ehe sie mich der üblichen Ganzkörper-Musterung unterzieht. »Liebes, du hast ja deine ältesten Jeans an.«

Ich seufze und begrüße meinen Dad.

Er drückt mich herzlich, und als er mir »Hab dich vermisst, Kleines« ins Ohr raunt, verliere ich die mühsam aufrechterhaltene Beherrschung.

Ich schluchze laut auf.

Mom tröstet mich und streichelt mir die Haare, während ich in Dads Hemd weine. Sie denken, dass ich sie so sehr vermisst habe. Mom bekommt selbst eine belegte Stimme, als sie sagt, dass sie mich auch vermisst hat. Dad tätschelt mir unbeholfen den Rücken. Er konnte noch nie gut mit Emotionen umgehen.

Während wir mein Gepäck holen und zum Auto gehen, heule ich einfach weiter. Erst irgendwann im Auto bin ich leergeweint. Die Fahrt nach Aberdeen zieht wie in einem verschwommenen Film an mir vorbei.

Wir kommen nach Hause, und ich gehe direkt auf mein Zimmer. Als ich mir die Zähne putze, hallen Weihnachtslieder die Treppe rauf. Ich höre meine Mutter, die wie immer etwas schief mitsingt.

Mom liebt Weihnachten.

Normalerweise tue ich das auch, aber nicht dieses Jahr.

Sobald ich mich in meinem alten Bett zusammengerollt habe, falle ich in einen tiefen, gnädigen Schlaf.

Am nächsten Morgen schleppe ich mich benommen nach unten.

»Frohe Weihnachten, Liebling!«

Ich bekomme Umarmungen und eine große eingepackte Kiste. Ich packe mein Geschenk aus, es enthält eine komplette ledergebundene Ausgabe aller Shakespeare-Werke. Das Buch ist wunderschön, aber ich verspüre sofort einen Impuls, die Seiten mit *Romeo und Julia* rauszureißen. Dieses Stück wird mich für immer an meine erste Hauptrolle erinnern. An das erste Mal, als mich Ethan geküsst hat. Damals sagte er mir, dass er nicht in der Lage wäre, Romeo zu spielen. Dass ihn die Rolle des romantischen Helden ersticken würde. Und dass es mich zwangsläufig auch mit runterziehen würde.

Ich hätte mal besser auf ihn hören sollen.

Ich lege das Buch beiseite und bedanke mich bei meinen Eltern. Mein Lächeln ist ekelhaft gezwungen, aber es scheint ihnen nicht aufzufallen.

Ich schenke meiner Mom Parfüm. Dad bekommt einen Krimi. Sie umarmen mich beide, zufrieden mit ihrer Tochter.

Nachdem ich meine Portion Tofu-Truthahn mit Grünkernfüllung verdrückt habe, verziehe ich mich unter dem Vorwand, Kopfweh zu haben, in mein Zimmer. Auch wenn mein Zimmer nicht groß ist, kommt es mir gerade verdammt leer vor. Als wäre ich zu klein und mickrig, um es allein zu füllen.

Ich packe meinen Koffer aus und finde unter meinen Klamotten ein kleines Päckchen. Ich hab keine Ahnung, wieso ich es überhaupt mitgenommen habe. Vielleicht, weil ich nicht wusste, was ich sonst tun sollte. Langsam entferne ich das viel zu bunte Geschenkpapier und starre den Ledereinband an. Ich wollte es gestern Ethan schenken, aber dann hat er mit mir Schluss gemacht. Dabei war ich so aufgeregt gewesen, als ich es gekauft hatte. Mein erstes Geschenk für meinen ersten Freund. Ich hatte mir sogar Sorgen gemacht, dass er es vielleicht blöd finden könnte.

Aber so, wie es aussieht, ist sein Weihnachtsgeschenk wohl das geringste Problem.

Ich schlage das leere Tagebuch auf und fahre mit dem Finger über das edle Papier, das mit seinen Gedanken hätte gefüllt werden sollen. Vielleicht behalte ich es einfach selbst. Mache es zu dem Ort, an dem ich den giftigen Schaum meiner emotionalen Talfahrt ablade.

Ich suche mir einen Stift und will etwas hineinschreiben. Aber was? Der Wirrwarr in meinem Kopf ist unerträglich.

Nichts passiert.

Ich schließe die Augen, aber das einzige Bild, das vor meinem inneren Auge auftaucht, ist Holt. Ethan Holt, wie er mich küsst. Meine Hand hält. Mich verliebt anschaut.

Ich kauere mich zusammen, während der Schmerz einer Welle gleich durch meinen Körper rollt.

Gott, wie ich ihn vermisse.

Nicht bei ihm zu sein ist eine Sache. Von ihm abserviert worden zu sein eine andere. Zusammengenommen ist die Situation unerträglich.

Mein letzter Funke Selbstbeherrschung verpufft. Ich schnappe mir mein Handy.

Er hat gesagt, er will befreundet bleiben, oder? Also ist es normal, wenn ich ihn kontaktiere … Ich formuliere die Nachricht fünfmal um, ehe sie sich freundschaftlich genug anhört.

Hey. Schätze, dein Weihnachtsessen war besser als meins. Es gibt doch nichts Weihnachtlicheres als Tofu-Truthahn mit Grünkern, oder? Hoffe, es geht dir gut.

Im selben Moment, als ich auf *Senden* gedrückt habe, will ich es auch schon wieder rückgängig machen. Was soll dieser freundschaftliche Ton? Er hat mit mir Schluss gemacht …

Ich verbringe die nächste Stunde mit qualvollem Warten. Als er nicht antwortet, verbringe ich die darauffolgende Stunde damit, mir Erklärungen auszudenken, wieso er es nicht tut.

In der Stunde danach fühle ich mich so dumm wie noch nie in meinem Leben. War jemand schon mal so unfassbar erbärmlich wie ich? Wütend schleudere ich mein Handy zu Boden und versuche zu schlafen. Ich vergieße heiße Tränen, und meine Kehle schmerzt, weil ich das Schluchzen unterdrücke, um meine Eltern nicht auf den Plan zu rufen.

Ein kleiner, masochistischer Teil in mir lässt mich mitten in der Nacht aufwachen, damit ich checken kann, ob er in der Zwischenzeit geantwortet hat. Nichts.

Als der Morgen dämmert, ist immer noch keine Nachricht gekommen.

»Cassie?«

Hau ab, Mom.

»Liebes, komm schon.«

»Ich schlafe noch.«

»Es ist zwei Uhr nachmittags. Du musst etwas essen.«

»Hab keinen Hunger.«

Die Matratze sinkt etwas ein. Eine Hand streicht mir über die Haare, die ich nicht mehr gewaschen habe, seit ich vor fünf Tagen zu Hause angekommen bin.

»Liebling, ich wünschte, du würdest mir erzählen, was passiert ist. Vielleicht kann ich helfen.«

Kannst du nicht.

»Hat es etwas mit diesem Jungen zu tun, mit dem du dich getroffen hast? Wie hieß er, Ethan?«

Seinen Namen zu hören reicht aus, damit der Kloß im Hals wieder wächst.

Obwohl ich nicht antworte, weiß meine Mom Bescheid. Nur Liebeskummer kann eine Frau dazu bringen, sich so zu verhalten. Ich habe meine Mom selbst gesehen, nachdem sie mit meinem Dad Streit hatte. Ein gebrochenes Herz sieht bei jedem gleich aus.

»Liebling.« Sie streicht mir tröstend über den Rücken. »Das ist bestimmt kein Junge wert. Wenn er dich nicht will, hat er offenbar ein Problem.«

Womit sie recht hat.

Er hatte immer ein Problem. Und das war es wohl, was mich am Anfang zu ihm hingezogen hat.

»Er hat dir aber ... nichts angetan, oder? Körperlich, meine ich.«

Ich schüttle den Kopf und versuche, die Bilder zu verdrängen, als er in mich eingedrungen ist.

»Also, ist das bloß emotionaler Schmerz?«

Bloß emotional? Das gibt es gar nicht. Gefühle sind immer irgendwie mit körperlichen Reaktionen verbunden. Ob es nun das Herz ist, das vor Freude einen Sprung macht, die Eingeweide sind, die sich vor Furcht zusammenziehen, oder die Haare, die sich vor Entsetzen zu Berge stellen.

Klar, Mom. Ist bloß emotional. Ich nicke, weil ich weiß, dass sie dann beruhigt ist.

»Willst du darüber reden?«

Ich schüttle den Kopf. Ich will nur, dass dieses Gespräch zu Ende ist.

Sie seufzt und drückt meinen Arm.

Ich warte, bis sie die Tür hinter sich geschlossen hat, dann drehe ich mich zur Wand und schlafe sofort wieder ein.

»Er ist ein verdammter Idiot.« Ich sehe Rubys verachtenden Blick genau vor mir, als wir telefonieren.

»Ich will nicht über ihn reden.«

»Ich schon. Er hat dich gar nicht angerufen? Nicht mal an Weihnachten?«

»Nein. Aber ich hab ihm geschrieben.«

»Was? Wieso?«

»Ich weiß auch nicht. Ich schätze, weil ich ihn vermisst habe.«

»Hat er geantwortet?«

»Nein.«

»Arschloch.«

»Ich weiß auch nicht, was ich erwartet habe.« Ich lege mich auf mein Bett. »Wir haben Schluss gemacht.«

»Nein, *er* hat Schluss gemacht. Da gab es kein ›wir‹ in der Szene. Und jetzt entschuldigst du ihn auch noch. Das hat er nicht verdient.« Rubys Stimme trieft vor Empörung.

Ich wünschte, sie wäre hier.

Mom und Dad verstehen mich nicht. Ruby schon.

»Was willst du tun, wenn du ihn am Montag im Unterricht triffst?«

»Keine Ahnung. Das Studium schmeißen?«

»Cassie! Darüber macht man keine Scherze. Lass ja nicht zu, dass dieser Vollspacken deine Uni-Zeit ruiniert. Ignorier ihn einfach. Schau ihn nicht mehr an, rede nicht mehr mit ihm. Tu deine Arbeit und reiß sie alle vom Hocker. Gib ihm keine Macht über dein Leben. Dann wird alles gut.«

Ich seufze tief. Natürlich will ich ihm keine Macht über mein Leben und meine Gefühle geben, aber ich kann einfach nicht aufhören, an ihn zu denken.

»Also, ich komme am neunten zurück«, sage ich.

»Bis dahin bin ich auch wieder zurück. Ich hol dich vom Flughafen ab.«

»Danke, Ruby.«

Ich will gerade auflegen, da muss sie noch eine Sache loswerden. »Cassie?«

»Ja?«

»Das wird wieder gut.« Ihre Stimme ist mitfühlend. »Ich weiß, dass sich das jetzt noch nicht so anfühlt, aber schlaf erst mal ein paar Nächte darüber. Die Zeit heilt alle Wunden.«

Ich nicke. »Ja, ich weiß.«

Ich lege auf und reibe mir über die Augen. Die Wahrheit ist, dass ich ihr nicht glaube.

Ich rede mir ein, dass ich lese, obwohl ich seit über einer Stunde dieselbe Seite anstarre. Aus meinen Kopfhörern plärrt Musik, so dass ich nicht hören muss, wie sich meine Eltern unten zanken. Ich hab *I Am A Rock* von Simon and Garfunkel auf Repeat gestellt. Eigentlich hasse ich das Lied, aber der Text passt gerade so gut: Es geht um einen Felsen, der keinen Schmerz spürt, und eine Insel, die niemals weint. Klingt gut so weit.

Ich habe den Schmerz satt, und ich will nie wieder weinen.

Ich will endlich über ihn hinweg sein. Jetzt sofort. Ich will nicht mehr darüber nachdenken, wie seine Ferien waren. Ob er sich mit seinem Dad gestritten hat. Ob er sich betrunken hat. Ob er an mich gedacht hat.

Ich will das alles nicht mehr.

Ich will wieder mir gehören, nicht ihm.

Der Weg nach vorn geht nur über Reinigung. Ich muss jeden positiven Gedanken an ihn aus mir rausbekommen. Nur so kann es weitergehen. Es kann ja wohl nicht angehen, dass ich die nächsten zwei Jahre damit verbringe, Ethan Holt hinterherzurennen. Das wird auf keinen Fall passieren!

Ich schließe die Augen und versuche, mich zu konzentrieren. Wieder und wieder höre ich das Lied und verinnerliche den Text.

Ich werde ein Fels sein.

Ruby setzt mich an unserer Wohnung ab und fährt weiter zum Supermarkt.

Ich gehe allein hinein. Alles ist noch so, wie ich es verlassen habe, und doch ist alles anders. Das ist die Tür, vor der er voller Panik gestanden hat. Das ist die Wand, gegen die ich ihn gedrückt habe, als ich ihm gesagt habe, dass ich ihn liebe. Dort hat er mir gesagt, dass er wünschte, mich nicht zu lieben. Da drüben hat er mich ausgezogen und mich geküsst. Auf dem Boden haben wir …

Ich schüttle den Kopf, um die Gedanken zu verscheuchen.

Als ich mein Zimmer betrete, wird mir schlecht.

Mein Bett.

Das Laken ist abgezogen. An dem Morgen, als er mit mir Schluss gemacht hat, hab ich das Bett abgezogen und die Bettwäsche in die Waschmaschine gesteckt. Dann hab ich den heißesten Waschgang gewählt und alles in viel zu viel Waschmittel ertränkt.

Als ob ich die Erinnerung wegwaschen könnte.

Ich beziehe das Bett neu, atme tief durch, während ich das Betttuch glattziehe und über die Stellen streiche, an denen wir uns geliebt haben. Auch diese Erinnerungen muss ich fortwischen.

Jetzt ist alles glatt und zurechtgezogen.

Ich betrachte mein Werk ein paar Minuten lang und versuche, die lebhaften Bilder zu verdrängen, die immer wieder vor meinem inneren Auge auftauchen. Phantomlippen küssen meinen Hals. Geisterhände streicheln meine Oberschenkel.

Scheiß drauf.

Ich gehe duschen. Wasche mir die Haare. Spüle das Shampoo danach mit so kaltem Wasser aus, dass mich der Schockmoment kurzzeitig ablenkt.

Als Ruby nach Hause kommt, verfallen wir in unsere vertraute Routine. Wir wärmen uns Tiefkühlkost auf, trinken Wein, schauen fern, lachen.

Wir reden nicht über ihn.

Gegen elf sind wir beide am Gähnen und sagen uns Gute Nacht.

Ruby geht in ihr Zimmer.

Ich schlafe auf der Couch.

Im Unterrichtsraum ist es laut, alle plappern drauflos und erzählen sich von ihren Ferien. Ich habe meine Freunde vermisst und umarme einen nach dem anderen.

Aiyah und Miranda halten Händchen. So wie Ethan und ich sind sie letztes Jahr zusammengekommen. Anders als bei uns hat ihre Liebe die Feiertage überstanden. Jack erzählt wie immer seine blöden Witze, und ich muss lächeln, als Connor und Lukas sich bei der Pointe wegschmeißen. Mann, ich habe sogar Zoe und Phoebe und ihr lautes Gequatsche vermisst.

Sie scheinen sich auch alle zu freuen, mich wiederzusehen. Keiner weiß bisher, dass Ethan und ich nicht mehr zusammen sind. Wie sollten sie auch?

Ich nehme an, sie werden es noch früh genug rausfinden, aber ich werde nicht diejenige sein, die es ihnen erzählt.

In der Sekunde, als er den Raum betritt, durchfährt mich ein tiefer Schauer und lässt gefühlt alle Haare an meinem Körper zu Berge stehen.

Jemand ruft seinen Namen und fragt, wie es ihm geht. Er antwortet, seine Stimme ist tief und ruhig.

Ich will ihn nicht anschauen, aber mein Körper dreht sich um, ohne dass ich es verhindern kann. Und da steht er, überragt fast alle um sich herum, obwohl er die Schultern hängen lässt.

Ich spüre, wie sich die vertraute Aufregung in mir breitmachen will, aber ich unterdrücke sie. Unwillkürlich muss ich daran denken, wie er mich küsst. Im Moment erscheint mir das so unwahrscheinlich, dass ich fast laut loslachen muss.

Er sieht zu mir rüber, und es ist, als hätte jemand plötzlich der Luft den Sauerstoff entzogen. Ich keuche. Er presst die Lippen aufeinander und wendet mehrfach den Blick ab, schaut aber immer wieder zu mir hin. Er versucht offenbar krampfhaft, woanders hinzusehen, es gelingt ihm aber nicht.

Ich weiß genau, wie er sich fühlt.

Das ist der Moment, auf den ich mich vorbereitet habe.

Ich atme tief durch und sammle meine Kräfte. Verdränge die rumorenden Emotionen. Mache mich zum Felsen. Ich starre ihn ungerührt an, lasse ihn meine Gleichgültigkeit sehen. Fordere ihn heraus.

Er runzelt kurz die Stirn, als hätte er mit etwas anderem gerechnet. Ist er jetzt enttäuscht? Wenn er erwartet hat, mich als schluchzendes Häuflein Elend vorzufinden, ist er definitiv dumm.

Einen Moment lang blitzt eine unbeschreibliche Traurigkeit in seinen Augen auf, ehe er die üblichen Schutzwälle hochfährt. Dann ist er wieder so, als wäre nie etwas zwischen uns passiert.

Wir spielen unsere Rollen perfekt – übertrumpfen uns darin, unsere Gefühle zu verleugnen. Niemand sieht, wie verbittert und zerbrochen ich im Innern bin. Nicht mal er.

Vor allem nicht er.

Mir fällt eine Zeile aus *Wie es euch gefällt* ein: »Die ganze Welt ist Bühne und alle Frauen und Männer bloße Spieler.« In diesem Moment erscheint mir dieser Text so wahr wie nie. Die Grove ist jetzt unsere Bühne, und das sind unsere neuen Rollen.

Getrennt.

Ohne Liebe.

Gleichgültig.

Ich atme tief durch. Der Vorhang hebt sich.

11 *Ein offenes Buch*

GEGENWART
NEW YORK CITY
WOHNUNG VON CASSANDRA TAYLOR

Mein Kopf liegt an seiner Brust, mein Arm ist um seine Taille geschlungen. Ich konzentriere mich intensiv auf das Jetzt, wo alles, was zwischen uns passiert ist, nur ein entferntes Rauschen am Rande meines Bewusstseins ist. Ich kann nicht vergessen, aber die Erinnerungen werden gedämpft.

Nach unserer Auseinandersetzung im Flur hat er mich hier aufs Bett gelegt. Mir immer wieder zugeraunt, dass alles gut wird. Sein Arm ist beschützend um mich gelegt, seine freie Hand streichelt mich sanft.

Ich kann es nicht fassen, dass er in meinem Bett ist, dem Schauplatz so vieler hundeelender Stunden voller Liebeskummer. Immerhin war er der Grund dafür.

Wir sind beide vollständig bekleidet, und doch ist es das Intimste, das ich mit einem Mann erlebt habe seit … naja, seit ihm.

Er nimmt meine Hand und presst sie sich an die Brust. Ich spüre, wie sehr er möchte, dass ich ihm vertraue.

Ich will ja, aber es ist, als wäre mein Herz zu klein für ihn. Als er ging, ist es wie ein Ballon, dem man die Luft ablässt, in sich zusammengeschrumpft, und seither war es in diesem Zustand. Jetzt will er auf einmal, dass ich wieder Platz für ihn darin finde, aber ich weiß nicht, wie das gehen soll.

»Ethan?«

»Hmmm?«

»Wann wusstest du, dass du es schaffen kannst … dich zu verändern, meine ich?«

Er streichelt nur schweigend meine Hand.

»Also, du hast doch bereits während unserer Beziehung versucht, dich zu ändern, oder? Dich mehr zu öffnen?«

»Ja. Allerdings. Ich hab es echt versucht. Und dabei total versagt.«

»Was hat sich seit damals geändert?«

Er starrt mich an. »Ich hab doch erwähnt, dass ich drei Jahre in Therapie war, oder? Und ich rede hier nicht von einer Sitzung pro Woche oder so. In der schlimmsten Phase war ich zwei- bis dreimal pro Woche bei der Therapeutin. Sie muss eine Engelsgeduld mit mir gehabt haben.«

»Ja, aber du hättest doch auch, als wir zusammen waren, eine Therapie machen können, oder?«

»Theoretisch schon. Aber allein der Gedanke daran hat mir eine Heidenangst eingejagt, und wir wissen doch beide, dass mich die Angst damals im Griff hatte.«

»Ja, schon, aber irgendwie musst du diese Angst doch überwunden haben.«

Er atmet tief ein und langsam aus. »Ich wollte dir diese Geschichte eigentlich ersparen, aber ich schätze, du hast die Wahrheit verdient.«

»Was für eine Geschichte?« Ich bekomme eine Gänsehaut

und bin mir sicher, dass mir nicht gefallen wird, was er mir zu erzählen hat.

Er nimmt meine Hand und schiebt sie unter sein Hemd. Auf der linken Seite seines Brustkorbs ertasten meine Finger wulstiges Narbengewebe. Ich erinnere mich, dass mir die knotige Haut schon bei den Proben aufgefallen ist, aber ich war von seinen Küssen zu abgelenkt, um mir die Narbe genauer anzuschauen.

Ich schiebe sein Shirt hoch. »Was ist das?«

Er streichelt meinen Oberarm, während ich über die raue Haut fahre. »Da hatten sie mir einen Schlauch reingesteckt, um das Blut aus meiner Lunge abzulassen, ehe ich daran ersticken würde.«

Ich schaue entsetzt auf.

»Und dann ist da noch das …« Er nimmt meine Hand und führt sie an seinen Kopf. Am Hinterkopf fühle ich etwas Beulenartiges. »Da ist mein Kopf gegen den Baum gekracht. Vierzehn Stiche.«

Mir wird schlecht. »Ethan, was zur Hölle …?«

Er nimmt meine Hand wieder runter und spielt mit den Fingern. »Nachdem ich dich im Abschlussjahr verlassen habe, hatte ich in Frankreich meinen absoluten Tiefpunkt. Die Show war der Hit, die Rezensionen super, aber ich konnte einfach nicht aufhören, an dich zu denken. Ich hab mich verdammt schuldig gefühlt, weil ich dich so abserviert habe. Zum zweiten Mal.«

Ich nicke.

»Ich hab ja schon erwähnt, dass ich in der Zeit ziemlich viel getrunken habe und so. Naja, nach der ersten Spielzeit hatten wir eine Woche frei, ehe es nach Italien weiterging. Der Rest der Truppe wollte eine Weintour machen, aber ich konnte es nicht mehr ertragen, immer der Miesepeter zu sein. Also hab ich mir ein Motorrad geliehen und … bin einfach weg. Bin ziellos durch Südfrankreich gefahren, hab mich in meinem Selbstmitleid gesuhlt. Es war echt nicht schön, ich hab mich richtig gehenlassen. Teilweise bin ich betrunken gefahren, zu schnell war ich immer. Ich war echt am Abkacken. Ich glaub nicht, dass ich wirklich den Wunsch hatte zu sterben, aber irgendwie …« Er sieht mich an. »Ich schätze, ich wollte mir selbst weh tun.«

»Ethan …«

Er schüttelt den Kopf. »Ziemlich lächerlich, oder? Naja, eines Abends war ich in einer Kneipe und beschloss, eine Spritztour zur italienischen Grenze zu machen. Es hatte geregnet. Eins kam zum anderen: zu viel Alkohol, erhöhte Geschwindigkeit, totale Selbstüberschätzung. Ich bin zu schnell in eine Kurve gegangen und in die Leitplanke gekracht. Mein Motorrad überschlug sich, und ich bin über die Leitplanke eine steile Böschung runtergestürzt. Bin mir ziemlich sicher, dass ich auf dem Weg nach unten so ungefähr jeden Baum mitgenommen habe. Als ich unten ankam, war mein Helm zerbrochen, die Lederjacke zerfetzt, und ich hatte das Gefühl, mir hätte jemand einen Dolch in die Rippen gejagt.«

»O Gott …«

»Ich lag eine Weile so da und hab nur versucht, zu Atem zu kommen. Als ich mich bewegte, durchfuhr mich ein solcher Schmerz, dass ich fast ohnmächtig geworden wäre. Ich hab es irgendwie geschafft, mir den Helm auszuziehen, aber mehr ging nicht. Meine Schulter, mein Handgelenk und meine Brust haben einfach wie Hölle geschmerzt. An der Stelle, wo meine Jeans zerrissen waren, hab ich gespürt, wie mir Blut das Bein runterfließt.«

»Was hast du dann gemacht?«

Er zuckt mit den Schultern. »Ich hab versucht rauszufinden, ob ich sterben muss. Und als ich mir sicher war, dass kein Weg daran vorbeigehen würde, hab ich mir erst mal einen Moment Zeit genommen, um herauszufinden, ob das jetzt etwas Gutes oder etwas Schlechtes ist.«

»Ethan ...« Ich nehme seine Hand, und er atmet hörbar aus.

»Weißt du, es ist seltsam, mit der eigenen Sterblichkeit konfrontiert zu werden. Die Leute reden immer davon, dass sie ihr ganzes Leben noch mal vor ihrem inneren Auge vorbeiziehen sehen, aber das war bei mir nicht so. Ich hab nur Bilder von dir gesehen. Und die waren so lebendig, als könnte ich die Hand nach dir ausstrecken und dich berühren. Ich hab mich gefragt, wie du reagieren würdest, wenn ich sterbe. Hättest du um mich getrauert? Oder hättest du dich gefreut, dass ich dir jetzt nicht mehr weh tun kann?«

Mit wachsender Panik lausche ich seiner Geschichte. Wenn ich mir vorstelle, dass er hätte sterben können, schnürt sich mir die Kehle zu.

Er streichelt mein Gesicht. »Hey, schon okay.«

»Wie konntest du denken, dass ich nicht um dich trauern würde?«, bringe ich hervor.

»Ich war an einem dunklen Ort. Ich konnte nicht klar denken.«

»O Gott, Ethan, wenn du gestorben wärst ...« Ich kann den

Gedanken nicht zu Ende bringen, geschweige denn den Satz. Sogar auf dem Höhepunkt meiner Wut hätte ich mir nicht vorstellen können, in einer Welt ohne Ethan zu leben. Das Konzept ist einfach nicht denkbar.

Er nimmt mich noch fester in den Arm. »Ich weiß nicht, wie lang ich da unten gelegen habe. Stunden wahrscheinlich. Ich bin immer wieder bewusstlos geworden, das Atmen allein war total schmerzhaft. Irgendwann ist mir dann klargeworden, dass mich nie jemand finden würde. Ich musste es zurück zur Straße schaffen.«

»Aber deine Verletzungen ...«

»Ja, die waren echt hart. Später hab ich erfahren, dass ich eine ausgekugelte Schulter, ein gebrochenes Handgelenk, drei gebrochene Rippen, Gehirnerschütterung, einen Lungenriss und überall Platzwunden hatte.«

»O mein Gott! Wie konntest du dich da überhaupt bewegen?«

»Willenskraft. Dickköpfigkeit. Die Sache ist, ich wusste, dass diese Klettertour die schmerzhafteste Erfahrung meines Lebens werden würde, aber es war notwendig. Ich musste überleben, damit du mir vergeben kannst. Sterben wäre absolut inakzeptabel gewesen.« Er berührt zärtlich mein Gesicht. »Also, bin ich hochgeklettert. Bei jedem Schritt hab ich vor Schmerzen geschrien, aber ich bin weitergegangen, immer einen Fuß vor den anderen. Als ich endlich oben ankam, war ich mir sicher, dass ich in der Hölle sein musste. Der Schmerz war unerträglich. Ich hab es gerade noch geschafft, über die Leitplanke zu klettern, und bin dann auf der Straße zusammengebrochen.«

»Und dann? Wie bist du von da weggekommen?«

»Der Fahrer eines Lieferwagens hat mich gefunden und einen Krankenwagen gerufen. Als ich aufwachte, lag ich in einem französischen Krankenhaus, hatte überall Schläuche in mir und war total auf Morphium. Elissa und der Theatermanager waren da. Sie haben mir erzählt, dass ich ein paar Tage nicht bei Bewusstsein gewesen war. Elissa war außer sich vor Wut. Sie hatte mir schon ewig Vorträge gehalten wegen meines Alkoholkonsums und meines selbstzerstörerischen Verhaltens. Als ihre Schimpferei fertig war, hat sie ununterbrochen geweint. Ich hab meine Schwester noch nie so fertig gesehen.«

»Ist doch klar. Sie hätte dich um ein Haar verloren. Wir alle hätten dich fast verloren.«

»Aber das Ironische an der Sache war, so wie ich gelebt hatte … nachdem ich dich verlassen hatte … war ich eigentlich eh schon tot. Ich hab den Unfall gebraucht, um wieder lebendig zu werden. Während der Zeit im Krankenhaus hatte ich viel Zeit zum Nachdenken. Mir ist aufgegangen, dass ich mich mein halbes Leben lang selbst sabotiert habe. Als ich das zweite Mal mit dir Schluss gemacht habe, hätten mir die Probleme mit mir selbst eigentlich klarwerden müssen. Aber erst im Moment des Unfalls wurde mir bewusst, dass, wenn ich diese Probleme nicht in den Griff bekomme und nicht einen Weg finde, dich zurückzugewinnen, mein Leben keinen Sinn mehr hat. Sobald ich aus dem Krankenhaus raus war, hab ich mir eine Therapeutin gesucht, die auf Verlustängste spezialisiert ist, und hab mich auf den schmerzhaften Weg der psychischen Heilung begeben. Ich glaub, das war fast schlimmer, als verletzt die Böschung hochzuklettern. Und jetzt, drei Jahre später, bin ich hier. Mit Narben, aber dankbar dafür, dass mich dieser beinahe tödliche Weckruf gezwungen hat, etwas zu ändern.«

Ich wäre auch gern dankbar, aber das Bild von ihm, wie er schwerverletzt in einem Krankenhausbett liegt, lässt mich nicht los.

»Wieso hast du mir nichts gesagt? Du hättest Elissa bitten können, mich anzurufen.«

Er schüttelt den Kopf. »Ich konnte es nicht. Ich meine, ich hätte mich fast umgebracht, weil ich mich so nach dir verzehrt habe, nach dem ich selbst mit dir Schluss gemacht hatte. Wie verdammt dumm ist das denn? Außerdem hatte ich mir geschworen, bei unserem nächsten Treffen der Mann zu sein, den du verdienst.«

Ich schaue ihn an. »Und jetzt bist du hier.«

Er streicht mit dem Daumen über meine Lippen. »Jetzt bin ich hier.« Vorsichtig neigt er sich zu mir und küsst mich warm und offen und zärtlich. Ich schmelze dahin.

»Du warst immer mein Anreiz, gesund zu werden. Körperlich und geistig. Du warst meine Belohnung.« Er vergräbt sein Gesicht an meinem Hals. »Danke«, haucht er an meiner Haut. Dann umarmt er mich so fest, dass mir die Luft wegbleibt.

»Weißt du«, keuche ich, »es gibt einen Unterschied zwischen Kuscheln und jemanden erdrücken.«

»Ja, naja, ich hab so lange auf diesen Moment gewartet, also werde ich ihn auch genießen.« Trotzdem lockert er seinen Griff ein wenig.

Wir verharren lange in dieser Position, ineinander verschlungen, die Luft des anderen atmend. Als würden wir darauf warten, wer sich als Erstes lösen kann.

Meine Blase sorgt dafür, dass ich es bin. Als ich von der Toilette zurückkomme, sitzt er auf der Bettkante. Ich bleibe vor ihm stehen.

Er nimmt meine Hände. »Ich würde dich gern zu mir nach Hause zum Abendessen einladen. Ich koche uns was. Und ich will dir was zeigen.«

Ich schüttle lächelnd den Kopf. »Ethan … Ich denke, wir sollten es erst mal langsam angehen. Außerdem bin ich mir ziemlich sicher, dass ich das, was du mir zeigen willst, schon mal gesehen habe.«

»Nicht das.« Er zieht mich auf seinen Schoß. »Obwohl, wenn du es geschickt anstellst, könnte ich mich überreden lassen, dir auch das zu zeigen. Aber ehrlich gesagt, brauchst du dafür gar kein großes Geschick, ein kurzes Zucken mit den Augenbrauen reicht auch.«

Ich verdrehe die Augen.

Er lacht und streicht mir die Haare aus dem Gesicht. »Hey, ich mach doch nur Spaß. Ich verspreche dir, dass ich meine Hosen anbehalte. Bitte, ich würde mich wirklich freuen, wenn du kommst.«

Ich verziehe das Gesicht.

»Wenn du *vorbei*kommst, natürlich! Komm vorbei, und ich mach, dass du kommst … Äh … *mach uns was zu essen!* Mist!« Er schüttelt den Kopf. »Sorry. Mein Gehirn ist abgelenkt. Wenn du so sitzt, kann ich in deinen Bademantel reinschauen.«

Ich gebe ihm einen Klaps auf den Arm und ziehe meinen Bademantel fester um mich. Er unterdrückt ein Lachen. Ich schubse ihn, und er fällt rückwärts aufs Bett. Er sieht schön aus, wie er so daliegt. So glücklich und zufrieden, dass ich ihn kaum wiedererkenne.

»Dass ich dich anglotze, kann mir wirklich niemand vorwerfen«, meint er und zieht mich zu sich. Dann nimmt er mein Gesicht in die Hände. »Es ist deine Schuld, dass du so wunderschön bist. Hast du überhaupt eine Ahnung, wie attraktiv du bist?«

Als er sich auf mich rollen will, stemme ich die Hand gegen seine Brust, um ihn aufzuhalten. Er seufzt, gibt aber sofort nach, als hätte er damit gerechnet.

»Also, ja, ich mache gerade eine Phase durch, in der ich die Bedeutung des Wortes ›langsam‹ nicht zu verstehen scheine. Ich verspreche, dass ich mir von jetzt an mehr Mühe gebe, dich nicht alle fünf Minuten anzugraben.«

Ich schüttle lachend den Kopf. »Und warum hab ich jetzt das Gefühl, mich entschuldigen zu müssen?«

»Wofür denn? Dafür, dass du nicht sofort mit mir ins Bett gesprungen bist, als du beschlossen hast, mich nicht mehr zu hassen? Also ehrlich, das ist auch wirklich allerhand. Ich bin schwer enttäuscht.« Er grinst mich unverschämt an.

Ich kitzle ihn am Bauch. Er windet sich und gibt ein ziemlich unmännliches Quietschen von sich.

»Hey! Du weißt aber schon, dass Kitzeln gegen die Genfer Konventionen verstößt? Hör lieber auf, bevor ich die NATO anrufe. Ich will nicht, dass meine Freundin eine international gesuchte Kriminelle ist.«

Ich zucke zusammen. Er bemerkt es, und sein Lächeln erstirbt.

»Fuck. Cassie … Ich wollte nicht implizieren, dass –«

Ich lache, aber es ist ein gezwungenes Lachen. »Schon gut.«

Vor ein paar Jahren konnte ich ihn kaum dazu bringen, mich als seine Freundin zu bezeichnen. Und jetzt benutzt er den Begriff so selbstverständlich, als wäre es das Normalste der Welt?

»Es ist mir so rausgerutscht, okay? Ich meine … was ich für dich empfinde, ist Lichtjahre von einer normalen Beziehung entfernt, aber ich gebe mir Mühe, meine epischen Gefühle für dich möglichst zurückzuhalten.«

»Naja, abgesehen von der Mail, in der du mir über tausendmal ›Ich liebe dich‹ geschrieben hast, oder?«

»Ja, das stimmt.«

»Ethan –«

Er fährt mir mit den Fingern durch die Haare. »Ich weiß, es ist zu früh, aber ich werde dich nicht anlügen und so tun, als wollte ich es nicht. Ich will dein Freund sein. Nein, warte … Freund klingt viel zu schwach. Ich bin fast 27, ich bin kein Junge mehr. Ich will dein Mann sein. Dein Geliebter. Dein … verdammt, ich weiß es doch auch nicht. Dein Ethan. Wie auch immer du mich nennen willst, ich will es sein. Ich will dich ausführen und meinen Arm um dich legen, in dem Wissen, dass jeder andere Mann neidisch ist, dass ich es bin, der dich mit nach Hause nehmen und deinen Körper mit Küssen bedecken darf.«

Ich weiß nicht, was ich sagen soll. Es wird eine Weile dauern, mich an die neue Version von ihm zu gewöhnen. Er ist so charmant.

Er lehnt sich nach vorn. »Also, hast du noch irgendwelche Fragen zu meinen Gefühlen? Oder soll ich dir aufzählen, welche Körperteile ich gern küssen würde?«

Unwillkürlich macht sich eine Hitze in mir breit. Er sollte nicht so sexy sein, wenn ich versuche, es langsam anzugehen. Das ist nicht erlaubt. »Äh … nein, danke«, stammele ich. »Die Erklärung war ausreichend.«

Er nickt. »Gut. Denn der zweite Teil war auch eher eine Fangfrage. Wenn es so weit ist, wird es nämlich keine Stelle an deinem Körper geben, die ich nicht mit Küssen überziehen werde. Ich will alles von dir.« Er mustert mich genüsslich. »Jeden … köstlichen … Zentimeter.« Er starrt mich ungeniert weiter an.

Ich spüre, wie ich mich, ohne es zu wollen, zu ihm beuge. Er presst die Lippen aufeinander, schüttelt den Kopf und steht auf.

»Okay, ich muss jetzt echt los, sonst geht das nur schief mit meiner unbändigen Lust.« Er fährt sich seufzend durch die Haare. »Also, heute Abend? Kommst du zum Essen? Ich koche, was du willst.«

»Klar. Wann soll ich kommen?«

»Du sollst immer kommen.«

»Ethan …« Ich schüttle den Kopf.

»Sorry, aber du hast gefragt. Wenn du keine anzügliche Antwort willst, darfst du mir nicht solche Fragen stellen.«

»Na schön. Um wie viel Uhr soll ich heute Abend bei dir sein?«

»Um halb sieben. Ich würde gern vor dem Essen noch was mit dir besprechen.«

»Was denn?«

»Sag ich dir dann.« Seine Antwort macht mich nervös. Er lächelt zaghaft. »Keine Panik. Ich denke, es ist etwas Gutes. Vertrau mir.«

Ich versuche zu vertrauen. Versuche es wirklich.

»Soll ich was mitbringen?«

Er hält kurz inne. »Nur dich. Das ist alles, was ich brauche.«

Die Zeit kann ein mieser Verräter sein. Wenn man möchte, dass sie langsam vergeht, rast sie nur so vorbei, und wenn man fast verrückt wird vor Ungeduld, schleicht sie dahin, als wäre sie auf Beruhigungsmitteln.

Der gesamte Inhalt meines Schranks ist auf meinem Bett ausgebreitet. Ich habe alles mindestens einmal anprobiert. Meine Haare sind geglättet und glänzen. Das Make-up ist dezent, aber mit viel Sorgfalt aufgetragen.

Ich muss mich selbst daran erinnern, dass das kein Date ist. Es ist ein Abendessen.

Nur ein Abendessen.

Aber wieso trage ich dann Unterwäsche, die mehr gekostet hat als die Staatsschulden eines kleineren afrikanischen Landes?

Ich hätte mir nicht so viel Mühe geben sollen. Ich sollte nicht so nervös sein. Und ich sollte mich nicht so auf seinen Blick freuen, wenn er meine sexy Unterwäsche zu Gesicht bekommt.

Mist. *Falls* er die Unterwäsche sieht. *Falls.*

Ich setze mich aufs Bett und stütze den Kopf in die Hände. Vielleicht sollte ich besser absagen. Ich bin noch nicht bereit dafür.

Ich atme ein paarmal tief durch und schaue auf die Uhr. Tristan, mein Zen-Meister-Mitbewohner und Life-Coach, wird bald nach Hause kommen. Er wird wissen, was zu tun ist.

Mein Handy vibriert. Ich habe eine Nachricht von ihm.

Heißer Yoga-Schüler hat mich auf ein Getränk eingeladen. Komm spät heim, wenn überhaupt. In der Küche steht 'ne neue Flasche Shiraz. Bitte mit Bedacht genießen.

Ich schreibe zurück:

Shit, Tris! Hätte dich hier gebraucht. Hoffe, er hat 'nen kleinen Schwanz.

Als Antwort kommt ein Grinse-Smiley und ein Emoticon, das aussieht wie ein riesiger Penis.

Blöder Tristan.

Zugegeben, er weiß nicht, dass ich zum Abendessen zu Ethan gehe. Wenn er es wüsste, wäre er garantiert schon hier und würde mich mit Stacheldraht umwickeln. Oder er würde mir einen Keuschheitsgürtel anlegen und Übungen zum Schutz meines Vagina-Chakras machen – falls es so was gibt.

Seufzend ziehe ich die Dessous wieder aus und entscheide mich für meine langweiligste weiße Baumwoll-Unterwäsche. Darüber trage ich eine bequeme Jeans und ein einfaches Shirt. Ich binde mir die Haare zum Pferdeschwanz zurück und reduziere das Make-up auf Mascara und Lipgloss.

Fertig.

Kein Druck.

Nur ein Abendessen.

Mehr nicht.

Ich hab kaum geklopft, da geht schon die Tür auf, und er steht da.

O Gott.

Frisch rasiert, dunkelblaues Hemd, schwarze Jeans, keine Schuhe.

Mir wird bewusst, dass ich ihn anstarre. Er starrt zurück, lässt den Blick langsam über meinen Körper gleiten.

»Hi.« Er sieht nervös aus.

Aus irgendeinem Grund fühle ich mich dadurch besser. »Hi.«

Er rührt sich nicht vom Fleck. »Du siehst … Ich meine …« Er blinzelt. »Du bist so unglaublich schön.«

Wieso versteht er nicht, dass solche Aussagen nur dazu führen, dass ich meinen Vorsatz, es langsam anzugehen, am liebsten gleich wieder über Bord werfen würde?

»Äh … danke. Du siehst auch gut aus.« *Verdammt gut.*

Er ignoriert mein Kompliment und starrt mich nur weiter an.

»Äh … Ethan?«

Er schüttelt den Kopf, als müsste er sich besinnen. »Sorry. Komm doch rein.«

»Danke.«

Er macht einen Schritt zurück und lässt mich eintreten. Ich bekomme eine Gänsehaut, als ich an ihm vorbeigehe. Der Flur riecht nach ihm, und ich atme unwillkürlich tief ein.

Ich hab seine New Yorker Wohnung noch nicht gesehen, also schaue ich mich neugierig um. Die Wohnung ist nicht groß, aber stylish. Erwachsener als die in Westchester. Irgendwie klarer.

»Elissa hat mir beim Einrichten geholfen«, erklärt er.

Ich nicke. »Sieht sehr schön aus. Wohnst du allein hier?«

»Ja. Ich wohne hier, seit ich aus Europa zurück bin. Elissa wohnt im East Village, das passt zu ihrer Boheme-Ader. Ich vermisse es manchmal, dass sie nicht hier wohnt, aber es war Zeit, weißt du? Ich kann schließlich nicht ewig mit meiner kleinen Schwester zusammenwohnen.«

»Hmhm.«

Wir verfallen in Schweigen, während ich weiter durch die Wohnung gehe und mir seine Sachen und Fotos anschaue. Ich fahre mit dem Finger über die Buchrücken in seinem Regal. Es ist, als ob ich ihn neu kennenlernen müsste.

Ich spüre seinen Blick auf mir. Er wartet darauf, dass ich etwas sage. Das ist irgendwie seltsam. Ich halte inne, als ich einen vertrauten Titel unter den Büchern entdecke. Kristin Linklater – *Die persönliche Stimme entwickeln*. Ich drehe mich zu Ethan um.

Er lächelt. »Jedes Mal, wenn jemand den Titel des Buchs im Unterricht erwähnt hat, hat Jack Avery gepupst.« Ethan lacht.

»Hast du es deshalb noch im Regal stehen?«

Er zuckt mit den Schultern. »Was soll ich sagen? Avery war ein Idiot, aber er war echt lustig. Außerdem weiß Linklater wirklich, wovon sie redet.«

Ich schüttle den Kopf. »Du hast wirklich noch die ganzen Bücher aus dem Studium hier.«

»Bei den neusten Inszenierungen hab ich immer mal wieder reingeschaut, wenn ich ein Problem mit der Rolle oder meinem Text hatte. Und sie sind … eine Erinnerung an die Zeit in der Schauspielschule.«

»Ich hab meine alle verbrannt.«

Erst als ich es ausgesprochen habe, fällt mir auf, wie das für ihn klingen muss. Er sieht nicht gerade begeistert aus. Die Wahrheit ist, ich habe diese Bücher damals loswerden müssen, genau wie alles andere, was mich an ihn erinnert hat.

Er senkt den Blick. »Tut mir leid.«

»Muss es nicht. Alles, was ich aus den Büchern gebraucht habe, ist in meinem Kopf.«

Er nickt. Er weiß es.

»Willst du was trinken?«

»Unbedingt.«

»Ich hab einen Rotwein da, der dir schmecken wird.« Er verschwindet in der Küche.

Ich sehe mich weiter um. Ich weiß selbst nicht genau, was ich suche. Vielleicht etwas, das mit mir zu tun hat. Mit uns. Etwas Vertrautes.

An der Wand gegenüber vom Fenster entdecke ich sie. Masken. Zwei Stück. Wenn man nicht genau hinschaut, sehen sie aus wie die typischen Komödie- und Tragödie-Masken, die so viele Schauspieler in ihren Wohnungen hängen haben. Aber als ich näher rangehe, stockt mir der Atem. Stärke und Verletzlichkeit. Dieselben Masken, die wir im Schauspielunterricht benutzt haben. Mit denen wir uns so abgemüht haben.

»Ich hab Erika überredet, sie mir zu schenken.«

Ich drehe mich zu ihm um.

Er hat in jeder Hand ein Glas Rotwein. »Ich hab ihr in Italien ein neues Set gekauft.« Er reicht mir ein Glas, und ich nippe daran.

»Warum wolltest du die haben? Ich meine, du bist durch den Kurs durchgefallen. Erika hat dir wochenlang die Hölle heißgemacht.«

»Ja, aber nur weil sie mein Problem von Anfang an erkannt hat. Es hat lange gedauert, bis ich gecheckt habe, dass es tausendmal mehr Stärke erfordert, sich zu öffnen und verletzlich zu sein, als einfach dichtzumachen.« Er kommt näher, und ich nehme noch einen Schluck Wein. »Jedes Mal, wenn ich diese Masken ansehe, erinnern sie mich daran. Du erinnerst mich auch daran, aber du warst lange nicht verfügbar. Die Masken waren ein guter Platzhalter.«

Ich halte den Blick auf die Masken gerichtet, fühle aber, wie er mich anschaut. Als ich das Glas wieder ansetze, ist es schon fast leer. Ich muss langsam machen, sonst bin ich gleich betrunken und tue Dinge, die ich hinterher bereuen werde.

Ich spüre seine Finger an meinem Handgelenk.

Er steht direkt hinter mir, sein warmer Atem ist an meinem Hals. »Ich will dir etwas geben.«

Er nimmt meine Hand und führt mich zu einem anderen Bücherregal, das zum Teil mit Türen verschlossen ist. Seine Handfläche ist schwitzig, und ich frage mich, was ihn so nervös macht. Er stellt unsere Gläser auf dem Beistelltisch ab, und als er wieder meine Hand nimmt, zittert seine leicht.

»Cassie, ich hab dich so lang im Unklaren gelassen über meine Gedanken und Gefühle. Ich will nicht, dass du weiter im Dunklen tappst. Also, von jetzt an werde ich dir alles sagen, was du wissen willst. Alles.«

Er öffnet eine der Türen und macht eine Handbewegung über die Buchreihen, die sich dahinter verbergen. »Du willst wissen, wieso ich mich damals so verhalten habe? Es steht alles da drin. Jeder verdammte Gedankenprozess und jede falsche Entscheidung. Lies es, wenn du willst. Oder verbrenn sie. Was auch immer gut für dich ist.«

Ich betrachte die Buchrücken. Daten. Jahre. Reihenweise Tagebücher, die frühesten aus seiner Highschool-Zeit. Aus manchen Jahren gibt es nur ein Buch, aus anderen mehrere. In dem Jahr, als wir uns kennengelernt haben, hat er fünf Tagebücher vollgeschrieben. Keine Überraschung.

Ich nehme ein Tagebuch zur Hand und schlage es irgendwo auf.

18. November

Heute war sie bei mir. Und … mein Gott … ich bin immer noch zittrig. Ich bekomme ihr Bild nicht aus dem Kopf.
Sie war so begierig, mir Lust zu bereiten.
So vertrauensvoll.
So schön.
Ich kann damit nicht umgehen. Eines Tages wird sie bemerken, dass ich nicht gut bin für sie, und mich verlassen. Mich zerstören.
Jede einzelne meiner Gehirnzellen rät mir, besser jetzt einen Abflug zu machen. Zu vergessen, dass jemand so Perfektes wie sie überhaupt existiert.

Aber da gibt es noch den Teil von mir, der daran glaubt, dass ich ihr etwas bieten kann. Dass ich in der Lage bin, meine Brust aufzureißen und ihr einfach so mein Herz zu schenken, ohne dass es mich umbringt.
Dieser Teil ist ganz offensichtlich gestört.

Ich schaue entsetzt auf, überrascht von der Tiefe der Gefühle, die er ausdrückt. Er beobachtet mich, schätzt meine Reaktion ab.

»Ich übernehme für alles, das ich getan habe, die Verantwortung«, sagt er leise. »Denn auch, wenn ich es nicht ändern kann, bereue ich es. Ich dachte, wenn du das liest ... ich weiß auch nicht ... dass es dir irgendwie helfen könnte.«

Ich bin mir da nicht so sicher.

Ich blättere wieder in dem Tagebuch.

4. Dezember

2.48 Uhr morgens – Sie geht einfach nicht ans Telefon.
Erst ruft sie mitten in der Nacht an, um mich zu beschimpfen, und dann GEHT SIE EINFACH NICHT MEHR AN IHR VERFICKTES HANDY?!

3.36 Uhr – Ich muss die ganze Zeit daran denken, wie sie geweint hat. Sie klang so verloren. Und das ist nur meine Schuld.
Was bin ich nur für ein Riesenarschloch?
Sosehr ich mich davor fürchte, dass sie mich verletzt, so fürchte ich noch mehr, ihr Leid antun zu müssen.
Jetzt stehe ich also vor der Entscheidung – meinen Mann

zu stehen und ihr der Freund zu sein, den sie verdient, oder zuzusehen, dass ich wegkomme, solange es noch eine Chance gibt.
Was für eine Entscheidung. Das ist so, als würde man jemanden fragen, ob er lieber durch den elektrischen Stuhl oder die Giftspritze sterben will.
Wie auch immer, du stirbst auf jeden Fall.

11.18 Uhr – Sie ist gerade gegangen. Ich kann sie immer noch riechen. Fuck, ich liebe ihren Geruch. Ich würde gern darin baden.
Sie hat geschlafen, als ich vom Laufen zurückgekommen bin. Sie sah so perfekt aus in meinem Bett.
Für ein paar Sekunden hatte ich Panik, dass sie das hier gelesen haben könnte. Aber dann ist mir aufgegangen, dass sie dann nicht mehr hier wäre und schon gar nicht so ruhig schlafen würde. Sie hätte endlich erkannt, wie abgefuckt ich wirklich bin, und hätte mit Sicherheit das Weite gesucht. Und ich könnte es ihr nicht mal verübeln.
Aber nein, sie hat mir mal wieder bewiesen, dass sie nicht wie die anderen ist. Hat mir gezeigt, dass sie mehr Vertrauen verdient, als ich ihr gebe.
Ich will ein besserer Mensch sein. Ein besserer Freund.
Vermassel das nicht, Holt. Ernsthaft. Wenn du das tust, werde ich dir das nie verzeihen.

Seine Gedanken zu lesen ist wie ein seltsames Déjà-vu. Ich blättere die Seite um und lese den letzten Eintrag in diesem Buch. Als ich das Datum sehe, wird mir flau.

23. Dezember

Ich hab es getan. Hab den Schlussstrich gezogen.
Mir ist schlecht.
Ich dachte, es wäre das Richtige, es zu tun … für mich … für sie. Aber jetzt …
Ich kann kaum schlucken, mein Hals ist wie zugeschnürt.
Was zur Hölle habe ich nur getan?
Wieso fühlt es sich so falsch an?
Fuck.
Ich musste es tun. Wenn wir zusammengeblieben wären, hätte ich sie nach und nach kaputtgemacht. Sie hätte die ganze Zeit ihr Handeln verteidigt und hätte Feuer gelöscht, die sie nicht verursacht hat.
Ich könnte es nicht ertragen, ihr das anzutun.
Ich sage mir selbst, dass sie darüber hinwegkommt und dann glücklich wird. Ich wünsche ihr das. Oder? Aber da ich nun mal so ein bescheuerter Idiot bin, tue ich es in Wahrheit nicht. Ich will, dass sie sich nach mir verzehrt und keinen anderen Mann an sich ranlässt.
Ich würde gern wie von Zauberhand von all der Scheiße geheilt werden, die täglich in meinem Gehirn vor sich geht, und der Mann sein, den sie verdient. Aber mehr als alles andere will ich mit ihr zusammen sein. Besonders nach letzter Nacht.
Verdammte Scheiße! Diese Nacht.
Ich wollte nicht, dass es passiert, aber als sie so vor mir stand und dachte, dass ich sie nicht liebe … konnte ich nicht mehr anders. Mein Gehirn hat geschrien, dass es eine ganz, ganz schlechte Idee ist, aber mein Körper wollte nicht darauf hören.
Wenn überhaupt, hat es alles noch schlimmer gemacht. Weil ich jetzt immer wissen werde, was ich verpasse. Ich wollte sie mit Haut und Haaren.

Das Problem ist, dass sie sich in mir eingebrannt hat. Danach habe ich in ihren Armen geweint. Ich weine nie, verdammt. Ich weiß nicht mal, wieso ich es getan habe. Es ist einfach passiert.

Doch dann hat sich mein Gehirn wieder eingeschaltet. Mein dummes, paranoides Gehirn. Während sie neben mir schlief, hat es ununterbrochen gearbeitet. Irgendwann habe ich mich gefühlt wie ein Tier, dessen Fuß in einer Falle gefangen ist. Das weiß, dass es sich das Bein abreißen muss, um zu überleben.

Also beschloss ich zu gehen.

Jetzt tut es weh. Es brennt in mir, als hätte ich ein riesiges Stück meines Herzens herausgerissen und bei ihr gelassen.

Fuck, es tut so verdammt weh. Aber ich weiß, dass es das Richtige war.

Ich hoffe, dass sie es eines Tages auch erkennt.

Beinahe muss ich lachen, aber die Wut, die unter der Oberfläche brodelt, lässt es nicht zu. Als ich aufschaue, steht er direkt vor mir. Ich glaube, ich habe ihn noch nie so ernst gesehen.

»Ich bin nicht mehr so wie damals, Cassie. Werde es nie wieder sein. Das musst du wissen.«

Ich nicke. Mit jedem Tag wird mir das klarer.

»Von dem Moment an, als ich dich traf, hat sich alles um dich gedreht. Ich wollte es nur nicht wahrhaben.«

»Und jetzt?«

Er lächelt zaghaft. »Jetzt weiß ich, dass ich ein gestörtes Arschloch war.«

Ich nicke. »Das warst du allerdings.«

»Ich weiß.«

»Das meine ich ernst.«

»Ich widerspreche dir nicht.« Wir starren uns an, bis mir ganz schwindlig ist. »Also, was machen wir jetzt?«, fragt er mit Blick auf das Buch in meiner Hand.

Ich nehme mein Glas und trinke den letzten Schluck Wein. »Ich schätze, wir essen zu Abend. Dann … ich weiß auch nicht.«

Das Essen schmeckt sehr lecker. Das Gespräch ist angeregt, wenn auch ziemlich angespannt. Eine andere Art von Spannung baut sich außerdem auf. Eine, die nichts mit unserer Vergangenheit zu tun hat und alles mit dem Hier und Jetzt. Mit der Cassie und dem Ethan, die alle paar Minuten in kurzes Schweigen verfallen, weil ihre Gehirne zu abgelenkt sind von der gegenseitigen Anziehung.

Ich trinke zu viel Wein. Er hilft mir beim Entspannen. Dabei ist es gar nicht gut, in seiner Nähe zu entspannt zu sein. Es ist gefährlich. Es führt dazu, dass ich denke, bereit zu sein für mehr.

Stattdessen starren wir uns an. Das Licht ist gedämpft, aber er sieht alles. Ihm entgeht keine meiner Bewegungen. Sein Blick weckt ein gefährliches Kribbeln in mir.

Leise Musik spielt im Hintergrund, als er mich zur Couch führt. Wir versuchen krampfhaft, an den entgegengesetzten Enden der Couch sitzen zu bleiben.

»Ich sollte besser gehen«, sage ich – hauptsächlich aus Selbstschutz.

Er seufzt. »Das ist sowohl die beste als auch die schlechteste Idee der Welt.«

»Es ist echt traurig, dass ich genau weiß, was du damit meinst, oder?«

»Nein. Es ist nur ein weiterer Grund, den Abend lieber jetzt zu beenden. Meine guten Vorsätze, es langsam angehen zu lassen, schwinden dahin, wenn du mich so ansiehst.«

»Wie *so*?«

»So als würdest du gern jede schmutzige Phantasie, die ich in den letzten drei Jahren von dir hatte, Realität werden lassen.«

»Schmutzige Phantasien?«

»So schmutzig, dass wir es auf der Stelle in der Dusche tun müssten.«

»Wow.« Er ist gut unter der Dusche. Ich erinnere mich.

»Bist du sicher, dass du nicht bleiben willst?«

»Nein.«

Er seufzt. »Fuck. Ich rufe dir lieber schnell ein Taxi, ehe ich meine Selbstkontrolle völlig verliere.«

Wir stehen auf, er zieht seine Hose zurecht.

»Kann ich mir davon welche ausleihen?«, frage ich und mache eine Handbewegung in Richtung der Tagebücher.

»Nimm, was du möchtest. Ich möchte keine Geheimnisse mehr haben. Sprichwörtlich ein offenes Buch.«

Während er sein Handy hervorholt und ein Taxi ruft, ziehe ich ein paar Tagebücher aus dem Regal. Die aus unserem Abschlussjahr meide ich absichtlich. Dafür bin ich noch nicht bereit. Oder ich bräuchte wesentlich mehr Alkohol.

Er bringt mich zur Tür, und mit jedem Schritt schwindet das Bedürfnis, ihn zu verlassen. Er lehnt sich vor und greift nach der Klinke. Dabei berührt er meine Schulter. Ich fühle die Wärme seines Körpers durch das Hemd. Er verharrt in der Position, ohne die Tür zu öffnen. Drückt sich nur an mich und atmet.

»Cassie, ich werde dir vermutlich jetzt, gleich, sofort ein paar Fragen stellen, und du musst sie auf jeden Fall alle mit nein beantworten. Hast du verstanden?«

»Ja.«

Er atmet tief durch, und ich spüre seine Nasenspitze an meinem Hals. Ich schließe schaudernd die Augen und drücke die Schulter an seine Brust.

»Willst du heute Nacht bei mir bleiben? In meinem Bett?«

Das kann er doch nicht – Wie kann er bloß …?

»Ethan –«

»Du musst nur nein sagen, das ist alles.«

Ich kneife die Augen zusammen. »Nein.«

»Wirst du zulassen, dass ich dir die Kleider vom Leib reiße und mit meinen Lippen deinen Körper erkunde? Deinen ganzen Körper? All die Stellen, von denen ich träume, seit wir getrennt sind?«

O Gott.

Atmen.

»Nein.«

»Willst du mich?«

»Nein.«

Lüge.

»Liebst du mich?«

»Nein.«

Alles Lügen.

»Wirst du mich aufhalten, wenn ich dich an die Wand drücke und dich küsse, als würde mein Leben davon abhängen? Was irgendwie sogar stimmt.«

Mein Herzschlag beschleunigt sich. Wir halten beide den Atem an.

Endlich die Wahrheit.

»Nein.«

In Sekundenschnelle hat er mich gegen die Wand gepresst, unsere Münder rasen begierig aufeinander zu. Dann sind seine Hände an meinem Po, während er mich anhebt. Ich schlinge die Beine um seine Hüfte, die sich an mich drückt. Meine Tasche mit den Büchern fällt polternd zu Boden, als ich die Hände in seinen Haaren vergrabe. Ich versuche, meine Leidenschaft zu drosseln, während er sich gegen mich schiebt.

»Fuck. Cassie ...«

Tiefverborgene Gefühle erwachen. Es ist nicht nur mein Körper, der reagiert. Etwas in mir sprüht Funken, etwas anderes schmilzt dahin. Es ist eine katastrophale chemische Reaktion, die dieselbe übermächtige Anziehung zwischen uns hervorruft, die uns immer wieder zusammenbringt.

Ein Auto hupt auf der Straße.

Ethan erstarrt in der Bewegung. »Du hättest auf die letzte Frage vielleicht besser mit ›Ja‹ antworten sollen«, bringt er gepresst hervor. Er lässt mich los.

Als meine Füße den Boden berühren, geben meine Beine fast unter mir nach. »Wahrscheinlich schon.«

Er hebt die Tagebücher und meine Tasche auf und öffnet die Wohnungstür. Dann bringt er mich nach unten, wo das Taxi vor dem Haus wartet.

Beim Einsteigen beugt er sich zu mir runter und küsst mich zärtlich. »Danke, dass du gekommen bist.«

Ich grinse. »Ich bin nicht wirklich –«

»Zum Essen.« Er grinst zurück und küsst mich wieder.

»Ach so, okay. Danke, dass ich kommen durfte.«

»Äh, ich dachte, du bist nicht –«

»Lustig! Das können wir die ganze Nacht so weitermachen.«

»Ist das ein Angebot? Ich kann den Taxifahrer auch wieder wegschicken.«

Ich lächle. »Gute Nacht, Ethan.«

Er küsst mich ein letztes Mal.

Ich vergesse um ein Haar, wieso ich gehen muss.

»Nacht. Ich ruf dich morgen an.« Er schließt die Tür, und das Taxi fährt los.

In meiner Wohnung angekommen breche ich auf dem Bett zusammen. Ich spüre immer noch, wo er mich berührt hat. Ich lösche das Licht und ziehe mich aus. Dann lasse ich meine Hände an mir hinabwandern, weil ich beenden muss, was er begonnen hat.

Ich schließe die Augen und sehe sofort ihn vor mir. Von all den Männern, die ich über die Jahre hinweg gesehen habe, ist sein Gesicht mir am deutlichsten im Gedächtnis. Wie er den Mund ganz leicht öffnet, wenn er mich berührt.

Genau diesen Gesichtsausdruck von ihm habe ich jetzt vor Augen. Ich stelle mir vor, dass meine Hände seine sind, und als ich in meinem dunklen Zimmer leise aufschreie, will ich fast seinen Namen rufen.

Ich bin gerade am Einschlafen, als mein Handy vibriert. Ich habe eine Nachricht von ihm.

Denkst du grad an mich? Oder hast du dich sogar selbst berührt?

Ich muss lachen. Er kennt mich einfach zu gut.

Nein.

Ich auch nicht. Zumindest kein zweites Mal.

Wohoo. Zu viel Info.

Echt? Ich kann dir noch mehr Details geben, wenn du magst.

☹ Ich bin raus und geh.

Gehst du oder kommst du? Stell dein Handy auf Vibration, und ich schreib dich zum Orgasmus …

Mein Lachen klingt viel zu laut in meinem stillen Zimmer, und mir fällt auf, dass ich schon lange nicht mehr so gelacht habe.

Gute Nacht, Ethan.

Nacht, Cassie.

Ich will gerade das Handy weglegen, als noch eine Nachricht aufblinkt.

Würde dir grad gern sagen, dass ich dich liebe, aber ich werde es nicht tun. Wie gut bekomme ich das mit dem ›langsam angehen‹ hin, hm? (Bitte, erlass keine einstweilige Verfügung gegen mich.) ☺

Der Smiley grinst mich an, und ich pruste los. Nachdem ich noch kurz gewartet habe, ob er noch etwas schreibt, kuschle ich mich in meine Decke. Seine Tagebücher liegen auf meinem Nachttisch.

Ich weiß, dass sie mir wahrscheinlich mehr Fragen als Antworten bringen, aber ich hoffe, dass ich durch die Lektüre vielleicht eine Art Frieden für mich finden kann. Es könnte ein Weg sein, ihm zu verzeihen.

Das Problem ist, dass ich inzwischen mehr Übung darin habe, ihn zu hassen, als ihn zu lieben.

12 *Hoffnungsvolle Gleichgültigkeit*

SECHS JAHRE ZUVOR
WESTCHESTER, NEW YORK
THE GROVE

Zwei Wochen.

Zwei Wochen, ohne mit ihm zu sprechen. Zwei Wochen voller verstohlener Blicke. Ich kann nicht sagen, dass seine Wirkung auf mich nachgelassen hat, aber ich werde besser darin, ihn zu ignorieren.

Nur wenn ich gezwungen bin, ihn anzuschauen, fängt meine Selbstkontrolle an zu bröckeln. Wenn er vor der Klasse steht und etwas aufführt, spüre ich wieder diesen tiefverankerten Magnetismus, der mich mit voller Macht zu ihm zieht und meine Entschlossenheit untergräbt. In diesen langen, surrealen Momenten kann ich nur daran denken, wie sehr ich ihn immer noch will, und der eiserne Schutzwall um mein Herz droht zu zerschellen. Doch dann rufe ich schnell meine Wut auf den Plan, die als Dämmstoff dient.

Seine Auftritte sind durchweg gut, obwohl er so offensichtlich seine verletzlichen Teile verbirgt. Danach applaudiere ich mit den anderen, aber ich beglückwünsche ihn viel mehr zu seinem gelungenen Selbstbetrug.

Bravo fürs Vortäuschen, Ethan. Du bist die perfekte Kopie von jemandem, den ich mal liebte.

Wir singen lauthals. Tanzen und albern herum, nachdem wir was von Lucas selbstangebautem Gras geraucht haben. Der Unterricht beginnt erst in einer halben Stunde, und ich bin froh darüber, denn es ist lange her, dass ich so gelacht habe. Ich will nicht, dass es zu Ende ist.

Ich weiß nicht, woher ich den Text zu *Can't Take My Eyes Off of You* kenne, aber irgendwie tue ich es. Alle grölen mehr oder weniger textsicher mit.

Wir sind total überdreht und singen unglaublich schief, aber etwas von der Last auf meiner Seele fällt endlich ab. Miranda wirbelt mich herum und übergibt mich an Jack. Er dreht sich mit mir, und ich tanze zu Lucas weiter. Aiyah umarmt uns beide und streicht mir über die Haare. Lucas ruft Connors Namen und reicht mich zu ihm. Connor lacht und verliert die Balance, wir landen auf dem Boden. Alle lachen ausgelassen. Connor hat seine Arme um mich geschlungen, und ich lache mit ihm. Doch sein Lächeln erstirbt, als er mir in die Augen schaut.

Er starrt mich an, und ehe ich weiß, was passiert, höre ich auch auf zu lachen. Sein Gesicht ist zu nah. Sein Blick sagt mehr, während er den Text mitsingt, der davon handelt, dass jemand zu gut ist, um wahr zu sein.

Ein paar lange Sekunden denke ich, er wird mich küssen, aber stattdessen rollt er sich auf den Rücken und nimmt mich mit. Ich komme auf seiner Brust zu liegen. Die anderen tanzen um uns herum, als wären wir der Mittelpunkt in einem verrückten heidnischen Ritual. Obwohl es sich falsch anfühlt, in einer so intimen Position mit ihm zu sein, verharre ich und teste meine Reaktion. Er ist warm und riecht gut, und es gefällt mir, wie er mir zärtlich über den Arm streichelt.

Aber ich will ihn nicht.

Ich schließe die Augen. Sofort sehe ich Ethan vor mir.

Mir wird schlecht.

»Hey, alles okay bei dir?« Connor klingt besorgt. Seine Stimme ist falsch. Sein Gesicht ist falsch. Ich will in den Armen eines anderen sein. Will einen anderen Herzschlag unter meiner Hand spüren.

Ich rapple mich auf und taumle zum Wasserspender.

Ich trinke eine gefühlte Ewigkeit lang, lasse das Wasser einfach über meine Lippen und meine Zunge fließen. Ich fühle mich wie ausgetrocknet.

»Cassie?« Connor ist da, so fürsorglich und nett, so anders als Ethan. »Geht's dir gut?«

Ich nicke und versuche zu lächeln. »Ja, alles okay. Mir ist nur 'n bisschen schwindlig.«

Okay, das ist maßlos untertrieben. Mir geht's total beschissen. Ich hasse es, wie verdammt falsch ich mich ohne *ihn* fühle.

Ich lasse zu, dass Connor den Arm um mich legt und mich zurück zum Unterrichtsraum führt. Lasse zu, dass Ethan sieht, wie Connor mich umarmt, als wir drinnen ankommen. Erlaube mir ein Lächeln, als Ethans Gesicht sich schlagartig verdüstert.

Gut so. Soll es ihm doch auch beschissen gehen.

Wenigstens bin ich dann nicht die Einzige, die leidet.

»Miss Taylor?«

Erika mustert mich mit besorgter Miene. Ich stehe seit etwa fünf Minuten vor der Tafel und starre die dort angeschriebene Gruppenaufteilung an. Ich kann einfach nicht begreifen, was sie getan hat.

Sie weiß doch Bescheid über Ethan und mich. Wie könnte sie nicht, wo es doch immer noch eins der Lieblings-Tratsch-Themen in der Klasse ist? Es ist jetzt über zwei Monate her, und doch kann ihr das erwartungsvolle Raunen, wenn wir zusammen einen Raum betreten, nicht entgangen sein. Es ist, als würden alle darauf warten, dass wir uns an die Kehle gehen. Oder übereinander herfallen und vögeln. Oder alles zusammen.

Ist meine Beherrschung so glaubhaft, dass sie davon ausgeht, ich könnte wieder mit ihm auf der Bühne stehen?

Ich werfe Holt einen verstohlenen Blick zu. Er starrt die Tafel mit einem ähnlich entsetzten Gesichtsausdruck an.

»Miss Taylor?«, wiederholt Erika etwas lauter. »Gibt es ein Problem?«

Die meisten haben schon gepackt und sind dabei, den Raum zu verlassen. Die paar, die noch da sind, verstummen schlagartig, als wollten sie das Drama nicht verpassen, das sich gerade anbahnt.

»Erika … Es ist nur –« Wie kann ich es ausdrücken, ohne dass alle … dass er mitbekommt, wie schwach ich bin? »Die Gruppeneinteilung für die Szenenarbeit. Ich bin mir nicht sicher, ob ich in dieser Gruppe sein kann.«

Jack und Aiyah drücken sich am Ausgang rum. Lucas bindet sich die Schuhe. Phoebe und Zoe tippen auf ihren Smartphones rum und werfen immer wieder verstohlene Blicke zu uns rüber. Erika fordert sie höflich auf, den Raum zu verlassen.

Dann wendet sie sich an Ethan. »Mr Holt? Vielleicht sollten Sie sich zu uns gesellen. Ich hab das Gefühl, dass das etwas mit Ihnen zu tun hat.«

Ethan presst die Lippen aufeinander und erhebt sich von seinem Stuhl. Als er sich den Rucksack über die Schulter wirft und zu uns nach vorn kommt, kribbelt es auf meiner Haut.

»Also«, setzt Erika an, als sich Ethan so weit weg von mir wie möglich aufbaut. Er verhält sich, als wäre ich eine Aussätzige. »Jetzt erklären Sie mir noch mal, wieso Sie nicht in der Gruppe arbeiten können, in die ich Sie eingeteilt habe, Miss Taylor.«

Sie weiß es, aber sie will, dass ich es ausspreche. Vor ihm. Manchmal hab ich das Gefühl, sie hat Spaß daran, uns zu quälen.

»Ich denke einfach nicht, dass ich mit …« Ich kann seinen Namen nicht sagen. Dann würden er und Erika wissen, dass ich so was von überhaupt nicht über ihn hinweg bin. »Ich denke, es wäre den anderen Gruppenmitgliedern gegenüber nicht fair, wenn wir beide in einer Gruppe sind. Es würde … Spannungen geben.«

Erika schaut zwischen uns hin und her. Ich sehe Holt nicht an, aber ich spüre, wie er die Stirn runzelt.

»Mr Holt? Sind Sie der gleichen Meinung?«

»Ja. Es würde definitiv zu Spannungen kommen.«

»Also, Sie beide erwarten eine Sonderbehandlung, weil es Ihnen unangenehm ist, miteinander zu arbeiten?«

Wir bleiben ihr beide eine Antwort schuldig. Genau das ist es nämlich, was wir beide erwarten, aber es zu verlangen, wäre viel zu egoistisch.

Erika seufzt. »Ich muss Sie darauf hinweisen, dass Sie im Laufe Ihrer Karriere immer wieder mit Kollegen zu tun haben werden, die Sie nicht leiden können. Menschen, denen Sie lieber aus dem Weg gehen würden. Aber Sie können nicht jedes Mal davonlaufen, wenn es schwierig wird. Sie wollen eine andere Gruppenaufteilung, nur weil Sie kein Paar mehr sind. Haben Sie eine Ahnung, wo das hinführt, wenn ich damit anfange?«

Ich weiß, dass sie recht hat, aber ich will trotzdem, dass sie es tut.

Weder Ethan noch ich erwidern etwas. Unser Schweigen spricht Bände.

Erika seufzt wieder. »Ich habe mir außerdem bei der Gruppenaufteilung etwas gedacht. Es kam mir auf die Mischung der Charaktere an. Deshalb könnte ich Ihnen nur eine Person zum Tauschen vorschlagen. Ich kann Ihnen anbieten, Mr Holt durch Mr Baine zu ersetzen. Miss Taylor, wäre das akzeptabel?«

Ethan verlagert das Gewicht auf den anderen Fuß. »Was für Szenen werden wir denn erarbeiten?«, will er wissen.

»Tut das was zur Sache? Entweder bleiben Sie in Miss Taylors Gruppe oder sie tauschen mit Connor. Was ist Ihnen lieber?«

Ich sage »Tauschen«, während Ethan gleichzeitig »Bleiben« murmelt. Und, um uns endgültig lächerlich zu machen, wiederholen wir es beide noch einmal etwas lauter.

Ethan und ich starren uns finster an. Es ist das erste Mal seit achteinhalb Wochen, dass wir uns richtig anschauen. Mein Gesicht läuft rot an, mein Körper steht in Flammen. Aber es entgeht mir auch nicht, dass Ethans Ohren sich leicht pink eingefärbt haben.

»Also gut, mir egal.« Ethan winkt ab. »Dann tauschen Sie mich mit Connor. Wie *sie* es will.«

»O nein, auf keinen Fall. Lassen Sie Holt ruhig in meiner Gruppe. Was *er* möchte, ist viel wichtiger.«

»Ich möchte das ja nicht«, entgegnet er und kommt einen Schritt näher. »Aber wir wissen doch beide, dass es so am besten ist.«

»Reden wir jetzt noch über die Gruppenaufteilung? Denn, wenn nicht, muss ich dir leider widersprechen«, rufe ich aufgebracht.

Erika verdreht die Augen und schnappt sich ihren Ordner vom Schreibtisch. »Ich habe keine Zeit für so was. Teilen Sie mir bis heute Abend Ihre Entscheidung mit, sonst bleiben die Gruppen unverändert.«

Ethan und ich sind beide zu aufgewühlt, um überhaupt zu bemerken, dass sie geht.

»Nimm ihr Angebot, den Platz zu tauschen, doch einfach an, Ethan. Du weißt genauso gut wie ich, dass wir nicht zusammenarbeiten können.«

»Klar, und dass du dann stattdessen mit Connor in einer Gruppe bist, kommt dir da gerade recht.«

»Wie meinst du das denn jetzt wieder?«

»Als ob du das nicht genau wüsstest. Sag mir, wie lang hat er gewartet, ehe er sich an dich rangemacht hat? Jedes Mal, wenn ich euch zusammen sehe, hängt er an dir wie eine Klette.«

»Connor ist ein Freund, mehr nicht. Ihm bedeute ich wenigstens etwas – das kann man von anderen Leuten nicht behaupten.«

»So ein Quatsch. Er ist nur geil darauf, endlich mit dir ins Bett zu gehen. Du bist nur einfach zu naiv, um das zu sehen.«

»Was ihm etwas bedeutet, geht dich ja wohl mal gar nichts an! Du hast mit mir Schluss gemacht, weißt du noch? Nur, weil du mich nicht willst, heißt das nicht, dass andere Männer mich nicht wollen dürfen.«

Seine Miene verfinstert sich, und seine Stimme ist nur noch ein heiseres Flüstern. »Dass ich mit dir Schluss gemacht habe, hat rein gar nichts damit zu tun, wie sehr ich dich will. Und das weißt du.«

»Du hast gesagt, dass du mich liebst, dann hast du mit mir Schluss gemacht. Sogar für einen Verrückten muss das total dämlich klingen.«

Ich schätze, jetzt ist es so weit, dass wir über unser Beziehungsende streiten. Die Gruppenaufteilung ist vergessen, und ich bin bereit, aus vollen Rohren zu feuern.

»Gib einfach zu, dass du mit mir Schluss gemacht hast, weil du ein Schisshase bist. Ende vom Lied.«

»Das ist Quatsch, und das weißt du auch. Wenn wir zusammengeblieben wären, hätte ich dich nur verletzt und –«

»Stell dir vor: Du hast mich auch so verletzt!«

»Ich hätte dich noch viel mehr verletzt!«

»Also hast du Schluss gemacht, damit wir wieder Freunde sein können? Ha-ha, es ist das erste Mal in über zwei Monaten, dass wir überhaupt mehr als zwei Worte miteinander wechseln.«

Er lacht bitter. »Wir können nicht damit umgehen, nur Freunde zu sein.«

»Da haben wir es wieder, du triffst schon wieder Annahmen darüber, womit ich umgehen kann und womit nicht.«

»Ach, wirklich? Du glaubst, du kannst mit mehr Nähe umgehen? Na gut, dann lass es uns doch gleich mal testen.«

Sein Blick ist wildentschlossen. Er macht einen Schritt auf mich zu.

Ich weiche zurück.

»Glaubst du wirklich, wir könnten so tun, als wollten wir nicht mehr?« Er kommt näher.

Ich mache einen Schritt zurück.

»Stell es dir doch mal ernsthaft vor. ›Hey Cassie. Wollen wir zusammen zu Mittag essen?‹« Sein Gesicht ist angespannt, auch wenn er versucht, locker zu wirken. »Wie wäre es, mal wieder zusammen zu lernen? Lass uns ein bisschen Texte proben.«

Mein Rücken stößt an die Wand.

Er ist jetzt so nah, dass wir uns schon fast berühren. »Oh, es geht dir nicht gut? Lass mich dich umarmen. Das machen Freunde doch so, oder?« Seine Körperwärme droht mich zu verbrennen. Meine Haut kribbelt. Er stützt eine Hand neben meinem Kopf an der Wand ab. Seine Stimme ist ruhig und tief. »Sobald wir unsere Arme umeinander legen, wollen wir mehr, immer mehr. Es wird eine Lawine aus ›Küss mich‹ und ›Berühr mich‹ auslösen.«

»Hör auf.« Ich kann nicht atmen.

»Das ist das Problem. Wir würden nicht aufhören. Wir würden immer weitermachen, bis wir plötzlich bis zum Hals in einer Beziehung stecken. Und damit fangen die Verletzungen ja erst an. Wäre das weniger schmerzhaft als das, was wir gerade durchmachen? Ich weiß ja nicht, wie es dir geht, aber ich hab lieber gar nichts von dir als immer nur kleine Portionen.«

Ich atme tief durch und schaue ihm in die Augen. »Also, wieso dann der Wirbel um den Tausch mit Connor?«

Sein Gesicht wird weicher, und er macht einen Schritt zurück. »Weil das Einzige, das mich im Moment noch mehr quälen würde als die Trennung, ein neuer Typ ist. Dich nicht zu berühren ist schlimm, aber zu sehen, wie es ein anderer tut, ist unerträglich.«

»Du hast das Recht verspielt, das zu entscheiden. Dieses Mal liegt die Entscheidung bei mir, und da ich dich nicht haben kann, entscheide ich mich für Connor.« Mir ist nicht klar, wie das klingt, ehe die Worte aus meinem Mund sind. Und dann ist es zu spät.

Er sieht aus, als hätte ich ihn geschlagen. »Krass … äh, ja, natürlich tust du das. Na schön, ich geh zu Erika und teile es ihr mit.« Er nimmt seine Tasche und geht zur Tür. Dort dreht er sich noch mal zu mir um. »Nur so aus Interesse, wenn ich in meiner neuen Gruppe eine Liebesszene mit Zoe spielen muss, würde dir das was ausmachen?«

Jetzt fühle ich mich, als hätte er mich geschlagen, aber ich lasse es mir nicht anmerken. »Ethan, ich hab gerade acht Wochen damit verbracht, die Trennung zu verarbeiten. Ich komm schon klar.«

Er nickt und lächelt sarkastisch. »Freut mich für dich.«

Ich bin jetzt seit über acht Monaten auf dieser Uni, und es ist das erste Mal, dass ich den Sportbereich betrete. Er ist riesig. Wie alles hier am Campus.

Im Erdgeschoss stehen Cardio- und andere Fitnessgeräte, und im ersten Stock gibt es einen Bereich zum freien Hanteltraining und verschiedene Räume für Kurse wie Yoga, Pilates und Boxen. Es gibt sogar ein Squash-Feld. Offenbar war Eva Bonetti, deren Name den Haupteingang ziert, eine großzügige Förderin.

Ruby meint, ich sollte mal den Boxraum ausprobieren. *Lass mal ein bisschen Stress ab. Hör auf, so eine Trübsal blasende Zicke zu sein. Stell dir einfach auf dem Boxsack Holts dummes Gesicht vor.*

Also stehe ich hier, die brandneuen Boxhandschuhe in der Hand, mein Ziel klar vor Augen: den emotionalen Druck ablassen, der sich in den letzten Monaten in mir aufgebaut hat.

Es ist Freitagabend, und das Fitnessstudio ist fast leer. Natürlich haben die meisten Studenten am Wochenende Besseres zu tun, als ihren Stress an einem Boxsack auszulassen. Als ich auf den Boxraum zugehe, höre ich ein Ächzen von drinnen.

Verdammt. Ich hatte nicht damit gerechnet, dass sonst noch jemand boxen will.

Ich gehe zur Tür und werfe einen Blick durch die Glasscheibe.

Mir stockt der Atem.

Es ist Ethan.

Breite Schultern in einem Muscle-Shirt, die Arme wirbeln durch die Luft, während er den Sandsack bearbeitet. Jabs folgen auf Haken und krachende Roundhouse-Kicks. Sein verwuscheltes Haar tropft vor Schweiß.

Jedes Mal, wenn er den Sack trifft, ächzt und stöhnt er, sein Gesichtsausdruck ist entschlossen und wütend. Immer wieder lässt er die Boxhandschuhe auf den Sack krachen. Ich kann die Kraft seiner Schläge fast schon durch die Tür spüren.

Ein kalter Schauer läuft mir über den Rücken.

Er sieht so verzweifelt aus. Als würde er um sein Leben boxen. Er schlägt und schlägt und scheint doch keine Befriedigung zu erlangen. Es sollte mich eigentlich freuen, ihn so leidend zu sehen, aber das tut es nicht. In meinem Bauch brauen sich nur Emotionen zusammen, die ich nicht fühlen will.

Er malträtiert weiter den Sandsack, geht bei jedem Schlag mit dem Körper mit, um ihm noch mehr Wucht zu geben. Dann tritt er dagegen, benutzt sogar die Knie. Er geht mit so viel Energie ans Werk, dass ich die Vibration durch die Tür spüre. Seine Bewegungen werden immer schneller, seine Laute immer frustrierter, bis er schließlich aufhört, sich am Sandsack festhält und nach Luft schnappt. Er wirkt wie besiegt.

»Fuck«, stöhnt er und drückt die Stirn gegen das Everlast-Logo auf dem Leder. »Fuck, Fuck, Fuck, Fuck, Fuck.«

Ich wüsste zu gern, was gerade in seinem Kopf vorgeht. Man müsste ihm sagen, dass er es sich zu schwermacht. Dass alles einfach und richtig zwischen uns sein könnte, wenn er sich nur öffnete.

Aber ich weiß, dass er mir nicht glauben würde.

Dafür ist es jetzt sowieso zu spät. Der Schaden ist angerichtet.

Als er sich die Boxhandschuhe von den Händen reißt und sie an die Wand feuert, nehme ich meine Sporttasche und gehe davon. Jede Faser in meinem Körper rebelliert. Fleht mich an zurückzugehen.

Ich tue es nicht.

Als ich bei den Treppen angelangt bin, setzt das Stöhnen wieder ein.

»Er vermisst dich, weißt du?«

Ich hätte nicht gedacht, dass irgendjemand meine geheime Leseecke hinter dem Schauspielgebäude kennt. Aber Elissa ist eben ein guter Spürhund.

Ich klappe mein Buch zu und überlege, wie ich darauf reagieren soll.

Sie lässt sich neben mir nieder und spricht einfach weiter. »Ich weiß, du hältst ihn für ein Arschloch oder was auch immer, aber … ich hab meinen Bruder noch nie so am Boden zerstört gesehen wie jetzt. Er ist nur noch der Schatten des Mannes, der er mal war.«

Mein Lachen klingt verbittert. »Vielleicht hätte er dann nicht mit mir Schluss machen sollen.«

Sie zupft an ein paar Grashalmen neben ihrem Fuß. »Er denkt, dass er dich beschützt.«

»Da täuscht er sich.«

»Und was, wenn nicht?« Sie schirmt mit einer Hand ihre Augen vor der Sonne ab. »Was, wenn er es nicht gemacht hätte und seine ganzen Probleme dich irgendwann dazu gezwungen hätten, selbst den Schlussstrich zu ziehen? Wäre das weniger schmerzhaft gewesen?«

Ich zucke mit den Achseln. »Ich schätze, das werden wir nie erfahren, oder?«

»Wahrscheinlich nicht.«

Sie schweigt einen Moment lang. »Er ist kein schlechter Mensch, Cassie. Er ist nur … ein bisschen angeknackst.«

Ich blinzle und spiele ebenfalls mit einem Grashalm, um meine Nerven zu beruhigen. »Ich weiß. Und dank ihm, weiß ich jetzt auch, wie sich das anfühlt.«

Darauf erwidert sie nichts. Ich erwarte es auch nicht von ihr.

Sie steht auf. »Vermisst du ihn denn auch ein wenig?«

Mehr als ich je etwas oder jemanden in meinem kurzen und unspektakulären Leben vermisst habe. »Ich gebe mir arg Mühe, es nicht zu tun.«

»Und, wie klappt das so?«

»Miserabel.«

»Tut mir leid.«

»Elissa, du musst dich für nichts entschuldigen. Dein Bruder dagegen …«

Sie nickt. »Glaubst du, du kannst ihm je verzeihen?«

Ich seufze. »Ich weiß es nicht. Ich weiß es wirklich nicht.« Es ist die Wahrheit. Ich würde gern glauben, dass ich über das alles hinwegkommen kann, aber ich weiß nicht, ob ich stark genug bin.

»Ich hoffe es für dich«, sagt Elissa. »Ihr zwei seid füreinander bestimmt. Das hab ich im Gefühl.«

Es frustriert mich unendlich zu wissen, dass sie recht hat.

Es ist der Tag der Aufführung. Wir haben jetzt vier Wochen lang unsere Szenen geprobt. Holt und ich haben in dieser Zeit kaum ein Wort gewechselt.

Verdrängung ist für uns beide zu einer Kunstform geworden.

Meine Gruppe führt Szenen aus *Endstation Sehnsucht* auf. Connor spielt Stanley, ich bin Blanche.

Ich weiß, wieso Erika ursprünglich Holt als Stanley vorgesehen hatte. Er ist die perfekte Besetzung für die Rolle – launisch, düster, voller innerer Konflikte und Leidenschaft und deshalb unsicher und aggressiv. Connor macht seinen Job nicht schlecht, aber Ethan wäre als Stanley spektakulär gewesen.

Blanche ist eine Herausforderung für mich. Sie ist eine alternde Südstaaten-Schönheit, die am Selbstmord ihres Mannes zu verzweifeln droht. Sie ist noch immer geschockt davon, dass sie ihn beim Sex mit einem Mann erwischt hat. Im Haus ihrer Schwester angekommen schämt sie sich für deren gewalttätigen Ehemann und kämpft gleichzeitig gegen die Anziehung an, die er auf sie ausübt.

Kurz vor dem Auftritt linse ich durch den Vorhang in den Zuschauerraum. Unsere Kommilitonen sind alle da, genau wie die Schauspielschüler aus dem zweiten Jahr. Ich entdecke Holt, der mit ernster Miene in seinem Sitz fläzt und nur halbherzig interessiert Lucas zuhört.

Bei der Ankündigung unserer Szene steht Holt auf und verlässt das Auditorium. Auch wenn es mich ein wenig enttäuscht, so muss ich gestehen, dass ich gleichzeitig erleichtert bin. Jetzt kann ich alles in meine Rolle packen, ohne ständig daran denken zu müssen, was Holt davon hält.

Außerdem fühle ich mich dann weniger schlecht, dass ich mich vorhin in der Toilette versteckt habe, während er seine Liebesszenen mit Zoe aufgeführt hat. Ich konnte sie einfach nicht mit ihm sehen. Es ging nicht. Schon allein beim Gedanken daran wird mir vor Wut ganz schlecht.

Yep, diese Verdrängungstaktik funktioniert ganz prima.

Ruby deutet auf einen Schauspielschüler aus dem dritten Jahr mit abstehenden Haaren. »Küss ihn.«

»Nein.«

Sie macht eine Handbewegung in Richtung eines Typs, den ich noch nie gesehen habe, der aber dem jungen Matt Damon verdammt ähnlich sieht. »Wie wär's mit dem?«

»Nein.«

»Hier, trink noch ein bisschen mehr Tequila.«

»Das wird mich auch nicht dazu bringen, irgendwelche wildfremden Kerle zu küssen.«

»Wird es wohl. Vertrau mir.«

Ich lehne mich seufzend auf dem Sofa zurück. »Ruby, ich will aber niemanden küssen.«

»Doch, tust du wohl, aber nur diesen Vollidioten, der dich vor Monaten hat sitzenlassen. Deshalb bin ich der Meinung, dass diese Intervention dringend nötig ist.«

»Hah, mich auf eine Party zu schleppen und so doll abzufüllen, dass ich mich an Fremde ranschmeiße, ist keine Intervention.«

»Bei mir schon.«

»Außerdem will ich Holt gar nicht küssen.«

Sie verdreht die Augen. »Natürlich willst du das. Deshalb

hast du auch in den fünf Monaten, seit er Schluss gemacht hat, keinen anderen Kerl auch nur angeguckt.«

»Das stimmt nicht. Geguckt hab ich schon.«

»Ja, aber nicht angefasst.« Sie wirft die Hände in die Luft. »Cassie, du weißt es doch: Der beste Weg, über einen Typ hinwegzukommen, ist Sex mit einem anderen.«

»Ich fühle mich aber nicht danach, irgendwas anderes anzufangen, okay?«

»Ich sag ja nicht, dass du dich gleich wieder in eine Beziehung stürzen sollst. Amüsier dich einfach etwas! Knutsch ein bisschen rum. Hab Sex. Es muss ja nicht gleich die Liebe deines Lebens sein. Du bist 19, um Himmels willen! Du kannst jetzt nicht allen Männern entsagen, nur weil Holt dir das Herz gebrochen hat. Sieh's mal pragmatisch. Man kann auch einfach nur Spaß mit Männern haben.«

Sie reicht mir noch einen Tequila, den ich runterstürze, weil ich keine Lust habe, mit ihr zu streiten. Ich fühle mich langsam etwas angetrunken. Der Raum verschwimmt vor meinen Augen, die Leute bewegen sich wie in Zeitlupe. Ruby redet weiter, aber ich höre nicht mehr hin. Ich will nicht hier sein. Obwohl ich weiß, dass sie recht hat.

Ich hab Angst, wieder verletzt zu werden.

Ein Teil von mir will Rubys Rat befolgen und einfach mit jemandem rummachen – und wenn es nur ist, um mich wieder gewollt zu fühlen. Um mich daran zu erinnern, dass ich attraktiv und begehrenswert bin. Aber ich weiß, dass mich das, was Ethan mir angetan hat, immer beeinflussen wird.

Ich stehe auf. »Ich geh heim, Ruby. Sorry. Du kannst gern bleiben. Aber ich hau ab. Viel Spaß noch.«

Sie steht ebenfalls auf und umarmt mich. »Den werde ich bestimmt haben. Ich hatte gehofft, die Party würde dir helfen, über Mr Vollidiot hinwegzukommen.«

Ich lache. »Ich komme schon über ihn hinweg. Gib mir einfach Zeit. Immerhin hab ich schon ein paar Wochen nicht mehr davon phantasiert, ihn zu schlagen oder mit ihm zu schlafen.«

Sie sieht mich verdutzt an. »Echt jetzt?«

»Yep.«

Sie streichelt mir über die Wange. »Ooooh, ich bin so stolz auf dich.«

Ich umarme sie wieder. Sie ist echt die weltbeste Umarmerin.

Ich rufe mir ein Taxi und gehe in Richtung Ausgang. Auf einmal entdecke ich im Flur eine vertraute Silhouette, groß und schlacksig, wuschelige Haare. Ich erstarre und presse mich an die Wand. *Kann ich mich unbemerkt an ihm vorbeischieben?* Als er sich umdreht, stelle ich zu meiner großen Erleichterung fest, dass es nicht Holt ist. Es ist ein Typ, den ich noch nie gesehen habe. Dunkle Haare. Dunkle Augen. Ziemlich gutaussehend. Er lächelt mir zu und weicht zurück, um mich vorbeizulassen.

»Sag bitte nicht, dass du schon gehst«, meint er – offenbar auch schon etwas betrunken. »Es wäre doch eine Schande, wenn das hübscheste Mädchen auf der Party heimgehen würde.«

Ich zucke mit den Achseln. »Sorry. Ich hab einen wichtigen Termin mit meiner Couch. Kann nicht die ganze Nacht mit Party verschwenden.«

Er streckt mir die Hand hin. »Ich bin übrigens Nick. Drittes Semester bildende Kunst.«

Ich gebe ihm die Hand, und als er sie schüttelt, stelle ich überrascht fest, dass ich ein leises Kribbeln verspüre.

»Cassie, erstes Jahr, Schauspiel.«

»Schön, dich kennenzulernen, Cassie.«

»Gleichfalls, Nick.«

Er lässt meine Hand nicht los, und ich ziehe sie auch nicht weg. Etwas an der Art, wie er mich anschaut, vertreibt die Leere in mir. Ich weiß, wir sind beide ein bisschen betrunken, aber es ist schön zu merken, dass mich jemand begehrenswert findet.

»KÜSS IHN!«, schreit plötzlich Ruby von hinten.

Ich zucke zusammen und verstecke mein Gesicht hinter den Händen.

Nick sieht amüsiert zu Ruby rüber. »Äh … ist das eine Freundin von dir?«

»Nicht mehr.«

Er lacht. »Fordert sie dich öfters auf, Leute zu küssen, die du gerade erst kennengelernt hast?«

»Ja. Öfter als mir lieb ist.«

Er kommt näher. »Naja, sie scheint nett zu sein. Ich würde sie ungern enttäuschen.«

Ehe ich mich versehe, hat er sich zu mir runtergebeugt und mir einen Kuss auf die Wange gegeben. Meine Haut kribbelt, und ich halte mich unwillkürlich an seiner Schulter fest. Er lächelt mich an.

»Ich hoffe, das war okay.«

»Ja«, erwidere ich ein wenig schwindelig. »Das war okay.«

Ich rechne damit, dass mein Schuldgefühl sich meldet, doch das tut es nicht. Vielleicht ist es doch nicht so mächtig, wie ich dachte. Vielleicht bin ich doch schon über Holt hinweg.

Oder es ist nur der Tequila.

Wie auch immer, als draußen das Taxi hupt und ich mich von Nick verabschiede, fühle ich mich wesentlich selbstbewusster als noch zu Beginn des Abends. Wenn man sich ein bisschen zu jemandem hingezogen fühlt, bedeutet das doch, dass man auf gutem Weg ist, sich von dem Ex abzunabeln, oder?

Ich bin im Kostümlager im Keller des Schauspielgebäudes. Es ist eng und staubig, Kleiderstangen und Regale reichen vom Boden bis zur Decke. Sie sind vollgestopft mit Kostümen aus Hunderten von Produktionen. Studenten können sich hier mit Erlaubnis des Verwalters Kleider ausleihen, aber es ist nicht immer einfach, das Richtige zu finden. Ich suche jetzt schon seit einer Stunde nach etwas, das zu meinem Monolog aus *Was ihr wollt* passt, und von der stickigen Luft ist mir schon leicht schummrig. Als sich mir unwillkürlich die Nackenhaare aufstellen, weiß ich, dass ich nicht allein bin. Und natürlich steht Ethan in der Tür und beobachtet mich.

»Ich wusste nicht, dass du hier bist«, meint er und wirkt genervt.

Mein Herzschlag beschleunigt sich. »Naja, ich bin es aber.«

Verdammtes Herz! Hör auf. Er ist dir egal, erinnerst du dich? Er hat keine Macht mehr über dich.

Er seufzt und steckt die Hände in die Taschen. »Bist du bald fertig?«

Sein Tonfall nervt mich. »Keine Ahnung. Wieso?«

»Ich brauch ein Kostüm. Ich schätze, ich warte, bis du hier fertig bist.«

Ich wende mich seufzend wieder den Kleiderstangen zu. »Such dir einfach dein verdammtes Kostüm, Ethan. Ich hab grad Besseres zu tun, als dir aus dem Weg zu gehen.« Ich gehe die Kleiderbügel durch und ignoriere ihn standhaft.

»Na gut, wie du meinst«, sagt er und verschwindet in den nächsten Gang.

Ich höre, wie er auf der anderen Seite genauso energisch wie ich die Kostüme durchforstet. Nach einer Viertelstunde finde ich ein Kleid, das ich einigermaßen passend für die Rolle der Viola finde. Ich gehe damit zum Umkleidebereich, um es anzuprobieren. Als ich den Vorhang wegziehe, steht da Ethan. Er ist oben ohne und gerade dabei, die Knöpfe einer Art Lederhose zu schließen.

Er schaut auf und knirscht mit den Zähnen, während er weiter an der Hose rumzieht. Sein Gesicht ist verzerrt. »Ich bekomm diese saublöden Knöpfe einfach nicht zu. Es ist, als würde man versuchen, eine Banane in eine Nadel einzufädeln.«

Ich würde normalerweise lachen, wenn mich sein Anblick nicht so mitnähme.

»Ach, scheiß drauf.« Er lässt die Hose halb offen und wirft sich eine passende Jacke über. Der Style ist halb modern, halb elisabethanisch – aber hauptsächlich sexy. Er verlässt die Umkleide und winkt mich hinein. »Geh ruhig rein, ich kann auch hier draußen weiter mit den Knöpfen kämpfen.«

Ich gehe hinein und ziehe den Vorhang hinter mir zu. Zu

meiner Schande muss ich gestehen, dass ich noch mal rauslinse, um einen Blick auf seine nackte Brust zu erhaschen. *Er ist dir total egal, du bist die Gleichgültigkeit in Person, verdammt!*

»Welchen Monolog sprichst du?«, frage ich, während ich mich meines Shirts und meines BHs entledige.

Von draußen kommt frustriertes Knurren. »*Hamlet.* Diese Scheiß-Knöpfe, ich schwöre, die passen einfach nicht durch die Löcher. Braucht man eine spezielle Ausbildung, um dieses verdammte Kostüm anzuziehen?«

Ich brauche einen Moment, um zu registrieren, dass wir tatsächlich eine relativ normale Unterhaltung führen. Es ist irgendwie seltsam, aber auch cool. Vielleicht können wir ja doch irgendwann Freunde sein.

Ich ziehe mir das Kleid über den Kopf und versuche, an den Reißverschluss zu kommen. »Hamlet ist ein bisschen zu offensichtlich für dich, findest du nicht? Trübsinnig. Problem belastet. Selbstzerstörerisch.«

»Naja, ich bin derzeit nicht gerade in der Laune für leichte, happy Rollen.«

»Warst du das denn jemals?«

Er hält inne. »Was willst du damit sagen?«

Ich verbiege mich, um den Reißverschluss an meinem Rücken zu schließen, aber der Verschluss will nicht so, wie ich will. »Verdammter Mist.«

»Lass mich raten, du bekommst dein Kostüm nicht zu.«

Der Vorhang wird zurückgezogen, und da steht er – die Jacke immer noch offen, die Hose halb zugeknöpft. Seine Augen weiten sich, als ihm der tiefe Ausschnitt des Kleids auffällt.

»Äh … soll ich vielleicht …?« Er macht eine Handbewegung, als würde er einen Reißverschluss hochziehen, offenbar bemüht, mir ins Gesicht zu sehen. Es gelingt ihm etwa eine halbe Sekunde lang, ehe sein Blick zurück zu meinem Ausschnitt wandert. »Ähm … dir helfen mit dem … äh …«

»Reißverschluss?«

»Genau. Damit. Ich helfe dir, wenn du mir auch hilfst.«

Ich drehe mich um und fühle, wie er hinter mich tritt. Er zieht den Reißverschluss bis zur Mitte meines Rückens hoch, dann streifen warme Finger meinen Hals, als er meine Haare beiseitestreicht. Ich meine, ihn schlucken zu hören. Der Reißverschluss leistet Widerstand, aber er schafft es. Das Mieder ist so eng, dass ich kaum atmen kann.

Schnaufend drehe ich mich um und drücke mir die Hände in die Taille. »Mann, wie konnten die Frauen das damals jeden Tag tragen? Ich hab das Gefühl, meine inneren Organe werden total zusammengequetscht.«

Stille.

Ethan starrt mich an. Die Lust in seinem Blick lässt mich erschauern.

Er kommt näher, und auf einmal ist es nicht mehr nur das Kleid, das mir die Luft abschnürt. Ich schaue auf seinen Hals, weil ich seinen Blick nicht ertrage. Ich betrachte das Muster seines Dreitagebarts, der an seinem Hals in glatte Haut übergeht. Sogar jetzt noch, nach so vielen Monaten, weiß ich genau, wie seine Haut schmeckt. »Cassie?«

»Hmmm?«

»Die Knöpfe … Du bist hoffentlich etwas geschickter als ich.«

»Oh. Klar.«

Ich greife nach der Jacke und ziehe sie vorn zusammen. Seine Brust ist zu breit, deshalb ist es nicht einfach. Er hat recht, die Knöpfe sind wirklich etwas zu groß für die Löcher. Ich schaffe es, die unteren Knöpfe zu schließen, doch bei den oberen wird es eng.

»Hast du zugenommen?«

»Ein bisschen. Hab trainiert.«

»Boxen?«

Er stutzt. »Ja. Woher weißt du das?«

»Geraten«, erwidere ich achselzuckend.

Ich zerre wieder an dem Stoff, aber die Knöpfe spielen nicht mit.

»Ich krieg's nicht hin.«

»Dann lass es sein«, meint er. »Ist schon okay.« Ein Knopf springt genau in diesem Moment wieder auf. »Verdammt!«

»Taylor …« Er legt die Hand über meine. »Um Himmels willen … Hör einfach auf.«

Ich erstarre. Die Zeit scheint stillzustehen.

Er berührt mich.

Der Effekt überrumpelt mich vollkommen. Mein Herz macht einen Sprung. Ich starre seine Hand an. So fremd. So vertraut.

Ich beobachte gebannt, wie er in Zeitlupe mit dem Daumen über meine Fingerknöchel streicht. Ich will meine Hand wegziehen, aber ich bin wie gelähmt. Ich kann ihn auch nicht anschauen, aus Angst davor, was er tun könnte. Selbst durch das dicke Leder kann ich seinen Herzschlag spüren. Sein Brustkorb hebt und senkt sich, und ich weiß, dass, was auch immer in den nächsten Sekunden passiert, die letzten acht

Monate der einstudierten Gleichgültigkeit zunichtemachen wird.

»Cassie ...«, haucht er.

Er drückt meine Hand fester an seine Brust, und ich will ihm die Lederjacke vom Leib reißen und meinen Mund auf seine Haut pressen. Die Wärme schmecken, ehe ich die Lippen zu seinem Hals wandern lasse. Er scheint es auch zu wollen, denn er schiebt meine Hand unter das Leder. Als meine Handfläche seine nackte Haut berührt, zieht er scharf die Luft ein, als würde es ihm Schmerzen bereiten.

Ich schließe die Augen und suche in mir nach der Kraft, ihn aufzuhalten. *Ich muss einfach.* Ich darf ihn nicht mehr wollen. Die Hindernisse, die uns im Weg standen, haben sich nicht verändert. Er hat sich nicht verändert.

Ich öffne die Augen und schaue ihn an. Sein Blick ist lodernd und intensiv. Er zieht mich in seinen Bann.

Disziplin, wo bist du, wenn ich dich brauche?

Ich begreife eins: Er will mich nicht zurück. Er will mich einfach nur jetzt und hier. Und ich will ihn. Klopfende Herzen und Hormone haben uns die Sinne vernebelt.

Ich bewege meine Hände über seine Brust und spüre den rasenden Puls unter seiner Haut. Fieberhaft suche ich in mir nach einer Ausrede, um mir zu erlauben, seinen Körper zu spüren.

Aber es gibt keine Ausrede. Keine Parallel-Wirklichkeit, in der dies die Dinge nicht nur noch viel schlimmer machen würde.

Ich krümme die Finger und balle sie zu einer Faust. Mit aller Kraft, die ich aufbringen kann, stelle ich mich der Realität und ziehe die Hand zurück. Ich schäme mich und bin gleichzeitig völlig verwirrt. Ich hasse es, dass mich meine Lust so schwachmacht. Dass eine flüchtige Berührung von ihm mich so dermaßen aus der Bahn werfen kann.

Ich starre ihn an und versuche, meine Stimme wiederzufinden. Er starrt zurück und wirkt genauso geschockt.

»Was zum Teufel war das?« Adrenalin rauscht durch meine Adern und macht mich ganz zittrig.

Er blinzelt und schüttelt den Kopf. Wütend.

Auf sich selbst oder auf mich?

»Keine Ahnung.« Seine Kiefer mahlen, er lässt den Kopf hängen. »Das war total dumm. Ich … ich hätte nicht –«

»Nein, hättest du nicht.«

Er reißt den Kopf hoch. Dieses Mal ist er auf mich wütend. »Du bist aber auch nicht gleich zurückgewichen. Du warst doch genauso erregt wie ich.«

»Das heißt doch nicht, dass du … dass wir –«, ich fahre mir mit den Fingern durch die Haare. »Verdammt, Ethan, wir sollten inzwischen darüber hinweg sein! Ich sollte mich nicht so fühlen, wenn –«

»Wenn was?«

»Wenn du in meiner Nähe bist! Wenn du mich berührst. Du kannst mir das nicht antun.«

»Glaub mir, ich kenne das Gefühl.«

Ich werfe frustriert die Hände in die Luft. »Ich hab doch gar nichts gemacht!«

»Das musstest du auch nicht. Dass du existierst, reicht schon, um mich völlig zu ruinieren.« Die Traurigkeit in seinem Tonfall lässt mich innehalten, aber meine Wut bleibt.

»Wie auch immer.« Ich versuche, mein Kleid aufzubekommen. »Vergiss es einfach.«

Er zieht seine Jacke aus. »Was denkst du, was ich das ganze Jahr schon versuche?«

Das Mieder des Kleids hält mich wie eine Python gefangen, ich ringe panisch nach Luft. »Mach das Scheißteil auf.« Ich drehe mich um, damit er den Reißverschluss aufmachen kann, und als er es getan hat, trete ich wieder in die Kabine und schließe den Vorhang. Hastig streife ich das Kleid ab, ziehe BH und Shirt wieder an und raffe meine Sachen zusammen. Als ich den Vorhang wieder öffne, steht er immer noch da.

Er sieht mich an, als hätte er vor, sich zu entschuldigen. Ich halte inne. Wir starren uns an. Keine Entschuldigung.

Natürlich nicht.

Das ist so typisch für ihn.

»Oh, hallo Leute.«

Wir fahren herum. Jack Avery kommt mit einem Arm voller Kostüme auf uns zu. »Wow, hab ich euch bei was unterbrochen? Braucht ihr etwas Privatsphäre? Oder Kondome?«

Ich schnaube genervt und schiebe mich an ihm vorbei. »Halt die Klappe, Jack.«

Während ich auf die Tür zustolpere, höre ich noch, wie Avery sagt: »Mann, willst du immer noch leugnen, dass sie dich so was von um den Finger gewickelt hat? Wie bescheuert seid ihr zwei eigentlich?«

Ich bin bei der Tür angekommen. Trotzdem höre ich Holts Antwort. »Ausnahmsweise bin ich mal derselben Meinung wie Cassie. Halt einfach dein Maul, Avery!«

Stunden später, als ich nach Hause komme, kribbelt es immer noch in meinem Bauch, wenn ich daran denke, wie ich die Hand auf seiner nackten Haut hatte. Alles in mir schreit danach, ihn wieder spüren zu dürfen. Ich lasse mich stöhnend auf mein Bett fallen. Mein Frust ist grenzenlos.

Gleichgültigkeit? Na klar.

Ich hab absolut keine Ahnung, was das Wort bedeutet. Mein einziger Trost ist, dass es Ethan auch nicht zu wissen scheint.

13 *Vermeidung*

GEGENWART
NEW YORK CITY
WOHNUNG VON CASSANDRA TAYLOR

Ich kuschle mich an den warmen Körper neben mir.

Hmmm. Männerhaut. Riecht gut.

Ethan?

Ein Arm legt sich um mich, und ich drücke mich noch enger an den Körper. Ich lege ihm eine Hand auf den Bauch. Spüre die festen Muskeln. Viele Muskeln.

Moment! Das sind *zu* viele Muskeln.

Ich betaste den Bauch bis zum Bauchnabel runter.

»Liebes, wenn du noch tiefer gehst, werden wir meine sexuelle Orientierung noch mal prüfen müssen, und ich glaube, das wollen wir beide nicht.«

Ich reiße die Augen auf. Mein Mitbewohner Tristan liegt neben mir, eins von Ethans Tagebüchern aufgeschlagen in der Hand.

»Weißt du, ich dachte immer, deine Geschichten über diesen Kerl wären übertrieben, aber wenn man das hier so liest … Der hat echt ein Problem mit Selbstzerstörung, oder?«

Ich will ihm das Buch abnehmen, aber er streckt den Arm aus, so dass ich nicht an das Tagebuch rankomme.

»Nix da. Ich hör mir jetzt seit drei Jahren dein Gejammer

an, ich glaub, ich hab einen Blick in die Untiefen seiner Verrücktheit verdient. Weshalb hast du diese Tagebücher überhaupt? Bitte sag mir nicht, dass du sie von ihm geklaut hast wie eine durchgeknallte Stalkerin?«

Ich reibe mir über die Augen. Es ist definitiv zu früh, um von Tristan ausgequetscht zu werden. »Er hat sie mir gegeben.«

»Echt?«

»Yep.«

»Bei der Probe?«

»Nein.«

»Wo denn dann?«

»In seiner Wohnung.«

Er stutzt. »Na klar. Du bist also zu ihm gefahren, hast die Bücher abgeholt und bist wieder gegangen? Kein romantisches Anbandeln? Kein Rückfall?«

»Tristan …«

Er schaut mich tadelnd an. »Kein ›Tristan‹. Du hast mir geschworen, dass du die Sache mit dem Kerl langsam angehen wirst. Und ich komm heute Morgen nach Hause und finde deine sexy Dessous auf dem Boden, die Tagebücher von Loverboy auf dem Nachttisch und Dreitagebart-Kratzer auf deinen Wangen. Sieht so aus, als wärst du wild entschlossen, die Sache gleich wieder zu vermasseln.«

»Es ist nichts passiert.«

»Wächst dir da gerade eine Nase, Pinocchio? Dein Gesicht sieht nämlich aus, als hätte man es mit einem Sandstrahler bearbeitet.«

»Okay, wir haben uns nur geküsst.«

»*Nur* geküsst?«

»Und … ein bisschen rumgefummelt.«

Er seufzt. »Das ist nicht nichts.«

»Kein Sex.«

»Aber langsames Angehen sieht auch anders aus.«

Ich weiß, dass er recht hat, aber ich hab nicht vor, es zuzugeben. »Was willst du denn von mir hören, Tris? Dass es dumm war? Das war es. Weiß ich, was zur Hölle ich da mache? Absolut nicht. Hatte ich hochgradig pornographische Träume von ihm letzte Nacht? Aber hallo.« Ich lasse den Kopf frustriert an seine Brust sinken. Er umarmt mich und legt das Kinn auf meinen Kopf.

»Meine Süße, ich will hier echt keinen auf Spielverderber machen. Aber es soll nicht gleich wieder den Bach runtergehen. Ich weiß, dass du dich extrem zu ihm hingezogen fühlst, aber wenn du jetzt so mir nichts dir nichts wieder in die Beziehung schlitterst, wird dich irgendwann die Panik hinterrücks überfallen. Du wirst ausflippen und wegrennen – so wie er damals. Ich bin mir ziemlich sicher, dass ihr das beide nicht wollt, oder?«

»Nein. Aber wenn ich mit ihm zusammen bin, schaltet sich mein Verstand aus, und das macht mir Angst. Und wenn wir nicht zusammen sind, denke ich, dass es so vielleicht besser ist, und das macht mir genauso Angst.«

Er streichelt meinen Arm. »In der Situation ist es nur natürlich, Angst zu haben, aber das Wichtigste ist jetzt, der Angst nicht die Kontrolle zu überlassen. Leute, die Angst haben, vermeiden entweder die Dinge, vor denen sie sich fürchten, oder sie werden wütend und schlagen um sich. Die schlechte Nachricht, was dich und Ethan angeht, ist, dass ihr beide Optionen probiert und keine funktioniert hat. Ihr könnt nicht miteinander und nicht ohneeinander. Seit ihr euch kennt, seid ihr Hals über Kopf ineinander verliebt, und trotzdem verschwendet ihr viel zu viel Zeit damit, das zu leugnen.«

Ich schließe die Augen, genervt davon, dass er vermutlich recht hat.

Tris seufzt. »Wenn es dich irgendwie tröstet«, sagt er leise, »die Tagebücher beweisen zumindest eine Sache: dass er dich immer geliebt hat.«

Ich muss lachen. »Obwohl er mir immer wieder das Herz gebrochen hat?«

»Yep. Auch dann. Ich meine, hör dir mal diesen Eintrag von vor sechs Jahren an:

> *Neujahrsabend.*
>
> Ich kann kaum normal funktionieren, weil ich so viel an sie denken muss. Ich habe das Gefühl, verrückt zu werden. Ich denke dauernd: »Was, wenn sie doch mein kaputtes Herz geheilt hätte?« Wenn es jemand gekonnt hätte, dann sie.
> Mir graut es vor dem nächsten Jahr. Es wird ein elendes Schauspiel werden, so zu tun, als würde ich sie nicht wollen. Ich bin schon erschöpft, wenn ich nur daran denke. Ich konnte mich kaum zurückhalten, als sie mir an Weihnachten geschrieben hat. Und das war nur eine verdammte SMS auf meinem Handy. Wie zur Hölle soll ich ihr widerstehen, wenn sie direkt vor mir steht? Mit ihren großen, traurigen Augen und mit gebrochenem Herzen.
> Ein Teil von mir hofft, dass sie zusammenbrechen wird und mich anfleht, wieder mit ihr zusammenzukommen. Wenn sie das tun würde, könnte ich ihr garantiert nicht widerstehen.

Bitte, lass sie mich anflehen. Nein, Moment, doch lieber nicht. Fuck. Ich hasse das. Ich will nicht mehr in meiner Haut stecken. Verficktes Neues Jahr.«

Zu hören, wie aufgewühlt er war, ist rührend und erfüllt mich auch mit einer gewissen Genugtuung.

Tristan blättert die Seite um. »Und hier sind seine Guten Vorsätze fürs neue Jahr: *Aufhören, an Cassie zu denken. Aufhören, von Cassie zu träumen. Aufhören, mir Cassie nachts vorzustellen. Netter zu meiner Mom und meiner Schwester sein. Meinem Dad nicht ins Gesicht schlagen wollen, wenn er etwas Blödes sagt. Öfter Laufen gehen. Weniger trinken. Ein besserer Mensch sein. Für Cassie.*« Er nimmt das Buch runter und schaut mich an. »Du musst zugeben, dass der Kerl trotz seiner Probleme mit sich selbst total verrückt nach dir war.«

»Es entschuldigt aber nicht, was er getan hat.«

»Ich glaube nicht, dass er jetzt um Entschuldigung bittet. Ich denke, er will, dass du verstehst, wie verwirrt er war.«

»Und dumm.«

»Naja, okay, ganz offensichtlich auch dumm. Ich meine, ich steh sogar auf dich, obwohl ich durch und durch schwul bin. Ich hab keine Ahnung, wie dieser heißblütige Hetero-Mann darauf kommt, dass er dir widerstehen könnte.« Er blättert weiter das Tagebuch durch.

Ich liege nur da und lausche seinem regelmäßigen Herzschlag, während ich meine Gefühle für Ethan zu sortieren versuche.

»Tris?«

»Hmm?«

»Meinst du, es gibt Seelenverwandte, die nicht zusammengehören?«

Er stutzt und senkt langsam das Buch. »Ich glaube, die wichtigere Frage ist, ob *du* es für möglich hältst?«

Ich antworte nicht, denn wenn ich mir eingestehen würde, dass ich es mir vorstellen könnte, würde das den schwachen Funken Hoffnung in mir sofort wieder zunichtemachen.

14 *Leidenschaft*

FÜNF JAHRE ZUVOR
WESTCHESTER, NEW YORK
TAGEBUCH VON CASSANDRA TAYLOR

Liebes Tagebuch,

Menschen sind seltsame Kreaturen. Wir lügen jeden Tag auf tausend verschiedene Arten. Die häufigste Lüge ist: »Ich habe die allgemeinen Geschäftsbedingungen gelesen.« Die zweihäufigste Lüge ist: »Es geht mir gut.«
Manche Leute denken, Schauspieler wären nur professionelle Lügner, die dafür bezahlt werden, Persönlichkeiten zu erschaffen, die nicht ihre eigenen sind. Wir kreieren Charaktere aus unserer Vorstellung heraus, interpretieren die Worte einer anderen Person, proben es Stunden, Tage, Monate. Wir sind gut darin, Leuten etwas vorzumachen. Wenn es um uns selbst geht, können wir das allerdings eher schlecht.
Die besten Schauspieler halten ihre eigenen Eigenschaften in kleinen Boxen verpackt und ziehen sie dann in einer unendlichen Abfolge verschiedener Kombinationen hervor, wenn sie sie brauchen.
Ich war auch mal ziemlich gut darin. Doch seit Ethan und ich nicht mehr zusammen sind, ist mein System durcheinander. Die Schublade, in der die Gefühle für ihn abgelegt waren, die Lover-Schublade, ist jetzt fest verschlossen. Genau wie die Beziehungs-Schublade. Die Freunde-Schublade zittert und

will aufspringen, aber sie ist verkantet unter den Schubladen für Verletzung und Verbitterung.

Ich rede nicht mehr über ihn. Nicht mit Ruby. Nicht mit meiner Mutter. Nicht mal mit Elissa, der ich mich am längsten anvertraut habe, weil sie immer auf mich zugekommen ist. Über ihn zu reden hat meistens dazu geführt, dass mein Widerstand Risse bekommen hat, weil es wieder meine Gefühle für ihn aufgewühlt hat.

Jetzt ist es besser.

Ich hab meine Leidenschaft weggeschlossen. Hab sie in einen Tresor gepackt und mit Zement umhüllt.

Ethan und ich gehen zum Unterricht, machen unsere Arbeit, gehen uns möglichst aus dem Weg und sind patzig zueinander, wenn es nicht klappt. Wir sind beide nicht geduldig genug für diese platonische Version von uns. Sogar jetzt, mehr als ein Jahr seit der Trennung, kämpfen unsere Herzen und unsere Körper gegen die erzwungene Distanz an. Aber wir sind inzwischen ganz gut darin, es zu ignorieren.

Wir sind jetzt im zweiten Jahr, und bisher wurden wir nicht mehr zusammen in einer Produktion besetzt. Ich glaube, Erika hat es aufgegeben, zwischen uns vermitteln zu wollen. Und so machen Ethan und ich jeder sein Ding. Erlernen die Kunst des Vortäuschens. Verfeinern die Fähigkeit, andere anzulügen.

Und jeden Morgen ist der erste Gedanke, der mir durch den Kopf geht: »Es geht mir gut.«

Erika lehnt sich an ihr Pult. »Dieses Semester wird im Schauspielunterricht die Leidenschaft im Fokus stehen. Romantische, sexuelle, gewalttätige, künstlerische Leidenschaft. Ich werde jedem von Ihnen einen Textauszug zuweisen, mit dem

Sie sich auseinandersetzen sollen. Das Material wird Sie herausfordern, und teilweise wird es Ihnen unangenehm sein. Diese Gefühle müssen Sie in etwas verwandeln, mit dem Sie arbeiten können. Viele Theaterstücke sind kontrovers und handeln von sensiblen Themen. Ich erwarte von Ihnen, dass Sie erwachsen damit umgehen. Mr Avery, ich schau da vor allem Sie an.«

Jack setzt seine beste Unschuldsmiene auf, und alle lachen.

»Sie haben einen Monat Zeit zu proben und werden Ihre Stücke dann in der Woche vor Presidents' Day aufführen. Fragen dazu?«

Jack meldet sich.

»Mr Avery?«

»Bitte sagen Sie mir, dass Sie mir was aus *Equus* gegeben haben. Ich hatte schon immer eine Schwäche für Pferde.«

Wieder erntet er Gelächter.

»Ehrlich gesagt, nein. Sie werden mit Aiyah zusammen ein kleines Stück mit dem Titel *Soft Targets* machen. Es ist sexuell ziemlich kontrovers.«

Jack reibt sich freudig die Hände. »O super, erzählen Sie mir mehr.«

Erika unterdrückt ein Grinsen. »Es handelt von Männern, die darauf stehen, von ihren weiblichen Gespielinnen mit riesigen Strap-Ons penetriert zu werden.«

Jack macht ein langes Gesicht. »Was?!«

Erika teilt die Liste aus. Jack dreht sich zu Lucas um. »Sie macht Witze, oder? Das hat sie nicht ernst gemeint?«

Ich nehme die Liste und suche nach meinem Namen.

The Killing of Sister George

Cassie – Sister George. Kettenrauchende Lesbe mit Alkoholproblem. Ehemaliger Seifenoper-Star. Pathologische Sadistin.
Miranda – Georges Geliebte, Childie. Passiv. Einfach gestrickt.

Die Beschreibung der Rolle macht mich nervös. Ich bilde mir ein, dass ich herausfordernde Rollen spielen kann, aber dieser Charakter ist so weit von meinem eigenen entfernt, dass ich doch Zweifel habe.

Ich schaue die Liste weiter durch. Alle Stücke haben etwas mit Tabuthemen zu tun. Und was Jacks Rolle angeht, hat Erika tatsächlich keine Witze gemacht. Er spielt einen verheirateten Geschäftsmann, der eine Domina bezahlt, die ihn regelmäßig züchtigt, degradiert und anal penetriert. Ich schaue zu Jack rüber, er ist ziemlich grün im Gesicht. Aiyah dagegen grinst in sadistischer Vorfreude. Sie hat Avery schon oft im Spaß gesagt, dass er mal 'ne Abreibung vertragen könnte. Jetzt bekommt sie ihre Chance.

Troy und Angela spielen etwas aus einem Stück mit dem Titel *Picture Windows*, in dem sich Menschen in Gegenstände verlieben. Lucas und Zoe spielen *Unwrap Me*, ein Stück, in dem es um ein Ehepaar geht, das Transvestismus praktiziert. Holt wurde mit Connor besetzt in … Ich lache fast laut los. Es ist schon schlimm genug, dass Erika die zwei für ein gemeinsames Stück ausgesucht hat, aber um die Sache noch pikanter zu machen, ist *Enemy Inside* eine Liebesgeschichte über einen schwulen Soldaten.

Ach, herrje.

Connor spielt den verschlossenen, schwulen Soldaten.

Ethan ist der erfahrene und attraktive Liebhaber, der ihn überzeugt, dass es keine Sünde ist, einen anderen Mann zu lieben.

O mein Gott.

Ehrlich gesagt, halte ich es für unwahrscheinlich, dass Ethan es schafft, einen liebevollen, fürsorglichen Geliebten zu spielen. Und dann noch mit Connor, den er normalerweise so ansieht, als würde er ihn jeden Moment verprügeln wollen? Erika hätte sich keine schwierigere Aufgabe für ihn aussuchen können.

Verstohlen schaue ich zu ihm rüber. Er starrt das Blatt Papier so finster an, als könnte er es dadurch in Brand setzen.

Ich pruste unwillkürlich los. Er schaut auf und wirft mir einen bösen Blick zu. Ich beiße mir schnell auf die Innenseite der Wangen, um das Lachen zu unterdrücken.

O Mann, dieses Semester wird lustig.

Erika fährt sich seufzend über die Stirn. »Miss Taylor, Sie verschwenden unsere Zeit mit Ihrem Rumgealbere.«

»Tut mir leid«, bringe ich unter Kichern hervor. »Ich weiß, es ist nicht lustig, aber –«

Ich liege mit dem Rücken auf dem Boden, Miranda sitzt auf mir. Jedes Mal, wenn ich lache, hopst sie auf mir rum, was mich noch mehr zum Lachen bringt.

»Miss Taylor!«

Ich unterdrücke mein Gelächter und atme ein paarmal tief durch, um mich zu beruhigen.

»Tut mir leid. Ich bin jetzt so weit.«

Miranda seufzt. Sie ist es gewöhnt, Mädchen zu küssen. Ich dagegen überhaupt nicht.

»Alles klar. Dann versuchen wir es noch mal. Denken Sie daran, das ist einer der intimsten Momente des Stücks. In dieser Szene zeigt George auch mal ihre verletzliche Seite. Wir bekommen einen kurzen Einblick in ihre wahren Gefühle für Childie, die sie liebt, obwohl sie sie so schlecht behandelt. Wir müssen hier unbedingt die sexuelle Spannung zwischen den beiden spüren. Ist das so weit klar?«

»Ja, alles klar.« Eine Liebesszene mit Ethan war schon schwer genug. Aber so etwas mit einer Frau zu tun liegt einfach völlig außerhalb meines eigenen Erfahrungshorizonts. Und doch ist es genau das, was uns dieses Semester lehren soll. Dass Leidenschaft eben Leidenschaft ist, egal in welcher Form.

Meine eigene Leidenschaft ist leider etwas eingerostet. Vielleicht hab ich auch deshalb solche Schwierigkeiten mit der Szene.

»Okay. Stehen Sie noch mal auf und fangen Sie bei der ersten Position an. Nehmen Sie sich einen kurzen Moment Zeit, um sich zu sammeln.«

Ich stelle mich Miranda gegenüber und schließe die Augen. Atme tief durch. Erinnere mich daran, dass es nur eine Rolle ist. Ich versetze mich in George hinein, um ihre Motivation zu ergründen. Sie ist erfahren mit Frauen. Mit Childie. Sie liebt sie, auch wenn sie sie quält.

Wir beginnen mit der Szene. Ich bin aufgewühlt, aber Childie beruhigt mich. Streichelt mein Gesicht. Zur Abwechslung macht sie den ersten Schritt. Sie küsst mich zärtlich und zieht sich dann sofort wieder zurück, als hätte sie Angst vor meiner Reaktion. Ich bin schockiert, dass sie so forsch ist, und obwohl ich sie instinktiv bestrafen will, tue ich es nicht. Sie sieht mich so hoffnungsvoll an, dass ich es nicht über mich bringe. Ich erwidere den Kuss, leidenschaftlich. Sie ist so schön. Und so unschuldig – im Gegensatz zur mir, die ich völlig verdorben bin.

Wir fallen auf die Knie und küssen uns weiter. Dann, in einem Akt unvergleichlicher Verwegenheit, wirft sie mich auf den Rücken und reitet mich, während sie die Hände in meinen Haaren vergräbt. Ich reiße ihr die Bluse auf und umfasse ihre Brüste, ehe ich sie auf den Rücken drehe und selbst wieder zu der Aktiven werde. Sie schlingt die Beine um mich, und ich küsse ihren Hals.

Wir sagen die letzten Sätze unseres Textes und atmen schwer. Die Szene ist zu Ende. Miranda und ich stehen auf und warten auf Erikas Urteil.

»Also, meine Damen, das war –«

»Absolut *geil*!« Jack springt auf und applaudiert stürmisch. »Die beste Szene überhaupt!«

»Mr Avery!«

»Nein, jetzt mal im Ernst, Erika. Können die beiden das Stück bitte für den Rest des Jahres spielen? Weil … yeah. Das war echt … inspirierend. Mitreißender Stoff.«

»Alter«, raunt ihm Lucas zu, »du solltest dich vielleicht besser wieder setzen. Es ist ziemlich offensichtlich, *wie* inspirierend du es fandst.«

Avery hält sich schnell die Hände vor den Schritt und setzt sich. Die anderen lachen.

»Ach, haltet die Klappe, Leute. Da sind zwei heiße Frauen, die vor mir miteinander rummachen … Was erwartet ihr? Jeder normale Mann hier im Raum hat gerade dasselbe Problem. Hey, Holt. Zeig mal, was du gerade für ein Zelt gespannt hast.«

Ethan verdreht die Augen und zeigt ihm den Mittelfinger, aber mir entgeht nicht, dass er die Beine so überkreuzt hat, dass sein Schritt verdeckt ist.

Er sieht mich kurz an und senkt dann sofort den Blick. Die Leidenschaft, die ich gerade für die Szene heraufbeschworen habe, überträgt sich auf ihn. Ich schiebe den Gedanken schnell beiseite. Es ist, als würde ich versuchen, ein zu großes Kissen in einen Schuhkarton zu stopfen.

Verdammte Leidenschaft.

Sie ist der Grund, wieso wir keine Freunde mehr sind.

Ein lautes »Arschloch!« tönt aus dem anderen Zimmer, und Connor und ich tauschen einen vielsagenden Blick aus. Unsere Freunde spielen irgendein bescheuertes Kartenspiel. Wir sind bei Jack, und wie üblich an unseren Mittwochabenden sind Connor und ich für die Snacks zuständig. Ich mag ja eine miserable Köchin sein, aber im Chipstüten-Aufmachen bin ich ganz groß, und Connor ist der Meister im Tiefkühlpizzen-Aufbacken.

Damit ergeben wir ein Superteam.

Er öffnet gerade mit einer fließenden Bewegung eine Plastikverpackung. Ich ertappe mich dabei, wie ich seine Hände anstarre. Er hat tolle Hände. Überhaupt, das meiste an ihm ist toll. Weiche, hellbraune Haare. Braune Augen. Hübsches Gesicht. Trainierter Körper. Und das Beste ist, dass er einer der süßesten, liebevollsten Männer ist, die ich je gekannt habe.

Es ist wirklich eine Schande, dass mir das nicht zu genügen scheint.

»Hab ich was im Gesicht?«

»Hm?«

Connor lächelt, und der Raum scheint auf einmal heller zu sein. »Du hast mich so angestarrt. Ich dachte, ich hätte vielleicht was an der Nase oder so.«

Ich schüttle den Kopf. »Nee. Hab nur den Anblick genossen.«

Er zuckt die Achseln. »Okay. Damit kann ich leben. Aber wenn du glaubst, diese Chipstüten öffnen sich von selbst, muss ich dich leider enttäuschen. Du solltest mal besser loslegen, meine Liebe.«

Er schiebt mir eine Schüssel hin, und während ich die Nachos umfülle, fragt er: »Machst du dazu deine berühmte Salsa-Sauce?«

Ich nicke. »Du müsstest mich doch inzwischen gut genug kennen, um mein Talent nicht anzuzweifeln.« Ich hole ein Glas mit scharfer Salsa-Sauce aus einer Tüte und öffne sie. »Voilà! Hat mich ganze 1,75 gekostet, um sie so hinzubekommen.«

Er lächelt und streut noch etwas Extra-Käse auf die Pizzen. »Du bist wirklich genial.«

»Ich weiß. Du aber auch.«

Er hebt die Tüte mit dem geriebenen Käse hoch. »Yep. Wenn ich es als Schauspieler nicht schaffen sollte, werden die Pizza-Hut-Manager aus dem ganzen Land Schlange stehen, um mich einzustellen.«

»Du sagst das so, als wäre das dein Notfallplan. Darf ich

dich daran erinnern, dass du den Job als Pizzakünstler wahrscheinlich auch ausüben wirst, wenn du es als Schauspieler geschafft hast. Theater-Gagen können ganz schön mau ausfallen.«

Er lacht. »Ja, aber um es überhaupt irgendwo zu was zu bringen, müssen wir erst mal den Schauspielkurs in diesem Semester bestehen. Es sieht so aus, als würde Erika es uns da so schwer wie möglich machen mit diesen verrückten Liebesszenen.«

Er schiebt die Pizzen in den Ofen und stellt die Uhr ein. Ich hole zwei Biere aus dem Kühlschrank und reiche ihm eins. »Tja, ich sollte mich dann wohl besser schon nach einem Zweitjob umschauen, weil ich es nämlich kaum durch die Szene schaffe, ohne albern rumzukichern.«

»Also, bitte.« Er öffnet die Bierflasche und nimmt einen Schluck. »Du musst dir ja wohl keine Sorgen machen. Deine Szene mit Miranda war total großartig gestern.«

»Sagst du das nur, weil du ein Typ bist und es geil findest, wenn sich zwei Frauen küssen? Oder beziehst du das auf unsere schauspielerische Leistung?«

Er verdreht die Augen. »Cassie, jetzt tust du mir aber unrecht. Ich bin nicht Jack. Ich kann durchaus zwei Frauen dabei zusehen, wie sie eine heiße Sexszene spielen, ohne nur an das eine zu denken.«

Ich ziehe zweifelnd die Augenbrauen hoch.

Er schiebt murmelnd hinterher: »Obwohl es schon sehr heiß war.«

Als hätte er auf sein Stichwort gewartet, betritt Jack die Küche.

»Redet ihr gerade über Miranda und Cassie? Perfekt, ich hatte da nämlich noch eine Frage, Cassie. Ist Miranda eine bessere Küsserin als Holt? Weichere Lippen? Zartere Haut? Ich kenne die Antwort eigentlich schon, aber ich würde es trotzdem gern aus deinem Mund hören. Im Detail, wenn's geht.« Er geht zum Kühlschrank, nimmt ein Bier heraus und sieht mich erwartungsvoll an.

»Vergiss es, Jack. Miranda und ich plaudern nicht über unser Privatleben.« *Außerdem bin ich inzwischen ein Meister darin, die Erinnerungen an Küsse mit Ethan auszublenden.* Ich würde wirklich gern behaupten, dass ich das Gefühl seiner Lippen auf meinem Mund mit der Zeit vergessen habe, aber so ist es nicht. »Außerdem wird sich Connor bald selbst von Holts Fähigkeiten überzeugen können. Seid ihr zwei nicht morgen dran mit den Proben?«

»Leider ja«, erwidert Connor und nimmt einen tiefen Schluck aus seiner Bierflasche.

Jack reibt sich freudig die Hände. »Ich glaube, Erika hatte nur die Unterhaltung des Publikums im Kopf, als sie euch beide besetzt hat. Ich würde drauf wetten, dass es der unbeholfenste Kuss in der Geschichte des Theaters wird. Cassie, willst du mitwetten?«

»Nein, danke. Ich glaub an Connor und dass er das hinbekommt.«

Jack lacht und geht zurück ins Wohnzimmer.

Connor setzt wieder die Flasche an. »Danke für dein Vertrauen in meine Fähigkeiten, aber wir wissen beide, dass Holt und ich nur kläglich scheitern können. Ethan hat noch nie mit jemandem eine Liebesszene richtig hinbekommen, außer mit dir. Und wenn er es schon mit den Mädchen aus der Klasse nicht schafft, wird es mit einem Kerl erst recht nichts. Schon gar nicht mit einem, den er so offensichtlich hasst.«

»Ich glaube nicht, dass er dich hasst.«

Er wirft mir einen zweifelnden Blick zu. »Jedes Mal, wenn ich dir auch nur bis auf zwei Meter nahe komme, starrt er mich an, als wollte er mir am liebsten die Seele aus dem Leib prügeln.«

»Ja, aber das liegt nur daran, dass er nicht weiß, dass du zwölf Jahre lang Karate gemacht hast, um dich gegen deine Arschloch-Brüder zu verteidigen.«

»Auch wenn er das wüsste, würde es nichts ändern. Er hängt einfach immer noch an dir, und mir tut der Kerl, mit dem du als Nächstes ausgehen wirst, jetzt schon leid. Holt wird ihn garantiert umbringen.«

Ich lehne mich seufzend an die Anrichte. Ich bezweifle, dass Connor recht hat. Im Moment wirkt es so, als würde sich Holt jeden Tag mehr von mir entfernen.

Connor kichert, und ich schaue ihn verwirrt an. »Was denn?«

»Ach, nichts.«

»Jetzt sag schon.«

Er zuckt mit den Schultern. »Musste grad daran denken, dass ich dich einfach direkt vor Ethans Nase küssen sollte, um zu sehen, ob sein Kopf vor Wut explodiert. Ich glaub nämlich schon.«

Ich schüttle lächelnd den Kopf. »Das ist vielleicht keine gute Idee.«

Er stellt sein Bier ab und stützt die Hände rechts und links von mir auf dem Tresen ab. Er ist nicht so groß wie Ethan, aber ich muss trotzdem den Kopf heben, um ihm in die Augen zu schauen.

»Du hast recht. Trotz meines Karate-Trainings würde ich nämlich riskieren, dass er mir die Nase bricht. Da wäre es schon eine bessere Idee, wenn du mich küssen würdest. Eine Frau schlägt er nicht. Dich schon gar nicht.« Er grinst mich an, als meinte er es nur im Scherz, aber seine Augen sagen etwas anderes.

Mir bleibt eine Erwiderung erspart, weil in dem Moment Jack wieder in die Küche kommt, um noch mehr Bier zu holen.

»Wenn ihr zwei vorhabt, hier drin rumzumachen, dann kann ich euch gleich sagen, dass für die Anrichte absolutes Fick-Verbot gilt. Ich hab keine Lust, mein Fleisch dort zuzubereiten, wo euer Fleisch sich schon aneinander gerieben hat … Wenn ihr wisst, was ich meine.«

Connor schnappt sich die Schüssel mit den Chips und die Salsa-Sauce. »Ich bring das mal rüber«, murmelt er und verschwindet ins Wohnzimmer.

Ich spüre, wie ich rot werde, und hasse es.

Jack schüttelt den Kopf, während er vier weitere Bierflaschen öffnet. »Verdammt, Taylor. Dir reicht es wohl nicht, Holt um den Finger zu wickeln, oder? Jetzt hast du auch noch den guten alten Connor verhext.«

Ich knülle die leere Chipstüte zusammen und werfe sie in den Müll. »Ich verhexe niemanden, Jack. Kapiert! Connor und ich sind Freunde. Das ist alles!«

Er schnaubt belustigt. »Okay. Klar, wenn das so ist. Und ich schaue Pornos, weil mir die Handlung gefällt.«

Ich weiß, dass er irgendwo recht hat, aber ich kann gerade nicht darüber nachdenken. Seitdem mit Holt Schluss ist, fungiert Connor als einer meiner engsten Freunde – und ich hab ihn lieb, so wie ich Ruby lieb habe. Aber von Zeit zu Zeit gibt es Momente, wo bei ihm durchblitzt, dass er eigentlich mehr will.

Ethan dagegen schaut mich in letzter Zeit immer seltener so an. Ich muss zu meiner Schande gestehen, dass ich es vermisse.

»Okay, Stopp«, schallt Erikas Stimme durch den Raum.

Ethan lässt den Kopf hängen und tritt von Connor zurück. Sie arbeiten jetzt schon seit einer dreiviertel Stunde an der Szene, und es wird einfach nicht besser. Beide täuschen die Emotionen nur vor.

Das frustriert sie genauso wie Erika.

»Das hier ist eine Lektion für Sie alle.« Erika steht auf und betritt die Bühne. »Es wird immer wieder vorkommen, dass Sie Szenen mit Menschen spielen müssen, von denen Sie sich nicht angezogen fühlen. Aber Sie müssen trotzdem einen Weg finden, dies auf der Bühne so erscheinen zu lassen. Wenn sowieso schon eine Anziehung zwischen Ihnen existiert, ist das gut, aber es ist die Ausnahme. Ist dies nicht der Fall, ist wahre Schauspielkunst gefragt. Sie müssen trainieren, um die Gefühle künstlich zu erzeugen.«

»Leichter gesagt als getan«, murmelt Holt.

Erika ignoriert ihn. »Diese Art von Szene ist für Männer besonders schwierig, weil in unserer Kultur traditionell immer noch die Meinung vorherrscht, dass ein schwuler Mann kein richtiger Mann ist. Doch ich kann Ihnen sagen, dass das absolut nicht der Fall ist. In dieser Geschichte geht es um homosexuelle Männer, die ihr Leben für ihr Land aufs Spiel setzen. Und das Stück ist von einem Mann geschrieben worden, der dies erlebt hat.« Sie wendet sich an Holt und Connor. »Also, Sie beide müssen diesen Macho-Quatsch, der sie dabei zu hindern scheint, einander auf einer intimen Ebene zu begegnen, hinter sich lassen. Sie müssen verstehen, dass man sich manchmal nicht aussuchen kann, in welchem Körper der Seelenverwandte geboren ist. Liebe ist Liebe. Leidenschaft ist Leidenschaft. Und Menschen, die das Glück haben, das zu erleben, sollten es mit beiden Händen festhalten. *Darum* geht es in diesem Stück.«

Holt geht in die Hocke und reibt sich den Nacken. Er wirkt total ratlos, Connor sieht kein Stück zuversichtlicher aus.

Erika ruft sie zu sich. »Ich würde vorschlagen, dass Sie beide sich jetzt für einen Moment sammeln. Schließen Sie die Augen und stellen Sie sich eine Person vor, mit der Sie eine starke emotionale oder sexuelle Verbindung geteilt haben. Rufen Sie sich diese Gefühle ins Gedächtnis, lassen Sie zu, dass sie sich in Ihrem Körper ausbreiten, Ihr Blut zum Kochen bringen.«

Die beiden Jungs schließen folgsam die Augen und atmen tief ein. Man kann sehen, wie sie sich etwas entspannen.

»Fühlen Sie es?«

Beide nicken.

»Verharren Sie in diesem Moment. Lassen Sie die Erinnerung an diese Verbindung nicht los.«

Ich spüre eine Hand auf meiner Schulter. Jack lehnt sich über meine Lehne zu mir und raunt: »Wäre es nicht total verrückt, wenn gerade beide an dich denken? Jetzt mal ernsthaft?« Er lächelt und lehnt sich wieder zurück.

Ich versuche, das nervöse Flattern in meinem Bauch zu unterdrücken. *Ja, das wäre wirklich total verrückt.*

Erika bereitet die beiden Jungs noch ein paar Minuten auf die Szene vor, dann fangen sie noch mal von vorn an.

Ethan schließt die Augen und scheint sich einen Ruck zu geben. Als er sie wieder öffnet, ist er wie ausgewechselt. Sein Gesichtsausdruck ist weich. Er spricht mit tiefer Stimme und geht dabei langsam auf Connor zu.

»Du willst mich, Ty. Du kannst es noch so sehr leugnen. Es ändert nichts.« Er ist ruhig. Selbstsicher.

Connor begegnet Ethans Ruhe mit mühsam unterdrückter Panik. »Ich leugne es aber.«

»Ich sehe es in deinen Augen.« Ethan geht weiter auf ihn zu, Connor weicht auf eine tiefere Bühnenebene aus, um Distanz zwischen sich und ihn zu bringen.

»Wir sind keine Tiere, ohne Verstand. Wir können unsere Handlungen kontrollieren. Unsere Handlungen dürfen nicht *uns* kontrollieren.«

Holt lässt sich davon nicht beirren. »Das kannst du dir einreden so viel du willst, aber es ändert nichts an der Tatsache, dass du mich anschaust.«

Sogar in diesem Moment schaut ihn Connor auf eine intensive, faszinierte Art an. »Tue ich nicht.«

»Alles an mir erregt dich. Es jagt dir eine Heidenangst ein, und deshalb schreist und tobst du und stößt mich weg. Aber es ändert nichts. Du könntest hundert Leben haben und nie wieder das finden, was du mit mir hast.«

Jetzt beherrschen sie die Bühne. Haben sich in ihre Rollen eingefunden. Ethan hat sich verwandelt. Er ist so überzeugend. So gut, dass eine Welle an Emotionen in mir aufbrandet.

»Tob ruhig, so viel du willst«, fährt Ethan fort. »Verfluch mich. Rede dir ein, diese Leidenschaft ist aus Hass geboren. Ich weiß es besser. Deine Leidenschaft für mich erstickt dich. Sie sagt dir, dass du jemand anderes bist, als du immer gedacht hast. Zwingt dich dazu, über dich selbst hinauszuwachsen und aus der winzigen Schublade auszubrechen, in die du dich seit Jahren selbst eingesperrt hast.« Dann berührt er Connor. Liebevoll. Schon fast ehrfürchtig.

Connor erschauert vor Zerrissenheit. Die offensichtliche Verbindung zwischen ihm und Ethan erzeugt in ihm unfassbare Panik.

So wie Ethan auf der Bühne ist, die Worte, die er sagt … Ein tiefes Gefühl regt sich in mir. Ich will *diesen* Ethan. Den starken und mutigen. Den, der Connor anstarrt und Worte zu ihm sagt, die mir durch Mark und Bein gehen.

»Es klappt nicht, oder?«, sagt er, während er Connor über die Wange streicht. »Dir geht es schlecht. Du bist unerfüllt und leer. Du sehnst dich nach der einen Sache, die deine heimliche Begierde endlich zum Verstummen bringt. Du sehnst dich nach mir.«

»Nein –«

Ethan berührt Connors Lippen, und Connor schließt die Augen und seufzt. »Doch. Und das Traurige ist, dass du genau weißt, wie unglücklich du werden wirst, je mehr du es leugnest. Und trotzdem hältst du verzweifelt an deinem Widerstand fest.«

»Mark –«

Ethan macht noch einen Schritt nach vorn und nimmt Connors Gesicht in die Hände. Er nähert sich ihm, bis sich ihre Lippen beinahe berühren.

Mir stockt der Atem. Eifersucht sammelt sich in meinem Bauch und verursacht einen Sturm.

»Ty, was wir füreinander empfinden, ist nichts Schlechtes. Wieso kämpfst du dagegen an?«

»Ich weiß, wie man kämpft. Das tue ich schon mein ganzes Leben lang.«

»Ist es dann nicht endlich Zeit für Frieden?«

»Ich –«

Ethan kommt noch näher. »Ich werde dich jetzt küssen. Wenn du willst, dass ich aufhöre, sag einfach Stopp.«

»Ich bin so nicht.« Connor kneift die Augen zusammen.

»Keine Ausreden. Nur ein Wort.«

»Du verlangst zu viel.«

»Du erwartest zu wenig. Sag es.«

»Ich … kann es nicht.«

»Gut.«

Sie scheinen sich wie in Zeitlupe zu bewegen, als sie sich an den Armen fassen. Dann küsst Ethan Connor. Sie atmen beide ein, und ich will wegschauen, kann es aber nicht. Ethans Arm spannt sich an, als er Connor wieder küsst. Ich klammere die Finger so fest um die Armlehne, dass es weh tut. Ich kann das nicht sehen. Ich kann es wirklich, wirklich nicht. Ich stehe auf und taumle in den Gang. Die anderen schimpfen, als ich mich an ihnen vorbeischiebe, weil sie nichts verpassen wollen, aber ich ignoriere sie.

Ich renne auf den Ausgang zu, da brandet hinter mir tosender Beifall auf. Ich kann die Klasse noch jubeln und pfeifen hören, aber ich laufe zur Toilette.

♦

Musik wummert in meinen Ohren, während ich das Glas Tequila runterkippe und dann leer auf den Tisch knalle.

»Noch einen!«

Normalerweise versuche ich an diesen Partyabenden bei Jack immer, mich nicht zu sehr zu betrinken. Heute ist genau das Gegenteil mein Plan.

Ruby hält die Flasche weg, damit ich nicht mehr drankomme. »Cassie –«

»Halt die Klappe, Ruby. Sonst versuchst du immer, mich abzufüllen, und wenn ich es einmal will, sagst du mir, ich soll langsam machen? Jetzt gieß mir halt noch einen ein!«

Sie schüttelt den Kopf, tut aber, was ich verlange. »Du wirst das morgen bitter bereuen, das ist dir klar, oder?«

Ich leere das Glas und atme tief ein, obwohl es höllisch brennt. »Mir egal. Ist es wert. Mehr!«

Sie zögert. »Was ist denn eigentlich passiert heute? Zoe hat gesagt, du bist aus dem Theater gerannt. Hat es was damit zu tun, dass Holt Connor geküsst hat?«

Es dauert mir zu lange, also schnapp ich nach der Flasche und trinke direkt daraus. »Will nicht drüber reden. Mehr Schnaps.«

»Nein.« Sie entreißt mir wieder den Tequila.

»Ruby!«

»Du bekommst nichts mehr, bis du mir sagst, was los ist.«

Ich winke ab. »Auch egal. Dann geh ich tanzen.«

Ich taumle auf die Tanzfläche. Die Musik ist laut und basslastig, ich schließe die Augen und bewege mich zum Rhythmus. Um mich herum sind Leute. Ich weiß nicht, wer. Ist mir auch egal.

Der Beat hämmert in mir. Natürlich tut er das. Klang verteilt sich dort am besten, wo es leer ist.

Ein Song geht in den nächsten über. Arme legen sich plötzlich von hinten um mich. Ein Gesicht ist an meinem Hals.

»Hey, meine Schöne.«

Ich öffne die Augen und drehe mich um. Es ist Nick. Wir haben miteinander geflirtet. Sind ein paarmal ausgegangen. Haben ein paar mittelmäßige Küsse ausgetauscht und ein bisschen rumgemacht. Es ist nie weiter gegangen. Was meine Entscheidung war, nicht seine.

Wieso kommt er immer wieder zurück? *Checkt er es nicht?*

Trotzdem riecht er ziemlich gut, und er hält mich aufrecht. Also bewege ich mich mit ihm zur Musik.

Er küsst mich auf den Hals. Ich fühle nichts dabei. Dann nimmt er mein Gesicht in die Hände und küsst mich. Ich muss würgen. Nicht wegen ihm, sondern weil sich der Raum anfängt zu drehen.

Ich weiche zurück und schließe die Augen. Es hilft nicht.

»Cassie?«

»Alles okay.«

»Wirklich? Du siehst aus, als wäre dir nicht gut.«

»Geht schon.«

»Willst du, dass ich dich heimbringe?«

»Nee. Bleib ruhig hier und hab Spaß. Ich geh nur schnell aufs Klo.«

»Brauchst du Hilfe?«

»Nö, alles okay.«

Ich schiebe mich durch die Menge auf den Flur, erstarre dann aber, als ich Ethan erblicke. Er mustert mich finster.

Er kommt in letzter Zeit immer öfter zu den Partys. War ja klar, dass er heute hier sein würde. An dem einen Abend, wo ich ihn wirklich nicht sehen will.

Ich drücke mich an ihm vorbei und stolpere ins Badezimmer. Dort schaffe ich es gerade noch zur Toilette, bevor mir der ganze Tequila wieder hochkommt.

Zehn Minuten später verlasse ich das Bad, immer noch betrunken, aber schon wieder etwas sicherer auf den Beinen. Ethan ist verschwunden. Obwohl ich keine Lust auf unsere Wohnung habe, fühle ich mich einfach nicht gut genug, um auf der Party zu bleiben. Also suche ich Ruby, um ihr Bescheid zu sagen, dass ich nach Hause gehe.

»Soll ich dich heimfahren?«

»Nee, ich lauf.«

»Echt? Ist aber ziemlich kalt draußen.«

»Ich brauch eh frische Luft, um den Kopf freizubekommen.«

»Sicher?« Ruby zieht die Augenbrauen hoch. »Du brauchst bestimmt fast 'ne Stunde.«

»Ich hab ja nichts mehr vor.« *Oder jemanden, mit dem ich gern zusammen wäre.*

»Okay, aber behalt dein Handy in der Hand und ruf mich an, wenn du zu Hause bist.«

»Okidoki. Bis später.«

»Wahrscheinlich eher nicht. Siehst du den großen Typ da in der Ecke? Er weiß es noch nicht, aber er wird heute nicht allein nach Hause gehen.«

»Hast du mit dem nicht schon mal was gehabt?«

»Yep. Aber er ist definitiv eine Wiederholungstat wert. Gut bestückt und zärtlich ohne Ende.«

Ich muss lachen und hänge mir meine Handtasche um. »Wenn das so ist, sehen wir uns morgen.«

»Wahrscheinlich.«

Ich bin schon fast bei der Tür, als sich eine Hand auf meine Schulter legt.

»Hey, du gehst aber noch nicht, oder?« Nick legt seinen Arm um mich, und ich kann den Alkohol in seinem Atem riechen. »Wieso läufst du eigentlich immer vor mir davon, Cassandra Taylor?«

»Ich laufe nicht davon, ich gehe nur heim.«

»Dann lass mich dich fahren. Ich könnte … mit reinkommen. Dich ins Bett bringen.« Sein Tonfall legt nahe, dass er sich mehr vorstellt, als mich einfach ins Bett zu bringen.

»Nicht heute, Nick.« *Oder besser: niemals.* Trotz seiner Attraktivität bin ich null interessiert. »Ich bin echt fertig.«

Er seufzt und legt seine Stirn an meine. »Okay, gut. Dann gib mir wenigstens einen Gute-Nacht-Kuss.«

»Das ist wahrscheinlich nicht so die beste Idee. Ich hab grad gekotzt.«

»Dein Atem riecht aber nach Minze.«

»Ähm, ich hab danach auch Mundwasser benutzt, aber trotzdem –«

»Das reicht mir.«

Er küsst mich, und auch wenn ich nicht wirklich etwas empfinde, versuche ich zumindest, den Kuss zu erwidern. Ich verstehe auch nicht, wieso er mich so kaltlässt. Er ist nett, gutaussehend, küsst akzeptabel. Hat einen guten Sinn für Humor. Aber egal, wie ich es auch wende, ich empfinde nichts für ihn.

Doch damit nicht genug: Immer wenn ich mit Nick zusammen bin, fühlt es sich so an, als würde auf meiner Schulter ein winziger Ethan sitzen, der mir zuflüstert: *»Egal, wie ähnlich wir uns sehen, er ist nicht ich. Er wird nie an mich rankommen. Du kannst genauso gut jetzt aufgeben und akzeptieren, dass für den Rest deines romantischen Lebens niemand mehr solche Gefühle in dir auslösen wird wie ich.«* Das Traurige ist, dass der kleine Holt-Teufel vermutlich recht hat. Und das ist megafrustrierend.

Ich sollte Nick einfach sagen, dass es nichts wird mit uns. Er verdient Leidenschaft. Meine ist derzeit nicht verfügbar.

Ehe ich etwas sagen kann, steckt er mir die Zunge in den Mund und drückt mich gegen die Wand. Ich versuche, ihm meinen Kopf zu entziehen, aber er hält mein Gesicht fest und küsst mich wieder.

»Komm schon, Cassie«, raunt er und schiebt sich gegen meine Hüfte. »Wir schleichen jetzt schon seit Monaten umeinander rum.«

»Nick, hör auf –«

Er nimmt meine Hand und schiebt sie ziemlich plump in seinen Schritt. »Komm schon. Verdammt, ich bin, seit wir uns kennen, dauerhart.«

Ich versuche, mich loszureißen. »Nick –«

Eine Hand packt Nicks Schulter und zieht ihn zurück. »Weg da! Sie hat gesagt, du sollst aufhören, Arschloch. Bist du taub, oder was?« Ethan ist da, und er ist ziemlich wütend. Er stellt sich vor mich und blitzt den verwirrten Nick finster an.

»Wer zum Teufel bist du denn?«

»Jemand, der aus zehn Meter Entfernung sehen kann, dass sie kein Interesse an dir hat. Akzeptier das, Mann.«

»Ethan, es ist alles okay.«

Nick lacht. »Also, darf ich nicht mal meine Freundin küssen?«

Ethan und ich reagieren gleichzeitig mit einem erstaunten: »Waaaaaaas?!«

Ethan dreht sich zu mir um. »Du bist seine *Freundin*?«

»Nick, ich bin *nicht* deine Freundin.«

»Cassie, komm schon. Wir gehen miteinander.«

»Nicht wirklich«, widerspreche ich. »Ich meine, wir waren ein paarmal miteinander aus, aber das war es auch schon.«

»Du hast eine Beziehung mit diesem Honk?«, stöhnt Ethan.

»Nein.«

Nick wirft die Hände in die Luft. »Cassie, was soll das denn hier? Wer ist der Typ?«

»Er ist … mein Ex.« Die Worte klingen immer noch falsch.

»Wirklich? Er verhält sich aber nicht so wie ein *Ex.*« Nick baut sich vor Ethan auf. Sie sind etwa gleich groß und haben eine ähnliche Statur. In einem Kampf würde man von einer fairen Ausgangslage sprechen, aber für mich gibt es da keine Konkurrenz.

Und das ist das Problem.

Ethan lehnt sich etwas vor. »Nick war der Name?« So wie er den Namen ausspricht, klingt er wie etwas, das er gerade von seiner Schuhsohle gekratzt hat. »Du hast Cassie so begrabscht, dass es schon an Belästigung grenzt. Du solltest mal lernen, ein Nein von einer Frau zu akzeptieren.«

Nick strafft die Schultern. »Stalkst du eigentlich alle deine Exfreundinnen? Oder nur diese hier?«

»Du hast sie in aller Öffentlichkeit bedrängt. Was ist dein Problem, Mann?«

»Was ist *dein* Problem? Kannst du nicht damit umgehen, dass sie einen Neuen hat?«

Ich seufze. Alles, was ich wollte, war, mich heute Abend zu betrinken und meine bescheuerten Gefühle zu vergessen. Jetzt stecke ich hier mitten in diesem Macho-Hahnenkampf. Ich schiebe mich zwischen die beiden Männer, die sich immer noch finster anstarren. »Ich gehe jetzt, aber ihr zwei könnt euch gern noch einen schönen Abend machen.«

Nick packt mich an der Hand. »Warte, Cassie. Bitte. Ich fahr dich heim.«

Ethan schäumt vor Wut. »Gar nichts wirst du.«

»Nein, Nick«, sage ich entschieden. »Du bist betrunken, und ich gehe zu Fuß. Außerdem glaube ich, dass wir uns nicht mehr sehen sollten. Du hast mich wirklich begrabscht, und das war nicht cool.«

Nick runzelt die Stirn, lässt meine Hand aber nicht los. »Können wir uns nicht irgendwohin setzen und darüber reden?«

»Nein. Jetzt lass mich los, oder ich hetz dir Ethan auf den Hals. Und das willst du wirklich nicht. Er ist gut darin, Menschen weh zu tun.«

Mir entgeht nicht der Ausdruck, der über Ethans Gesicht huscht.

Als Nick meine Hand endlich loslässt, gehe ich zu einem Haufen Mäntel und grabe darin herum, bis ich meine Jacke gefunden habe. Ich streife sie über und verlasse das Haus.

Draußen ist es bitterkalt. Mein Atem bildet dampfende Wölkchen vor meinem Gesicht. Ich will wirklich nur ins Bett und den heutigen Tag vergessen. Vielleicht wird morgen ja alles besser.

Ich bin kaum ein paar Schritte gegangen, da höre ich Schritte hinter mir auf dem Bürgersteig.

»Cassie, warte.«

Ich gehe weiter. Nach all der Zeit, wieso muss Ethan genau heute Abend unsere unausgesprochene Regel brechen? Wir wollten einander aus dem Weg gehen.

»Hey. Bleib doch mal stehen.« Er hält mich am Arm fest, und ich vergrabe meine Hände tiefer in den Jackentaschen. »Es ist scheißkalt hier draußen«, stellt er fest. »Lass mich dich heimfahren.«

»Danke, kein Bedarf.«

»Du zitterst aber.«

»Du auch.«

»Ja, aber ich sitze auch gleich in meinem warmen Auto, während du dir auf dem Heimweg den Arsch abfrierst. Los, komm, wenn ich dich fahre, bist du in 20 Minuten zu Hause. Sei nicht so stur.«

»Hah! *Du* nennst mich *stur*?«

»Naja, ich hätte auch ›scheißstur‹ sagen können, aber ich versuche, meinen Gebrauch von Scheißschimpfwörtern zu reduzieren.«

Ich verdrehe die Augen. »Sehr lustig. Wieso versuchst du heute Abend eigentlich dauernd, dich als Held aufzuspielen? Ich brauch dich nicht.«

Seine Mundwinkel zucken. »Oh, das weiß ich. Im letzten Jahr hast du mir das nur allzu deutlich gezeigt.«

»Wieso machst du dir dann die Mühe?«

Er legt mir seine Jacke um die Schultern und senkt den Blick. »Ich weiß es nicht. Ich hab gedacht, es wäre an der Zeit, dass wir wieder normal miteinander umgehen. Du hast ziemlich bedrückt gewirkt heute Abend und ganz schön betrunken. Wenn du hier draußen bleibst, könntest du erfrieren. Oder noch schlimmer, an ein betrunkenes Arschloch wie diesen Nick geraten. Ich fahre jetzt eh. Komm schon!«

Mir fallen mindestens tausend Gründe ein, aber er hat recht. Mir ist echt saukalt. Trotzdem, nur der Gedanke daran, gemeinsam in einem Auto zu sitzen, weckt Erwartungen in mir. Schnell atme ich die kalte Luft ein, um das Feuer abzukühlen. »Na gut, egal. Dann fahr mich heim.«

Er lächelt so ehrlich, wie ich es lange nicht bei ihm gesehen habe.

Das Feuer lodert leise auf.

Schlechte Idee. Ganz schlechte Idee.

Sein Auto ist eine abgedichtete Kapsel voller Ethan-Geruch. Ich bin nüchtern genug, um zu wissen, wie sehr es mich beeinflusst, und betrunken genug, dass es mir egal ist. Ich lege den Kopf in den Nacken.

Atme ein.

Erschauere.

Atme aus.

Widerstehe dem Drang, ihn beim Fahren zu beobachten.

»Alles klar bei dir?«, fragt er.

»Logisch.«

Er umfasst das Lenkrad fester. Ich schließe die Augen, um nicht seine Hände anzusehen. Oder seine Oberschenkel. Oder seine Lippen.

Blöder Tequila. Schwächt meine Widerstandskraft. Macht mich scharf.

Wir fahren schweigend. Es ist ein bisschen unangenehm. Und erregend. Wir waren uns schon lang nicht mehr so nah. Auf eine seltsam masochistische Art genieße ich den Moment.

Als wir vor meinem Haus halten, will ich nicht gehen. Die Atmosphäre zwischen uns ist aufgeladen mit einer Energie, die wir beide lange Zeit unterdrückt haben. Um ehrlich zu sein, ich habe nun so lang trainiert, meine Gefühle abzuschalten, dass ich schon Angst hatte, für immer taub zu sein. Jetzt ist es schon fast erleichternd, dieses zaghafte Aufflackern meiner Lust zu spüren; so wie jemand, der dachte, er wäre querschnittsgelähmt und dann ein unerwartetes Kribbeln im Zeh verspürt.

Ich will gerade widerwillig aus dem Auto aussteigen, als Holt den Motor ausstellt. Ich schaue vorsichtig zu ihm rüber. Er umklammert immer noch das Lenkrad und starrt nach vorn. So verspannt sah er schon immer besonders sexy aus.

Er dreht sich zu mir, meidet allerdings den Blickkontakt. »Du hast dich also mit diesem Nick getroffen?«

»Bisschen.«

»Das wusste ich nicht.«

»Wieso solltest du auch? Wir reden ja nicht mehr miteinander.«

Er lehnt sich wieder zurück und starrt das Armaturenbrett an. »Hast du mit ihm geschlafen?«

Es dauert einen Moment, bis mir klarwird, was er mich gerade gefragt hat. Ich balle die Hände zu Fäusten. »Mit wem ich schlafe, geht dich überhaupt nichts an.«

»Das weiß ich, aber –«

»Ging es dir heute Abend darum? Ihm die Tour zu vermasseln?«

Er dreht sich zu mir um. »Traust du mir das wirklich zu? Ich hab versucht, dich zu *beschützen*. Oder fandst du es etwa okay, dass er deine Hand in seine Hose schieben wollte und deine Bitten aufzuhören ignoriert hat?«

Ich nestle an meinem obersten Jackenknopf herum, weil ich genau weiß, dass er mir nur helfen wollte. Trotzdem kann ich auch nicht einfach wieder freundlich zu ihm sein. Es ist leichter, ihn als den Bösen zu sehen. So kann ich das, was gerade zwischen uns passiert, besser ignorieren.

Er seufzt und knackst mit den Fingerknöcheln. »Vergiss es. Du musst mir gar nichts sagen. Was du tust, ist deine Sache. Es war dumm von mir zu fragen.« Sein Tonfall ist reumütig genug, mich zu überzeugen, ihm die Wahrheit zu sagen.

»Ich hab nicht mit ihm geschlafen.«

Er entspannt sich sichtlich, und sein erleichterter Gesichtsausdruck ist schon fast zum Lachen. »Gut. Er wirkt, als wär er ein ziemlicher Idiot. Lieber enthaltsam sein, als mit jemandem schlafen, der es nicht wert ist.«

»Ich hab nicht gesagt, dass ich enthaltsam bin.«

Er blinzelt. »Was?«

»Du hast mich gefragt, ob ich mit ihm geschlafen habe. Das hab ich nicht. Aber ich bin nicht enthaltsam.«

Er runzelt die Stirn. »Was willst du mir damit sagen? Dass du mit jemand anderem schläfst?«

»Naja, das, was wir tun, hat eigentlich nichts mit schlafen zu tun.« Ich sollte ihn nicht so quälen, aber ich hab gerade Spaß daran.

Ein paar Sekunden lang hängt das Schweigen schwer zwischen uns. »Wer ist es?«

»Sein Name ist Buzz. Er bringt mich ein paarmal die Woche um den Verstand. Manchmal auch mehrmals am Tag.«

Sogar im fahlen Licht der Straßenlaterne kann ich sehen, wie er blass wird. »Ist er Student?«

»Nein.«

»Wie lang … geht das schon?«

»Etwa acht Monate.«

Seine Kiefermuskeln mahlen. »Was zur Hölle ist mir dir los, Cassie? Du hast mit diesem Buzz-Arschloch geschlafen, während du mit Grabscher-Nick ausgegangen bist?«

»Naja, klar. Ich meine, Buzz und ich haben ja nur Sex.« Ich muss mich beherrschen, um nicht loszuprusten.

Er lässt den Kopf aufs Lenkrad sinken. »Verdammte Scheiße.«

»Willst du wissen, wie wir uns kennengelernt haben?«

»Nein.«

»Ruby hat uns einander vorgestellt. In einem Sex-Shop.«

»Hör auf zu reden, bitte.«

»Sie wusste schon auf den ersten Blick, dass er in der Lage ist, mir Orgasmen zu verschaffen.«

Er stöhnt auf. »Fuck ... Cassie. Bitte ...«

»Eine Weile dachte ich, du wärst der Einzige, bei dem ich so ... naja.«

»Hör auf –«

»Aber als ich mal raushatte, wie ich mit seinen verschiedenen Geschwindigkeitsstufen umgehen muss, erlebte ich Glück pur. Seither bin ich ihm verfallen.«

»Zu viel Information. Wirklich –« Dann stutzt er und dreht sich zu mir um. »Moment mal ... verschiedenen Geschwindigkeitsstufen?«

Ich grinse. »Yep.«

Er starrt mich an. »Also, ist Buzz dein ... äh ...«

»Mein Vibrator. Sein ganzer Name ist Sir Buzzalot. Er bietet die besten Orgasmen, die man mit Geld kaufen kann.«

Er schließt die Augen. »Ja, man sollte meinen, das wäre besser, als wenn du mit einem anderen Kerl schläfst, aber das ist es nicht. Du bringst dich selbst zum Orgasmus? Mit einem Vibrator? Ich kann nicht mal … Gott!«

Ich müsste lügen, wenn ich sagen würde, dass mich sein Unbehagen nicht köstlich amüsiert. »Da wir schon so schön am Plaudern sind … Wie ist es mit dir?«

Er fährt sich über die Augen. »Ich besitze keinen Vibrator.«

»Du weißt schon, was ich meine. Schläfst du mit jemandem?«

»Nein.«

»Gehst du aus?«

Er schnaubt. »Nein.«

»Wieso nicht?«

»Wenn ich in der Lage wäre, mit jemandem auszugehen, wieso hätte ich dann mit dir Schluss machen sollen?«

Wieder senkt sich Schweigen über uns. Es ist, als hätten wir viel zu bereden, nachdem so lange Funkstille zwischen uns geherrscht hat, aber keiner von uns weiß, wo er anfangen soll.

Schließlich fällt ihm doch noch etwas Sinnvolles ein. »Hast du irgendwelchen Alkohol im Haus?«

»Ja. Tequila. Und Wein.«

»Kann ich reinkommen? Ich brauch unbedingt einen Drink. Außerdem hab ich keine Lust, nach Hause zu gehen. Wenn ich noch eine Nacht allein in der Wohnung verbringe, dann –« Er schüttelt den Kopf. »Wenn du es nicht willst, ist es aber auch okay.«

Ich muss daran denken, wie er mittags oft allein in der Cafeteria sitzt. Daran, wie er sich von den anderen separiert. Selbst wenn er zu Partys kommt, bleibt er meistens für sich.

War er heute Abend nur dort, um seiner Einsamkeit zu entfliehen?

Während meiner Leidenszeit hatte ich wenigstens immer Menschen um mich, die mich unterstützt haben. Ruby, Mom, meine Klassenkameraden. Sogar Ethans Schwester!

Und wer war für ihn da?

Mein Stolz ist entrüstet darüber, dass ich Mitleid für ihn empfinde, aber ich kann es nicht verhindern. »Ich könnte auch was zu trinken gebrauchen. Wenn du mit rein willst, okay. Ich schätze, das geht in Ordnung.«

Er nickt und versucht, sein Lächeln zu verbergen. »Na gut, dann mach ich das.«

»Was soll ich sagen? Ich trink nun mal nicht gern allein.«

Er dreht sich zu mir um, die Augen in der Dunkelheit fast schwarz. »Ich auch nicht.«

Die Luft zwischen uns wird schwer.

Er atmet hörbar aus. »Ein Getränk, dann bin ich wieder weg.«

Es kribbelt wie wild in meinem Bauch und strahlt nach unten aus. »Okay.«

Ich lache so sehr, dass ich kaum noch Luft bekomme. Ethan geht es nicht viel besser. Er biegt sich vor Lachen und hält sich den Bauch wie eine Zeichentrickfigur. Ich weiß nicht mal mehr, worüber wir lachen. Nach einem Jahr voller Bitterkeit und Gezanke ist das gerade absolut surreal. Wie zur Hölle sind wir hier gelandet?

Ich kippe vor Lachen zur Seite und stoße an seine Schulter. Er lehnt sich in der Couch zurück, und ich bin so damit beschäftigt, mich zu wundern, wie toll er ist, wenn wir Spaß haben, dass mein Kopf an seinem Arm runterrutscht und in seinem Schoß landet. Wir lachen immer noch. Mein Kopf hüpft auf seinem Bauch auf und ab. Was mich noch mehr zum Lachen bringt. Ich klinge, als wäre ich nicht ganz bei Sinnen.

Er verschüttet etwas von seinem Getränk und leckt es von seinem Daumen ab, ehe es auf den Teppich tropfen kann. Ich bin fasziniert von dieser Geste und will wissen, ob er nach Tequila schmeckt.

Er legt den Kopf in den Nacken. »Ich glaub, wir sind betrunken.«

»Ich glaub, du hast recht.«

Langsam ebbt unser Gelächter ab, und ich drehe mich auf den Rücken, den Kopf auf seinem Oberschenkel. Es fühlt sich seltsam an, wieder so vertraut mit ihm zusammen zu sein. Es fühlt sich wie das krasseste Déjà-vu an, das ich je erlebt habe. Als wären wir verschiedene Versionen von uns selbst in einem anderen Universum, wo alles anders ist und wir beide glücklich sein können.

Ich schließe die Augen und genieße den Moment. Ich weiß, dass es nicht lange anhalten wird, aber jetzt ist es genau das, was ich brauche.

Ich spüre seine Finger an meiner Stirn, als er mir die Haare aus dem Gesicht streicht. Ich öffne die Augen. Er starrt mich an, sein Lachen ist verschwunden. In seinem Blick liegt eine Intensität, die mir augenblicklich eine Gänsehaut verursacht. Er fährt mir durch die Haare, und die Zeit scheint stillzustehen.

Ich atme mühsam ein.

Innerhalb von Sekunden haben mich seine Fingerspitzen in meinem Gesicht mehr erregt, als Nick es in drei Monaten geschafft hat. Die Kiste, in der ich meine Leidenschaft eingeschlossen hatte, explodiert mit einem Knall.

Ethan räuspert sich. »Ich hab langsam das Gefühl, dass es keine gute Idee war, mit dir allein zu sein.«

Ich kann nur auf seinen Mund starren, wenn er redet. »Ja, wahrscheinlich hast du recht.«

»Es ist leichter, wenn noch andere Leute dabei sind. Das lenkt mich ab, weißt du? Wenn wir zu zweit sind … ist es –«

»Schwerer.«

Sein Gesichtsausdruck wird weich. Seine Finger sind an meiner Wange. »Du bist so unglaublich schön«, flüstert er, als hätte er Angst davor, dass ich es höre. »Das denke ich jeden Tag, kann es dir aber nicht sagen.« Seine Berührung ist federleicht und geht mir doch durch Mark und Bein. Entzündet ein Feuer.

»Wieso sagst du es mir jetzt?«

»Weil ich zu betrunken bin, um mich davon abzuhalten. Und weil keiner von uns sich morgen daran erinnern wird.« Sein Brustkorb hebt und senkt sich. Seine Lider sind schwer. Sein Blick ist intensiv.

Einsam.

Traurig.

»Ich vermisse dich, Cassie.«

Mein Herzschlag beschleunigt sich. So oft hab ich mir gewünscht, das von ihm zu hören, aber jetzt, wo es so weit ist, hab ich keine Ahnung, wie ich darauf reagieren soll.

Er streichelt immer noch mein Gesicht. Beobachtet mich. Ihn so zu sehen macht mich schwach.

Ich schaue schnell weg.

Er seufzt. »Auf einer Skala von eins bis du-willst-mir-in-die-Eier-treten, wie sehr hasst du mich dafür, dass ich mit dir Schluss gemacht habe? Ganz ehrlich.«

Ich zupfe an der Außennaht seiner Jeans. »An manchen Tagen hasse ich dich sehr. Meistens, um ehrlich zu sein.«

»Und an den anderen Tagen?«

Ich fahre mit den Fingern über die Naht und ignoriere, wie sich sein Oberschenkel unter meinem Kopf verkrampft. »An den anderen Tagen …« Er streicht mir mit den Fingerspitzen über den Nacken. Ich erschaudere. »… manchmal ist mir auch kurzzeitig nicht danach, dir in die Eier zu treten.«

»Und jetzt grade?«

Ich drehe das Gesicht wieder zu ihm und versuche, die Hitze zu ignorieren, die sich in mir zusammenbraut. »Jetzt grade hab ich keine Ahnung, was ich fühle.«

Er starrt mich lange an, nickt dann und nimmt einen Schluck aus seinem Glas. Ich setze mich auf und warte, dass er etwas sagt. Das tut er nicht. Seine Fingerknöchel werden weiß, während er das Glas umklammert.

»Was denkst du?« Ich kann mich nicht beherrschen zu fragen.

Er schüttelt den Kopf. »Ich denke, dass ich dich wirklich gern küssen würde, aber dass ich es nicht sollte.« Er lacht kurz auf. »Wo wir schon so offen miteinander sind – das denke ich fast jeden Tag. Es ist echt erbärmlich, wie oft ich es mir vorstelle. Ich dachte, ich wäre inzwischen über dich hinweg. Aber das bin ich nicht.«

Seine Worte treffen mich völlig unerwartet. Sie sind meinen Gedanken so ähnlich, die ich die ganze Zeit versuche zu verdrängen. Ich kann nichts erwidern.

Er nimmt noch einen Schluck und sieht mich erwartungsvoll an. Doch da muss ich ihn enttäuschen. Ausnahmsweise ist er mal mutiger als ich.

Schließlich gibt er auf. »Also, magst du mir sagen, wieso du heute bei den Proben aus dem Theater gelaufen bist?«

Mit der Frage hab ich nicht gerechnet. »Nicht wirklich.«

»Ich dachte, wir waren am Ende ganz gut.«

»Wart ihr auch. Ihr wart großartig.«

»Aber wieso bist du dann rausgerannt? Du sahst genervt aus.«

Ich halte inne und denke darüber nach. Erst weiß ich es selbst nicht genau, doch auf einmal ist die Antwort klar. »Ich habe mir lange eingeredet, dass du Schluss gemacht hast, weil du nicht wirklich intim mit jemandem sein kannst. Du deinen Schutzwall nicht runterfahren kannst. Doch heute … in dieser Szene mit Connor konntest du es auf einmal. Du warst so viel mehr, als ich dir zugetraut hätte. Leidenschaftlich. Mutig. Liebevoll. Geduldig. So offen und stark. Und ich war … total eifersüchtig. Und wütend. Ich konnte damit einfach nicht umgehen. Es hat mich einfach rasend gemacht, dass du selbst mit einem *Typ*, den du buchstäblich *hasst*, so gefühlvoll sein konntest, aber nicht mit mir.«

»Cassie, es war nur gespielt.«

»Nein. Du hast es gelebt. Meinst du, ich kann den Unterschied nicht erkennen? Ich hab doch gesehen, wie du dich seit unserer Trennung im Schauspielunterricht verschlossen hast. Heute war ein echter Durchbruch.«

Er kippt den letzten Schluck seines Tequilas runter, zieht die Beine an und setzt sich in einen Schneidersitz. Sein Gesichtsausdruck ist ziemlich ernst. »Willst du wirklich wissen, wieso die Szene heute so gut funktioniert hat? Ich …« Er schüttelt den Kopf. »Mann, wenn ich nicht betrunken wäre, würde ich dir das auf gar keinen Fall erzählen.« Er holt tief Luft. »Es hat funktioniert, weil ich mir vorgestellt hab, dass ich du bin.«

Es dauert ein paar Sekunden, bis ich begreife, was er gerade gesagt hat. Und auch dann bin ich mir nicht sicher, ob ich es richtig verstanden habe. »Was?«

Er fährt sich durch die Haare. »Ich hab daran gedacht, wie du mir so oft zugeredet hast, mir geholfen hast, stark zu sein. Es schien zu der Bühnensituation zu passen. Wenn du findest, dass ich heute großartig war, dann liegt das nur daran, dass ich so getan hab, als wäre ich du.« Er schüttelt den Kopf und knibbelt am Saum seiner Jeans herum. »Das Komische ist, dass ich nie gedacht hätte, dass ich so sein könnte. So verletzlich und so mutig. Aber, als ich es heute ausprobiert habe …« Er hebt langsam den Kopf. »Da hab ich verstanden, wie anders alles wäre, wenn ich so wäre. Wie viel besser.«

Er sagt zwar nicht »mit dir«, aber ich höre es trotzdem heraus.

»Ich wäre gern so«, sagt er leise. »Ich wäre gern der Starke. Ich schäme mich wirklich dafür, dass ich so schwach bin. Und für vieles andere auch.«

Mir verschlägt es die Sprache, mein Herz rast, mein Atem geht schnell. Er starrt mich an. Wartet auf eine Reaktion.

Die Sekunden verrinnen.

Zeit verliert ihre Bedeutung.

Er beugt sich nach vorn.

Unsere Beine berühren sich.

Zwei Lagen Jeansstoff können nicht verhindern, dass sein Körper eine Hitzewelle durch mich hindurchjagt. Unsere Gesichter kommen sich näher. Ich könnte mich nur ein bisschen vorbeugen und seine Lippen mit meinem Mund berühren. Rausfinden, ob sie noch so süß schmecken, wie ich es in Erinnerung habe.

»Cassie ...« Die Verzweiflung in seiner Stimme macht die Sache nicht leichter. Es hört sich an, als würde er ertrinken und mich um Hilfe anflehen.

Ich atme tief durch und versuche, mich zu konzentrieren. »Ich denke, einer von uns sollte diesen Raum jetzt besser verlassen.«

Er schließt seufzend die Augen. »Ja. Ich denke, du hast recht.« Mit einem frustrierten Ächzen steht er auf und wankt zum Tisch, wo er sein Glas neben der Flasche Tequila abstellt. Ich folge ihm, muss mich aber an einer Stuhllehne festhalten, um nicht umzukippen.

Ethan schaut mich ein paar Sekunden lang an, dann fährt er sich seufzend durch die Haare. »Ich kann nicht mehr fahren. Ist es okay für dich, wenn ich auf der Couch schlafe?«

Nein. Sieh zu, dass du wegkommst, ehe ich mich auf dich stürze und dich vernasche.

»Klar.«

Ich torkele zum Wäscheschrank und zerre eine Decke und ein Kissen heraus, die ich auf die Couch werfe. Er bedankt sich.

»Kein Ding.«

Wir stehen uns ratlos gegenüber. Wir wissen beide, dass das alles eine schlechte Idee ist. Die schier unwiderstehliche Anziehung, die wir aufeinander ausüben, ist schließlich der Grund, weshalb wir uns seit der Trennung aus dem Weg gehen. Natürlich sind wir inzwischen Experten darin, unsere Begierden zu kontrollieren, aber die ganze Zeit damit zu leben ist furchtbar anstrengend.

Es macht einen kaputt.

Auch, wenn wir schon den ganzen Abend einen Eiertanz vollführen, ist die Gefahr noch nicht gebannt. Jeder verstohlene Blick, jede flüchtige Berührung, jedes verbotene Kribbeln ist gefährlich. Mein Bauchgefühl sagt mir eigentlich ganz deutlich, dass ich lieber weglaufen sollte, ehe es zu spät ist, aber ein anderer Teil von mir genießt es viel zu sehr. Das Adrenalin, das mir durch die Adern schießt, macht mich so lebendig. Die Gefahr, die von ihm ausgeht, ist Teil davon. Dieses berauschende Gefühl ist der Grund, weshalb Leute aus Flugzeugen springen und mit Haien schwimmen. Um diesen Kick zu spüren, der alle Muskeln erzittern lässt.

Wenn er mich anstarrt, ist das besser als Bungee-Jumping und Paragliding zusammen.

»Ich sollte mal lieber ins Bett gehen«, hauche ich atemlos.

Er nickt, ohne den Blick abzuwenden. »Ja, es ist spät.«

»Ja. Also, dann … schlaf gut.«

»Du auch.«

Ich komme gerade mal drei Schritte weit, ehe sich warme Finger um meine Hand legen.

»Cassie …« Er zieht an meiner Hand.

Auch wenn er kaum Kraft aufwendet, schnelle ich zurück, als hätte mich ein Lasso eingefangen. Ehe ich mich versehe, bin ich in seinen Armen und lege die Wange an seine Brust. Sein Atem geht stoßweise, als er den Kopf auf mein Haar legt und in mir versinkt wie Honig auf warmem Toastbrot.

Seine Wärme lässt mich schmelzen.

Unsere Herzen schlagen gemeinsam, und im Moment gibt es nur einen Gedanken in meinem Kopf.

Ethan.

Ethan, das Arschloch. Ethan, der tolle Mann.

Mein Ethan.

Für immer mein, egal, ob wir zusammen sind oder nicht.

»Denkst du, wir sind schon bereit, um Freunde zu sein?«, flüstert er.

»Nein.« Was ich für ihn empfinde, ist Lichtjahre von Freundschaft entfernt.

»Ich auch nicht.«

»Eines Tages?«

»Manchmal passieren seltsame Dinge.«

»Wirklich?«

Er lacht. »Nein. Es ist tatsächlich ziemlich unwahrscheinlich.«

»Wir könnten so tun.« Ich will nicht loslassen.

Er streift mit der Nase mein Ohr. »Was glaubst du, was wir die ganze Zeit machen?«

Ich nicke.

Er streicht mir über den Rücken. Atmet an meinem Hals. »Ich habe in letzter Zeit oft darüber nachgedacht, wie es wäre, dich zu halten. Ich dachte, es würde sich irgendwie anders anfühlen als früher, aber das tut es nicht. Es ist noch genau wie damals.«

»Ich bin aber nicht mehr genauso.« Ich kann das schlechte Gewissen spüren, das auf ihm lastet.

»Ich weiß.«

Ich lege ihm die Hände an die Brust. »Du fühlst dich anders an. Härter.«

»Ja, ignorier es. Das hab ich seit du und Miranda gestern in der Probe so wild rumgemacht habt.«

Ich muss lachen. »Ich meinte eigentlich deine Muskeln, vom Boxen.«

Er stutzt. »Oh. Natürlich. Vergiss, dass ich das mit den heißen Lesben gesagt habe.«

»Hast du es gemocht?«

»Nein, ich *mag* Kuchen. *Das* war aber wie eine spirituelle Erleuchtung. Es war einer der seltenen Momente, wo ich mal Averys Meinung geteilt habe. Ihr zwei solltet tatsächlich öfter miteinander rummachen.«

Er lässt mich los, und ich will ihn am liebsten gleich wieder umarmen.

»Geh noch nicht ins Bett«, sagt er und nimmt meine Hand. »Bleib noch für ein Getränk hier. Bitte. Ich bin zu aufgewühlt, um zu schlafen. Ich verspreche dir, dass ich meine Hände bei mir behalte, und setze mich ans andere Ende der Couch.«

Ich nehme die Flasche und unsere Gläser vom Tisch. »Ich

schätze, auf einen Drink mehr oder weniger kommt es jetzt auch nicht mehr an. Wir sind ja eh betrunken.«

Noch ehe ich die Augen öffne, spüre ich den Schmerz, der hinter meinen Lidern pocht. Mein Magen rumort, und ich drücke mich an das Warme neben mir.

Das Warme stöhnt.

Ich halte die Luft an.

Warm.

Groß.

Männlich.

Nackte Männerhaut.

Ich reiße die Augen auf und sehe Ethan neben mir. Er hat die Arme um mich geschlungen, die Beine mit meinen verhakt, und ein Teil seines Körpers ist bereits wach, obwohl er noch schläft.

Nein.

Gott, nein.

Wir haben doch nicht.

So dumm bin ich nicht.

Es war nur Tequila, keine Gehirn-OP.

Ich würde doch nie … nach dem, was alles schon passiert ist …

Und er würde auf *keinen* Fall …

Ethan murmelt wieder etwas im Schlaf, und seine Erektion macht sich an meiner Hüfte bemerkbar.

»Hmmmm. Cassie.«

Nein, nein, nein.

Ich kämpfe gegen die aufsteigende Panik an.

Ich muss noch träumen.

Ich schließe die Augen und atme tief durch. Es hilft nicht. Das Zimmer riecht nach ihm. Und nach mir. Nach Sex.

Nach viel Sex.

Allmählich kehren die Bilder von letzter Nacht zurück: *Dunkelheit und Licht. Langsames Blinzeln und sanfte Berührungen. Finger. Hände. Vorsichtig tastend. Surreal. Haare zwischen den Fingern. Heißer Atem an meinem Hals. Dann sein Mund.*

O Gott, sein süßer Mund. Weiche Lippen. Erst noch zaghaft, dann immer gieriger. Die bitteren Worte auf meiner Zunge sind wie weggewischt. Mein Widerstand ist endgültig gebrochen, was bleibt, ist instinktives Verlangen.

Sein Oberschenkel drückt sich zwischen meine Beine, und ich winde mich. Presse mich an ihn. Alles an ihm ist begehrenswert. Ich schwebe. High vom Alkohol und meinen Gefühlen. Haut wird entblößt. Kleider fallen. Halbnacktes Straucheln. Keuchender Atem an meinem Ohr. Sein Gewicht auf mir, schwer und elektrisierend. Meine Synapsen feuern aus vollen Rohren. Alles, was er berührt, verwandelt sich in unersättliche Begierde. Münder, Finger, überall auf meinem Körper.

Mir wird ganz schwindlig. Das hier macht mich verrückt. Eine Mischung aus »Es ist falsch« und »Gott, ja« und »Bitte, bitte, bitte«.

Und dann ist er in mir.

Das Gefühl ist absolut unbeschreiblich. Ich gebe unverständliche Laute von mir. Er ist so zärtlich. Hält mich fest. Gibt ebenfalls Laute von sich, die davon zeugen, dass wir gerade einen Fehler begehen –, der allerdings köstlich ist.

Er flüstert erneut in mein Ohr. Beißt in meine Schulter. Küsst sie. Stöhnt, als wäre er im Himmel und in der Hölle zugleich.

Ich kann nicht genug bekommen.

Gott, bitte, Ethan, beweg dich weiter.

Starke Arme halten mich, tiefes Stöhnen. Wie kann ich mich nach all der Zeit so unglaublich wundervoll fühlen? Er passt einfach perfekt zu mir. Es entsteht eine Harmonie, weil er jeden Ton trifft, bis alles in mir bebt und singt.

Auf der Couch, am Boden, im Flur, an der Wand, im Bett. Immer wieder führt er mich durch alle Stufen der Ekstase. Zeigt sie mir in all ihren atemberaubenden Schattierungen. Gerade, wenn ich denke, es ist zu Ende, berührt er mich wieder, und das Feuer ist erneut entfacht.

Am Schluss brechen wir erschöpft zusammen. Ich schlafe lächelnd ein. Weigere mich, daran zu denken, was morgen sein wird.

Ich öffne die Augen und betrachte Ethan. Sein Anblick lässt mich schlucken. Was wir getan haben … was wir letzte Nacht geteilt haben, hat nichts geändert. Seine Probleme sind nicht gelöst. Wenn überhaupt, hat es die Dinge wieder verkompliziert.

Wir haben versucht, unsere Leidenschaft zu unterdrücken, doch am Ende hat sie uns überwältigt. Sie hat so lange gewartet, bis wir schwach und verletzlich waren. Ist uns auf leisen Sohlen gefolgt. Hat uns weichgemacht mit Verlangen und

Einsamkeit. Unsere Wut und unseren klaren Menschenverstand ausgeschaltet und alles in Lust ertränkt. Dann hat sie ein Streichholz angezündet und getanzt, während wir brannten.

Sogar jetzt noch spüre ich die Wirkung seiner Berührung auf meiner Haut. Ich sollte lieber schnell das Bett verlassen und die Spuren abwaschen. Sollte versuchen zu vergessen, wie unglaublich er sich anfühlt. Aber ich kann mich nicht bewegen. Ertrage es nicht, mich von ihm zu entfernen.

Dann öffnet er die Augen und sieht mich an. Panik tritt in seinen Blick. Er schaut an sich runter. Dann nimmt er die auf dem Boden verstreuten Kleidungsstücke wahr, runzelt die Stirn, als er den Haufen leerer Kondomhüllen auf dem Nachttisch erblickt. Er starrt alles ein paar Sekunden lang an, ehe sich Entsetzen auf seinem Gesicht breitmacht.

»Fuck, Cassie.«

»Naja, sieht fast so aus, als hätten wir das schon hinter uns. Und was jetzt?«

15 *Nur Sex*

Sex.

Es beruht auf einem uralten Instinkt, der tief in unserer DNA verankert ist. Wir müssen Sex haben, um zu überleben.

Aber Sex ist gierig. Sex macht süchtig.

Sex hat einen unbändigen, unersättlichen Appetit, der uns auf unsere absoluten Basis-Impulse reduziert. Sex hat die Macht, uns jeglichen Verstand zu vernebeln.

Er ist instinktiv.

Einfach.

Nur manchmal ist das nicht so.

Nachdem wir den ersten Schock, nebeneinander aufgewacht zu sein, überwunden haben, reden Ethan und ich miteinander. Wir sind uns einig, dass es ein Fehler war. Dass wir es nicht wieder tun dürfen.

Niemals.

Dann schlafen wir noch zweimal miteinander und schlafen engumschlungen wieder ein.

Yep.

Einfach ist hier gar nichts.

»Also, dann …«

»Ja. Also, dann …«

Wir haben es immerhin zur Wohnungstür geschafft. Nach ein paar gescheiterten Versuchen ist er endlich wieder angezogen, und ich habe mich in meinen Bademantel gehüllt. Seine Haare sind total verstrubbelt. Meine noch schlimmer. Ich sehe aus wie Hagrid, der in einen Windtunnel geraten ist. Ethan sieht mich an, als wolle er ungezogene Dinge mit Hagrid machen.

Das Bedürfnis, ihn sofort wieder zu berühren, steigt in mir. Es ist schon ein bisschen lächerlich.

»Ich sollte los.«

»Ja.«

Er rührt sich nicht. Genauso wenig wie ich. Aber wir können es nicht wieder tun. Mir tut schon alles weh, und ich hab am ganzen Körper wunde Stellen von seinem Dreitagebart.

»Okay.«

»Okay.«

Vor einer Viertelstunde waren wir noch ganz intim. Und jetzt? Jetzt folgt das betretene Schweigen. Die Trennung. Die Masken und tektonischen Gefühls-Platten schieben sich wieder an ihre Stellen, wo sie uns hätten schützen sollen. Jetzt raunen sie uns zu, dass es nur Sex war.

Nur Sex.

Er öffnet die Tür und hält dann noch mal inne. »Also … meinst du, es wird jetzt seltsam zwischen uns?«

»Du meinst, noch seltsamer? Nee.«

Er nickt. »Nein. Genau. Ich meine, es war nur Trennungssex, richtig? Das machen alle.«

»Genau.« *Nur Sex.* »Wir haben halt ein bisschen länger damit gewartet als die meisten anderen. Aber es ist völlig normal.«

»Wir haben es hinter uns gebracht, also können wir jetzt … also, du weißt schon … nach vorn schauen.«

»Ja, definitiv. Nach vorn und so.«

Er atmet ein und starrt auf die nackte Haut, die der Ausschnitt meines Bademantels entblößt. Er redet mit meinen Brüsten. »Dann bis Montag?« Schließlich schafft er es, den Blick zu heben.

Ich würde ihm gern sagen, wie offensichtlich es ist, dass er mich will. Das war *nur Sex*.

»Yep. Bis dann.«

Er zögert, und für einen kurzen Moment denke ich, dass er mich küssen wird, aber stattdessen umarmt er mich und vergräbt sein Gesicht an meinem Hals. Ich bin mir nicht sicher, was er dabei denkt, aber es fühlt sich an wie ein *Danke* und ein *Entschuldige* in einem. Ich schiebe ihn weg.

Er scheint es zu verstehen. Steckt die Hände in die Hosentaschen und seufzt. »Du riechst nach mir. Und … nach Sex.« Er greift nach dem Band meines Morgenmantels und dreht es um den Finger. »Ich meine, du hast für mich immer nach Sex gerochen, aber heute … heute riechst du nach unfassbar krassem, Verstand raubendem Sex.«

Ich schiebe ihn aus der Tür. »Geh lieber, solange du noch kannst. Danke für den ganzen Sex.«

Den *Nur-Sex*.

»Ja. Okay. Tschüs.«

»Tschüs.«

Als ich die Tür geschlossen habe, sinke ich zu Boden. Atemlos. Ich rechne damit, dass Reue und Verbitterung mich überfallen, aber seltsamerweise passiert es nicht. Stattdessen muss ich lächeln. *Ich hab es getan.* Ich hab mit Ethan Holt geschlafen und es überlebt. Sogar gut überlebt. Und jetzt bin ich zu befriedigt, um zu bereuen, was wir getan haben.

Erst später, als ich geduscht und die Bettwäsche gewechselt habe, kommt die Reue. Aber nur wegen meiner Reinigungsaktion: Jetzt kann ich ihn nirgends mehr riechen.

»Hey.« Ruby kommt irgendwann nachmittags nach Hause und lässt sich neben mir auf die Couch plumpsen.

Sie hat auch Hagrid-Haare und ein befriedigtes Lächeln auf den Lippen. Sieht so aus, als würde guter Sex bei allen gleich aussehen. Meine Haare sind gewaschen. Ich hab auch die Sex-Knoten entfernt. Niemand würde darauf kommen, dass Holt sie noch vor fünf Stunden um die Hand gewickelt hatte, als er mich von hinten verführt hat.

»Hey«, sage ich und verscheuche schnell die Gedanken daran. »Hattest du 'ne schöne Nacht?«

Sie streckt sich. »O ja. Gott, es gibt nichts Besseres … und ich meine wirklich nichts Besseres, als die ganze Nacht mit einem heißen Typen Sex zu haben. Das ist wie eine Ganzkörpermassage für die Seele. Ich weiß, du denkst gerade, dass auf Sex immer Leid folgt, aber …«

Er zieht meinen Kopf zurück und packt mich an der Hüfte, während er kraftvoll und tief in mich eindringt. Er erreicht unerwartet neue Stellen in mir. Küsst meine Schulter, als ich laut aufstöhne und seinen Namen rufe.

Ich löffle weiter meinen Joghurt und versuche, mir meine Gedanken nicht anmerken zu lassen. »Hmhm.«

Sie lehnt sich an meine Schulter. »Und, was hast du so getrieben nach der Party? Das Übliche? Buch und Bett?«

Ich nicke. »Yep. Kennst mich ja. Langweilige alte Cassie.«

Ich senke mich langsam auf ihn hinab, beobachte ihn voller Stolz, als er lustvoll die Augen verdreht. Mein Körper bebt vor Glück. Diese tolle, selbstbewusste Version meiner selbst.

»Armes Ding.« Ruby kuschelt sich an mich. »Du brauchst echt auch mal wieder positives Kribbeln.«

Ich fächele mir Luft zu. Mein Blut pumpt viel zu schnell durch meinen Körper.

»Ja, naja. Der Tag wird schon noch kommen.«

Ich weiß nicht, wieso ich es ihr nicht erzähle. Vielleicht, weil sie es falsch auffassen könnte und denken würde, dass Ethan und ich jetzt wieder zusammenkommen. Vielleicht sage ich es ihr auch nicht, weil sie mir bestätigen könnte, dass es das Dümmste war, das ich hätte tun können. Wie auch immer ihre Reaktion ausfallen könnte, ich will es gerade nicht wissen. Ich will einfach dieses befriedigte Gefühl so lang wie möglich auskosten. Bevor mich Ethan gestern von der Party heimgefahren hat, war ich unglücklich und einsam. Und heute fühle ich mich … wie neugeboren. Wie eine Sex-Göttin. Ich hab Dinge mit Ethan gemacht, die ich mir nie hätte träumen lassen. Ich hab ihn zum Zittern gebracht. Zum Stöhnen und Keuchen. Ich hab es geschafft, ihm solche Lust zu verschaffen wie noch niemand vor mir. Nachdem ich mich so lang schrecklich machtlos gefühlt habe, tut es gut, wieder ein Gefühl von Kontrolle zu haben. Und was noch besser ist, ich hab es geschafft, mit ihm zu schlafen, ohne emotional völlig auseinanderzubrechen.

Sexuelle Läuterung? Gibt es so etwas?

Ich frage mich nur, wie lang es anhalten wird.

Montagmorgen. Ich gehe zum Unterricht und fühle mich, als wäre ich tausend Meter groß. Ich bin immer noch etwas wund zwischen den Beinen, aber das ist nur eine Erinnerung an dieses tolle, lustvolle und auch berauschende Erlebnis. Ich bin Aphrodite. Eine Naturgewalt, bereit, angebetet zu werden.

Ich bin daher auch nicht nervös, Ethan zu sehen. Was auch immer passiert, ich kann damit umgehen. Sollte er mich wieder ignorieren, werde ich es mit einem Lächeln wegstecken, weil ich weiß, dass er mir ohnehin nicht lang widerstehen kann. Ich besitze ihn. Und das weiß er jetzt auch.

Ich betrete das Klassenzimmer und spüre sofort seinen Blick auf mir. Er sieht wütend aus. Nein, Moment. Nicht wütend.

Hungrig.

Er schaut weg, aber nach ein paar Sekunden wieder zu mir. Wirkt überrascht. Verdutzt.

Das Gefühl der Macht in mir nimmt zu. Ich hatte irgendwie schon damit gerechnet, dass er sich wieder hinter den Schutzwall seiner emotionalen Distanziertheit zurückzieht, aber ausnahmsweise war er mal nicht so berechenbar.

Das gefällt mir.

Er schenkt mir ein schiefes Lächeln. Ich erwidere es. Irgendwie fühlt es sich an, als wären wir Verbündete. Niemand sonst hat eine Ahnung, was zwischen uns passiert ist. Aber wenn er mich weiter so anschaut, wird sich das verdammt schnell ändern.

Ich gehe an ihm vorbei und flüstere: »Hör auf, mich mit den Augen auszuziehen.«

»Soll ich es lieber mit meinen Händen tun?«, flüstert er zurück. »Oder mit meinen Zähnen?«

Oha, das ist interessant. Er will spielen? Na gut. Ausnahmsweise bin ich davon überzeugt, dass ich gewinne. »Wie steht's mit deinem Penis?«

»Das solltest du doch inzwischen wissen? Er ist unglaublich.«

»Du bist so bescheiden. Ich meinte doch, ob er wund ist?«

»Oh. Ja. Definitiv ein bisschen … er ist erschöpft, um ehrlich zu sein. Ich bezweifle, dass ich jemals wieder steif werden kann.«

Ich grinse ihn vielsagend an. »Das klingt nach einer Herausforderung.«

»Ist es aber nicht.«

Ich lasse aus Versehen meine Bücher direkt vor ihm fallen und bücke mich nach vorn, um sie aufzuheben. Ich achte darauf, dass mein Dekolleté dabei schön sichtbar wird. Als ich mich wieder aufrichte, verzieht er das Gesicht und rutscht unruhig auf seinem Stuhl herum.

Mein Job ist erledigt.

Die anderen in der Klasse plaudern und laufen herum, nehmen keine Notiz von uns. Wir sind nicht mehr interessant genug, wir sind Schnee von gestern.

Wenn die nur wüssten.

Ich setze mich auf einen Platz neben ihm und als ich ihn wieder ansehe, hat er die Beine übergeschlagen und starrt seine Schuhspitzen an. Er ist erregt. Und es steht ihm bestens.

»Ich dachte, wir hätten uns darauf geeinigt, dass es ein Fehler war«, sagt er leise, ohne mich anzuschauen.

»Stimmt.«

»Wieso hab ich dann das Gefühl, dass du es gern wieder tun würdest? Jetzt sofort?«

»Selbst wenn das stimmte, heißt das noch lange nicht, dass ich es tun würde. So dumm bin ich auch nicht«, flüstere ich.

»Oh.«

»Du siehst enttäuscht aus.«

»Nö. Bin nur … du weißt schon … erleichtert.«

Ich lehne mich zu ihm, so dass mein Mund nah an seinem Ohr ist. Ich weiß ganz genau, was ich gerade tue. Wenn wir Schach spielen würden, wäre ich gerade dabei, seine Königin zu vernichten. »Erleichtert, dass ich ihn nicht wieder in den Mund nehme? Oder dich reite?«

In der Vergangenheit habe ich nie wirklich verstehen können, wieso Frauen ihre sexuelle Anziehungskraft dazu benutzen sollten, um Männer zu manipulieren.

Jetzt verstehe ich es.

Manchmal ist Sex das Einzige, das einen Mann auf die Knie zwingt. Und manchmal tut es einer Frau gut zu wissen, dass sie auch mal gewinnen kann, nachdem sie so viel verloren hat.

Nachdem ich mir sicher bin, dass meine Worte den gewünschten Erfolg bei Holt erzielt haben, lehne ich mich triumphierend zurück.

Er schließt die Augen. Dann zupft er an seiner Jeans herum. »Yep. Definitiv erleichtert, dass nichts davon mehr passieren wird. So … unglaublich erleichtert.«

»Gut.«

Schachmatt.

Jetzt hab ich ihn. Es entgeht mir nicht, dass er fast die ganze Vorlesung lang einen Ständer hat.

16 *Kleiner Schmerz*

GEGENWART
NEW YORK CITY
WOHNUNG VON CASSANDRA TAYLOR

Ich setze mich auf und fasse mir an die Brust. Ich bin verschwitzt, mein Herz schlägt schnell. Von ihm zu träumen hat immer eine wahnsinnige Wirkung auf mich. Ist es da ein Wunder, dass ich Probleme habe, es langsam anzugehen, wenn er einen solchen Effekt auf mich hat?

Ich springe schnell unter die Dusche, um mich abzulenken, dann ziehe ich ein weiteres seiner Tagebücher hervor. Ich bin müde, und meine Augenlider sind schwer, aber ich kann einfach nicht aufhören zu lesen. In seine Gedankenwelt einzutauchen ist wie eine Droge für mich geworden.

Gestern Abend haben wir telefoniert. Es ist einfacher, mit ihm umzugehen, wenn wir uns nicht persönlich sehen. Wenn er mir gegenübersteht, wird die Anziehungskraft einfach zu krass. Es macht mich verrückt.

Wir haben nicht lang geredet. Er wollte nur fragen, wie es mir geht, und sich dafür entschuldigen, dass er mich beim Abendessen am Samstag berührt hat. Ich hab ihm gesagt, dass es nicht nur seine Schuld war. Er versicherte mir, seine Hände in Zukunft bei sich zu behalten. Bestimmte Körperteile von mir fanden das nicht gut.

Als er nach den Tagebüchern fragte, erzählte ich ihm, dass ich fast am Ende unseres ersten Jahrs an der Grove angekommen sei. Dann schwiegen wir für eine Weile, während jeder seinen eigenen Gedanken nachhing.

Heute Morgen habe ich vor der Tür die Tagebücher aus unserem zweiten und dritten Jahr gefunden – zusammen mit einem Päckchen Valium-Tabletten. Ich denke, die Tabletten waren als Scherz gemeint.

Bisher sind die Einträge aus unserem zweiten Jahr nicht sehr regelmäßig und eher kurz gehalten. Schon fast langweilig. Ich hätte langwierige Ausführungen darüber erwartet, wie sehr er mich vermisst, als wir getrennt waren, aber das Gegenteil war offenbar der Fall. Es ist, als hätte er dichtgemacht.

Dann entdecke ich den Eintrag von dem Tag nach der Nacht, die alles verändert hat.

11. Februar

Letzte Nacht. Verdammt.

Wie soll ich es überhaupt bezeichnen?

Dumm? Ja.

Mehr als krass? Verdammt, ja.

Die beste Nacht meines Lebens? Definitiv.

Ich könnte sagen, ich hab keine Ahnung, wie es dazu gekommen ist, aber das ist nicht wahr. Irgendwie habe ich es doch genau so gewollt. Ich war betrunken, aber nicht so betrunken. Ich wusste, was ich tat, als ich mich neben sie gesetzt habe. Ich wusste es, als ich ihr Gesicht berührt habe. Als ich mich zu ihr gebeugt und diese unfassbar tollen Lippen

geschmeckt habe, die ich schon den ganzen Abend angestarrt hatte.
Als sie meinen Kuss erwidert hat, wusste ich, dass ich nicht mehr aufhören konnte. Kein klarer Menschenverstand der Welt hätte mich noch aufhalten können. Der Tequila war eine gute Ausrede, aber die Wahrheit ist, dass ich es wollte. Mehr als alles andere in meinem Leben.
Zu meinem Glück wollte sie es auch.
Ich kann gar nicht in Worte fassen, wie es sich angefühlt hat, sie endlich wieder berühren zu dürfen. Ich habe mich in den Gefühlen verloren, nachdem ich so lange Zeit emotional wie betäubt gewesen war. Nichts hat sich je so richtig angefühlt … Fuck. Es hat sich angefühlt, als würde mein Brustkorb explodieren vor Gefühlen. Vor Liebe.
So viel von allem.
Ich hab versucht, mir einzureden, dass es nur Sex ist, aber ich wusste gleich, dass das nicht stimmt. So gern ich mir auch einbilde, dass ich allmählich unempfindlicher werde, was ihren Effekt auf mich angeht, ist das doch alles Quatsch. Ich bin unempfindlich, so lang sie mich nicht berührt. Oder ansieht. Denn dann würde ich am liebsten quer durch den Raum springen und sie umarmen, küssen und halten.
Fuck.
Jetzt hab ich wieder einen Ständer.
Ich weiß, wir waren uns einig, dass es ein Fehler war und dass wir es nicht wieder tun sollten, aber ich will es.
Wenn ich nicht so ein Weichei wäre, würde ich sie bitten, mir noch eine Chance zu geben, aber ich weiß, dass das keine Option ist. Ich hab das zwischen uns echt so übel vermasselt, ich kann mir nicht mal mehr vorstellen, dass es jemals wieder richtig sein könnte. Egal, wie sehr ich es mir wünsche. Außerdem – auch wenn unser Sex-Marathon

absolut unfassbar krass war –, ändert er doch nichts daran, wie mein Gehirn arbeitet. Es war nur kurzzeitig mit etwas Angenehmerem beschäftigt.
Doch diese Art von Ablenkung macht süchtig.

13. Februar

Ja, ich sitze in der Patsche. Ich bin mir nicht sicher, was ich erwartet hatte, als wir uns heute gesehen haben, aber ich hätte nicht damit gerechnet, dass sie mich noch heißer machen könnte. Sie ist mit einem solchen Selbstbewusstsein ins Klassenzimmer stolziert und hat mich so mit ihrem sexy Blick gefesselt, dass ich eine Gänsehaut bekam. Meine ganze Haut kribbelte. Ich meine, sie war ja schon immer scharf, aber heute … Ich weiß auch nicht. Es ist, als hätte Freitagnacht etwas in ihr erweckt. Etwas Mächtiges. Sobald sie den Raum betreten hatte, konnte ich die Augen einfach nicht mehr von ihr abwenden. Sie hat vor Energie nur so gesprüht. Es war verdammt faszinierend.
Ich hab keine Ahnung, wie ich damit umgehen soll. Es ist, als wäre sie wie eine dieser Supernovas – strahlend und tödlich – und obwohl ich weiß, dass sie mich blind machen wird, kann ich nicht wegsehen.
Sie hat mit mir geflirtet, und ich hab es seltsamerweise erwidert. Was zum Teufel ist nur los? Kann es sein, dass eine wundervolle Nacht uns wieder in die Spur bringt? Unsere Probleme in Luft auflöst? Scheint doch eher unwahrscheinlich, oder?
Ich denke, wir sind beide noch ein wenig high von dem Erlebnis, aber ich bin mir sicher, wenn die Hormone sich wieder normalisiert haben, wird ihr klarwerden, dass ich

nichts tauge als Freund. Und sie wird sich daran erinnern, dass sie mich hasst. Danach ist dann alles so distanziert und verkorkst wie vorher.
Um ehrlich zu sein, hoffe ich schon fast, dass es so kommt. Denn diese neue Cassie … die ist wirklich gefährlich. Und ich werde es wahrscheinlich in vollen Zügen genießen.
Für sie scheint das Ganze zu einem Spiel verkommen zu sein, ich lasse sie gewinnen. Sie so zu sehen, so selbstbewusst und stolz? Das ist das Gefühlschaos doch wert.
Obwohl, eigentlich nicht. Ich muss wieder mit ihr Sex haben. Sofort.
Die meiste Zeit hab ich vorgegeben, wie unsere Beziehung laufen sollte. Habe versucht, meine Gefühle für sie und alles andere zu kontrollieren. Jetzt sitzt sie hinter dem Steuer und obwohl ich mir sicher bin, dass wir direkt auf eine Mauer zurasen, weiß ich auch, dass ich ihr verfallen bin. Wenn sie ruft, komme ich. Und das Letzte kann unter anderem auch wörtlich gemeint sein.

Ich muss lachen. Er liegt mit seiner Einschätzung ziemlich richtig. Damals tat es mir gut, Kontrolle auszuüben, ihn zu necken. Ich war nicht unbedingt stolz darauf, aber es hat süchtig gemacht. Die Macht. Die vorübergehende Intimität.

Ich lege das Tagebuch nieder und ignoriere den hungrigen kleinen Schmerz, der damals für so viel Ärger gesorgt hat. Er hat mich glauben lassen, ich könnte ihn körperlich haben, ohne mehr zu wollen. Ich habe ihn immer wieder haben müssen. Und habe mein Herz zum Schweigen gebracht, wenn es sich beklagt hat, dass wir uns zu nah kommen. Es war mir egal, wie verschwommen die Grenzen dadurch wurden.

17 *Kollisionskurs*

FÜNF JAHRE ZUVOR
WESTCHESTER, NEW YORK
THE GROVE

Als der Winter in den Frühling übergeht, verändern sich die Kreisbahnen, auf denen Ethan und ich uns bewegen, und sie verbinden sich zu etwas Neuem. Eine sich spiralförmig drehende Ellipse aus Frustration, die unweigerlich auf eine Katastrophe zusteuert, der aber keiner von uns ausweichen möchte.

Genaugenommen hat sich Ethan auf mich zubewegt, indem er wieder öfter mit unserer Clique was gemacht hat. Anstatt sich immer von der Gruppe abzusondern, hat er sich dazugesellt, an Gesprächen teilgenommen. Als er anfing, mit uns zu Mittag zu essen, musste er erst mal Averys Witze über sich ergehen lassen, dass der feine Herr sich endlich wieder herablassen würde, mit dem einfachen Volk zu speisen. Holt blaffte zurück, aber mit einem Lächeln im Gesicht.

Er tolerierte sogar Connor. Naja, nicht dann, wenn Connor mich berührte – dann sah Ethan nämlich so aus, als würde er darüber nachdenken, wie er Connor am besten ermorden und seine Körperteile verstecken könnte. Aber das alles fand ich gut.

Seine Eifersucht ist seltsamerweise gut für mein Selbstbewusstsein, aber ich versuche, nicht zu sehr darüber nachzudenken. Von Zeit zu Zeit kann ich nicht anders, als über diese eine unglaubliche Nacht nachzudenken. In diesen Momenten empfinde ich es als tragisch, dass es nicht wieder vorkommen wird. Wenn er mich dabei ertappt, wie ich ihn anstarre, weiß ich, dass er es genauso empfindet.

Was würde schon passieren, wenn wir es wieder täten? Wir haben es beim letzten Mal auch überlebt, oder? Am Ende ist es doch nur Sex.

Oder nicht?

Ich wippe ungeduldig mit dem Bein, während ich Holt und Avery dabei beobachte, wie sie sich zanken. Er ist so verdammt sexy, wenn er diesen ernsten Blick hat. Ich würde ihn am liebsten sofort küssen.

»Hör doch auf, Avery. Bei der Oscar-Verleihung 2006 hat *Crash* den Preis für den besten Film absolut verdient. Zweifellos.«

»Das ist doch Quatsch, Mann. *Brokeback Mountain* hätte gewinnen sollen. Ich meine, jetzt mal im Ernst. Zwei Hetero-Typen, die Schwule spielen? Schau dir doch an, wie Erika deinen Auftritt neulich mit Connor gelobt hat. Die Leute stehen auf so was.«

»Erika hat es gefallen, weil unsere Vorstellung einfach gut war. Im Gegenteil zu eurer Performance. Aber ist nicht meine Schuld, dass du den Sex mit einem Strap-On nicht glaubwürdig darstellen konntest. Vielleicht solltest du noch ein bisschen üben.«

»Wieso bringst du es mir nicht bei, Süßer? Connor meint, du wärst ein zärtlicher Liebhaber. Der beste, den er je hatte.«

»Das stimmt. Hab sogar das wärmende Gleitmittel verwendet.«

Er redet über Sex. Wie kommt er darauf, dass das erlaubt ist? Auch, wenn er nur Witze macht.

»Möchtest du dazu etwas sagen, Taylor?«

»Äh … was?«

Avery grinst mich an. Er führt nichts Gutes im Schilde, wenn er so guckt. »Du hast doch Erfahrungen, oder? Ist Holt ein guter Liebhaber? Komm schon, mal ehrlich. Er konnte deinen G-Punkt bestimmt nicht mal mit dem Navi finden, hab ich recht?«

»Halt's Maul, Jack.« Ethans Lächeln erstirbt.

Avery schlägt lachend auf den Tisch. »Ach, jetzt hab dich nicht so! Ihr zwei seid schon ewig getrennt. Wir können doch inzwischen bestimmt über so was reden, ohne dass du direkt vor Wut an die Decke gehst. Los, her mit den Details. Taylor, war er 'ne Granate im Bett?«

Noch vor ein paar Monaten hätte mich diese Frage völlig aus der Bahn geworfen. Jetzt bin ich versucht zu antworten, nur um Ethans Reaktion zu sehen.

Als ich nicht antworte, gibt Jack auf. »Und was ist mit dir Holt? Sag du uns was! Auf einer Skala von eins bis zehn, wie würdest du Taylor einstufen? Wie heiß ist sie wirklich?«

Ethan lacht und schaut mich kopfschüttelnd an. Ein leichtes Pink breitet sich von seinem Hals ausgehend zum Gesicht aus.

»Los, bewerte sie!«, fordert Avery ihn auf. Dann bricht er in einen Anfeuerungs-Singsang aus, in den auch Lucas und Zoe einsteigen. *»Bewerten! Bewerten!«* Sogar Miranda und Aiyah machen mit. Irgendwelche Studenten, die an unserem Tisch in der Cafeteria vorbeigehen, bleiben stehen, und einige klatschen sogar mit.

»Ach, zum Teufel.« Ethan fährt sich durch die Haare. Die Rufe hören nicht auf. »Du bist echt ein Arsch, Avery. Okay, okay! Haltet die Klappe, und ich sag es euch!« Das Klatschen verstummt und Ethan schaut mich kurz an, während er zur Antwort auf Averys Frage ansetzt. »Du willst also wirklich wissen, wie heiß Taylor ist?«

»Ja, verdammt!«, ruft Jack schon ganz aufgeregt.

Ethans Blick überzieht meine Haut mit einem Kribbeln. »Auf einer Skala von eins bis zehn ...«

»Ja?«

Ethan leckt sich kurz über die Lippen. Ich glaube, ich hab aufgehört zu atmen.

»Sie ist etwa eine 35.«

Alle am Tisch reißen erstaunt die Augen auf. Mich eingeschlossen.

Ausnahmsweise ist Avery mal sprachlos. Aber es hält nicht lang. »Verdammter Scheiß. Ernsthaft?«

»Ernsthaft.« Ethan sieht mich immer noch an, und ich glaube, ich könnte nicht wegsehen, selbst wenn ich es wollte.

»Taylor? Hast du etwas dazu zu sagen?«, fragt Jack.

»Nicht wirklich.« Ich bin zu beschäftigt damit, den überflüssigen Speichel runterzuschlucken.

»Wow. Jetzt sag uns einfach Holts Zahl.«

»Von eins bis zehn?«

»Ja.«

»Für den Sex?«

»Ja!«

Ethan zieht eine Augenbraue hoch.

Ich schenke ihm ein selbstsicheres Lächeln. »Zehn.«

Avery bleibt der Mund offen stehen. »Willst du mich verarschen? Wieso bekommt er eine zehn?«

»Weil er mir so viele Orgasmen in einer Nacht beschert hat.« Die Worte sind heraus, ehe ich mich dafür schämen kann.

Avery lacht. »Ja, klar.«

»Wirklich.«

Ihm bleibt ganz offensichtlich das Lachen im Halse stecken, er schaut verdutzt zwischen uns hin und her. Auch die anderen am Tisch sind verstummt. Zoe starrt Ethan an, als wäre er ein wiedergeborener mythischer Sexgott.

»Fuck, ihr meint das ernst! Und ihr zwei habt miteinander Schluss gemacht? WARUM?!«

Das ist eine gute Frage. Während ich hier sitze und dieses alberne Gespräch führe, weiß ich beim besten Willen keine Antwort darauf.

Schon bevor ich bei der Party ankomme, weiß ich, dass er dort ist. Jede Faser in mir kribbelt vorfreudig. Ich habe mich gründlich gewachst, rasiert und geschruppt. Ich fühle mich wie aus dem Ei gepellt.

Es wird heute Nacht passieren. Es muss einfach. Ich kann es nicht mehr ertragen, keinen Sex mit ihm zu haben.

Ich trage ein hautenges kleines Schwarzes, das ich mir von Ruby geliehen habe, und dazu hochhackige Stiefel. Ich bin deutlich aufgestylter als normalerweise, wenn mein Outfit aus Jeans und T-Shirt besteht. Sollte er versuchen, mir zu widerstehen, wird ihn das Kleid auf jeden Fall überzeugen.

Sobald ich durch die Tür trete, ist sein Blick auf mich gerichtet. Er versucht zwar, seine Verzweiflung zu verbergen, aber sie ist ihm fett ins Gesicht geschrieben, als er mich angafft. Ich lasse mir nichts anmerken. Mir so früh in die Karten schauen zu lassen ist nicht Teil dieses Spiels. Ich täusche Desinteresse vor, streife ihn jedoch absichtlich im Vorbeigehen. Das ist zwar nicht unbedingt ein fairer Spielzug, aber ein cleverer.

Er trinkt Bier. Ich hole mir auch eins aus der Küche. Auf dem Rückweg streife ich ihn wieder. Sein Blick brennt mir im Nacken, aber er fasst mich nicht an.

Er zögert nur das Unausweichliche heraus.

Zurück im Wohnzimmer reiht Avery Schnapsgläser auf der Anrichte auf. Holt und ich schauen uns an. Der Blick spricht Bände. Wir stellen uns beide in die Schlange, um uns einen Tequila abzuholen. Ich nehme seine Hand, lecke über die Stelle unterhalb des Daumens und bestreue sie mit Salz. Dann lecke ich das Salz ab, sein Gesichtsausdruck wird weich. Es ist pure Verzückung. Ich kippe den Tequila und beiße in die Zitrone. Er benutzt meine Hand. Bestreut mich. Leckt mich ab.

Wir stellen uns erneut an.

Dieses Mal trinken wir mit anderen Leuten, damit unsere Freunde keinen Verdacht schöpfen. Wir beobachten uns aber die ganze Zeit.

Der Tequila ist eine Ausrede, und wir wissen es beide. Wir wollen die Kontrolle verlieren. Damit …

Trotzdem – wenn sein Verstand noch irgendetwas mitzureden hätte, sollte er lieber das Weite suchen, ehe er etwas Dummes mit mir anstellt. Aber sein Gehirn überlistet sich selbst. Schon jetzt kann ich sehen, wie sich der Schutzwall Schicht um Schicht lockert, als der Alkohol seine Wirkung tut.

Es ist nur eine Frage der Zeit.

Drei Tequilas später kann ich es nicht mehr verbergen, dass ich ihn anstarre. Dabei stelle ich mir vor, wie wir uns später berühren werden. Mein Mund ist trocken. Ich führe die Bierflasche zum Mund, schlürfe lasziv daran. Ich meine, eine leichte Beule in seiner Hose zu erkennen. Er bemüht sich, sein Gespräch mit Lucas aufrechtzuerhalten, versagt aber kläglich.

Jemand dreht die Musik auf, und ich fange an zu tanzen. Mit geschlossenen Augen bewege ich mich im Rhythmus. Ich bin von tanzenden Körpern umgeben, aber als er hinter mir steht, weiß ich es. Ich spüre es im Bauch – ein tiefes, hungriges Ziehen, das nur er auslösen kann. Er drückt sich an mich, legt einen Arm um meine Taille. Ich frage mich, ob die anderen schon über uns reden. Doch selbst wenn sie das tun, ist es mir so was von egal. Er legt den Kopf auf meine Schulter.

Ich drehe das Gesicht seitlich zu ihm und flüstere: »Du bist erregt.«

Er verstärkt den Griff um meine Taille und drückt mich noch fester an sich. »Du marschierst hier rein und siehst aus wie eine Sexbombe – was erwartest du?«

Ich bewege die Hüfte leicht im Takt der Musik. Dann wende ich mich ab und tanze in eine andere Richtung, werfe ihm dabei einen Blick über die Schulter zu. Ein anderer Arm legt sich um meine Taille. Der Arm riecht gut.

Connor.

»Was zur Hölle hast du mit Holt gemacht?«, fragte er, während er mich zu sich umdreht. »Er sieht völlig entgeistert aus.«

»Ach, weißt du«, meine ich leichthin, »er ist nur ein bisschen verspannt, wie immer.«

»Soll ich … naja, du weißt schon … dich beschützen, oder so?«

Ich muss schon fast lachen. Wenn hier heute jemand beschützt werden muss, dann ist es Ethan. Ich bin die Jägerin. Er ist mein Opfer. »Nein, ist schon okay. Aber danke fürs Angebot.« Ich umarme Connor kurz und gehe weiter. Kurz darauf habe ich schon vergessen, dass er überhaupt dagewesen ist.

Ich schiebe mich durch die Menge in Richtung Toilette. Als ich an Ethan vorbeikomme, lasse ich die Hand unauffällig über seinen Schritt gleiten. Gehe weiter Richtung Bad. Schaue mich nicht um.

Sekunden später ist er auch da, wirft die Tür hinter sich zu. Er packt mich, wütend und angetörnt zugleich.

Ehe er etwas sagen kann, schiebe ich ihn rückwärts an die Wand und küsse ihn. Endlich kann ich ihm zeigen, wie sehr ich ihn will. Es dauert nur einen kurzen Augenblick, bis er den Kuss erwidert, dann sind alle Dämme gebrochen. Wir sind stürmisch und fordernd, und auch als er murmelt, dass wir das nicht tun sollten, weiß er genau, dass es trotzdem passieren wird. Innerhalb von drei Sekunden habe ich seine Jeans aufgeknöpft und greife in seinen Schritt.

Ich knie mich vor ihn und schaue hoch in seine Augen.

Sein flehendes »Fuck. Cassie, bitte«, ist alles was ich brauche.

Mein Ego platzt schier. So spricht also der Mann, der mir gesagt hat, wir könnten keine Geliebten sein. Der mir das Herz gebrochen hat, weil er auf seine lächerlichen Ängste gehört hat. Jetzt bettelt er darum, dass ich ihn berühre. Bettelt mit seinem Blick und seinen Worten. Seine edlen Vorsätze sind vergessen, weil er weiß, wie gut wir zusammen sind.

Ich lächle zu ihm hoch. Ich habe Macht. Ich kann ihn jederzeit verführen. Er gehört mir. Ganz und gar.

Seine Beine zittern.

Innerhalb einer Minute habe ich ihn fast so weit. Ich gehe nicht weiter. Stehe auf. Mache einen Schritt zurück.

Er braucht einen Moment, um es zu bemerken. Dann öffnet er die Augen und fasst sich in die Hosentasche. Er reißt die Kondompackung mit den Zähnen auf und streift sich den Gummi in Rekordzeit über. Er ist nicht sanft, und es ist mir recht. Ich weiß, wie er es hasst, wenn ich so viel Kontrolle über ihn habe. Er will mich bestrafen. Alles, was er damit erreicht, ist, dass es mich noch mehr erregt.

Binnen Sekunden hat er mir die Unterhose ausgezogen und von den Füßen gestreift. Kein Vorspiel. Es ist nicht nötig. Das machen wir seit Wochen. Er drückt mich an die Wand und zieht meine Beine an seiner Hüfte hoch. Dann ist er da und in mir und … oh … oh … Gott, das habe ich so gebraucht.

Wir halten beide mitten im Kuss inne. Ich öffne die Augen und schaue ihn an. Er runzelt die Stirn, versucht, seine Distanz zu wahren. Aber wie sollte das möglich sein, wenn wir so vollkommen miteinander verbunden sind?

Endlich bewegt er sich langsam und geschmeidig weiter. Nimmt sich Zeit und genießt meine Reaktion. Ich klammere mich an ihn, während im Rhythmus unsere Körper stöhnen. Es fühlt sich alles so gut an. So richtig. Als wären wir dazu geboren, Teil des anderen zu sein.

Ich schüttle den Kopf, um alle anderen Gedanken abzuschütteln, die nichts mit diesem Moment zu tun haben. Versuche, das klaffende Loch zu ignorieren, das in meiner Brust lauert.

Unser Rhythmus steigert sich immer mehr. Nachdem wir die letzten Tage ständig umeinandergeschlichen sind, brauchen wir beide nicht sehr lang. Mein Orgasmus ist atemberaubend. Seiner scheint ewig zu dauern. Ich küsse ihn, als er zum letzten Mal aufstöhnt. Das Loch wird größer.

Als wir beide wieder zu uns gekommen sind, befreie ich mich schnell aus seiner Umarmung. Ich muss hier weg. Ich habe meine Dosis erhalten, und mehr brauche ich nicht.

Nur Sex.

Ich brauche ihn nicht.

Ich mache mich rasch sauber und verschwinde, ohne ein Wort zu sagen. Nehme meine schwindende Macht und gehe.

18 *Machtspiele*

GEGENWART
NEW YORK CITY
GRAUTMANN THEATER

Es ist der erste Probentag auf der Hauptbühne des Theaters. Als ich durch die Tür trete, durchfährt mich ein Schauer. In einem Theater zu sein ist jedes Mal ein magisches Erlebnis. Es hat eine spezielle Energie. Die abblätternden Wände, die schweren Wollvorhänge, Erinnerungsstücke an Jahrzehnte von Produktionen. Hingekritzelte Botschaften an den Backsteinwänden im Backstage-Bereich zeugen von gespannten Nerven, euphorischen Erlebnissen und unglaublicher Freude.

Unser Praktikant Cody kommt auf mich zu, überreicht mir einen Kaffeebecher und führt mich zu den Umkleideräumen. Wie die meisten Umkleiden sind auch diese wenig glamourös, erinnern dafür aber an die unzähligen Schauspieler, die schon hier gewesen sind. Ich nehme mir ein paar Minuten Zeit, um mich einfach mit geschlossenen Augen vor den Spiegel zu setzen und die Atmosphäre aufzusaugen.

Ich habe seit Sonntagabend nicht mehr mit Ethan gesprochen, auch wenn ich kaum an was anderes denken konnte. Montag und Dienstag habe ich damit verbracht, seine Tagebücher zu lesen. Das war eine Achterbahnfahrt der Gefühle. Manchmal wollte ich ihn umarmen, manchmal wollte ich ihm direkt eine reinhauen.

Die Tagebücher aus unserem Abschlussjahr an der Grove sind immer noch unberührt. Ich fürchte, im Moment würden sie mehr Schaden anrichten als nutzen.

Ich höre Schritte hinter mir. Als ich mich umdrehe, steht er an den Türrahmen gelehnt.

»Hey.«

»Hi.«

Tausend Fragen hängen in der Luft, aber er schweigt. Er will sicher wissen, was ich über das denke, was ich gelesen habe. Ich würde es ihm ja sagen, aber meine Gedanken sind völlig unsortiert. Vermutlich hofft er, dass ich Verständnis für ihn entwickle und alles verzeihe. Das tue ich zu einem gewissen Grad aber nicht, auch wenn es keine bewusste Entscheidung von mir ist. Wenn ich das Misstrauen ihm gegenüber abstellen könnte, wären unsere Probleme sofort gelöst. Ich wäre geheilt, er dankbar, und wir würden unsere Nächte fortan gemeinsam verbringen.

Das wäre schön, aber so weit bin ich noch nicht.

»Alles klar bei dir?«, fragt er vom Türrahmen aus.

Ich stehe auf und gehe meine Kostüme durch. Es dauert nicht lang, ich habe nur drei für dieses Stück. Ich lasse die Hände über die Säume gleiten und merke, wie nervös ich bin. Zum Teil hat es wohl mit ihm zu tun, zum Teil aber auch damit, dass wir in drei Tagen die erste Vorab-Aufführung vor Publikum haben. So oder so habe ich Angst, jemanden zu enttäuschen.

»Ich fühle mich ein bisschen so, als müsste ich kotzen«, erwidere ich schließlich.

»Ich auch.«

»Du versteckst es aber besser als ich.«

»Ich bin dran gewöhnt. Willst du ein bisschen kuscheln?«

Seine Frage erwischt mich eiskalt. Meine Hand erstarrt am Ärmel eines Kleides. »Äh …« Ich spüre seine Anwesenheit hinter mir, noch ehe er mit den Fingern ebenfalls über das Kostüm streicht.

Als er spricht, ist sein Atem warm an meinem Ohr. »Es hat uns immer geholfen, weißt du noch? Rein platonisch, versteht sich.«

Ich kann nicht aufschauen.

»Cassie?« Er streicht mir die Haare über die Schulter. »Ich will nicht mal einen Kuss. Ich will dich nur umarmen.«

Es ist aber nicht nur umarmen. Das war es nie. Mit ihm ist alles viel intimer. Mir bleibt es erspart, ihm zu antworten, weil Elissa im Türrahmen auftaucht.

»Hey, ihr zwei. Wir wollen gleich mit der Durchlaufprobe für die Technik anfangen. Könnt ihr bitte im Kostüm auf die Bühne kommen? Und bringt Geduld mit, Marco macht immer alles extrem gründlich.«

Sie verschwindet, und ich bin irgendwie erleichtert.

Seufzend reicht Ethan mir mein erstes Kostüm. »Das ist doch das Kleid für den ersten Akt, oder?«

Ich nicke.

»Kein Wunder, dass ich mich in dich verliebe.« Er lächelt mich zärtlich an.

In mir kribbelt es, und ich fühle mich auf einmal viel zu verletzlich. Als er geht, rufe ich mich selbst zur Ordnung. Das kann ich heute nicht gebrauchen. Ich muss konzentriert und cool sein.

Ich muss die Kontrolle haben.

»Jetzt sein Hemd aufknöpfen, bitte. Gut. Und den Kopf neigen, als würdest du seine Brust küssen. Okay, super. So halten.«

Ethan lockert den Griff um meine Hüfte, während sich meine Lippen nur Millimeter von seiner Haut entfernt befinden. Marco ruft den Lichttechnikern Anweisungen zu, beschwert sich, dass der Scheinwerfer zu dunkel und die Seitenlichter zu hell sind. Er will die Sexszene dämmrig und stimmungsvoll haben. Dabei scheint im Moment das Hauptproblem seine eigene Stimmung zu sein.

Diese Durchlaufprobe dauert echt ewig. Ich habe noch nie mit einem Regisseur gearbeitet, der sich derartig an Lichteinstellungen aufhängt. Es ist, als würden wir eine Animation in Zeitlupe drehen.

Ich konzentriere mich auf Ethans spärliche Brustbehaarung. Er ist so darauf bedacht, die Distanz zu wahren, dass ich ihn am liebsten schlagen würde.

»Cassie?«

»Hmm.«

»Ich muss dich was fragen, und ich will, dass du mir ganz ehrlich antwortest.«

Ich schiele misstrauisch zu ihm hoch.

»Cassie! Halt den Kopf in Position. Lance stellt gerade das Licht ein. Nicht bewegen!«

Ich starre wieder auf seine Brust.

»Das Gesicht näher ran!«

Ich befolge die Anweisung, wobei meine Lippen ganz leicht seine Haut berühren. Ethan zuckt kurz. »Was willst du mich denn fragen?«

»Hattest du vor kurzem eine psychische Krise und hast beschlossen, mich langsam und schmerzhaft umzubringen? Denn, ich schwöre, deinen Mund so dicht über meiner Haut zu halten, ohne sie zu küssen, ist die grausamste, frustrierendste Version der Hölle.«

Er klingt so erbärmlich, dass ich lachen muss.

»Fuck.« Er seufzt. »Und jetzt bläst du mir Luft über die Brustwarzen? Ich bin kurz vorm Durchdrehen.«

»Okay, Ethan, zieh ihr die Bluse aus.«

Er seufzt wieder. »Und die Folter geht weiter.«

Er knöpft meine Bluse auf und schließt die Augen. »Bitte, Gott, lass Marco sagen, dass ich die Hände auf ihre Brüste legen soll. Bitte.«

»Das kommt doch in der Szene gar nicht vor.«

Er sieht zu mir runter. »Still, Frau. Ich kommuniziere mit einer höheren Macht. Lenk mich jetzt nicht mit deiner komischen Logik ab.«

Langsam hebt er die Hände in Richtung meiner Brust, doch da kommt schon die nächste Anweisung von Marco: »Okay, Ethan, heb sie hoch.«

»Verdammt nochmal.«

Er legt die Arme um mich und hebt mich hoch. Ich verschränke die Füße hinter seinem Rücken. Es fühlt sich seltsam an, das so aus dem Zusammenhang gerissen zu tun. Er fasst mich am Po. Ich ziehe die Augenbrauen hoch.

»So kann ich dich besser halten«, erwidert er ungerührt. »Hat nichts damit zu tun, dass ich deinen Arsch begrabschen will.«

»Und trotzdem tust du genau das.«

»Naja, so halb. Ich weise darauf hin, dass sich meine Hände über und nicht unter deinem Rock befinden.«

Ich weise darauf hin, dass mein Körper sich nichts sehnlicher wünscht, als dass er seine Hände unter meinem Rock hat.

Die Lichteinstellung ändert sich wieder, und Marco brüllt: »Um Himmels willen, Lance! Die beiden sehen aus wie ein riesiger, zweiköpfiger Quasimodo! Kann ich bitte ein bisschen mehr Definition in der Querbeleuchtung haben? Das ist doch lächerlich!«

Lichttechniker rennen neben der Bühne herum wie aufgescheuchte Hühner. Holt senkt mich ein wenig ab, so dass ich auf Höhe seines Schritts hänge. Ich ziehe wieder die Augenbrauen hoch.

»Was?« Er hat seine Unschuldsmiene zwar über die Jahre noch optimiert, aber mich verarscht er damit nicht. »So ist es einfacher, dich zu halten.«

»Das könnte daran liegen, dass ich auf deiner … naja, Erektion sitze.«

»Ich weiß. Ist wie eine Ablage.«

Ich schüttle den Kopf. »Du hast echt null Schamgefühl, was?«

»Das stimmt nicht. Ich hab sehr wohl ein Schamgefühl. Es hat nur heute frei. In letzter Zeit hatte es eine Menge zu tun, jetzt ist es erschöpft und brauchte mal ein bisschen Urlaub.«

»Im Gegensatz zu deinem werten Freund.«

»Der ist selten erschöpft, wenn du in der Nähe bist.«

Er wirkt entspannt, aber das ist nur Show. Ich bekomme große Lust, ihn zu quälen. Marco kommt mir unbewusst zu Hilfe.

»Ethan, trag sie jetzt zum Bett. Cassie, ich will ihn zwischen deinen Beinen haben.«

»O Mann.«

Ethan legt mich auf dem Bett ab und krabbelt zwischen meine Beine. Ich ziehe ihm das Hemd aus und lege die Arme um seinen Hals. Er grummelt irgendwas und lässt den Kopf auf meine Schulter sinken. »Das ist lächerlich. Wieso kann diese Probe nicht von Statisten erledigt werden?«

»Mehr blau!«, brüllt Marco. »Und dreht von hinten ein bisschen pinkes Licht auf!«

Ich versuche, still zu halten. Wenn ich Durchlaufproben nicht eh schon gehasst hätte, würde ich sie jetzt endgültig verabscheuen.

»Alles klar?«, fragt Ethan unvermittelt und stützt sich auf den Ellenbogen auf. »Bin ich zu schwer?«

»Nee, geht.«

»Danke. Hab auch trainiert. Ich hatte mich schon gefragt, wann du es bemerkst.«

»Versuchst du eigentlich, heute besonders nervig zu sein?«

»Nö. Ist einfach so gekommen. Versuchst du mich eigentlich, grad wahnsinnig zu machen, indem du dich so bewegst?«

»Wie denn?«

Er senkt den Blick zwischen unsere Körper. Erst in dem Moment fällt mir auf, dass ich meine Hüfte leicht kreisen lasse.

Mit geschlossenen Augen drückt er sich an mich. Das zusätzliche Gewicht ist angenehm, unterbindet aber meine Bewegung. »Hab Erbarmen, Frau. Du bringst mich um.«

Das Licht wird auf einmal heller.

»Okay, Ethan«, ruft Marco wieder, »jetzt tut mal so, als ob ein bisschen Action bei euch wäre.«

Ethan schnaubt genervt. »War ja klar. Das hat mir gerade noch gefehlt.« Er ruckelt verkrampft mit der Hüfte vor und zurück, immer darauf bedacht, mich nicht wirklich zu berühren.

Böse Gedanken kommen mir in den Kopf, als ich ihn sanft in die Brustwarze zwicke. Ich bin wieder Aphrodite. Er kann nicht verbergen, wie sehr er mich begehrt, und das Gefühl der Macht ist berauschend.

Sein Rhythmus kommt ins Stocken. »Hör auf damit.«

»Wieso?«

»Du weißt genau, wieso.« Seine Stimme ist um eine Oktave gefallen und mehr gehaucht als gesprochen.

»Willst du nicht, dass ich dich berühre? Willst du nicht, dass ich wieder deine Freundin bin?«

»Cassie … bitte … nicht jetzt.«

Ich fahre mit den Fingern über seine Jeans, lächle und mache weiter.

»Das ist nicht lustig. Wir arbeiten.«

Ahhh, da haben wir es wieder. Meine Macht über ihn steht ihm ins Gesicht geschrieben. Ich versuche, die Unschuldige zu spielen, aber das ist nicht gerade meine Paraderolle. Vor allem nicht nach dem, was ich gerade getan habe.

Er zieht meine Hand zwischen uns hervor und fixiert sie

neben meinem Kopf. Er ist sauer. Und zwar so richtig. »Das war völlig daneben«, raunt er mir zu.

Ich senke beschämt den Blick. Ich weiß nicht, was ich sagen soll. Was tue ich da nur?

»Das hast du absolut nicht nötig«, zischt er wütend. »Was auch immer das für ein Spiel ist, das du da spielst, hör einfach auf damit. Du hast mich doch eh in der Hand. Das hattest du immer.«

»Okay, allerseits«, kommt Elissas Stimme über den Lautsprecher. »Wir machen eine halbe Stunde Pause, während das Set für die nächste Szene umgebaut wird.«

Ethan klettert von mir runter und schnappt sich sein Hemd. Dann rauscht er von der Bühne, ohne sich noch mal umzuschauen.

Mein Gesicht glüht vor Scham. Am liebsten würde ich mich verkriechen. Er gibt sich so viel Mühe, mir zu zeigen, dass er sich verändert hat, und ich tue alles, um ihn in unser altes Muster zurückzuziehen. Wieso tue ich das? Weil es vertrautes Terrain ist? Weil ich mich dort sicher fühle? Was zur Hölle bringt uns das?

»Cassie?«

Ich öffne die Augen, Elissa steht vor mir.

»Bist du okay?«

Ich hab das Bedürfnis, hysterisch loszukichern. Wenn ich eins nicht bin, dann okay. »Klar, Elissa. Alles super.«

Sie nickt, aber ihre aufeinandergepressten Lippen verraten mir, dass sie mir diese Lüge nicht abkauft. »Hm-hm. Warum ist Ethan dann eben total wütend davongestürmt?«

Ich setze mich auf und fahre mir durch die Haare. Ethans

Schamgefühl ist vielleicht auf Urlaub, aber meins ist grad sehr präsent. »Ach, du weißt schon, nur das Übliche. Hab meine innere Bitch auf ihn losgelassen.«

Sie nickt wieder. Ihre Missbilligung umgibt mich wie eine giftige Wolke.

»Als deine Inspizientin muss ich dich daran erinnern, dass du mit allen Kollegen in dieser Company professionell umzugehen hast. Als Ethans Schwester erinnere ich dich daran, dass er durch die Hölle gegangen ist, um für dich ein besserer Mensch zu werden. Wenn er also keinerlei Chance mehr bei dir hat, dann sag es ihm lieber gleich und lass ihn mit seinem Leben weitermachen.«

»Meinst du den Unfall?«

Sie stutzt. »Er hat dir davon erzählt?«

»Widerwillig.«

»Dann weißt du ja, was er durchgemacht hat.«

Ich nicke. »Das tue ich. Und ich will ihm eine Chance geben. Aber ich kann mich nicht über Nacht ändern.«

»Das weiß ich. Das konnte er auch nicht. Aber er wollte es. Tust du das auch?«

Marco kommt auf die Bühne gestürmt, er ist sichtlich auf 180. »Elissa! Ich brauche dich. Ich bin kurz davor, Lance das Fell über die Ohren zu ziehen. Du musst mich davon abhalten.«

»Ich komme.«

Sie verlässt die Bühne, und ich bleibe allein auf dem unechten Bett in einem unechten Haus zurück und versuche herauszufinden, wie ich all die unechten Teile von mir zu einer echten Person zusammensetzen kann.

Ich klopfe an die Tür seiner Umkleidekabine.

Keine Antwort. Als ich eintrete, murmelt Ethan: »Ich hab nicht ›herein‹ gesagt.«

»Naja, du hast aber auch nicht gesagt ›Hau ab!‹, also hab ich gedacht, ich kann es riskieren.« Ich schließe die Tür und lehne mich mit dem Rücken an sie.

Er sitzt auf der Couch gegenüber des Spiegels, den Kopf in den Nacken gelegt und bedeckt sich mit dem Arm die Augen. Seine Verärgerung ist verständlich nach dem, was gerade passiert ist.

»Was willst du, Cassie?«

»Reden.«

»Nein, ich meine generell: Was willst du von mir? Sag es mir, denn ich gebe mir hier echt Mühe.« Er rührt sich nicht und sieht mich nicht an.

Ich drücke die Wirbelsäule an die Tür, was mich daran erinnert, dass man Rückgrat braucht. »Tut mir leid.« Es ist nur ein Flüstern. Ich schäme mich. Nach all dieser Zeit hab ich wohl einen Knacks. Ich befürchte, dass er jetzt ein besserer Mensch ist, als ich es je war.

»Du musst dich nicht entschuldigen.« Er reibt sich über die Augen. »Ich hatte einfach diese großartige, romantische Vorstellung davon, wie es sein würde, wenn wir wieder zueinanderfinden. Solche Machtspielchen gehörten nicht dazu.« Er sitzt immer noch unbeweglich da.

Ich gehe zu ihm und setze mich neben ihn aufs Sofa. Ziehe seinen Arm von seinem Gesicht. »Ja, das war bei mir irgendwie nicht angekommen. Tut mir leid, dass war blöd von mir.«

Er sieht mich immer noch nicht an. Stattdessen hat er den

Blick auf seine Hände gerichtet, die am Saum meines Rocks knibbeln.

»Ich wusste nicht, ob ich immer noch solch eine Wirkung auf dich habe«, meine ich schließlich. »Ich dachte … vielleicht …«

Jetzt hebt er den Blick und sieht mich ungläubig an. Er öffnet und schließt den Mund wieder, ohne etwas zu sagen. Dann gibt er ein schnaubendes Geräusch von sich. »Du kennst mich doch, oder? Ich bin's, Ethan. Nächtlicher betrunkener Anrufer. Zwanghafter Arsch-Begrabscher. Schamloser Titten-Glotzer. Immer irgendwie bescheuert in deiner Gegenwart. Wie zur Hölle sollte ich bitte darüber hinweg sein? Wenn überhaupt, dann ist es in den letzten Jahren noch schlimmer geworden.«

Seine Entrüstung amüsiert mich.

Er schüttelt den Kopf. »Was für ein Schwachsinn, dass du keine Wirkung mehr auf mich haben sollst!« Er hält inne. »Also, ich denke, die Frage hätten wir geklärt, oder? War es wenigstens befriedigend, mir zuzusehen, wie ich in Rekordzeit die Selbstbeherrschung verloren habe?«

»Schon ein bisschen.«

Er nickt. »Wenigstens bist du ehrlich.«

Ehrlich. Genau. Er hat mir damals mal gesagt, dass ich entsetzt wäre, wenn ich wüsste, was alles in seinem Kopf vorgeht. Jetzt ist es umgekehrt. Aber ich weiß, dass sich nichts verbessern kann zwischen uns, wenn ich ihm Dinge verheimliche.

Ich atme tief ein. »Elissa hat mich ermahnt, dass ich rausfinden muss, wie das zwischen uns funktionieren kann. Und wenn es nicht klappt, soll ich dich loslassen, damit du dein Leben weiterleben kannst.«

Er dreht sich geschockt zu mir um. »Ich liebe meine Schwester, aber sie muss echt aufhören, dir so dämliche Ratschläge zu geben.«

»Sie versucht nur, dich zu beschützen.«

»Ich brauche ihren Schutz aber nicht.«

»Tust du nicht? Hast du schon mal daran gedacht, dass du vielleicht all deine Hoffnungen auf etwas setzt, das sowieso zum Scheitern verurteilt ist?«

Er stutzt und mustert mich nachdenklich. »Nein. Du etwa?«

Ich muss beinahe lachen. »Ethan, die letzten drei Jahre habe ich an nichts anderes gedacht. Ich meine, der Unfall hat dich dazu gebracht, dich zu ändern und es noch einmal mit mir zu probieren oder was auch immer. Aber bis zu den Proben zu diesem Stück hatte ich doch von alldem keinen Schimmer. Soweit ich wusste, war es aus und vorbei mit uns. Und zwar schon vor langer Zeit. Ich hatte meine Zukunft geplant, und so schmerzhaft es auch war, du hast darin keine Rolle gespielt. Jetzt soll ich mich der Möglichkeit öffnen, dass wir doch wieder ein Paar werden? Ich meine, das musst du doch verstehen, das ist nicht leicht zu verarbeiten. Oder hast du irgendwann vielleicht mal daran gedacht, dass du deinen großen Plan mit mir absprechen solltest?«

»Ich hab versucht, es dir in den E-Mails zu sagen.«

»Das hast du aber nicht. Du hast mir geschrieben, dass du dir Hilfe geholt hast, und dass du gern wieder ein Teil meines Lebens wärst. Aber du hast nur von Freundschaft gesprochen, mehr nicht. Du hast mir nicht mal gesagt, dass du mich liebst, erinnerst du dich?«

Er fährt sich übers Gesicht. »Ich dachte, ich hätte es alles klarer ausgedrückt, aber … Scheiße, Cassie, es tut mir leid. Ich bin nicht gerade geübt darin, die Liebe meines Lebens zurückzugewinnen.« Es geht ihm so leicht über die Lippen. Als wäre es nicht eins der bedeutsamsten Dinge, die er je ausgesprochen hätte.

Liebe meines Lebens.

Es ist so ein Klischee, aber genau das sind wir füreinander. Selbst wenn wir uns jetzt endgültig trennen würden und mit anderen Partnern zusammenkämen, würden wir das immer bleiben. Manche Leute finden das nie. Und ich habe es direkt vor der Nase. Trotzdem kriegen wir es nicht hin.

»Cassie, erinnerst du dich, wie wütend du immer geworden bist, wenn ich so nachdenklich war und nicht mit dir darüber reden wollte?«

»Ja.«

»Naja, ich verstehe gerade, was du gemeint hast, weil es mir auch so geht. Möchtest du vielleicht darüber reden?«

Ich seufze. »Ich denke darüber nach, dass … es sowieso vielleicht alles schon zu spät ist. Manche Wunden heilen nie.«

»Das ist nicht wahr.«

»Und was, wenn doch? Nur weil du leugnest, dass das mit uns ganz böse enden könnte, sind meine Zweifel nicht weg. Ich hab das Gefühl, du glaubst, wenn du einfach ignorierst, wie zerbrochen ich bin, geht es irgendwie von selbst weg. Aber das tut es nicht.«

»Cassie –«

Ich stehe auf und gehe im Zimmer hin und her. Er will wissen, was ich denke? Plötzlich will ich ihm alles sagen. »Und manchmal denke ich, dass der einzige Grund, warum du mich zurückwillst, der ist, dass unser Sex einfach sensationell ist. Aber was, wenn wir davon abgesehen nichts gemeinsam haben?«

»Das ist Quatsch, und du weißt das.«

»Ach, wirklich? Vielleicht sind wir dazu bestimmt, übereinanderherzufallen und dann wieder getrennte Wege zu gehen. Wir haben es beide nicht geschafft, den anderen ganz loszulassen. Oder was, wenn wir am Ende feststellen, dass die Scheiße, die unsere Probleme verursacht, auch unsere Leidenschaft befeuert?«

Er starrt mich an. »Das glaubst du doch nicht wirklich.«

»Vielleicht doch. Ich weiß es einfach nicht mehr.«

Er schüttelt lächelnd den Kopf.

Lächelnd?

Wieso sieht er nicht erschrocken aus? Ich hab ihm gerade meine absolut verrückten Gedanken offenbart, und er wirkt total ruhig. *Was zur Hölle hat diese Therapeutin mit ihm gemacht?* Hat sie ihm seine Angst und seine Panikzustände chirurgisch entfernt?

»Cassie, komm zu mir.« Er ist so ruhig, als wäre er Buddha höchstpersönlich. Wenn Tristan jetzt hier wäre, würde er vor Begeisterung jubeln. »Bitte«, fügt er hinzu, als ich weiter schweigend vor mich hin brüte. »Ich muss dir etwas zeigen.«

Widerwillig gehe ich zu ihm. Er nimmt meine Hände und streicht sanft mit dem Daumen über sie.

»Ich dachte, wir würden es platonisch halten«, erwidere ich, als er mich an der Hüfte packt.

»Tun wir doch.« Er legt die Arme um mich und zieht mich an seinen Oberkörper. Der Kontakt ist fast zu viel für mich. Ein heimtückisches Ziehen setzt sofort ein, was mein Argument unterstreicht, dass unsere sexuelle Chemie unsere Beziehung untergräbt. Ich will das brennende Verlangen beenden, aber er zieht die Arme fester um mich. Atmet und hält mich. Und mit jedem Atemzug entspanne ich mich mehr.

»Atme einfach«, flüstert er mir zu. »Vergiss alles andere.«

Ich schließe die Augen und versuche, der Anweisung zu folgen. Innerhalb weniger Minuten bin ich ganz ruhig. Er streichelt meinen Rücken, und ich sinke in ihn hinein. Die Welt um uns herum hört auf zu existieren.

»Spürst du das?«, flüstert er. »Das ist es, was uns immer wieder zusammenbringt, egal, was wir durchgemacht haben. Das ist der Grund, weshalb ich mich verändern musste und weshalb du nicht einfach davonlaufen kannst. Egal, wie sehr ich dich verletzt habe. Die Art und Weise, wie wir miteinander verschmelzen. Wir haben diesen perfekten Rhythmus, wenn wir zusammen sind, und *das* ist die Essenz unserer Beziehung. Es geht nicht nur um Sex. Es geht um das hier.«

Er schiebt mich ein Stückchen von sich weg, so dass wir uns in die Augen schauen können. »Cassie, ich will mit dir zusammen sein. Für immer. Wenn das bedeutet, dass wir uns jeden Tag für den Rest unseres Lebens auf alle möglichen Arten lieben, dann ist das phantastisch. Wenn es bedeutet, dass wir zusammen sitzen und reden, mit Keuschheitsgürtel um, dann ist das auch gut. Ich will einfach dich. Jetzt. Nächste Woche.

In einem Jahr. In zehn Jahren. Wann auch immer du so weit bist.«

Ich hole Luft, mein Atem bebt. Was er da sagt …

Er streicht mir über die Arme. »Ich wollte in der ganzen Zeit niemanden außer dir«, erklärt er, während er mit den Händen über meine Schultern fährt und mir den Nacken streichelt. »Es gab viele Mädchen, die mich an dich erinnert haben. Sie hatten ähnliche Haare oder Augen oder sogar ein ähnliches Lächeln. Wenn ich die Augen zusammengekniffen habe, hätte ich mir vielleicht vorstellen können, dass du es bist. Aber ich wollte keinen Abklatsch von dir. Seit dir geht Sex ohne Gefühle nicht mehr, und da meine Gefühle alle dir gehören, mit wem hätte ich denn Sex haben sollen? Von dem Moment an, als ich dich getroffen habe, ging es immer nur um dich.«

Ich lege meine Stirn an seine. »Aber –«

»Kein Aber. Wenn unsere Beziehung nur auf Sex basieren würde, denkst du ernsthaft, dass wir die ganze Scheiße durchgemacht hätten? Sex ist einfach. Es ist nur ein Trieb, der befriedigt werden will, und sosehr ich den Sex mit dir auch liebe, was ich von dir will, ist nicht einfach. Es ist kompliziert und schmerzhaft, und es ist so voller Leidenschaft, dass ich keine Ahnung habe, wie ich damit umgehen soll. Aber ich werde einen Weg finden, gerade weil ich dich liebe. Und Liebe ist schwierig, aber sie ist es wert. *Du* bist es wert. Und ich hoffe, dass du eines Tages feststellen wirst, dass ich es auch wert bin.«

Ich habe einen Kloß im Hals und kann nichts sagen.

Ich weiß, dass er es wert ist. Das habe ich immer gewusst.

Ich wusste es schon, ehe er es selbst wusste, ich muss nur aufhören, daran zu zweifeln, dass wir es schaffen können.

»Ethan? Deine Therapeutin … meinst du, ich könnte auch mal zu ihr gehen?«

Er runzelt die Stirn. »Keine Ahnung. Willst du das denn?«

Ich nicke. »Ich muss etwas ändern. Aber ich schaffe es nicht allein. Ich brauche Hilfe. Ich will nicht mehr … so sein.«

Er zieht mich wieder in seine Arme und atmet schwer aus. »Es tut mir leid.«

»Ich weiß.«

»Wir werden das schaffen. Zweifel nicht daran.«

Ich drücke ihn fester. »Das ist mein Plan.«

19 *Emotionale Evolution*

VIER JAHRE ZUVOR
ABERDEEN, WASHINGTON

Mit einer Sucht ist es so eine Sache, sie entwickelt sich meistens schleichend: Man realisiert erst, dass man ein Problem hat, wenn es schon zu spät ist. Auf Zehenspitzen dringt sie nach und nach in die Räume deines Geists und deines Körpers ein, bringt unbemerkt Haken und Seile in deinen Zellen an, bis du nicht mehr weißt, wo du aufhörst und wo die Sucht beginnt. Und dieses Netz zu entwirren ist nahezu unmöglich.

Die Treffen mit Ethan sind zu so einer Sucht geworden. Am Ende des zweiten Jahrs an der Grove hat sich die Frequenz unserer reinen »Sex-Dates« drastisch erhöht. Ich rede mir selbst ein, dass ich die Situation voll unter Kontrolle habe. Jedes Mal, wenn die Intimität der Treffen zu groß wird, verordne ich mir einen mehrtägigen Entzug.

Erst als ich in den Sommerferien nach Hause fahre, dämmert mir, dass ich ein ernsthaftes Problem habe. Die ersten Tage sind noch in Ordnung. Ich schlafe aus. Verbringe Zeit mit meinen Eltern. Höre Musik und wünsche mir Sonnenschein.

Nach einer Woche werde ich kribbelig und unruhig. Ich denke viel zu viel an ihn. An sein Gesicht. Seinen Geruch. Was ich darum geben würde, ihn nur kurz riechen zu dürfen. Als die zweite Woche halb vorbei ist, nehme ich einen Job in einem Restaurant in der Nähe an, einerseits um mich von den Gedanken an ihn abzulenken, andererseits um aus dem Haus zu kommen und meine Eltern nicht immer streiten hören zu müssen. Am Ende der dritten Woche leide ich unter echten Entzugserscheinungen. Bin gereizt und ungeduldig. Ich brauche meine Droge, die sich am anderen Ende des Landes befindet.

Ich schätze, er vermisst mich auch, denn zu Beginn der vierten Woche, als ich gerade auf dem Heimweg von der Arbeit bin, erhalte ich eine Nachricht:

Hey. Elissa hat mich gerade auf den Broadway in *Wicked* mitgeschleppt. Muss zu meiner Schande gestehen, dass es mir gefallen hat. Fürchte, ich muss mir um meine Männlichkeit Gedanken machen. Hoffe, dein Sommer ist weniger lahm.

Ich bin sofort high. Auch wenn es peinlich ist. Ich vollführe einen kurzen Freudentanz und hüpfe die Treppen zum Haus meiner Eltern hoch. Mom und Dad unterbrechen ihr Zanken, um mir Hallo zu sagen, und ich gehe direkt auf mein Zimmer.

Elissa hat dich mitgeschleppt, ja? Von wegen. Ich hab schon immer vermutet, dass du ein heimlicher Musical-Fan bist.

Eine Minute später kommt schon seine Antwort.

Okay, du hast mich erwischt. Wenn ich allein bin, lege ich den *Funny Girl*-Soundtrack auf und gebe meine berühmte Barbara-Streisand-Imitation zum Besten. Ich versinke gerade vor Scham im Boden.

Ich muss lachen, rufe mich aber gleich selbst zur Vernunft. *Verdammt. Nicht gut.*

Ich vermisse den Sex mit ihm, sonst nichts. Nicht die Art

und Weise, wie er meine Hand streift, wenn wir uns im Flur vor dem Vorlesungssaal begegnen. Nicht die sehnsüchtigen Blicke, die er mir zuwirft, wenn er sich unbeobachtet fühlt. Nicht, dass er mich regelmäßig im Treppenhaus oder in dunklen Ecken beiseitezieht, nur um mich schnell zu küssen.

Ich vermisse nur den Sex. *Merk dir das!*

Ich schließe die Augen und versuche, meinen Puls zu beruhigen, während ich dem Drang widerstehe, ihm noch mal zu schreiben.

Sich selbst einzugestehen, dass man ein Problem hat, ist der erste Schritt zur Besserung. Ich gestehe mir gar nichts ein.

Ich vermisse ihn nicht.

Tue ich echt nicht.

»Um Himmels willen, Cassie.« Ruby klingt genervt, und obwohl wir telefonieren, weiß ich, dass sie gerade mit den Augen rollt.

»Du spielst so leichtsinnig mit dem Feuer, dass du bald lichterloh brennen wirst.«

Wir sind schon über eine Stunde am Telefon. Sie hat mir alles über einen Typ erzählt, den sie kennengelernt hat, und nachdem ich mir viel zu viele Details über ihre sexuellen Erlebnisse mit ihm anhören musste, hat sie angefangen, mich über Holt auszuquetschen. Zu sagen, dass ihr unser derzeitiges Verhältnis missfällt, wäre absolut untertrieben.

Als Ethan und ich angefangen haben, uns wieder zu treffen, wollte ich es erst vor ihr verheimlichen. Doch eines Abends erwischte sie uns in flagranti im Wohnzimmer. Ich glaube, ich hab Ruby noch nie so wütend gesehen. Sie stand einfach da und hat uns angeschrien. Wir hatten nicht mal die Gelegenheit, uns anzuziehen, sondern mussten unsere Blöße notdürftig mit Sofakissen bedecken. Danach hat sie zwei Tage nicht mit mir geredet. Sie war stocksauer, dass ich wieder mit Ethan Kontakt hatte und dass ich sie angelogen hatte. Ich schwor mir, ihr nie wieder etwas zu verheimlichen.

Jetzt schnaubt sie missbilligend.

»Was soll ich denn machen, Ruby? Den Kontakt völlig abbrechen?«

»Das sage ich ja nicht. Ich will nur, dass du vorsichtig bist. Wenn du mehr als eine reine Fickbeziehung mit ihm haben willst, dann solltest du es vielleicht mal für 'ne Weile sein lassen. Ich meine, er hat doch nicht urplötzlich all seine Probleme abgelegt, oder?«

»Nein, aber *er* hat doch angefangen Nachrichten zu schreiben. Ich melde mich nie bei ihm. Ich reagiere nur.«

»Was dir ungefähr gar nichts bringt, weil er eh wieder abhaut, wenn es Richtung Beziehung geht.«

»Ich weiß. Aber er ist irgendwie … anders. Offener. Glücklicher. Ich weiß auch nicht.«

»Ja, na gut, vielleicht sollte ich aufhören, mich zu beschweren. Du bist immerhin nicht mehr ganz so launisch, seit du mit ihm vögelst. Allerdings schuldest du mir noch Geld für die ganzen Kondome, die du mir geklaut hast.«

»Die bezahl ich dir. Außerdem nehme, ich jetzt die Pille.«

»Echt? Ihr könnt es also jetzt ohne machen? Super. Da hab ich ja was, worauf ich mich freuen kann, wenn ich euch das nächste Mal überrasche.«

»Dafür hab ich mich doch schon tausendmal entschuldigt.«

»Davon gehen die Bilder in meinem Kopf aber nicht weg.«

»Jetzt übertreibst du. Wir hatten doch nicht mal Sex.«

»Ihr wart aber kurz davor. Ich hab alles gesehen. Äh, wirklich alles. Immerhin hat er einen schönen … naja du weißt schon.«

Trotz meines neuen sexuellen Vertrauens laufe ich rot an. »Also, bei den vielen Typen, die du schon gesehen hast, will das ja etwas heißen.«

»Aber hallo!«

Wir lachen beide. Ich vermisse sie echt total.

Unglücklicherweise vermisse ich Ethan noch mehr.

Es ist Freitagabend, und im Restaurant ist die Hölle los. Ich bin völlig am Rotieren, und obwohl ich mir einrede, ich bekomme alles hin, werde ich mit jeder Minute panischer.

»Die Bestellung ist fertig!«

Ich wische mir eine Haarsträhne aus der Stirn und eile zur Durchreiche von der Küche, um das Essen abzuholen. Hin und zurück. Lächeln und abstellen.

»Bitte schön. Guten Appetit.«

Irgendwann ist der größte Schwung an Gästen endlich weg, und ich kann gegen neun Uhr meine erste Pause machen. Völlig erledigt und hungrig schnappe ich mir einen Burger und gehe durch den Hinterausgang in den Hof, um in Ruhe zu essen. Mein Handy vibriert.

Hatte heut 'ne geniale Idee. Hab ein T-Shirt entworfen mit der Aufschrift »I got boned at The Museum of Natural History«. Hab es zu Threadless gebracht und 'ne Million Dollar verdient. Avery hat gleich ein Dutzend gekauft. Werd jetzt die Uni schmeißen und zum schmierigen Schnösel mutieren. Meine Zeit verbring ich in Bars, dann heirate ich eine Hotelerbin und stelle schlechte Amateur-Sexvideos ins Netz. War nett, dich kennengelernt zu haben. Hochachtungsvoll, Ethan (alias, der T-Shirt-Baron).

Ich schüttle lachend den Kopf und schreibe zurück.

Ich sag es dir nur ungern, Baron, aber Chandler von Friends hatte diese Idee schon vor Jahren. Schätze, du musst dich doch weiter mit dem Pöbel auf der Grove abgeben. Muss scheiße sein, du zu sein.

Fuck. Okay, Plan B: Eigene Reality-Show, verkorkster Lifestyle eines C-Promis und Verhaftung wegen Alkohol am Steuer. Dann auf Filmangebote warten. Schnaps trinken. Mädchen flachlegen. (Nur Spaß. Das einzige Mädchen, das ich flachlege, bist du. Also, nicht jetzt gerade, weil du am anderen Ende des Landes bist, aber … wenn du wieder da bist. Abgemacht?)

Verdammte Axt. Was soll ich denn darauf antworten?

Vielleicht.

Mach es mir doch nicht so schwer. Das ist gemein. Sag einfach ja. Oder, ja LIEBEND gern.

Ich muss lachen.

Liebend gern.

Es folgt eine SMS mit zwei kleinen Sternchen:

Stell dir vor, ich hätte ein High-Five-Emoticon erfunden und hier eingefügt. Bis in vier Wochen. Ich bin der mit dem notgeilen Blick.

Er unterschreibt mit einem Smiley, erneuten Sternchen und dem Zusatz: *Das wäre mein Ich-freue-mich-darauf-von-dir-flachgelegt-zu-werden-Emoticon.*

Ich pruste nur so los. Mit einem Mal sind meine schmerzenden Füße und mein verschwitzter Rücken vergessen. Dank ihm grinse ich grenzdebil vor mich hin, und als ich wieder ins Restaurant gehe, fragt mich eine der anderen Kellnerinnen, ob ich gerade einen Quickie auf dem Parkplatz gehabt habe.

Meine Eltern zanken sich schon wieder. Streiten wie Kinder über belangloses Zeug. Über nichts. Und alles. Ich würde gern fliehen, aber diesen Sommer regnet es ständig. Ich setze meine Kopfhörer auf und drehe die Musik auf.

Ich höre Radiohead. Ethan legt das immer auf, wenn ich bei ihm bin. Wenn ich die Melodien höre, stelle ich mir vor, dass er hier bei mir ist und die Arme um mich legt. Mein Handy klingelt plötzlich, und als ich seinen Namen auf dem Display sehe, stockt mir der Atem.

O Gott.

Er ruft mich an.

Er ruft sonst nie an. Er schreibt nur Nachrichten.

Ich sollte nicht so aufgeregt sein. Ich lasse es klingeln. Will nicht so leicht erreichbar wirken.

Zwei- … dreimal klingelt es. Beim vierten Klingeln gehe ich dran und tue möglichst unbeteiligt.

»Hallo?«

»Hey.«

»Äh … hey. Wer ist dran?« *Sehr schön, Cassie. Lass ihn ruhig ein bisschen zappeln.*

»Ich bin's, Ethan. Hast du das nicht auf dem Display gesehen? Oder hast du mich unter *Weltbester Liebhaber* gespeichert?«

Seine Stimme zu hören macht mich total nervös. Aber das würde ich ihn nie wissen lassen, also räuspere ich mich und versuche, gelangweilt zu klingen.

»Oh, hey.«

»Hey.«

Das ist extrem seltsam. So was machen wir sonst nicht.

»Wieso rufst du an?«

»Äh … Naja, ich weiß auch nicht, ich dachte nur …« Er nuschelt verdächtig.

»Ethan, bist du betrunken?«

»Nicht völlig.«

»Betrunken sein ist wie schwanger sein. Entweder ist man es oder nicht.«

»Dann bin ich es nicht.«

»Betrunken oder schwanger?«

»Beides. Obwohl … ich bin mir nicht sicher. Ich hatte meine Tage letzten Monat nicht. Also bin ich vielleicht schwanger.«

Ich grinse unwillkürlich. »Ach, wirklich?«

»Ja. Was sind weitere Symptome für eine Schwangerschaft? Ich mach mir ein bisschen Sorgen.«

Wenn ich die Augen schließe, sehe ich ihn vor mir, wie er auf seinem Bett liegt und sich durch die strubbeligen Haare fährt. In meiner Vorstellung trägt er kein T-Shirt und streicht sich mit der anderen Hand gedankenverloren über den Bauch. Dann fällt mir auf, dass er in Wirklichkeit eine Hand braucht, um das Telefon zu halten. Aber meine Phantasie ist heißer, also bleibe ich dabei.

»Cassie?«

»Hmmm?«

»Ich hab hier ’ne Panikattacke, dass ich schwanger sein könnte. Du solltest mich lieber ein bisschen aufbauen.« Er lallt. Es klingt wie mischliebernbissschenafbun. Es ist irgendwie putzig.

»Okay, sorry. Also, ich hab im Aufklärungsunterricht in der Schule nicht richtig zugehört, aber ich glaube, unter den ersten Anzeichen ist Müdigkeit. Bist du erschöpfter als sonst?«

»Ja. Sehr.«

»Leicht reizbar?«

»Scheiße, ja. Megaleicht reizbar.«

»Okay, das ist ja nichts Neues.«

»Halt die Klappe.«

»Sag ich doch!«

»Was sonst noch?«, fragt er, ohne auf meinen Kommentar einzugehen.

»Schmerzempfindliche Brüste?«

»Hmm. Moment.«

Ich höre Rascheln. »Was tust du?«

»Zieh mein Shirt aus, um meine Brüste zu checken. Warte ... hmmm ... ja. Schon ein bisschen schmerzempfindlich.«

Natürlich habe ich sofort das entsprechende Bild vor Augen, wie er sich über die nackte Brust fährt. »Deine ... Brust tut weh?«

»Ja.«

Er räuspert sich. »Vielleicht solltest du herkommen und sie küssen, damit es weniger weh tut.«

Ich erstarre. Wird das jetzt Telefonsex? Das wäre was Neues. Ich meine, manchmal flüstert er mir im Unterricht Sachen zu, die mich zum Erröten bringen, aber er hat mich noch nie für so was angerufen.

»Cassie? Alles okay?«

Vielleicht. Bin mir nicht sicher. Mein Brustkorb zieht sich schmerzhaft zusammen.

»Ich hätte nicht anrufen sollen.«

»Wieso hast du es getan?«

Er zögert mit der Antwort. »Ich hab hier gelegen und an dich gedacht und … Glaub, ich wollte einfach mit dir reden.«

»Oh.« *Frag ihn, warum. Schau, ob er die Eier hat, dir die Wahrheit zu sagen.*

Natürlich tue ich es nicht. Was wir haben, funktioniert derzeit ganz gut. Wir haben körperlichen Kontakt, nicht mehr und nicht weniger, und niemand wird verletzt. Es gibt bei uns kein »Ich hab angerufen, weil ich dich vermisse« und kein »Ich vermisse dich, weil ich dich liebe«. Wir befinden uns in einer emotionalen Wüste mit einer Sex-Oase darin, und wir sind beide zufrieden damit.

»Also …«, versucht er, das peinliche Schweigen zu brechen, »was treibst du so?«

»Äh … ich hab einen Job.«

»Echt?«

»In einem Restaurant. Ist ziemlich ätzend, aber ich brauche das Geld. Und du?«

»Ich hab ein paar Schichten bei der Baufirma übernommen, für die ich früher gearbeitet habe. Ist ziemlich anstrengend, aber die Bezahlung ist gut.«

»Hm-hm.«

Wir verfallen wieder in Schweigen. Ich widerstehe mühsam dem Drang, ihm zu sagen, dass ich ihn vermisse.

»Naja, ich muss dann mal wieder.« Er spürt es also auch.

Wir können nicht plötzlich wie normale Freunde am Telefon plaudern. Nachrichten schreiben ist etwas anderes. Dabei lässt sich eine gewisse Distanz wahren. Alles Weitere würde uns wieder in die Grauzonen einer Beziehung zurückführen.

»Ja, okay. Danke für deinen Anruf.«

Er lacht. »Klar, gern geschehen. Hat ja auch Superspaß gemacht, wie wir uns angeschwiegen haben. Ich schreib dir wohl nächstes Mal lieber wieder.«

»Okay. Alles klar. Ciao.«

»Nacht, Cassie.«

Ich lege auf und seufze. Es ist besser so.

Einfacher.

Sicherer.

Nach dem furchtbar peinlichen Telefonat rechne ich nicht damit, so schnell wieder von Ethan zu hören, aber ich irre mich. Statt zwei- bis dreimal pro Woche schreibt er mir auf einmal täglich. Manchmal sogar mehrmals am Tag. Meistens irgendwelche Kleinigkeiten, die mich zum Lachen bringen. Was dazu führt, dass ich ihn viel zu sehr vermisse. Nicht nur den Körperkontakt mit ihm. Sondern ihn. Ich antworte immer. Unser Chat nimmt lächerliche Ausmaße an. Es wäre garantiert einfacher, miteinander zu telefonieren, aber wie immer in unserer Beziehung nehmen wir nicht den einfachen Weg.

Als der Sommer sich dem Ende neigt, zähle ich ungeduldig die Tage, bis ich zurück nach Westchester fahre. Ich vermisse inzwischen einfach alles: meine Wohnung, die Uni, meine Kommilitonen, Ruby, sogar Rubys grauenhafte Kochkünste.

Alles.

Aber besonders ihn.

Als ich gestern ins Bett bin, haben meine Eltern wie immer unten gestritten. Jetzt komme ich in die Küche, und die beiden sitzen schweigend am Frühstückstisch. Ich weiß sofort, dass etwas nicht stimmt.

»Cassie, Liebes, setz dich.« Dad umklammert seine Kaffeetasse. Moms Augen sind gerötet.

Ein seltsames Gefühl von Panik überkommt mich, und ein nervöser Schauer läuft mir über den Rücken. »Was ist los?« Noch bevor sie etwas sagen, weiß ich es.

»Liebling, dein Dad und ich müssen dir etwas sagen. Wir … naja, wir …« Mom bricht ab. Dad legt seine Hand auf ihre und starrt auf den Tisch.

»Ihr lasst euch scheiden.«

Mom schlägt sich die Hand vor den Mund und nickt. Ich nicke auch.

Dad sieht mich an. »Das hat nichts mit dir zu tun, Kleines. Deine Mom und ich … wir sind nicht mehr gut füreinander. Wir lieben uns, aber wir können nicht zusammenbleiben.«

Ich nicke und beiße die Zähne zusammen. Ich werde nicht weinen. Ich starre auf die Tischmitte. Konzentriere mich darauf, wie es weitergehen soll. Dad wird im Haus wohnen bleiben. Mom wird zu ihrer Schwester ziehen. In den Sommerferien kann ich zwischen beiden Orten hin- und herwechseln. Sie fragen mich, ob es mir gutgeht. Ich nicke stumm. Mom versucht, mich dazu zu bringen, etwas zu essen. Ich beiße einmal von meinem Toast ab und hab das Gefühl, mich sofort übergeben zu müssen. Ich murmele eine Entschuldigung und laufe ins Bad.

Als das Duschwasser über mein Gesicht läuft, tue ich so, als würde ich nicht weinen.

Ich ärgere mich über mich selbst. Ich bin immerhin 20 Jahre alt. In einem Monat 21. Ich sollte nicht am Boden zerstört sein, weil sich meine Eltern trennen. Vor allem weil ich weiß, dass es besser für beide ist.

Und doch schmerzt es in meiner Brust.

Wenn ich daran denke, nach Hause zu kommen und sie nicht beide dort anzutreffen, macht mich das unglaublich traurig. Mir vorzustellen, dass meine Mom aus dem Haus auszieht, in dem ich aufgewachsen bin, und ein neues Leben ohne meinen Dad anfängt, tut weh. Dass Dad fortan für sich selbst sorgen muss, fühlt sich merkwürdig an.

Auf der Fahrt zum Flughafen tue ich weiter so, als wäre alles okay. Vielleicht brauche ich einfach ein paar Monate, um es zu verarbeiten. Ich umarme sie zum Abschied und sage ihnen, dass ich sie an Weihnachten sehe, obwohl ich nicht mal weiß, wo wir Weihnachten dieses Jahr verbringen werden. Feiern wir überhaupt zusammen? Oder muss ich zwischen den beiden hin- und herpendeln?

Der Rest der Reise vergeht wie im Nebel. Ich steige ins Flugzeug. Schlafe ein. Steige aus. Sitze mit glasigem Blick im Warteraum. Steige ins nächste Flugzeug. Ich fühle mich seltsam fehl am Platz.

Einsam.

Gestern Abend habe ich mit Ruby telefoniert und ihr erzählt, was passiert ist. Ich habe mir Mühe gegeben, unbeteiligt zu wirken, aber sie hat mich sofort durchschaut. Sie hat mir sogar angeboten, ihr Wochenende abzukürzen und mich vom Flughafen abzuholen, aber das konnte ich ihr nicht antun. Sie ist gerade so glücklich mit ihrem neuen Typ, da sollte sie die letzten Tage genießen, bevor die Uni wieder losgeht. Das neuste Opfer der epidemischen Scheidungsrate in Amerika trösten zu müssen ist kein gutes Alternativprogramm.

Nach der Landung des Flugzeugs warte ich, bis die anderen Passagiere weg sind, und nehme mir als Letzte meinen Rucksack und gehe zum Ausgang. Die Flugbegleiter sind nervtötend freundlich, als sie mich verabschieden. Überall in der Ankunftshalle umarmen und küssen sich Menschen, begrüßen ihre Lieben. Ich bleibe kurz stehen und beobachte das Geschehen. Der Durchgang ist blockiert, und ich hoffe, dass etwas von ihrem Glück auf mich abfärben könnte. Außerdem habe ich es sowieso nicht eilig, mir ein Taxi zu meiner leeren Wohnung zu nehmen.

Als die Familie vor mir sich schließlich voneinander löst und weitergeht, fällt mein Blick auf eine vertraute Figur am Ausgang. Mir stockt der Atem. Er steht einfach da. Groß. Wuschelige Haare. Dunkle Kleidung. Nachdenkliches Gesicht. Er wirkt angespannt, als ob er befürchtet, ich könnte sauer sein, ihn hier zu sehen.

Das bin ich nicht. Genaugenommen bin ich so froh, dass ich heulen könnte. Er bemerkt meinen rührseligen Gesichtsausdruck, denn er nimmt die Hände aus den Hosentaschen und kommt auf mich zu.

Er sieht gut aus. So verdammt gut.

Sein Gang ist geschmeidig, wirkt aber gehemmt. So als müsste er sich davon abhalten, zu mir zu rennen und mich vor allen Leuten durch die Luft zu wirbeln. Stattdessen nimmt er mir den Rucksack ab und stellt ihn auf dem Boden ab. Dann legt er die Arme um mich und zieht mich sanft an sich. Ich falle ihm um den Hals, und als er mir leise zumurmelt »Tut mir leid, mit deinen Eltern. Das ist echt beschissen«, drücke ich das Gesicht an seine Schulter, um nicht weinen zu müssen.

Der Rest der Welt versinkt um uns, während er mich festhält und mir über die Haare streicht.

Die Leute um uns herum zerstreuen sich allmählich, und ich stehe einfach da und lasse mich von ihm halten. Sosehr ich mich heute nach Trost gesehnt habe, mir war bis zu diesem Moment nicht bewusst, wie sehr ich ihn dafür gebraucht habe.

»Ich hab dich vermisst«, flüstert er.

Ich erwidere es, und einfach so zerplatzt die hauchfeine Illusion, dass wir eine rein körperliche Beziehung geführt haben.

Bei meiner Wohnung angekommen schließt Ethan die Tür auf und trägt meinen Koffer ins Schlafzimmer. Es ist bereits spät, und ich bin völlig erledigt. Ethan umarmt mich wieder. Er ist so warm und fühlt sich so gut an, dass ich direkt in seinem Arm einschlafen könnte. Das Einzige, was mich davon abhält, ist mein Bedürfnis, den Reisedreck loszuwerden.

»Ich muss dringend duschen.«

»Okay. Soll ich dir was zu essen machen?«

»Wir haben nichts da.«

»Ich könnte schnell losgehen und was einkaufen.«

Er muss dringend aufhören, so süß zu sein. Ich stecke eh schon in Schwierigkeiten. »Nein, danke.« Ich schiebe ihn zu meinem Bett. »Setz dich einfach da hin. Ich brauch nicht lang.«

Ich schnappe mir meinen Bademantel und husche ins Bad. Als mir das warme Wasser über den Körper läuft, wird mir ganz wohlig. Ich seife mich zweimal ein und putze mir nach dem Duschen schnell die Zähne. Dann gehe ich zurück in mein Zimmer, wo er noch genauso dasitzt, wie ich ihn zurückgelassen habe.

Er beobachtet mich, und ich fühle sofort, dass er mich begehrt. Der vertraute Machtrausch stellt sich ein, doch da ist noch etwas anderes. Es lässt meine Haut kribbeln und mein Herz flattern, denn ich weiß, dass dies einer der Momente ist, der etwas definieren wird.

Mich.

Uns.

Der Gedanke lässt mich erstarren. Wir waren schon oft an diesem Punkt, und immer war ich es, die sich nach vorn gewagt hat. Die mehr wollte.

Aber dieses Mal nicht.

Er ist am Zug. Tut er es nicht, werde ich weggehen müssen, bevor mein Herz noch weitere Narben bekommt. Ich warte.

Er zögert nur kurz, dann steht er auf und kommt auf mich zu. Er nimmt meine Hände und zieht mich an sich. Küsst mich. Zärtlich. So zärtlich. Warme Lippen und weiche Zunge.

Innerhalb von Sekunden pulsiert mein Blut, aber ich lasse nicht zu, dass mein Verlangen die Überhand gewinnt. Ich muss jetzt klug sein und entscheiden, ob ich ihm folge.

Seine Küsse werden gieriger, obwohl er immer noch bedächtig wirkt – als ob er wüsste, dass ich beim kleinsten Fehltritt davonlaufen könnte. Er lässt eine Hand an meiner Wange liegen, während er mit der anderen nach dem Band meines Bademantels greift und den Knoten sachte löst. Fingerspitzen streifen meine Brust, als er den Mantel beiseiteschiebt. Mein Körper ist mit einer Gänsehaut überzogen. Er streift mir den Bademantel von den Schultern, und dieser fällt raschelnd zu Boden. Noch mehr von mir ist entblößt.

Er nimmt sich Zeit. Erst sind es seine Finger, die mich erkunden. Dann folgt der Mund. Seine Küsse sind wie kleine Brandmale, überall verteilt auf meiner Haut. Mir wird schwindlig, und ich muss mich kurz stützen. Er bemerkt es und hebt mich behände hoch, trägt mich zum Bett, ehe er weitermacht, wo er aufgehört hat. Er küsst meine Brust, dann meinen Bauch. Entzündet alles, was er berührt. Dann wandert er tiefer und schiebt meine Knie auseinander. Er stöhnt, als er den Mund auf mich senkt. Ich drücke den Rücken durch und lasse ihn seine Phantasien ausleben.

Es dauert nicht lang, und mein Atem geht schnell. Ich bin dennoch um Beherrschung bemüht. Jetzt überwältigt mich meine Lust. Ich packe ihn am Kopf. Greife in seine Haare, ziehe ihn heftiger an mich heran.

Plötzlich hört er auf.

Ich will ihn dazu bringen weiterzumachen, doch er entzieht sich mir. Die Matratze bewegt sich, als er aufsteht.

Ich öffne panisch die Augen.

Aber er zieht nur seine Schuhe aus. Schleudert sie beiseite und entledigt sich auch der Socken. Währenddessen räuspert er sich leise. Ich denke kurz, dass er nervös ist, aber das ist er nicht. Er will, dass ich ihm ins Gesicht schaue. Dann zieht er sich langsam aus. Zuerst fällt sein Shirt zu Boden. Er hält inne. Das hat er noch nie gemacht. Er schüttelt den Kopf, als könnte er selbst nicht glauben, dass er für mich strippt.

Ich beobachte ihn fasziniert.

Er hält meinen Blick. Dann knöpft er seine Jeans auf und schiebt sie langsam nach unten. Er trägt jetzt nur noch seine Boxershorts. Mir wird bewusst, wie wenig ich ihn während unserer sexuellen Abenteuer angesehen habe. Ihn so zu betrachten erscheint mir irgendwie krass intim. Als sollte ich das nicht tun, weil er mir nicht gehört. Doch er erzwingt diese Intimität geradezu, streift schnell seine Unterhose ab und steht bloß da. In seiner nackten Pracht.

Ob er bemerkt, wie sich alle Blutgefäße in meinem Körper weiten und mich mit Hitze überfluten? Die Stille dehnt sich aus. Er steht nackt vor mir, fragt still um Erlaubnis.

Wofür?

Ich habe nicht den Mut, ihm zu antworten. Mein Herz rast wie wild. Ich lege mich aufs Bett zurück, vergrabe mich unter der Decke. Er ist sofort bei mir, warm und tröstend. Küsst mein Gesicht, befreit mich aus den Laken.

»Es ist spät«, meint er leise. »Soll ich lieber gehen?«

Ich will nicht, dass er geht. »Es ist noch nicht so spät«, entgegne ich.

»Ist es zu spät?«

Ich öffne die Augen. Er sieht mich an, sein Blick durchbohrt mich. Er fragt mich nicht nach Zahlen auf der Uhr. Meine Gedanken überschlagen sich, während ich fieberhaft nach den richtigen Worten suche.

Unsere Beziehung ist wie ein chinesisches Knobelspiel, und jedes Mal, wenn ich denke, ich habe einen Ansatz gefunden, treibt es uns doch wieder auseinander. Wird es je eine Zeit geben, in der wir nur vorwärtsgehen?

»Sag mir, dass es nicht zu spät ist«, flüstert er leise in mein Ohr. »Es darf einfach nicht zu spät für uns sein.« Er küsst meinen Hals, und ich schließe die Augen.

Das ist der Moment. Der eine, in dem ich wählen darf. Von hier aus gabelt sich meine Zukunft in zwei verschiedene Richtungen. In der einen Version ziehe ich ihn auf mich und mache mit ihm Liebe. In der anderen stoße ich ihn weg und finde mich damit ab, dass ich mich immer fragen werde, was gewesen wäre wenn. Aber ich bin kein Spielertyp. Ich habe nie verstanden, wie manche Leute süchtig nach Spielen werden können, in denen sie einen sehr hohen Einsatz riskieren. Dabei wissen sie selbst am besten, dass die Wahrscheinlichkeit nicht auf ihrer Seite ist. Trotzdem riskieren sie mehr, als sie sich leisten können.

Genau jetzt, in diesem Moment habe ich das Gefühl, diese Menschen zu verstehen. Die Angst vor dem Verlust ist zwar groß, doch es ist der Glanz dieses einen spektakulären Gewinns, der sie antreibt. Der goldene Jackpot mit einem riesigen Scheck von der Glücklich-bis-an-ihr-Lebensende-Bank. *Das* ist der Motor, der sie dazu bringt, immer wieder in ihre Taschen zu greifen und das Herzklopfen zu überlisten.

»Cassie?«

Die Chancen stehen schlecht.

1:1000

1:2000

1:70000

Die zweite Zahl ist eigentlich egal. Es ist die *eins*, die Menschen dazu bringt, das Risiko einzugehen. Diese trügerische, magische *eins*.

»Bitte, sieh mich an.«

Ich tue es. Ich schaue ihn an und sehe. Ich sehe direkt in sein Herz. Sein gutmeinendes Herz. Ich sehe sein Ego. Ramponiert und launisch. Dann küsse ich ihn stürmisch. Er zuckt überrascht und erwidert sofort meinen Kuss.

Ich ziehe ihn auf mich. Versuche, die »Nur Sex«-Linie zu überwinden. Das hier ist doch viel mehr. Irgendwann zwischen dem letzten Mal, als wir Sex hatten, und unseren endlosen Nachrichten-Konversationen habe ich die Fähigkeit verloren, meine Gefühle wegzupacken. Und auf einmal ist »Nur Sex« keine Option mehr. Mein Griff an seiner Hüfte wird fester.

»Hey, Cassie, warte ...« Er senkt den Kopf, doch ich umklammere ihn mit einer kühnen Verrücktheit.

Unsere Körper beginnen zu singen. Er stöhnt langgezogen, als seine Hüfte schließlich an meiner liegt. Fühlt er auch diesen kleinen Funken Hoffnung?

Ich will mich bewegen, die Leidenschaft fühlen, aber er hält mich fest.

»Halt. Warte.« Ganz langsam und vorsichtig gibt er mir einen Kuss auf die Wange, dann auf den Mund. Und mit der gleichen Sanftheit dringt er dann endlich in mich ein. Er fickt mich nicht. Er will, dass ich das fühle. Als wollte er mir seine Absichten ganz klar verdeutlichen. »Ich will mit dir zusammen sein. Bitte.«

Seine Bewegungen werden drängender. Er hebt meine Beine an seine Hüfte. Gleitet tiefer in mich hinein und beobachtet meine Reaktion. »Bitte sag etwas.« Seine Stimme ist tief und emotional. »Sag einfach ja«, bringt er atemlos hervor. »Ich hab es so verdammt satt, ohne dich zu leben. Geht es dir nicht auch so? Hast du etwa Lust, so zu tun, als wolltest du mich nicht? Ich glaube wirklich, dass ich es dieses Mal schaffe. Das mit uns. Bitte, ich will es versuchen.«

Seine Bewegungen werden ungleichmäßiger, aber er schaut nicht weg. »Cassie, bitte.« Er kann sich kaum noch zurückhalten.

Wie könnte ich nein sagen. Er ist vielleicht die schlechteste Partie, die ich je gemacht habe, aber er ist vielleicht auch meine *eins*. Der Eine. Wie könnte ich diese Chance nicht ergreifen? »Ja.«

Unendliche Erleichterung macht sich auf seinem Gesicht breit. Und dann fliegen wir: so hoch und so schnell, dass ich nicht weiß, wie mir geschieht. Ich wiederhole dieses kleine Wort »Ja« immer und immer wieder.

So lang hab ich mich gegen diese Einsicht gewehrt, aber mein Herz … Ich habe versucht, es hart zu machen gegenüber den Dingen, die ich nicht fühlen wollte, und doch liege ich jetzt hier und werde von einer Welle der Gefühle mitgerissen.

Ich habe noch nie so etwas gefühlt.

Emotionen toben in mir, ich bin wie in einem Rausch, der niemals aufzuhören scheint. Ich fasse ihn an den Schultern.

Streichle seine Haare und halte ihn, so lange wir zitternd daliegen.

»Cassie – ich … Gott … ich liebe dich. Ich liebe dich.«

So stark unser Herz sein kann, so ist es eigentlich nur von einer Eierschale umgeben, die manchmal allein dadurch einen Riss bekommt, dass jemand, von dem man es nicht mehr erwartet hätte, einem seine Liebe gesteht.

Als wir aufhören zu beben, bleiben wir einfach engumschlugen liegen.

Ich lasse ihn nicht gehen. Ich kann es nicht.

20 *Dann und wann*

GEGENWART
NEW YORK CITY
GRAUTMANN THEATER

Ich klatsche mir warmes Wasser ins Gesicht, um die Reste des Bühnen-Make-ups abzuwaschen. Dann trockne ich mich ab und betrachte die Fremde im Spiegel. Keine extralangen Wimpern, kein Rouge auf den Wangen, keine roten Lolita-Lippen. Nur ich. Blass, fleckige Haut. Olivgrüne Augen, die zu viel gesehen haben, um zu leuchten. Braune Haare, mit Haarspray zugekleistert.

Ich finde mein Aussehen nicht schlecht. Alles ist gut proportioniert, und doch – dieses Mädchen, das mir da entgegenstarrt? Irgendwie habe ich in den letzten Jahren vergessen, wie sehr ich sie mag.

Meine neue Therapeutin hilft mir. In vier Sitzungen haben wir schon einige Dinge angesprochen: meine Kindheit, meine überkritische Mutter, meinen emotional distanzierten Vater, mein Bedürfnis, allen Leuten zu gefallen, die Trennung meiner Eltern – und natürlich Ethan.

Immer wieder Ethan.

Sie ließ mich erzählen, wie wir uns getroffen haben. Wie unser erster Kuss war oder der Moment, als ich mich in ihn verliebt habe. Sie bringt mich dazu, mich an alles zu erinnern.

Ich weiß, dass wir bald auch über die schlechten Zeiten reden müssen. Ich bin nur noch nicht bereit, es alles noch mal zu durchleben.

Es klopft an der Tür.

»Herein.« Ich muss mich nicht umdrehen, um zu wissen, dass er es ist.

Er bleibt hinter mir stehen, ich spüre die Wärme seines Körpers, obwohl er mich nicht berührt. Ich beobachte ihn im Spiegel. Ich frage mich, was er sieht.

»Du warst toll heute Abend.«

Ich schüttle den Kopf. »Nein, du warst toll. Ich hab mich nur davon anstecken lassen.«

»Das war in meiner Erinnerung aber anders.«

»Das liegt daran, dass du immer weißt, was du sagen musst, um mich aufzubauen.«

»Ach, ja? Ich baue dich auf?« Er tritt noch näher an mich ran. Ich spüre nur einen sanften Druck im Rücken, als er sich hinter mich kniet. »Ich will nur, dass es dir gutgeht«, sagt er leise. »Was auch immer es dazu braucht.«

Ich bin mir sicher, dass er nicht die Absicht hat, mich mit dieser Aussage zu erregen, doch das tut er. Aber in den Gesprächen mit Dr. Kate habe ich erkannt, dass diese unkontrollierbare Sexualität ein riesiger Schritt in die falsche Richtung wäre. Zumindest im Moment. Er weiß es auch und ist extrem darauf bedacht, unseren Kontakt außerhalb der Bühne so platonisch wie möglich zu halten.

»Dir ist bewusst, dass du wunderschön bist, oder?«, sagt er zu meinem Spiegelbild, und ich lehne mich an ihn.

»Ich bekomme Falten.«

Er legt nun doch die Arme um mich. »Quatsch.«

»Vom Bühnen-Make-up bekomme ich unreine Haut.« Ich verschränke meine Finger mit seinen, er legt das Kinn auf meiner Schulter ab.

»Ich auch. Und?«

»Damit hört es noch lang nicht auf: Ich hab neulich ein Haar an meinem Kinn entdeckt. Ein langes dunkles Haar, das aus einem Leberfleck rausgewachsen ist. Ich verwandle mich langsam in eine Hexe. Du solltest besser schnell das Weite suchen.«

Er kichert und drückt die Nase an meine Wange. »Ich gehe nirgendwohin. Und bitte hör auf, mich davon überzeugen zu wollen, dass du etwas anderes als absolut wunderschön bist, denn es klappt eh nicht. Du bist perfekt. Das warst du immer. Und wirst du immer sein. So wie du bist. Pickel, Falten, Hexenhaare hin oder her.«

Das geht runter wie Butter. Ich grinse. »Du bist nicht objektiv«, entgegne ich und löse mich von ihm, um etwas Puder aufzulegen.

Er lehnt sich gegen den Schminktisch und beobachtet mich. »Absolut nicht objektiv. Und stolz darauf. Nimm noch etwas Lipgloss.«

Ich drehe mich zu ihm um. »Was? Du hast mir doch gerade gesagt, dass du mich so magst, wie ich bin?«

»Tue ich ja auch. Ich mag es aber auch, wie du die Lippen so schürzt, wenn du Lippenstift aufträgst. Das ist total sexy.« Er zieht einen Stuhl ran und setzt sich. »Wenn ich's mir recht überlege, trag ihn auf und wasch ihn wieder ab. Dann leg ihn wieder auf.«

Ich lächle und greife zum Lipgloss. Ich schraube ihn auf und halte Ethan das Stäbchen hin. »Ist es das, was du willst, big boy? Dieses kleine, feuchte Schwämmchen, das über meine Lippen fährt? Erregt dich das?«

Er lacht schallend und verstellt seine Stimme: »Du quälst mich mit Bildern, gegen die ich keinerlei Abwehr habe. Und das weißt du. Bedeutet dir meine dreijährige Durststrecke gar nichts, du Lipgloss-Göttin? Meine Zündschnur ist hier momentan echt nicht lang.«

»Da ich keine Zündschnur gesehen hab, muss sie verdammt kurz sein.«

Er seufzt und geht in Richtung Toiletten. »Warte hier. Bin gleich wieder da.«

Ich lache, als er die Tür hinter sich schließt. Etwa drei Minuten später ist er wieder da. Er setzt sich auf die Couch, während ich meine Sachen zusammenpacke.

»Und, wie findest du Dr. Kate?« Er versucht offenbar, unser Gespräch wieder auf ein jugendfreies Level zu bekommen.

»Sie ist toll. Auch wenn ich es ein bisschen seltsam finde, sie Dr. Kate zu nennen. Ich denke dauernd, sie müsste eine eigene Talkshow haben wie Dr. Drew oder so.«

»Ja, aber im Gegensatz zu Dr. Drew ist Kate ihr Nachname.«

Ich stutze. »Ich dachte, es wäre ihr Vorname?«

»Ist es auch.«

»Aber … das würde ja bedeuten, sie heißt –«

»Kate Kate. Genau. Sie hat so einen reichen Immobilien-Fuzzi geheiratet. William Kate.«

»Hm. Das wäre ja so, als würde ich Taylor Swift heiraten. Dann würde sie Taylor Taylor heißen.«

Seine Augen blitzen auf. »Dann lass uns den Gedanken mal weiterführen. Wie wäre eure Hochzeitsnacht so?«

Ich gebe ihm einen Klaps auf den Oberschenkel.

»Nein, jetzt mal im Ernst.« Er lehnt sich nach vorn. »Ich würde es wirklich gern wissen. Fang am besten da an, wo ihr euch leidenschaftlich küsst und euch gegenseitig auszieht.«

Ich muss lachen.

Er beobachtet mich eine Weile stumm beim Packen. »Also, falls du und ich heirateten, würdest du dann meinen Namen annehmen? Oder würdest du erwarten, dass ich mich dann Ethan Taylor-Holt nenne?«

Sofort weicht alle Farbe aus meinem Gesicht.

Er lacht. »Cassie, entspann dich. Ich hab dir doch keinen Heiratsantrag gemacht.«

»Oh. Okay.« Ich atme tief durch.

Er lächelt mich schief an. »Noch nicht.«

Ich lasse mich in dem riesigen Ledersessel nieder. Dr. Kate schlägt die Beine übereinander. Sie sieht aus wie in einer Werbung für sexy Hornbrillen, mit ihren perfekten blonden Haaren und den Designerklamotten.

»Hi, Cassie. Wie geht es Ihnen?«

»Gut.«

Dr. Kate schaut mich prüfend an. Ich soll mich nicht hinter bedeutungslosen Floskeln verstecken. Ich soll meine Gefühle so ehrlich wie möglich beschreiben. Sie identifizieren und mich damit konfrontieren.

»Ähm … okay. Ich bin … nervös. Hin- und hergerissen. Mir ist ein bisschen schlecht.«

»Hm-hm.« Meine Offenheit wird mit einem Lächeln belohnt. »Wie läuft die Show?«

»Gut, schätze ich. Die Vorab-Aufführungen haben gute Kritiken bekommen. Die Stimmung ist gut.«

»Die Premiere ist heute Abend, richtig?«

»Ja.«

»Wie bereiten Sie sich vor?«

»Ich werde total nervös sein, dann ein paar Konzentrationsübungen machen, um mich selbst davon zu überzeugen, dass ich mich in einen anderen Menschen verwandeln kann, hinter dem ich meine unzähligen Unsicherheiten verstecke.«

Sie schenkt mir ein echtes Lächeln. »Das klingt aber ziemlich anstrengend. Wie verhält sich Ethan?«

»Irritierend geduldig. Verständnisvoll. Unnatürlich ruhig. Was uns angeht zumindest. Wegen der Premiere ist er auch nervös.«

»Es klingt so, als würde seine Geduld Sie nerven.«

»Tut sie auch. Bei ihm sieht das alles so einfach aus.«

»Ich wette, dass es das nicht ist. Aber er arbeitet jetzt schon sehr lange daran. Das ist erst unsere fünfte Sitzung. Ich finde, dafür machen Sie das alles schon sehr gut.«

»Wirklich?«

»Ja. Ich bin beeindruckt, wie motiviert Sie die Sache anpacken.«

»Ich will mich bessern.«

»Ich weiß. Und das ist eine gute Ausgangslage für Ihre Heilung.«

Ich streiche zum zehnten Mal meinen Rock glatt. Doch es hilft nicht gegen meine Nervosität. Dr. Kate wartet geduldig. Sie weiß, dass ich anfange, wenn ich so weit bin.

»Also«, beginne ich zögerlich, »ich habe gestern Nacht wieder von ihm geträumt. Davon, wie er früher war. Ich entdecke immer wieder Parallelen zwischen ihm früher und mir heute.«

»Wie sehen Sie sich heute?«

»Misstrauisch. Ich versuche immer, mich zu schützen.«

»Gab es eine Zeit, in der Sie das Gefühl hatten, dass sie sich erfolgreich geschützt haben?«

»Nach unserer ersten Trennung, ja. Eine Weile zumindest.«

Sie schreibt etwas in ihr Notizbuch. »Wenn Sie ein mentales Bild von sich zeichnen müssten, wie Sie sich in dieser Zeit empfunden haben, wie würde es aussehen?«

Ich denke ein paar Sekunden darüber nach. »Als er das erste Mal mit mir Schluss gemacht hatte, hab ich versucht, mich in eine Festung zu verwandeln. So ein abgeschottetes Schloss mit ganz hohen Mauern.«

»Und was war Ethans Rolle in der Szene?«

»Er war … ein Angreifer mit tausend Waffen und Tücken. Egal, wie hoch ich die Mauern gezogen habe, er hat es doch immer wieder geschafft, sie zu durchbrechen.«

»Also, haben Sie darum gekämpft, ihn draußen zu halten?«

»Jeden Tag.«

»Und als Sie sich auf eine rein körperliche Affäre mit ihm eingelassen haben, ist das schwieriger geworden?«

»Ja.« *Tausendmal ja.*

»In ihrer Analogie, die sie gezeichnet haben, wollten sie eine uneinnehmbare Festung sein. Was hat sich verändert?«

Alles.

»Er hat mich gebeten, das Tor zu öffnen.«

Ich wache auf und spüre sofort ein Kribbeln im Bauch. Neben mir liegt er, und die Erinnerung kommt zurück …

Ethan hat mich vom Flughafen abgeholt.

Ethan hat mich gebeten, ihm noch eine Chance zu geben.

Ethan hat mir gesagt, dass er mich liebt.

Ethan hat mir gesagt, dass er über Nacht bleiben will, damit er mich morgens beim Aufwachen sehen kann.

Naja, jetzt ist der nächste Morgen und … er ist noch da. Er hat keine kalten Füße bekommen. Scheint sein Versprechen zu halten.

Ich bin ermutigt, besonders von der Art und Weise, wie er mich hält. Es ist, als hätte er mich die ganze Nacht so eng umarmt. Er küsst mich sanft und beißt zärtlich in meine Schulter. Ich mache mir im Geist eine Notiz, dass ich gern immer so geweckt werden möchte.

»Guten Morgen«, sage ich heiser.

»Hmmm.« Seine Lippen vibrieren an meiner Haut, während er mit einer Hand über meinen Bauch fährt. »Was für ein Morgen«, murmelt er.

Dr. Kate schreibt in ihr Notizbuch. »Also, haben Sie ihn zurückgenommen?«

»Ja.«

Sie beobachtet mich, wie ich meine Beine übereinanderschlage und wieder meinen Rock glattstreiche. »War das eine schwere Entscheidung?«

Ich stelle die Beine wieder nebeneinander und lege die Hände auf die Knie. »Ja und nein. Ich hatte ihn so vermisst, dass es eine Erleichterung war, ihn endlich wiederhaben zu können.«

»Aber …?«

»Aber …« Das ist schwer. Ich habe mich so lang für dieses Gefühl geschämt.

»Brauchen Sie einen Moment Zeit?«

»Nein, ist schon okay.« Ich atme tief durch. »Ich war von Anfang an sehr vorsichtig. Immer auf der Hut. Doch zunächst schien alles anders. Den alten Ethan gab es nicht mehr.«

Donnerstagabend. Freitag. Freitagabend. Samstag.

Wir verbringen unsere Zeit gemeinsam.

Abgesehen von einem kurzen Ausflug zum Supermarkt bleiben wir bei mir in der Wohnung. Er weicht mir kaum von der Seite. Er kocht für mich. Nackt. Seine Fähigkeiten in der Küche sind ganz schön beeindruckend – vor allem im Vergleich mit Rubys Kochkünsten.

Samstagabend führt er mich ins Kino aus. Kauft die Karten und alles. Hält meine Hand und verhält sich wie ein richtiger Freund. Es ist irgendwie seltsam, aber schön. Ich versuche, den Moment voll auszukosten, falls es nur wieder eine vorübergehende Phase sein sollte. Ich meine, das hatten wir alles schon mal, und wie das ausgegangen ist, wissen wir ja.

Ich hoffe wirklich, dass dieses Mal alles anders ist.

Sobald es im Saal dunkel wird, beugt er sich zu mir und küsst mich. Vom Film bekommen wir vor lauter Küssen kaum etwas mit.

Ich widerstehe dem Drang, mir Luft zuzufächeln.

»Klingt so, als hätte Ihre temporäre Trennung dazu geführt, dass Ihre Wiedervereinigung umso … intensiver war.«

»Das könnte man so sagen.« Wir konnten nicht genug voneinander bekommen. Es war total krass.

»Und dann?«

»Und dann …« Ich senke den Blick auf meine Hände. »Wir konnten uns ja nicht völlig von der Welt abkapseln.«

»Und das war das Problem?«

»Das war der Anfang unserer Probleme, ja.«

Am Sonntagabend wissen wir beide, dass wir uns nicht länger in unserem Kokon verstecken können. Wir müssen duschen und uns anziehen, um Ruby vom Flughafen abzuholen. Sie weiß noch nicht, dass wir wieder zusammen sind. Ich kann mir in etwa vorstellen, wie begeistert sie sein wird. Außerdem geht das Semester morgen los, also wird Ethan wohl wieder bei sich schlafen. Die Realität, die wir so erfolgreich verdrängt haben, schiebt sich unaufhaltsam näher und piekst in unsere dünnhäutige Schutzblase.

Ich bin angespannt, drücke mich an ihn und lausche seinem Herzschlag.

»Was machen wir denn morgen?«

»Wie meinst du das?«

»In der Uni.«

Sein Herzschlag bleibt erstaunlich ruhig, was mich überrascht. Ich zeichne ihm ein unsichtbares Muster auf die Brust. Er legt seine Hand auf meine, streichelt meine Fingerknöchel.

»Tja, du hältst mich vielleicht für verrückt, aber ich dachte, wir könnten zum Unterricht gehen. Weißt du … Dinge lernen. Unsere Schauspielkunst verbessern. Vielleicht sogar einen Abschluss machen.«

»Du weißt, was ich meine.«

Er rollt sich auf mich und nimmt mein Gesicht in die Hände. »Also, falls du darauf anspielst, dass wir unsere Beziehung vor den anderen verstecken sollten, dann nein. Ich will, dass es jeder Typ an der Uni weiß. Vielleicht hören die Kerle dann auf, um dich herumzuschleichen wie notgeile Affen.«

»Niemand schleicht um mich herum«, entgegne ich.

Er schnaubt verächtlich. »Na klar.«

»Wer denn zum Beispiel?«

Er küsst meine Wange. Mein Kinn. Meinen Hals. »Alle. Jeder kleine Schwanzlurch an dieser Uni will ein Stück von dir. Lucas, Avery, Langweiler-Nick, dieser komische Kerl, der wie Matt Damon aussieht. Sie reden über dich, wenn sie denken, dass ich es nicht höre. Und mit dem verdammten Connor will ich gar nicht erst anfangen –«

»Ach so, ich verstehe.«

Er hält inne. »Was?«

»Es geht hier um Connor.«

Er lässt seine Küsse von meinem Hals zu meinem Gesicht wandern. »Er ist ein Vollidiot.«

»Nein, ist er nicht. Er gibt nie irgendwelche anzüglichen Kommentare ab.«

»Genau. Das ist das Problem.« Er stützt sich auf einen Ellenbogen und streicht mir die Haare aus der Stirn. »Ich kann damit umgehen, dass die anderen Spacken darüber reden, wie gern sie dich ins Bett bekommen würden. Denn es ist nur eines: dummes Gerede. Aber Connor? Dieses Arschloch will nicht nur mit dir schlafen. Er will mehr. Er mag dich wirklich.« Er sagt es so empört, dass ich lachen muss.

»Dieses Schwein! Dann verstehe ich natürlich, wieso du ihn so hasst.«

Er schüttelt lächelnd den Kopf. »Lach du nur, aber jedes Mal, wenn du etwas sagst, bekommt er diesen Gesichtsausdruck. Bäääh! Er ist total in dich verliebt, und ich schwöre dir, damit muss er aufhören.« Er verstummt, aber ich sehe, wie es in seinem Gehirn arbeitet.

Ich fahre ihm mit dem Finger über die Augenbrauen, damit sich die Runzelfalte wieder entspannt. »Ethan, ich hab kein Interesse an Connor. Ich interessiere mich nur für dich.«

Es fühlt sich komisch an, ihm schon wieder so zuzureden. Früher ist mir das leichter gefallen, aber jetzt kratzen die Worte wie Sandpapier in meinem Hals.

Er zieht eine Augenbraue hoch. »Interessiert? Wie sehr interessiert.« Gemeinerweise reibt er dabei sanft über meine Brust.

Meine Augenlider flattern kurz. »Sehr.« Es ist verrückt, wie stark ich auf jede seiner Berührungen reagiere. Ich versuche, die richtigen Worte zu finden. »Ich hab dich im Sommer sehr vermisst.« Zu sehr. Lass es mich nicht bereuen.

Er küsst mich, lang und gefühlvoll. Dann wandert er mit seinem Mund zu meinem Hals. »Ich denke, wenn ich im richtigen Winkel sauge, kann ich dir vielleicht einen Knutschfleck machen, auf dem steht ›Cassie gehört zu Ethan. Haltet euch alle fern.‹« Er fängt an zu saugen, und ich quietsche auf.

»Ethan Robert Holt! Wage es ja nicht, mir einen Knutschfleck zu verpassen!«

»Psst, ich muss mich konzentrieren, um das richtig hinzubekommen.«

»Ethan!«

Er rollt seufzend von mir runter. »Oh, na klar, super. Lach mich nur aus, und dann lässt du mich nicht mal deinen Hals markieren, damit die anderen Kerle wissen, dass du mir gehörst. Das nenne ich mal fair!«

»Wir waren ein Jahr lang getrennt«, sage ich. »Wenn ich andere Männer hätte haben wollen, denkst du nicht, ich hätte sie gehabt?«

Er seufzt. »Du bist mit Nick ausgegangen.«

»Nicht wirklich. Da gibt es nichts, worauf du eifersüchtig sein solltest.«

Er drückt seinen Kopf frustriert ins Kissen. »Er hat dich auf der Party geküsst. Darauf kann ich sehr wohl eifersüchtig sein.«

»Ja, naja, du hast ihn in der Nacht dafür ja auch büßen lassen, oder? Und du hattest mich in der Nacht.«

»Gott, ja.« Er schließt die Augen, und das Gespräch ist beendet.

Während er daliegt, betrachte ich ihn eingehend. Wie er jemals auf einen anderen Mann eifersüchtig sein konnte, werde ich nie verstehen. Ich kann nachvollziehen, dass er Probleme damit hat, dass er adoptiert worden ist. Aber dass er nicht sieht, wie wunderbar er ist?

Ich erinnere mich plötzlich an eine Freundin aus der Highschool, die mir erzählte, dass ihr Freund sie nicht hübsch findet. Das hab ich nicht verstehen können. Wenn man jemanden liebt, sollte er einem immer schön erscheinen, egal, wie er aussieht.

Vielleicht ist Ethan deshalb so unsicher, was andere Männer angeht, weil er sich selbst nicht genug liebt, um zu erkennen, wie großartig er wirklich ist? Für mich ist er der schönste, tollste Mann auf der Welt.

Dr. Kate räuspert sich, als wäre ihr meine wachsende Unruhe aufgefallen. »Haben Sie je mit Ethan über sein mangelndes Selbstvertrauen gesprochen?«

Ich fahre mir über die Augen. »Nein. Nicht wirklich.« Ich hätte es tun sollen.

»Aber Sie haben versucht, ihn aufzubauen?«

»Ja. Wahrscheinlich nicht genug.«

»Bei Menschen mit mangelndem Selbstvertrauen kann man kaum genug Aufbauarbeit leisten. Was würden Sie denn selbst sagen, wie viel Bestätigung müsste Ethan Ihnen im Moment geben, damit Sie ihm glauben, dass er sie liebt?«

Ich kann nicht mal mehr sagen, wie viele Komplimente

er mir gemacht hat, seit wir uns wieder sehen. »Okay, ich glaube, ich weiß, was Sie meinen.«

»Also«, fährt Dr. Kate fort und lehnt sich in ihrem Sessel zurück. »Als Sie wieder mit Ethan zusammengekommen sind, war er bereit, mit der Beziehung offen umzugehen?«

»Ja.«

»Wie haben Sie sich dabei gefühlt?«

Irgendwie schon erleichtert, aber hauptsächlich ... »Es hat mich nervös gemacht. Ich hatte einfach kein Vertrauen mehr, dass es dieses Mal klappen könnte.«

»Was war mit Ihren Freunden? Haben sie Sie unterstützt oder eher versucht, Sie davon abzubringen?«

»Ich bin mir sicher, dass sie uns alle für verrückt erklärten, aber zu dem Zeitpunkt war ihr Urteil ein Preis, den wir zahlen wollten.«

Je näher wir dem Unterrichtsgebäude kommen, desto angespannter werde ich. Alle haben mitbekommen, was wir durchgemacht haben, als wir uns das erste Mal trennten. Wenn sie uns jetzt wieder zusammen sehen, halten sie uns bestimmt für die größten Idioten der Welt.

Was man ihnen kaum verübeln kann.

Ethan drückt meine Hand. »Alles klar?«

»Ja. Alles okay. Bei dir?«

»Super. Ging mir nie besser.«

Wir lügen beide, und das wissen wir genau. Als wir auf das Gebäude zugehen, entdecke ich unsere Kommilitonen bei den Bänken. Sie stehen plaudernd zusammen, lachen und rauchen. Zoe sieht uns als Erste, wie wir Hand in

Hand zu ihnen schlendern, und sie reißt erstaunt die Augen auf. Hastig klopft sie Phoebe auf die Schulter, die sich zu uns umdreht. Innerhalb von ein paar Sekunden starren uns alle an.

»Hey Leute«, begrüße ich sie, als wir bei ihnen ankommen. »Hattet ihr einen schönen Sommer?«

»Ich hatte einen großartigen Sommer«, antwortet Jack mit seinem typischen Grinsen. »Ich bin wieder mit meiner Exfreundin zusammengekommen, die ich vor über einem Jahr hab sitzenlassen, weil ich ein mieser kleiner Loser bin, der nie aufgehört hat, sich nach ihr zu verzehren. Moment, warte, das warst ja du Holt, oder?«

Alle brechen in Gelächter aus, und die Spannung ist gebrochen. Ausnahmsweise bin ich mal dankbar für Averys große Klappe. Sogar Ethan lächelt schwach.

Der Einzige, der nicht lacht, ist Connor. Er wendet sich einen Moment zu spät ab, um seine Ungläubigkeit zu verbergen.

»Connor war ein Freund von Ihnen?«

»Ja.«

Sie legt den Kopf schief. »Wieso habe ich das Gefühl, dass Sie mir nicht alles erzählen, was Connor angeht?«

Ich senke den Blick. Von all den erfolglosen Versuchen, Ethan zu vergessen, bereue ich die Sache mit Connor am meisten. »Er war mehr. Nach Ethan waren wir … zusammen. Für eine kurze Zeit.«

Dr. Kate sieht mich verständnisvoll an. »Zum Trost?«

Ich nicke. Mein Gesicht läuft vor Scham sicherlich rot an.

»Sie haben es beendet, nehme ich an?«

»Ja. Ich weiß, dass ich ihn dabei verletzt habe, aber es war besser so.«

»Aber in der Uni waren Sie nie …?«

»Nein. Wir waren nur befreundet. Ich wusste immer, dass er mich mochte, aber …«

»Sie hatten kein Interesse?«

»Nein.«

»Hat Connor Ihnen das je übelgenommen?«

Ich erinnere mich, wie fürsorglich Connor nach der ersten Trennung gewesen ist und wie sich sein Verhalten verändert hat, als Ethan und ich wieder zusammenkamen. »Ich denke schon. Er war aber nie böse auf mich oder so. Eher … beschützerisch.«

»Ethan hat das wahrscheinlich nicht gut gefunden, nehme ich an.«

»Nicht wirklich.«

Eine Hand zieht mich beiseite. »Also, hast du ihn wirklich zurückgenommen? Nach allem, was er dir angetan hat?« Es ist das erste Mal heute, das Connor mit mir spricht.

Ich nehme ein Sandwich aus der Auslage und schiebe mich in der Schlange vor. »Das ist kompliziert, Connor.«

»Kann ich mir vorstellen.«

Er nimmt sich ein Getränk. »Versprich mir nur, dass du vorsichtig bist.« Er schielt zu Ethan rüber, der mit den anderen an unserem Stammtisch sitzt. »Dich wieder leiden zu sehen wäre … naja, das wäre ziemlich ätzend, okay?«

»Vielleicht klappt es ja dieses Mal.«

Er lacht kurz auf. »Ja. Vielleicht.«

Ethan schaut auf, und als er uns zusammen sieht, verfinstert sich seine Miene.

Connor seufzt. »Wieso hab ich das Gefühl, dass wir ab jetzt keine Freunde mehr sein dürfen?«

Wir bezahlen an der Kasse und gehen zum Tisch. Ethan steht sofort auf und legt den Arm um mich. Dann küsst er mich, direkt vor Connors Augen. Es könnte kaum offensichtlicher sein, dass er sein Revier markiert. Er hätte mir auch gleich ein großes Schild mit der Aufschrift »Besitz von Ethan Holt« auf den Rücken kleben können. Connor verdreht die Augen und setzt sich neben Zoe. Ethan setzt sich ebenfalls wieder hin und zieht mich auf seinen Schoß.

Es scheint sonst niemandem aufzufallen, aber die ganze Mittagspause hindurch liegt eine Spannung in der Luft.

»Also ist der Konflikt zwischen Ethan und Connor eskaliert, als Sie wieder mit ihm zusammengekommen sind?«

Ich seufze. »Ja. Ich meine, sie haben sich nie richtig gemocht, aber wenigstens haben sie so getan, als würden sie sich respektieren.«

»Sie haben vorhin gesagt, alle hätten Sie für verrückt erklärt. Wer sonst hat es Ihnen noch schwergemacht?«

»Meine Mitbewohnerin, Ruby.«

»Sie mochte Ethan nicht?«

»Nein. Sie hat mitangesehen, was ich nach der Trennung durchgemacht habe, und ich schätze, meine Verbitterung hat auf sie abgefärbt. Als wir dann wieder zusammengekommen sind, war sie … ziemlich intolerant.«

»Ethan! Raus aus dem verdammten Badezimmer! Du brauchst ja länger als jede Frau!« Ruby hämmert an die Tür und stöhnt genervt auf. »Wieso braucht dein verdammter Freund so ewig, um zu duschen?«, fragt sie und lässt sich neben mir auf die Couch sinken. »Es ist ja nicht so, als müsste er sich einen runterholen oder so. Ihr zwei seid ja sowieso nur am Vögeln.«

»Er duscht einfach gern lang, nehme ich an.«

»Verdammte Primadonna.«

»Ruby, sei nett.«

»Ich bin ja nett. Wenn ich das nicht wäre, würde ich jetzt in die Küche gehen und in der Spüle das heiße Wasser aufdrehen.« Ihre Augen blitzen schelmisch auf.

»Ruby … nein.«

Sie lacht und läuft in die Küche. Ich höre, wie das Wasser aufgedreht wird, und etwa nach drei Sekunden brüllt es aus dem Bad. Ich seufze. Es ist, wie mit kleinen Kindern zusammenzuwohnen.

Ethan taucht im Flur auf, das Handtuch um die Hüfte geschlungen, das Gesicht vor Wut verzerrt. »Wo ist sie?«

Ruby streckt den Kopf aus der Küche. »Suchst du mich?«

Er starrt sie an. Sie lächelt zuckersüß.

»Hör auf, mich ständig zu ärgern.«

»Okay, aber nur, wenn du meine Freundin verlässt.«

»Das ist ja wohl nicht vergleichbar.«

»Falsch. Dass du mit Cassie zusammen bist, ärgert mich massiv.«

»Du solltest dich besser daran gewöhnen.«

»Wie lang soll's denn dieses Mal gehen, bitte? Bis du wie-

der den Rappel bekommst und sie eiskalt sitzenlässt? Reden wir hier von Wochen, Monaten?«

Ich werfe ihr einen warnenden Blick zu.

Ethan presst die Lippen aufeinander und schweigt. Dann stapft er zurück ins Bad und wirft die Tür hinter sich zu.

Ruby entspannt sich, doch mein Blut ist in Wallung geraten.

»Was soll das, Ruby?!«

»Tut mir leid, es ist nur … Ich hätte das nicht sagen sollen.«

»Kannst du ihn nicht mal in Ruhe lassen?«

»Ich will nicht, dass er dir wieder weh tut.«

»Ich doch auch nicht.«

»Du willst glauben, dass er sich verändert hat, aber das erscheint mir etwas zu einfach. Ich vertraue ihm nicht. Tust du es?«

Das ist die schwierigste Frage der Welt. Ich würde gern ja sagen, aber ich hatte mir geschworen, sie nie wieder anzulügen. »Ich weiß es nicht.«

Sie nickt und kommt zu mir rüber, um mich zu umarmen. »Das hatte ich mir gedacht. Eins ist jedenfalls sicher, wenn er dir noch mal weh tut, werde ich ihm so fest in die Eier treten, dass seine Weichteile vielleicht nie wieder aus seinem Körper herauskommen.«

Ich drücke sie. »Wenn er mir wieder weh tut, darfst du das gern tun.«

»Gut.«

Über Ruby zu sprechen erinnert mich daran, wie sehr sie mir fehlt. Wenn sie und Tristan nicht gewesen wären, wer weiß, wie es mit mir geendet wäre.

»Ist Ruby noch Teil Ihres Lebens?«, fragte Dr. Kate.

»Nicht so doll, wie ich es gern hätte.« Und ich vermisse sie jeden Tag. »Kurz vor dem Abschluss ist sie schwanger geworden. Ihr Freund war ein australischer Geschäftsmann, den sie im Sommer vor unserem letzten Jahr an der Uni kennengelernt hatte. Er hat ihr einen Heiratsantrag gemacht, und nach dem Abschluss ist sie zu ihm nach Sydney gezogen. Jetzt haben sie drei Kinder und sind ekelhaft glücklich.«

»Weiß sie, dass Ethan versucht, Sie zurückzuerobern?«

»Ja. Wir chatten alle paar Wochen miteinander.«

»Was sagt sie dazu?«

»Als ich ihr gesagt habe, dass ich in einer Produktion mit ihm arbeite, hat sie mich für verrückt erklärt und war für eine halbe Stunde erst mal offline. Danach hat sie damit gedroht, den ersten Flieger nach Amerika zu nehmen, um ihm die Seele aus dem Leib zu prügeln. Als ich ihr erzählte, dass er an seinen Problemen gearbeitet und sich wirklich geändert hat, hat sie sich eine Weile gar nicht mehr gemeldet.«

»Und jetzt?«

Ich seufze. »Sie ist froh, dass ich eine Therapie mache, und immer noch misstrauisch, was Ethan angeht. Aber sie will, dass ich glücklich bin. Sie findet, ich solle ihn ordentlich hinhalten, ehe ich in Betracht ziehe, ihn zurückzunehmen.«

»Glaubt sie nicht daran, dass er sich geändert haben könnte?«

Ich schüttle den Kopf. »Sie bezweifelt es.«

»Wieso?«

»Weil er uns schon einmal etwas vorgegaukelt hat.«

Zoe und Phoebe neben mir werden auffällig still. Als ich mich zu ihnen umdrehe, beobachten sie Ethan mit offenem Mund. Ich kann es ihnen kaum verübeln. Jedes Mal, wenn Ethan so auf mich zugeht, ist es, als würde plötzlich alles in Zeitlupe geschehen. Ich bezweifle nicht, dass er auf andere Frauen einen ähnlichen Effekt hat.

»Mann, der sieht heiß aus«, murmelt Zoe.

Ich bin nicht gerade stolz darauf, aber zu sehen, wie Zoe den Mann anschmachtet, der nur Augen für mich hat, macht mich ziemlich glücklich.

»Guten Morgen, Lover-Boy«, sage ich etwas zu laut.

»Morgen, Sex-Queen«, erwidert er, als er bei mir ankommt, und legt mir eine Hand in den Nacken, um mich zu küssen.

Alle Gedanken an Zoe und Phoebe sind wie weggeblasen. Ehrlich gesagt, kann ich gerade gar nichts mehr denken.

»O Mann, echt, ihr zwei«, stöhnt Avery neben uns. »Ich hab grad gefrühstückt und muss euer Abgeschlabber echt nicht sehen. Ich glaube, mir hat es besser gefallen, als ihr getrennt wart und euch die ganze Zeit nur passiv-aggressiv angestarrt habt. Da war definitiv weniger Zunge zu sehen. Nehmt euch halt ein Zimmer!«

»Gute Idee«, meint Ethan. Er nimmt meine Hand und zieht mich den Gang hinunter zum Schminkzimmer. Dort schließt er die Tür hinter uns und zieht etwas aus seiner

Tasche. »Herzlichen Glückwunsch«, sagt er und streckt es mit entgegen.

Ich bin freudig überrascht, dass er daran gedacht hat. Ich wollte, dass er von selbst dran denkt, ohne dass ich ihn erinnern muss. Auch wenn es ein bisschen fies klingt, er hat damit eine Art Test als Freund bestanden. So weit so gut. Ich betrachte das Geschenk, und mir kommen doch noch Zweifel. Es sieht aus, als wäre ein Mini-Tornado aus Geschenkpapier und Klebeband an etwas Rechteckigem hängen geblieben.

Er zuckt mit den Schultern. »Naja … okay, ich bin ziemlich schlecht im Geschenke einpacken. Ich hab versucht, es vor dir zu verstecken, aber … jetzt weißt du's.«

Ich lächle und reiße das Papier auf. Zum Vorschein kommt Ethans alte, mitgenommene Ausgabe von The Outsiders.

»O wow.« Ich weiß, wie wichtig ihm das Buch ist, und ich muss unwillkürlich schlucken. »Ethan …«

»Warte«, unterbricht er mich und schlägt das Buch auf. »Sieh mal.«

Auf der Titelseite ist etwas geschrieben: Für Cassie zum 21. Geburtstag. Ethan hat mir erzählt, dass du eine ganz besondere junge Dame bist. Ich hoffe, deine Zukunft ist so hell wie die Sonne. Bleib golden. Beste Grüße, S. E. Hinton.

»O mein Gott.« Ich schaue Ethan erstaunt an. »Du hast sie dazu gebracht, dass sie mir eine Widmung reinschreibt?«

Er nickt. »Hab ihr im Sommer 'ne E-Mail geschrieben. Sie war echt nett und hat geantwortet, dass sie meine Bitte gern erfüllt. Ich hab ihr dann das Buch geschickt und hatte es innerhalb einer Woche schon wieder zurück.«

»Im Sommer? Aber … da waren wir doch noch gar nicht wieder zusammen.«

Er wirkt ertappt. »Ich weiß. Aber ich hab es mir gewünscht.«

»Was, wenn ich nein gesagt hätte?«

Er zuckt mit den Achseln. »Ich hätte es dir trotzdem gegeben. Es ist immerhin dein 21. Geburtstag. Das ist etwas Besonderes.« Er küsst mich zärtlich. »Du bist etwas Besonderes.«

Ich streichle sein Gesicht. »Das ist unglaublich.«

Er küsst mich wieder. »Also, gefällt es dir?«

»Ob es mir gefällt? Das ist …« Ich schüttle den Kopf und schlucke. »Das ist das schönste Geschenk, das ich je bekommen habe. Ich liebe es.« Ich würde gern sagen »Ich liebe dich«, aber die Worte bleiben mir im Hals stecken. Stattdessen küsse ich ihn und flüstere »Danke«.

Vielleicht habe ich mich getäuscht, was seine Fähigkeit, sich zu ändern, angeht. Vielleicht ist diese zweite Chance genau das, was wir gebraucht haben, und wir mussten so lang getrennt sein, damit er realisiert, dass das zwischen uns wichtiger ist als seine Angst. Was auch immer der Grund ist, ich bin dankbar dafür. Ich verliebe mich gerade aufs Neue in ihn, vielleicht heftiger denn je. Und im Moment glaube ich, könnte ich nicht mehr damit aufhören, selbst wenn ich es wollte.

Er umarmt mich, und ich bin froh, dass sein T-Shirt schwarz ist, weil mir doch noch ein paar Freudentränen über die Wangen kullern.

Ich bin mir nur zu bewusst, dass ich rot geworden bin.

Dr. Kate lächelt schwach. »Also, eine Weile lang waren Sie glücklich zusammen?«

»Ja. Sehr glücklich. Zumindest ich war es. Im Nachhinein waren es eigentlich nur ein paar Monate. Nicht lang genug.«

Sie schreibt etwas in ihr Notizbuch. »Wann ist es wieder schlechter geworden?«

Meine Nervosität steigt. »Ich kann den genauen Moment nicht benennen. Es war ein schleichender Prozess.«

»Hatte es trotzdem eine Art Auslöser?«

»Connor.« Ich merke, dass ich sauer werde, aber ich versuche, mich zu beruhigen. Ich bin auf Ethan wütend, nicht auf sie. »Jedes Mal, wenn Connor in der Nähe war, hat Ethan total dichtgemacht.«

Dr. Kate faltet die Hände im Schoß. »Cassie, erzählen Sie mir mehr von Connor.«

Ich denke kurz nach. »Er war offen. Süß. Fürsorglich.«

»Gutaussehend?«

»Ja. Sehr.«

Dr. Kate nickt. »Kein Wunder, dass Ethan ihn zur Zielscheibe seiner Aggression und Unsicherheit erkoren hat. Das menschliche Gehirn verhält sich nicht immer logisch, wenn es um eine drohende Gefahr geht. In Ethans Vorstellung hatte Connor das Potential, Sie zu stehlen. Seine primitiven Instinkte haben darauf reagiert.«

»Deshalb hat er sich immer in so einen Höhlenmenschen verwandelt, wenn Connor in der Nähe war?«

»Ich fürchte, ja.«

Ich fasse mir an die Stirn und knete sie aufgebracht. »Unfassbar.«

»Also hat Ethans Eifersucht Sie belastet?«

Ich seufze. »Am Anfang fand ich es noch attraktiv, dass er so besitzergreifend war. Aber dann …«

»Wurde es schlimmer?«

»Ja, auch wenn er versucht hat zu verbergen, wie eifersüchtig er wirklich war.«

»Hat es funktioniert?«

»Bis zu einem gewissen Punkt …«

»Was war dieser Punkt?«

Auf meiner Stirn bilden sich winzige Schweißperlen. »Abschlussprojekt. Letztes Semester.«

Erika öffnet einen großen Ordner auf ihrem Pult und nimmt einen Stapel gehefteter Blätter heraus. »Meine Damen und Herren, wie Sie wissen, ist das Abschlussprojekt Ihres Studiums nur noch ein paar Monate entfernt. Ich teile Ihnen jetzt die Szenen zu, die Sie vorbereiten und aufführen werden. Denken Sie daran, das Abschlussprojekt wird vor Produzenten, Agenten, Sponsoren und anderen wichtigen Leuten aus der Branche aufgeführt. Nutzen Sie Ihre Chance.«

Ich knabbere an meinem Daumennagel. Ich hab totale Panik vor dem Abschlussprojekt. Wenn man sich dort gut präsentiert, kann das eine steile Karriere als Schauspieler bedeuten. Wenn nicht, muss man sich durch den Sumpf aus endlosen Castings und Vorsprechen schlagen. Der Druck ist lächerlich hoch.

»Hast du gehört, was letztes Jahr passiert ist?«, flüstert Miranda mir zu. »Fast die Hälfte der Absolventen hat sofort Rollenangebote an den tollsten Orten bekommen.«

»Wo denn zum Beispiel?«, flüstere ich neugierig zurück.

»Los Angeles, Toronto, London, Europa, San Francisco … sogar am Broadway.«

»Im Ernst?«

»Yep. Ganz im Ernst.«

Als ob ich nicht schon nervös genug wäre. Ich will mich gerade über meinen zweiten Daumennagel hermachen, als Ethan meine Hand nimmt.

»Hör auf damit. Ich mag deine Fingernägel.«

»Ich dreh noch durch.«

»Ich weiß. Hör auf damit. Das ist ansteckend.«

»Denkst du, wir bekommen eine Szene zusammen?«

»Wäre auf jeden Fall cool. Mit dir bin ich am besten auf der Bühne«. Er drückt meine Hand und lächelt mir zu.

Gott, ich liebe ihn. Was ich ihm immer noch nicht gesagt habe, natürlich nicht. Ich warte immer noch auf den richtigen Moment. Jedes Mal, wenn ich es mir vornehme, mutiert mein Herz zu einem verschreckten Kaninchen.

Was aber nicht bedeutet, dass ich es nicht empfinde.

Erika fängt an, die Blätter auszuteilen. »Also, ich habe sehr lang über die Szenenwahl und die Gruppierungen nachgedacht. Ich habe mich bemüht, Ihnen Stücke zu geben, in denen Sie Ihre Stärken zeigen können, aber Sie müssen auch Ihre Vielseitigkeit präsentieren. Einige der Szenen haben Sie schon mal aufgeführt, andere werden neu für Sie sein. Jeder bekommt drei Szenen und zwei Monologe, einer davon muss von Shakespeare sein.«

Ich bekomme den Stapel mit Listen gereicht. Schnell suche ich nach meinem Namen. Ich werde mit Ethan zusammen die Balkonszene aus Romeo und Julia *spielen. Gott sei Dank. Das ist schon mal im Kasten. Ethan und Connor werden ihre Szene aus* Enemy Inside *aufführen. Das überrascht mich nicht, sie waren wirklich großartig. Interessanterweise hat Erika Ethan mit Jack zusammen für* Rosenkranz und Güldenstern *eingeteilt. Ich hab Ethan noch nie eine Komödie spielen sehen. Ich bin sehr gespannt.*

Meine anderen beiden Szenen sind neu: Jean Genets Die Zofen, *mit Zoe und Phoebe, und etwas aus* Das Bildnis, *mit Connor. Die Manuskripte für die Szenen sind an den Probenplan geheftet. Ich kenne* Die Zofen *schon, deshalb blättere ich gleich weiter zu* Das Bildnis, *um zu sehen, worum es in der Szene geht.*

Ich schaffe es gerade mal bis zur zweiten Seite.

O Gott. Nein.

Ethan wird so was von ausrasten.

Dr. Kate nimmt ihre Brille ab. »Ich gehe davon aus, der Inhalt des Stücks war kontrovers?«

Wenn ich nicht so angespannt wäre, hätte ich jetzt gelacht. »Das könnte man so sagen. Aber ich denke, wenn ich mit irgendjemand anderem als Connor zusammen gespielt hätte, wäre es längst nicht so schlimm gewesen.«

»Seine Reaktion war so extrem?«

Mir läuft ein kalter Schauer über den Rücken, wenn ich

daran denke. »Eigentlich nicht. Er hat überhaupt nicht so reagiert, wie ich es erwartet hatte.«

Er sitzt regungslos und schweigend da.

»Bitte sag etwas.« Die Vorstellung, dass er vor Wut ausrasten könnte, war schlimm genug. Doch das ist noch viel schlimmer.

Er blinzelt.

Die Spannung im Raum ist schon fast greifbar. Ich würde ihn gern berühren, hab aber Angst vor seiner Reaktion.

»Ethan, es ist doch keine große Sache.«

Er runzelt die Stirn und nickt.

»Ich meine, Erika hat gesagt, dass sie mich nicht zwingen wird, es zu tun, aber so steht es nun mal im Manuskript. Und ich will nicht, dass die Produzenten mich für verklemmt halten. Es ist ja nicht so, als würden alle sie sehen. Ich stehe die meiste Zeit mit dem Rücken zum Publikum. Der Einzige, der sie sieht, ist Connor.«

Er lacht kurz und verbittert. »Nur Connor.«

»Ich kann Pasties tragen.«

»Was zur Hölle sind Pasties?«

»Du weißt schon, diese Aufkleber für die Brustwarzen.«

Er lacht wieder. »Ach so, ja dann ist es okay.«

Ich lasse den Kopf hängen. Ich wünsche mir fast, dass er rumschreit. Damit könnte ich vielleicht einfacher umgehen als mit dieser ruhigen, zynischen Wut. »Ethan –«

»Nein, du hast schon recht, Cassie«, sagt er und hebt die Hände. »Es ist keine große Sache. Meine Freundin wird vor Hunderten Leuten oben ohne sein, aber der einzige Mensch,

der ihre Brüste wirklich zu sehen bekommt, ist der Typ, der sich wahrscheinlich schon seit dem ersten Uni-Tag beim Gedanken an sie einen runterholt. Kein Ding. Ich muss mir ja absolut keine Sorgen machen.«

»Musst du auch nicht. Dann sieht er eben meine Brüste. Na und? Du bist auch oberkörperfrei in der Szene mit ihm. Mann, er küsst sogar deine Brust.«

»Du klingst eifersüchtig.«

»Ich bin auch eifersüchtig. Ich hasse es mitanzusehen, wenn andere dich berühren. Auch wenn es Connor ist. Aber ich weiß, dass es nichts bedeutet.«

»Das liegt daran, dass Connor und ich uns hassen! Wenn er dich begaffen darf, ist das etwas ganz anderes. Du hasst ihn nicht, und er hasst dich hundertprozentig nicht.«

Ich setze mich neben ihn. Ich weiß nicht, was ich noch sagen kann, um es besser zu machen.

Er seufzt und fährt sich übers Gesicht. »Kann ich das Manuskript wenigstens lesen?«

Ich reiche es ihm und beobachte seinen Gesichtsausdruck, während er die Seiten überfliegt. Ich weiß, dass es ihm nicht gefallen wird, aber wie heißt es gleich: Gefahr erkannt – Gefahr gebannt?

Er hat etwa die Hälfte gelesen, als seine Stirn sich so sehr runzelt, wie ich es noch nie gesehen habe. Er deutet auf die Regie-Anweisungen:

> ((Marla zieht ihre Bluse und ihren BH aus. Christian skizziert sie, während er sie mit unverhohlener Lust ansieht.)) »Je länger ich sie anstarrte, umso schöner wurde sie. Je öfter ich mich daran erinnerte, dass sie verheiratet war, desto weniger

zählte es. Sie war mehr als nur mein Model. Sie war meine Muse.« ((Er geht zu ihr. Sie steht regungslos da, während er sie berührt.)) »Je länger ich sie malte, desto realistischer wurden meine Phantasien. Mit jedem Pinselstrich kribbelten meine Fingerspitzen, als würde ich wirklich ihren Körper streicheln.« ((Er fährt mit den Fingern über ihre Taille und nimmt ihre Brüste in die Hände.«))

Ethan schüttelt den Kopf und atmet tief durch, ehe er fortfährt.

»Natürlich wollte die Marla in meiner Phantasie mich genauso wie ich sie. Sie hat Dinge mit mir gemacht.« ((Sie steht auf.)) »Wundervolle Dinge.« ((Sie knöpft sein Hemd auf und streichelt seine Brust.)) »Dinge, die die echte Marla nie tun würde.« ((Sie kniet sich vor ihn auf den Boden. Die Lichter werden gedimmt, während sie seine Hose öffnet und anfängt, ihn oral zu befriedigen)). »Wenn sie diese wundervollen Phantasiedinge nur wirklich tun würde. Ihren Ehemann betrügen. Mich sie lieben lassen. Ich könnte ihr so viel geben. Eine Welt voll Schönheit und Lust und wunderbarer Kunst. Alles. Alles.« ((Das Licht blitzt auf, als er zum Orgasmus kommt, dann ist alles schwarz.))

Ethan schließt das Manuskript und lässt den Kopf hängen. »Fuck.« Er ist nicht mehr wütend. Eher … resigniert.

Ich will ihm so gern gut zureden, aber ich weiß, dass es nichts gibt, um es besser zu machen. Stattdessen küsse ich ihn auf die Wange, auf die Augenbrauen, die Stirn, dann auf die Lippen. Er zieht mich auf seinen Schoß und umarmt mich, und als sich unsere Oberkörper aneinanderdrücken, kann ich spüren, wie sein Herz viel zu schnell schlägt.

»Willst du, dass ich Erika absage?«, frage ich und streichle ihm über die Haare.

Er drückt mich fester und legt die Stirn an mein Herz. »Nein. Das Manuskript ist super. Es ist eine großartige Rolle für dich. Eine großartige Rolle für Connor. Deshalb hat Erika sie ausgesucht. Es ist nur … ich hasse die Vorstellung, dass er dich berühren wird. Verdammt, die Intimität der Szene wird mich umbringen.« Er lehnt sich zurück und schließt die Augen. Als ich sein Gesicht berühre, ist es ganz heiß. Ich merke ihm an, dass er mit seinen Gefühlen kämpft.

»Ich wünschte, Erika hätte Connors Rolle dir gegeben.«

Er öffnet die Augen und fährt mit den Fingerspitzen über meine Lippen. »Ich auch.«

Als wir an diesem Abend nebeneinander einschlafen, ist er anders. Härter. Schweigsam.

Am nächsten Morgen scheint er sich beruhigt zu haben, aber mir entgeht nicht, dass ein Schatten über seinem Gesicht liegt. Er wirkt wie jemand, der eine furchtbare Tragödie kommen sieht, und nicht weiß, wie er sie verhindern soll.

»Cassie …?« Dr. Kates Stimme ist leise.

»Es ist normal, dass Sie bei diesen Erinnerungen emotional werden. Das ist der Sinn dieser Sitzung. Die Emotionen rauszulassen, damit wir mit ihnen arbeiten können, ist Teil des Prozesses.«

»Ich verstehe einfach nicht, wie er uns zweimal zerstören konnte. Das erste Mal hätte ich ihm ja noch verzeihen können, aber das zweite Mal? Wieso hat er es überhaupt noch einmal versuchen wollen, wenn er wusste, dass er es nicht kann?«

Sie nickt verständnisvoll. »Auch die besten Absichten können durch schmerzhafte Erlebnisse getrübt werden. Haben Sie schon mal etwas von ›unbegründeten Verlustängsten‹ gehört?«

Ich schüttle den Kopf.

»Sie äußern sich bei jedem ein bisschen anders, aber in der Regel folgt selbstzerstörerisches Verhalten. Für die Betroffenen ist es sehr frustrierend, weil sie zwar Angst haben, sich ihr aber machtlos ausgesetzt fühlen. Kommt Ihnen das bekannt vor?«

Ich nicke. »Ja.« Ich habe mich die letzten Jahre auch so gefühlt.

»Manche Menschen versuchen, sich mit Drogen, Alkohol, Sex, Essen oder Spielsucht abzulenken.« Dr. Kate lehnt sich etwas nach vorn. »Menschen, die in diesem Teufelskreis feststecken, hoffen, dass sie ihre inneren Vorgänge übertünchen können.«

»So, als würde man eine Maske tragen«, stelle ich leise fest.

»Ja. Genau so.«

Ich beiße die Zähne zusammen und schlucke meine aufsteigenden Emotionen runter. »Ethan hat damals unsere Maskenprüfung verhauen. Er musste eine Zusatzaufgabe erledigen, um das Semester zu schaffen.«

Sie stutzt. »Und wie gut war seine Maske bei Ihrer Abschlussaufführung?«

»Als ich angefangen habe, mit Connor die Szene zu proben,

hat Ethan sich wirklich Mühe gegeben. Genaugenommen war ich nervöser als er.«

»Was könnte der Grund dafür gewesen sein?«

»Ich weiß nicht …« Ich zupfe an meiner Nagelhaut herum, und als ich weiterspreche, ist meine Stimme kaum lauter als ein Flüstern. »Ich wollte ihm keinen Grund geben, wieder mit mir Schluss zu machen.« Ich halte den Blick gesenkt, kann aber spüren, wie Dr. Kate mich mustert.

»Cassie, sie müssen sich für ihr Verhalten auf keinen Fall schämen. Sie hatten Angst, wieder verletzt zu werden. Offenbar war Ethan nicht der Einzige, der mit Verlustängsten zu kämpfen hatte. Und Sie sind jetzt hier, weil Sie immer noch darunter leiden.«

Ich nicke. Damals hatte ich keine Ahnung, wieso ich emotional so zwiegespalten war. Ich wusste nur, dass ich mich in verschiedene Richtungen gezerrt fühlte. Erika, Ethan, die Prüfung, die Scouts, Connor – ich hatte Angst, mich überhaupt zu bewegen.

Eigentlich sollte ich selbstbewusst sein, wenn ich die Bluse ausziehe, aber das bin ich nicht. Und meine Unsicherheit wächst rapide, als ich mit dem BH weitermache. Ich trage hautfarbene Aufkleber auf den Brustwarzen, aber ich fühle mich deshalb nicht weniger nackt. Ich soll Connor verführerisch ansehen, aber ich kann es nicht. Es ist Connor. Mein Freund, Connor. Mein Freund und Uni-Kollege, der jetzt vor mir steht und mich anstarrt und dessen Atem viel zu schnell geht.

»Denken Sie an Ihre Haltung, Cassie«, ruft Erika. »Sie

sind ein Aktmodell. Sie sind daran gewöhnt, vor anderen nackt zu sein.«

Ich straffe die Schultern. Connor sagt seinen Text und berührt mich dann, so wie es im Skript steht. Seine Hände sind zärtlich. Er fährt mit den Fingern über meine Taille und über meinen Brustkorb. Er zögert kurz, ehe er meine Brüste berührt. Ich mustere ihn. Er sieht mich schon fast entschuldigend an, als er seine Hände auf Wanderschaft schickt.

»Gut, Cassie, Sie verwandeln sich jetzt in seine Phantasie; die Marla, die ihn genauso will wie er sie.«

Ich gebe mir alle Mühe. Mit gespieltem Selbstvertrauen knöpfe ich sein Hemd auf und schiebe es ihm von den Schultern. Dann lege ich eine Hand an seine Brust und fahre seine Muskeln nach. Er seufzt versonnen und beobachtet meine Finger, in Erwartung, dass meine Neugierde sich in ungezügelte Lust verwandelt.

Seine Brust ist anders als Ethans. Mehr Brusthaare. Etwas schmaler. Trotzdem sehr ansehnlich.

»Okay, halt!«

Ich lasse die Arme sinken und seufze. Connor macht einen Schritt zurück und reibt sich die Augen. Ich spiele wie eine blutige Anfängerin, und er weiß es. Wir alle wissen es.

Erika lässt das Notizbuch sinken und kommt auf die Bühne. Ich hebe meine Bluse auf und bedecke mich.

»Cassie, was geht Ihnen durch den Kopf, wenn Sie ihn berühren? Sie strahlen derzeit nicht aus, dass sie mit ihm schlafen wollen.«

»Es tut mir leid. Ich kann irgendwie nicht …«

Ich schiele zu Connor rüber. Er versucht tapfer, einen guten Job zu machen, aber ich blocke alles ab. Zu diesem Zeitpunkt ist unsere Szene die fadeste Liebesgeschichte aller Zeiten.

»Mr Baine, machen Sie eine Pause. Ich würde gern mit Miss Taylor allein arbeiten.«

»Okay, klar.« Connor wirft mir ein mitfühlendes Lächeln zu, schnappt sich sein Hemd und verlässt die Bühne.

Ich winde mich unter Erikas musterndem Blick. Sie verschränkt die Arme.

»Was ist los mit Ihnen? Ich weiß, dass Sie in der Lage sind, mit Connor eine gute Leistung abzuliefern. Ich hab Sie gesehen, besonders in Endstation Sehnsucht *letztes Semester. Deshalb habe ich sie auch für diese Szene besetzt. Wieso sind Sie jetzt so verhalten? Liegt es an der Nacktheit?«*

Ich schüttle den Kopf.

»Woran dann?«

Wie soll ich ihr erklären, dass ich vor der Reaktion meines Freundes Angst habe? Das ist die mieseste Ausrede der Welt. Als ich nicht antworte, runzelt sie die Stirn. Sie kennt Ethan und mich inzwischen gut genug, um die Lunte zu riechen.

»Cassie, Sie können nicht zulassen, dass Ihre privaten Beziehungen Ihre Leistungen auf der Bühne beeinflussen. Das ist ein anderes Leben. Mr Holt ist auch Schauspieler, er sollte das verstehen.«

»Das tut er, und er unterstützt mich auch, aber … Es

wird schwer werden für ihn, diese Szene mitanzusehen, wissen Sie?«

»Dann sollte er vielleicht den Proben und der Aufführung fernbleiben. Bei dieser Abschlussaufführung müssen Sie alle ihr Bestes geben. Alles, was Sie hindern oder ablenken könnte, sollten Sie ausschalten.«

»Ich kann ihm doch nicht verbieten, es sich anzuschauen.«

»Nein, aber Sie können ihm vorschlagen, dass es besser wäre. Das Letzte, was Sie beide jetzt gebrauchen können, ist auch noch Theater im Privatleben. Konzentrieren Sie sich auf die Bühne. Habe ich mich klar ausgedrückt?«

Ich nicke. »Ja.«

»Gut. Sind Sie jetzt bereit zu proben?«

»Ja.«

Ich fühle mich, als wäre ich von meiner Mutter ausgeschimpft worden.

»Nehmen Sie sich ein paar Minuten Zeit und kommen Sie mit einer anderen Einstellung zurück. Wir haben nicht viel Zeit für diese Szene, aber ich glaube, es könnte ziemlich gut werden, wenn Sie sich beide ins Zeug legen.«

Ich ziehe mich an und gehe vor die Tür, um mir eine Zigarette zu gönnen. In letzter Zeit rauche ich nicht mehr viel, weil Ethan es nicht mag. Noch ein Aspekt, den ich für meinen Freund anpasse. Als ich wieder reinkomme, schiebe ich alle Gedanken an Ethan beiseite und konzentriere mich voll und ganz auf die Szene. Connor weiß gar nicht, wie ihm geschieht. Ich sehe die Überraschung in seinem Blick, als ich zu Marla werde. In ihrer Haut fühle ich mich schuldig, weil ich einen anderen Mann begehre, aber ich muss der physischen Anziehung zu dem charismatischen Maler einfach nachgeben. Am Ende sind wir beide hochrot und außer Atem. Ich knie vor ihm und tue so, als würde mir die kleine Beule in seiner Jeans nicht auffallen.

Erika sieht zufrieden aus. »Viel besser. Dann sehen wir uns morgen.« Sie geht, und Connor und ich ziehen uns schweigend an.

Connor war immer einer der wenigen Menschen, mit denen ich mich in jeder Situation wohl gefühlt habe, aber diese Probe hat das wohl kaputtgemacht. Er hat meine Brüste berührt und eine Erektion bekommen. In meiner Rolle als Marla war ich von ihm erregt.

Wie sollten wir uns da nicht komisch fühlen?

Als wir das Theater verlassen, wartet Ethan vor dem Eingang auf mich.

Connor murmelt ein kurzes »Gute Nacht« und geht davon.

Ich lege meinen Kopf an Ethans Schulter und umarme ihn, so fest ich kann.

»Hey«, sagt er und streicht mir über die Haare. »Alles okay?«

»Ja. Bin nur müde.«

»Harter Tag?«

»Ja. Erika hat mich total auseinandergenommen.«

»Warum?«

»Weil ich nicht gespielt habe.«

Er stutzt. »Wegen Connor?«

»Ja.«

»Hm-hm.« Er hört auf, meinen Kopf zu streicheln. »Hast du … dich nicht ausgezogen?«

»Doch, schon, aber –«

Ich spüre an meinem Kopf, wie er die Kiefermuskeln anspannt. »Aber was? Hat er dich angefasst?«

»Na klar!« Ich kann hören, wie sich sein Herzschlag beschleunigt. »Aber ich hab die ganze Zeit an dich gedacht. Daran, wie du reagieren würdest. Erika hat mir gesagt, dass ich damit aufhören muss.«

»Und … was war dann?«

Ich weiche etwas zurück, so dass ich ihn anschauen kann. »Ich hab versucht, es besser zu machen.«

Er runzelt die Stirn. »Und?«

»Und … äh …« Ich muss daran denken, wie es in meinem Bauch gekribbelt hat, als Connor die Hände an meine Brüste gelegt hat. »Ich glaub, am Ende war es ganz okay.«

Er atmet aus, und sein Blick bricht mir fast das Herz. Ich stelle mich auf die Zehenspitzen, um ihn zu küssen. Ich muss ihn einfach küssen. Ihn daran erinnern, dass er der Einzige ist, den ich will. Mich daran erinnern, dass es meine Rolle war, die von dem anderen Mann in der Szene erregt war, nicht ich. Er erwidert den Kuss. Vergräbt die Hände in meinen Haaren. Innerhalb von Sekunden fühle ich mich butterweich in seinen Armen. Das hat Connor während der ganzen Probe nicht geschafft.

»Bring mich nach Hause«, murmele ich.

Das tut er. Eine Stunde später, als wir gemeinsam im

Bett liegen, sage ich ihm das erste Mal, seit wir wieder zusammen sind, dass ich ihn liebe. Ich sage es, weil ich es empfinde.

Nicht weil ich ein schlechtes Gewissen habe.

Dr. Kate gießt mir ein Glas Wasser ein. Ich nehme es dankbar entgegen. Wenigstens habe ich jetzt eine Beschäftigung für meine Hände.

»Glauben Sie, dass Sie in der Situation überkompensiert haben?«, fragt Dr. Kate.

»Wahrscheinlich.« Ich nehme einen Schluck Wasser. »Aber ich wollte nicht, dass es nach irgendeiner Dreiecksgeschichte aussah, denn so war es nicht.«

Dr. Kate schweigt einen Moment und sieht mich erwartungsvoll an.

»Ich habe mich oft gefragt, wie anders mein Leben gewesen wäre, wenn ich Connor hätte lieben können. Er war so unkompliziert. Aber ich konnte es nicht. Nicht mal, als Ethan von der Bildfläche verschwunden war.«

»Also, gab es keinerlei Anzeichen dafür, dass irgendetwas zwischen Ihnen und Connor lief?«

Ich schüttle heftig den Kopf. »Auch wenn ich auf der Bühne so tun musste, als fühlte ich mich zu Connor hingezogen, nach der Probe war es sofort wieder weg.«

»Haben Sie Connor das auch so klar gesagt?«

»Connor und ich haben nie darüber gesprochen, aber ich war mir immer sicher, dass er es wusste. Was Ethan angeht – ihm habe ich es immer und immer wieder gesagt, dass er absolut keinen Grund zur Sorge hat.« Ich hatte es ihm wirklich so oft gesagt, dass sich die Worte schon wie Säure auf meiner Zunge anfühlten.

»Aber er hat Ihnen nicht geglaubt?«

Verbitterung macht sich erneut in mir breit. »Nein.«

Die Scheibenwischer sausen hektisch von rechts nach links, als Ethans Nummer auf meinem Display aufblinkt.

»Hi.« Ich bin erschöpft, aber froh, meinen Freund am Telefon zu haben. Wir konnten uns diese Woche fast nicht sehen, und ich vermisse ihn.

Die Aufführung des Abschlussprojekts ist in vier Tagen, und wir proben quasi rund um die Uhr. Die Szene aus Romeo und Julia *war schnell durch, und daher konzentriert sich Erika mehr auf die neuen Szenen – wild entschlossen, auch noch das Letzte aus uns herauszuholen.*

»Hey«, erwidert er und klingt genauso müde wie ich. »Wo bist du grad?«

»Auf dem Heimweg.«

»Unsere Probe ist auch fast vorbei. Ich glaube, Avery und ich bekommen den Rhythmus dieses verrückten Stoppard-Dialogs langsam hin. Nicht, dass wir viel gehört hätten bei dem Sturm, der da draußen tobt. Der Regen ist krass, oder?«

»Total krass. Kannst du uns eine Arche bauen?«

»Wir brauchen keine Arche. Ich hab da so eine aufblasbare Pool-Insel. Die hat sogar Becherhalter.«

»Wow, nicht schlecht.«

»Ich scheue keine Kosten und Mühen, um meine Liebste vor der Wasser-Apokalypse zu retten.«

»Wenn das mal nicht wahre Liebe ist: eine qualitativ hochwertige Luftmatratze.«

Er lacht kurz auf. »Jetzt hab ich dieses aufblasbare Schaf vor Augen, das Avery mal für eine Party gekauft hat.«

Ich pruste los, muss ihn dann aber unterbrechen. »Warte mal kurz, okay? Wir biegen gerade vor meiner Wohnung ein. Ich ruf sofort wieder zurück, ja?«

»Wir?«

»Ja, ähm …« Ich atme tief durch. »Connor hat mich heimgefahren, damit ich nicht durch den Regen laufen muss.«

Am anderen Ende ist es einen Moment still. »Hm-hm.« Sein Tonfall macht mich sofort nervös.

»Es stürmt total. Da konnte ich doch nicht laufen. Connor hatte das Auto gleich hinter dem Theater geparkt. Außerdem ist es schon zehn Uhr.«

Aus dem Augenwinkel sehe ich, wie Connor unmerklich den Kopf schüttelt. Es frustriert ihn, dass Ethan sich jedes Mal so anstellt, wenn wir Zeit miteinander verbringen. Er müsste doch inzwischen wissen, dass seine Sorge unbegründet ist.

»Oder bleib kurz dran, ja?«, sage ich und nehme meine Tasche. »Ich lauf schnell rein, und dann reden wir weiter.« Ich drücke das Gespräch auf Halten und seufze. »Danke, Connor. Bis morgen.«

»Kein Problem. Schönen Abend noch.« Sein Blick zeigt, dass er erahnen kann, wie der Rest des Telefonats verlaufen wird. Nämlich nicht besonders erfreulich.

Ich steige aus und laufe so schnell wie möglich durch den tratschenden Regen zur Haustür. Drinnen angekom-

men entledige ich mich meiner nassen Jacke und nehme das Gespräch wieder entgegen. »Hey, da bin ich wieder.«

»Hey.« Er klingt total angepisst.

Ich unterdrücke ein Stöhnen. Ich bin einfach zu müde, um mich jetzt noch mit so was auseinanderzusetzen. »Ethan, wir waren fünf Minuten zusammen im Auto. Wieso denkst du, dass du dir deshalb Sorgen machen müsstest?«

»Keine Ahnung, Cassie. Sag du es mir.«

»Da gibt es nichts zu sagen! Hast du so wenig Vertrauen in mich, dass du glaubst, ich würde Connor sofort im Auto vernaschen?«

»Naja, du verbringst immerhin sehr viel Zeit mit ihm. Vielleicht weißt du bald nicht mehr, wer dein Freund ist und wer der nervige Vollidiot, der dir an die Wäsche will.«

»Er will mir nicht an die Wäsche! Wie oft muss ich dir das denn noch sagen?«

»Cassie, ich sehe doch, wie er dich anschaut.«

»Ist doch scheißegal, wie er mich anschaut! Er hat noch nie, und ich meine wirklich nie, irgendwas versucht. Er war ein perfekter Gentleman, obwohl du dich ihm gegenüber immer so unfreundlich verhältst.«

»Oh, na klar, ein perfekter Gentleman, der seit sechs Wochen nichts anderes macht, als deine Titten zu begrabschen.«

»O Mann, das gibt's doch nicht!« Ich reibe mir die Augen. »Ich kann das jetzt wirklich nicht schon wieder diskutieren. Ich kann echt nicht mehr. Du machst mich fertig. In vier Tagen haben wir die wichtigste Aufführung unseres

Lebens, und du hast nichts Besseres zu tun, als dich wegen dieser Sache völlig aufzureiben. Und mich ziehst du mit runter. Du musst damit aufhören. Ernsthaft.«

Er seufzt und sagt nichts mehr.

Ich hasse es, mit ihm zu streiten, besonders am Telefon. Wenn er hier wäre, könnte ich ihn jetzt einfach in den Arm nehmen. Ihm zeigen, dass ich ihn liebe. Aber in dieser Situation kann ich mir nur vorstellen, wie er mit finsterer Miene dasitzt und seine falschen Schlüsse zieht.

»Ja. Okay. Ich leg wohl besser auf. Gute Nacht.«

»Warte mal.«

»Was denn?«

»Willst du nach deiner Probe noch vorbeikommen?«

»Wieso?«

»Weil … ich dich vermisse und dich gern sehen würde.«

»Cassie, du bist doch total müde. Und ich auch.«

»Na und? Du kannst doch bei mir schlafen. Bitte.«

»Ich denke besser nicht. Du musst dich ausruhen, und du hast doch gerade selbst gesagt, dass ich dich fertigmache.«

»Ethan …«

»Ich meld mich morgen.« Er legt auf, und ich sinke erschöpft aufs Sofa.

Mist.

Ich streife die Schuhe ab und ziehe die Beine an den Körper. Dann schreibe ich ihm noch eine Nachricht:

Es tut mir leid. Ich liebe dich.

Wie nicht anders zu erwarten, erhalte ich keine Antwort.

Eine halbe Stunde später, als ich gerade aus der Dusche komme, klopft es an der Tür. Ich ziehe meinen Bademantel über und öffne. Vor der Tür steht Ethan, völlig durchnässt.

»Was tust du hier? Du bist ja total nass.«

»Du wolltest doch, dass ich vorbeikomme, weißt du nicht mehr? Ich klopfe schon seit etwa fünf Minuten.« Er schaut über meine Schulter in die Wohnung. »Wieso hast du denn so lang gebraucht?«

»Ich war unter der Dusche.«

Das Misstrauen steht ihm ins Gesicht geschrieben.

Ich verdrehe die Augen und packe ihn am Shirt, um ihn in die Wohnung zu ziehen. »Bleib da stehen«, weise ich ihn an und husche ins Bad, um ein paar Handtücher zu holen. Dann rubbele ich ihm die Haare trocken. »Du bist ein Idiot, weißt du das?«

»Warum?«

Ich schiebe ihn zum Sofa und ziehe ihm Schuhe und Socken aus. »Weil du absolut keine Ahnung hast, wie sehr ich dich liebe.« Ich knöpfe sein Hemd auf und streife es ihm über die Schultern. »All deine Sorgen sind völlig unbegründet. Es ist dumm zu denken, dass ich jemand anderen als dich wollen könnte.«

»Cassie …«

»Hör auf.« Ich ziehe ihn auf die Füße und mache eine Handbewegung in Richtung meines Zimmers. »Los, schau schon nach. Deswegen hast du dir doch eben so den Hals verrenkt, oder?«

Er runzelt die Stirn. »Was?«

»Schau nach, ob Connor in meinem Bett liegt. Kannst auch gleich noch im Schrank nachsehen. Und in Rubys Zimmer. Wenn du schon dabei bist, check doch gleich auch mein Handy und meinen Computer. Nur um sicherzugehen, dass ich keinen Cybersex oder so mit ihm habe.«

Er senkt den Kopf.

»Na los, schau nach!«

Er fährt sich durch die Haare. »Ich muss nicht nachschauen.«

»Musst du nicht?«

»Nein.« Er kommt auf mich zu und nimmt mich in den Arm. »Du hast recht. Ich bin ein Idiot.« Er vergräbt den Kopf an meinem Hals, und das reicht schon, um mir den Wind aus den Segeln zu nehmen. Dann drückt er seine Lippen an meine Haut. Es fühlt sich wunderschön an.

Wieso versteht er nicht, dass ich nur das will? Dieses wahnsinnige Gefühl, das er mit einer einzigen Berührung seiner Lippen in mir erzeugt. Checkt er nicht, dass niemand anderes jemals so was in mir hervorrufen wird?

Er öffnet meinen Bademantel, und seine sanften Berührungen sind wie Entschuldigungen auf meiner Haut. »Sag mir noch mal, dass du mich liebst«, flüstert er.

Ich nehme sein Gesicht in die Hände. »Ich liebe dich. Mehr als das, ich bin dir mit Haut und Haaren verfallen. Hör bitte auf, so lächerliche Sachen zu denken. Bitte.« Ich küsse ihn auf die Brust und spüre seinen wildpochenden Herzschlag.

»Ich versuche es. Es ist nicht so einfach. Diese Angst … Ich bin schon zu lange misstrauisch.«

»Das musst du aber nicht sein.«

»Sag das bitte meinem Gehirn. Es will einfach nicht auf mich hören.«

Er hebt mich hoch und trägt mich ins Schlafzimmer. Ich küsse ihn und tue alles, um seine Ängste wenigstens für eine Weile zu zerstreuen. Wir werden uns lieben und eng umschlungen einschlafen, und alles wird perfekt sein. Doch am nächsten Morgen sind die Schatten zurück.

Ich beruhige mich damit, dass wir es nur bis zu unserem Abschluss schaffen müssen. Dann wird Connor seiner Wege gehen. Aber wenn ich ganz ehrlich zu mir bin, weiß ich, dass es immer einen Connor geben wird. Jemand, den er als Bedrohung wahrnimmt. Und ich habe keine Ahnung, wie ich ihn vom Gegenteil überzeugen soll.

Nach ein paar Sekunden merke ich, dass ich aufgehört habe zu erzählen.

Dr. Kate schaut mich an. »Alles okay bei Ihnen?«

Ich antworte nicht.

»Atmen Sie tief durch, Cassie. Sie brauchen diese Ängste nicht mehr. Befreien Sie sich davon.«

Ich folge ihren Anweisungen und atme tief durch. Tatsächlich wird es mit der Zeit besser.

Dr. Kate lächelt mich herzlich an. »Gut so. Wie fühlen Sie sich jetzt?«

»Erschöpft.«

»Sehr gut. Es ist anstrengend, sich an den Problemen der Vergangenheit abzuarbeiten. Aber mit jedem Mal wird sich Ihre emotionale Last verringern, und das ist unser Ziel.« Sie wirft einen Blick auf die Wanduhr. »Wir haben noch ein paar Minuten Zeit. Gibt es sonst noch etwas, das sie gern loswerden würden?«

Ich atme noch ein letztes Mal tief durch. »Manchmal habe ich … so ein überwältigendes Schuldgefühl.«

»Wie meinen Sie das?«

Ich schüttle den Kopf. »Ich hab das Gefühl, dass vieles auch meine Schuld war.«

Sie legt ihr Notizbuch zur Seite und nimmt die Brille ab. »Cassie, Sie können mir eins glauben, es ist nicht möglich, Menschen zu verändern. Man kann sie unterstützen und bestärken, aber das war es auch schon. Der Rest liegt allein bei dem Betroffenen selbst.«

»Aber ich habe das Gefühl, dass ich mehr hätte tun müssen, um Ethan mit seinen Ängsten zu helfen.«

Sie schaut mich ein paar Sekunden schweigend an und schlägt die Beine übereinander. »Mögen Sie Bücher?«

Ich stutze, überrascht von ihrem abrupten Themenwechsel. »Äh … ja.«

»Also, dann«, fährt sie fort und faltet die Hände im Schoß. »Sagen wir, Menschen sind wie Bücher. Jeder, der in unser Leben tritt, darf einen kurzen Blick auf ein paar Seiten werfen. Wenn sie gemocht werden, zeigen wir ihnen vielleicht noch mehr von uns. Wenn das Vertrauen zu den Personen besonders groß geworden ist, zeigen wir ihnen auch die noch nicht redigierten Seiten. Manche Leute machen Notizen am Rand unserer Seiten. Hinterlassen Spuren in unseren Geschichten. Aber im Endeffekt ändern sich die gedruckten Worte nicht. Und sie definieren uns als Person.«

Sie lehnt sich nach vorn und lächelt mich an. »Sie hatten einen riesigen Einfluss auf Ethan. Zweifellos haben Sie in seiner Lebensgeschichte jede Menge Markierungen hinterlassen. Dummerweise haben das auch andere Menschen getan. Mit dem Beginn seiner Therapie hat Ethan eine Entscheidung getroffen und die schlechten Eintragungen gelöscht. Er hat sich selbst neu geschrieben, wenn Sie so wollen. Aber der Einzige, der das tun konnte, war Ethan selbst. Genau wie Sie selbst der einzige Mensch sind, der Ihre Geschichte neu schreiben kann. Verstehen Sie, was ich sagen will?«

Ich nicke, denn es ergibt Sinn, was sie sagt. Alle Therapien dieser Welt können mir nicht helfen, solange ich nicht die Verantwortung für mich selbst übernehme. Die Erkenntnis ist erschreckend und berauschend zugleich.

Sie tätschelt mir den Unterarm. »Na gut, unsere Zeit ist um. Wir sehen uns in ein paar Tagen wieder. Bis dahin versuchen Sie, nicht zu hart zu sich selbst zu sein. Und richten Sie Ethan einen lieben Gruß von mir aus.«

»Mache ich. Danke.«

Als ich aus dem Sprechzimmer komme, sitzt Ethan im Wartebereich. Er klappt das Buch zu, das er gerade gelesen hat. Nach der Achterbahnfahrt der Gefühle, die ich gerade erlebt habe, bin ich selbst erstaunt, dass ich mich so freue, ihn zu sehen.

Sein Blick ist neugierig. »War die Sitzung gut?«

Ich gehe lächelnd auf ihn zu. »Ziemlich gut. Was liest du?«

Er hält mir das Buch hin.

»Die Regeln des Glücks.« Ich schaue ihn fragend an.

»Ist vom Dalai Lama.«

»Also, leichte Lektüre, was?«

Er schüttelt den Kopf. »Nicht leicht, aber definitiv wertvoll.«

»Ja? Was steht denn so drin?«

Er sieht mich ernst an. »Die Kurzfassung: Bring Cassie jeden Tag zum Lächeln und sag ihr, dass du sie liebst, auch wenn sie es nicht hören will.«

»Ach, echt?«

»Ja.«

Gefühle wallen in mir auf. Ethan geht auf mich zu und schließt die Arme so fest um mich, als wollte er mich nie wieder loslassen. Ich will ihn auch nicht mehr loslassen. Wenn Menschen Büchern entsprächen, wäre Ethan ein Bestseller. Ein sexy und intelligenter Roman, den man nicht mehr aus der Hand legen kann, obwohl er einen passagenweise zum Heulen bringt.

21 *Premiere*

DREI JAHRE ZUVOR
WESTCHESTER, NEW YORK
THE GROVE
AUFFÜHRUNG DES ABSCHLUSSPROJEKTS

Wir klammern uns aneinander fest, als ob es kein Morgen gäbe. Adrenalin pumpt durch meine Adern, das Lampenfieber wächst. Diese Aufführung ist zu wichtig. Aber ein bisschen Lampenfieber ist gar nicht so schlecht. Es steigert die Energie und fördert die Konzentration.

Als der letzte Aufruf für die Schauspieler kommt, hebe ich den Kopf und schaue Ethan an. Er streichelt mir über die Wange und erwidert meinen Blick. Seine Augen sagen mir: »Ich liebe dich.« Doch in seinem Blick flackert noch etwas anderes auf.

Zweifel? Angst?

Beides?

Wir begeben uns hinter die Bühne, und die Show beginnt. Unsere Szene ist die erste. *Romeo und Julia.* Mit ihm zu spielen ist so einfach. Unsere besondere Verbindung steht von der ersten Sekunde an. Die Vorstellung ist fehlerfrei, und als wir uns verbeugt haben, führt er mich von der Bühne und küsst mich stürmisch, ehe er in die Umkleide rennt, um sich für die nächste Szene umzuziehen.

Der Rest des Abends vergeht wie im Flug. Wir liefern unsere Szenen und Monologe ab, genießen den Applaus, ziehen uns wieder und wieder um. Ich begegne Ethan ab und zu kurz im Backstage-Bereich, aber wir sind beide hochkonzentriert auf die bevorstehenden Aufgaben. Wir wollen unser ganzes Können zeigen, das Publikum beeindrucken. Es sind nicht irgendwelche Leute heute im Zuschauerraum, es ist die Crème de la Crème der Theaterwelt. Sie können unsere Zukunft bestimmen.

Die letzte Szene des Abends ist die mit Connor. Ich bin selbstbewusst und fokussiert. Connor gibt auch alles. Wir rocken die Bühne. Es knistert nur so vor Erotik und Verlangen, und erst als ich mich verbeuge, sehe ich Ethan an der Seite hinter dem Vorhang stehen. Mein Lächeln erstirbt augenblicklich. Er hat diese Szene noch nie gesehen. Dafür habe ich sorgen können.

Bis jetzt.

Bei unserem Streit vor ein paar Tagen habe ich ihn angefleht, dieser Szene heute Abend fernzubleiben. Offenbar hat er nicht auf mich gehört.

Ich laufe von der Bühne, ohne ihn anzusehen.

♦

GEGENWART
NEW YORK CITY
GRAUTMANN THEATER
PREMIERENABEND

Jeder Premierenabend löst in mir eine Mischung aus Aufregung und Angst aus, aber heute Abend ... ist es viel schlimmer. Ich habe schon dreimal versucht, meinen Eyeliner nachzuziehen, weil meine Hand so sehr zittert. Und als unser Praktikant, Cody, an die Tür klopft, kippe ich vor Schreck fast vom Stuhl.

»Alles okay, Miss Taylor?«, fragt Cody besorgt.

»Ja, alles super.«

»Sie sind aber früh fertig.«

»Naja, ich hab auch noch einige Panikattacken vor mir. Dafür muss ich genug Zeit einplanen.«

»Sie brauchen doch keine Panik zu haben. Sie sind großartig. Das Stück ist der Wahnsinn.«

»Ja, aber heute Abend wird jeder einzelne Broadway-Kritiker der Welt hier sein. Dieses Arschloch von der *New York Times* ist auch da draußen irgendwo, und der macht sich einen Spaß daraus, Stücke zu zerreißen.«

»Das ist aber nicht fair.«

»Das musst du mir nicht sagen. Er hat schon einen Artikel darüber geschrieben, wie skeptisch er diesem Stück gegenübersteht. Er mag den Text nicht, und ich bin mir ziemlich sicher, dass er Ethan und mich auch nicht mögen wird.«

»Hat er Sie schon mal gesehen? Auf der Bühne, meine ich?«

»Nein, Cody. Er ist ein *Kritiker*. Er muss einen nicht gesehen haben, um zu wissen, dass es ihm nicht gefällt.« Ich fahre mir mit der Bürste durch die Haare. »Wie geht es Holt?«

»Naja, er hat sich grad übergeben.«

»Wie oft?«

»Dreimal. Jetzt hat er sich hingelegt. Kann ich Ihnen vielleicht irgendwas bringen?«

»Valium, eine Flasche Whiskey und etwa zehn Pfund Selbstbewusstsein, bitte.«

»Wenn ich Ihnen den Whiskey besorge, erledigt sich das mit dem Selbstbewusstsein bestimmt von allein.« Ich drehe mich zu Cody um. »Holt hat dir wieder Geschichten über mich erzählt, oder?«

»Nur ein paar. Aber ich bin beeindruckt.«

»Lass mich nur so viel dazu sagen: Das eine Mal in Martha's Vineyard, da waren *alle* halbnackt, nicht nur ich.«

»Das hat er erwähnt. Okay. Ich sollte lieber los. Bin gleich mit dem Whiskey zurück.«

»Warte mal, du kannst doch noch gar keinen Alkohol kaufen. Du bist doch erst was? Zwölf?«

»Ich bin 22, Miss Taylor.«

»Wirklich? Du bist volljährig? Hmmm. Dann darf ich dich ja sogar sexuell belästigen.« Ich grinse ihn scherzhaft an.

»Bitte nicht. Mr Holt ist ein ziemlich großer Mann. Er würde mich zerquetschen wie eine Fliege.«

»Er ist gar nicht mehr so eifersüchtig.«

Cody sieht mich zweifelnd an.

»Okay, schon, aber er ist nicht mehr so ein Arschloch, wenn er eifersüchtig ist.«

»Haben Sie ihm erzählt, dass Mr Baine Ihnen diesen riesigen Strauß Rosen geschickt hat?«

»Bist du verrückt? Er würde hier alles kurz und klein schlagen.«

»Wirklich?«

»Nein, ich glaub nicht. Aber vielleicht solltest du die Karte trotzdem lieber entsorgen, okay?«

Er nimmt die Grußkarte und steckt sie in die Hosentasche. »Schon passiert.«

»Du bist großartig, Cody. Und gutaussehend.«

Er lacht. »Ich wünsche Ihnen eine gute Show, Miss Taylor.«

»Danke. Bis nachher.«

Als er weg ist, schlüpfe ich in mein Kostüm für den ersten Akt und beginne mit meinen Konzentrationsübungen. Ich mache meine Tai-Chi-Übungen dreimal, dann gebe ich auf. Meine Konzentration ist am Arsch. Ich brauche …

Es klopft an der Tür. Perfektes Timing.

»Herein.«

Ethan betritt meine Umkleide. Er sieht beschissen aus. Trotz seines bereits aufgelegten Bühnen-Make-ups ist er grün im Gesicht. Er sinkt auf die Couch.

»Wie geht es dir?«

»Okay.«

»Wirklich?«

»Nein. Hast du gehört, dass dieses Arschloch von der *Times* heut Abend kommt?«

»Ja, samt jeder Menge anderer Broadway-Kritiker und Tausender Blogger.«

Er hält sich den Bauch. »Fuck. Meine Eltern kommen auch.«

»Es wird ihnen gefallen. Meine kommen nächste Woche. Ich wollte noch etwas Zeit mit ihnen abseits des Premieren-Wahnsinns haben.«

»Haben sie dir Blumen geschickt?«

»Ja. Jeder hat mir einen Riesenstrauß geschickt, weil sich geschiedene Leute ja unmöglich unterhalten und zusammen ein Geschenk organisieren können ...«

»Klar.«

»Tristan hat mir einen Mini-Vibrator geschenkt. Auf der dazugehörigen Karte steht: *Wenn die Kritiker die Show nicht mögen, gib ihnen den und sag, sie sollen sich ficken.*«

Ethan lacht und stöhnt dann auf. »Das ist das Lustigste, was ich heute gehört habe. Kommt er heute Abend auch?«

»Yep. Bringt seinen neuen Freund mit.«

»Oh, gut. Dann lernen wir endlich das Gesicht zu dem bombastischen Hinterteil kennen, von dem Tristan immer schwärmt.«

»Allerdings.«

Er setzt sich auf und seufzt. »Ich hab gesehen, dass Connor dir Blumen gebracht hat.«

Mein Herz macht einen Sprung. »Äh ...«

»Ja. Er hat sie am Bühneneingang abgegeben, als ich gerade gekommen bin.«

»Hm-hm. Und ... hast du mit ihm geredet?«

»Ja. Er hat uns beiden Glück gewünscht.«

»Du wirkst ziemlich ruhig.«

»Bin ich auch.« Ich werfe ihm einen skeptischen Blick zu, aber er winkt ab. »Connor war nie das Problem. Es war meine verfickte Angst. Und trotz meiner wiederkehrenden

Phantasien, ihm die Seele aus dem Leib zu prügeln, ist er eigentlich ein netter Kerl. Sein einziger Fehler war, dass er auf die Frau meiner Träume gestanden hat. Was ich ihm nicht wirklich verübeln kann. Du bist eben … eine Sexbombe. Und wundervoll.« Er strahlt mich an.

»Also, ist es für dich okay, dass er mir Blumen schickt?«

»Yep. Er kann dir so viele Blumen schenken, wie er will. Nach der Aufführung bin ich es, der mit dir nach Hause geht.«

»Naja, du bringst mich nach Hause.«

»Auch gut. Ich bringe dich zu deiner Wohnung, dann sagen wir uns gute Nacht und umarmen uns ewig lang. Danach bin ich stundenlang angetörnt und mach mich auf den Weg zu meiner Bude.«

Ich lache. »*Stunden?* Echt?«

»Ach was, geht schon. Ich weiß ja, dass du mich eines Tages wieder reinbitten wirst, und an diesem Abend … naja, Connor wird dann auf jeden Fall nicht da sein. Zumindest hoffe ich das, alles andere wäre ziemlich seltsam.«

Ich lache und gehe zu ihm. Er nimmt meine Hand und zieht mich auf seinen Schoß. Ich zögere kurz, doch dann gestehe ich mir ein, dass ich seine Umarmung jetzt brauche.

Er seufzt: »Mann, du fühlst dich so gut an.«

Ich kuschle mich an seinen Hals, und er schlingt die Arme um mich. Innerhalb von ein paar Minuten ist unser Atem synchronisiert. Sogar mein Nervenflattern hört auf.

Es klopft an der Tür, und ich murmele ein »Herein«.

Marco steht im Türrahmen und starrt uns an. »Was zum Teufel macht ihr da?«

»Konzentrieren«, antworten Ethan und ich wie aus einem Mund.

Marco blinzelt und schüttelt den Kopf. »Also … wenn es hilft. Tja, ich wollte euch nur viel Erfolg für heute Abend wünschen, auch wenn ihr es nicht wirklich braucht. Ihr werdet großartig sein.«

»Danke, das wissen wir«, erwidert Ethan und umarmt mich fester.

»Alles klar. Dann viel Spaß bei der Show! Wir sehen uns später.«

»Bis dann, Marco.«

Als er die Tür hinter sich geschlossen hat, seufzen wir beide.

»Mir tun die Kritiker jetzt schon leid«, meint Ethan.

»Warum?«

»Ihnen werden die Superlative ausgehen, um zu beschreiben, wie verdammt phantastisch wir gewesen sind.«

Ich pruste los. »Das stimmt.«

♦

DREI JAHRE ZUVOR
WESTCHESTER, NEW YORK
THE GROVE
NACHT DES ABSCHLUSSPROJEKTS

Die After-Show-Party ist total abgefahren. Wir alle sind vor Erleichterung so ausgelassen, dass wir jegliches Gefühl für zivilisiertes Verhalten verloren haben. Überall kippen die Leute Schnäpse, eine dichte Marihuana-Wolke hängt über uns, und ich sehe Dinge, die man in der Öffentlichkeit nicht sehen sollte.

Ethan steht auf der anderen Seite des Raums und redet mit Avery und Lucas. Allerdings schielt er dabei ständig zu mir rüber. Es ist offensichtlich, dass er wegen heute Abend sauer ist. Kein Problem. Das bin ich auch.

»Ärger im Paradies?«, fragt Ruby und legt mir einen Arm um die Schultern.

Ich verdrehe die Augen. »Männer! Wieso sind die nur so dumm?«

»Damit wir schlau wirken? Ich nehme an, Holt fand deine kleine Szene mit Connor nicht so lustig?«

»Nicht wirklich.«

»Naja, man muss ihm zugutehalten, dass es wirklich ziemlich heiß wirkte. Und Connor ist auch echt nicht unansehnlich. Ich an Holts Stelle wäre auch nicht übermäßig begeistert.«

»Ruby –«

»Ich mein ja nur.«

Ich nehme ihr das Bier aus der Hand und trinke einen Schluck. »Ich bin froh, dass es vorbei ist. Ich hab es so satt, mich ständig für nichts verteidigen zu müssen.«

»Das kann ich mir vorstellen. Es gibt nichts Anstrengenderes, als permanent Misstrauen zu zerstreuen. Ich hatte mal einen Freund, der mich immer gleich der Untreue beschuldigt hat, wenn ich auch nur mit einem anderen Mann geredet habe.«

»Echt? Und wie bist du damit umgegangen?«

»Ich hab es ihm nicht übelgenommen. Immerhin hatte ich

tatsächlich währenddessen mit ein paar anderen Typen was am Laufen.«

Ich gebe ihr die Bierflasche zurück. »Das ist nicht gerade hilfreich.«

»Ach, Süße, reg dich ab. Geh da rüber, schnapp dir deinen Mann und bring ihn nach Hause. Morgen früh wird er nicht mal mehr wissen, weshalb er sauer war.«

Ich umarme sie herzlich. »Ich hab dich echt lieb, aber deine Ratschläge sind nicht immer die besten.«

»Ja, ich weiß. Sehen wir uns morgen?«

»Yep.«

Ich nehme all meinen Mut zusammen und gehe zu Ethan rüber. Jack brüllt ihm grad irgendwas ins Ohr, offensichtlich ziemlich besoffen.

»Ah, die süße Cassie Taylor. Du warst umwerfend heute Abend. Echt umwerfend.«

»Danke, Jack. Du auch.«

»Besonders die Seitenansicht deiner Brüste war geil. Holt, deine Freundin hat einen beachtlichen Vorbau. Ich hoffe, du weißt das zu schätzen.«

Ethan schüttelt entnervt den Kopf. »Ja, und jetzt haben es auch alle gesehen. Ich bin begeistert. Echt.«

Okay, das war's. Ich packe Ethan am Hemd und ziehe ihn weg.

»Hey! Wo wollt ihr denn hin?«, nölt Jack.

»Ich bringe meinen Freund nach Hause, um ihm dort nach allen Regeln der Kunst das Hirn rauszuvögeln«, verkünde ich. »Vielleicht hört er dann auf, so ein Idiot zu sein.«

Die anderen grölen, als ich Ethan nach draußen zerre, aber

es ist mir egal. Ich nehme ihm die Autoschlüssel ab und schiebe ihn auf den Beifahrersitz. Ich habe kaum etwas getrunken, aber so wie er schwankt, hatte er mehr als genug. Als ich losfahre, murmelt er, ich solle mit seinem Auto vorsichtig sein. Ich ignoriere es.

Er dreht die Anlage auf, AC/DC dröhnt aus den Boxen. Ich schalte die Musik aus und schiebe etwas ruppig seine Hand weg, als er sie wieder anmachen will.

»Hast du das ernstgemeint, was du da drinnen gesagt hast?«, fragt er.

»Ja. Und ich warne dich, das wird kein Blümchensex.«

»Ich meinte, dass ich ein Idiot bin.«

»Ja. Ich sehe doch, wie angepisst du noch immer bist wegen der Szene mit Connor. Das ist einfach dumm. Wir haben nur gemacht, was im Skript steht, aber du machst mir dauernd Vorwürfe.«

»Das tue ich nicht, es ist nur … Ich sehe immer wieder vor mir, wie er dich berührt. Hast du eine Ahnung, wie ich mich dabei fühle?«

»Deshalb wollte ich ja nicht, dass du es siehst, Ethan. Doch du musstest ja deinen Willen durchsetzen und hast dich direkt hinter den Vorhang gestellt. Trotz meiner Bitten. So können wir nicht weitermachen! Du musst einen Weg finden, mit deiner Eifersucht klarzukommen.«

Er schweigt ein paar Sekunden lang und murmelt dann: »Ich hab angefangen, Selbsthilfebücher zu lesen.«

»Was?«

»Ich hab einen ganzen Stapel davon. Hab es sogar mit meditieren versucht, aber es ist echt schwer.«

»Wieso hast du mir das nicht erzählt?«

»Damit du weißt, wie verzweifelt ich bin?«

»Wenigstens versuchst du es.«

»Ja, aber ohne Erfolg.«

Ich berühre sein Gesicht. Die Hoffnungslosigkeit in seiner Stimme macht mir Angst.

Ich parke das Auto vor meiner Wohnung, und wir gehen rein. Als ich die Tür hinter uns schließe, drückt er mich gegen diese und küsst mich stürmisch. Warum können wir nicht einfach glücklich sein?

Viel später, als wir uns lieben, ist es wild, fast wütend. Danach liege ich noch lange wach und versuche, mir vorzustellen, wie es wäre, wenn ich dieses Mal ginge. Könnte ich es? Alles beenden, ehe er mich wieder kaputtmacht?

Es ist ein verlockender Gedanke.

♦

GEGENWART
NEW YORK CITY
GRAUTMANN THEATER
PREMIERENABEND

Die Party ist laut und glamourös, genau wie die meisten der Gäste. Ich lasse eine Flut von *»Darling!«* und *»Du warst PHANTASTISCH!«* und *»Es war* so *toll!«* über mich ergehen und versuche, möglichst überzeugend Smalltalk zu machen. Eigentlich will ich aber nur Ethan finden und meinen Kopf auf seine Schulter legen.

Ich entdecke ihn am anderen Ende des Raums, umgeben von einem Schwarm weiblicher Fans, die alle verzweifelt um seine Aufmerksamkeit buhlen. Doch er hat nur Augen für mich. Die Art und Weise, wie er mich ansieht, lässt mich unwillkürlich erröten. Mir tun die armen Frauen leid, die ihn erfolglos umgarnen.

»Also, wie ist das eigentlich mit Ihnen und Ethan Holt?«, fragt die Reporterin von *Stage Diary*. »Ich habe gehört, Sie hatten eine stürmische Affäre auf der Schauspielschule. Sind Sie immer noch zusammen?«

Ethan nimmt gerade einen Schluck aus seinem Sektglas und nickt der Frau neben sich zu, die euphorisch irgendwas erzählt.

Ich kann den Blick nicht von ihm abwenden. »Nein. Wir sind nicht zusammen.«

»Befreundet?«

»Nein. Nicht direkt.«

»Was dann?«

Ethan runzelt die Stirn. Ahnt er, dass ich über ihn rede? »Er ist … Ethan.«

»Was bedeutet das?«

»Das versuche ich selbst noch herauszufinden.«

»Hmmm, klingt spannend.«

»Yep. Das auf jeden Fall.«

Marco tritt zu uns und gibt mir einen Kuss auf die Wange. Das tut er heute Abend ziemlich oft. Es ist offensichtlich, dass er mehr als begeistert ist über den Erfolg der Aufführung.

»Marco, schön Sie zu sehen! Ich versuche gerade, Miss Taylor dazu zu bewegen, mir ihre Beziehung zu ihrem Co-Star zu erklären. Sie hält sich bisher aber bedeckt. Können Sie vielleicht Licht ins Dunkel bringen?«

»Meine Verehrte«, entgegnet Marco, »wenn ich eine Ahnung hätte, was genau zwischen meinen Hauptdarstellern abgeht, wären die Proben wesentlich weniger nervenaufreibend gewesen. Andererseits wäre das Stück dann wahrscheinlich längst nicht so elektrisierend geworden. Was auch immer zwischen ihnen läuft, ich bete darum, dass es nicht aufhört. So, jetzt lassen Sie uns mal darüber reden, was für eine fabelhafte Kritik Sie über uns schreiben werden.« Marco legt einen Arm um die Frau und führt sie weg.

Ethan starrt mich immer noch an. Jetzt verabschiedet er sich von den Frauen und geht auf mich zu. Er sieht so gut aus in seinem Anzug. Die Leute, an denen er vorbeikommt, gratulieren ihm, aber er lässt sich immer nur kurz aufhalten, um sich zu bedanken. Als er endlich vor mir steht, streckt er mir sein Sektglas entgegen. »Auf uns.«

»Auf uns«, erwidere ich und stoße mit ihm an. »Wir waren großartig heute Abend, auch wenn Eigenlob stinkt.«

»Das waren wir in der Tat. Aber ich habe nicht auf die Premiere angestoßen.« Er gibt mir einen Kuss auf die Wange. »Weißt du was? Du bist so verdammt schön, du bringst mich noch auf dumme Gedanken. Hör auf damit!« Ethan grinst verschmitzt.

Ich nippe an meinem Champagner und widerstehe dem Drang, mir Luft zuzufächeln.

Der Rest des Abends vergeht wie im Flug. Wir verbringen Zeit mit seinen Eltern und seiner Schwester. Plaudern mit

Tristan und seinem Date. Lassen uns immer wieder fotografieren. Und die ganze Zeit knistert es zwischen uns, jeder Blick liegt voller Erwartungen. Jede Berührung entzündet Funken in meinem Bauch. Als die Party langsam ausklingt, bringt er mir meinen Mantel. Er hält ihn hoch, und ich schlüpfe hinein. Dabei drückt er mir einen zärtlichen Kuss in den Nacken.

Ich schließe die Augen. Gänsehaut.

»Sorry«, entschuldigt er sich und tritt einen Schritt zurück. »Es ist nur … es fällt mir heute Abend schwer, die Finger von dir zu lassen.« Er schüttelt den Kopf und lacht leise. »Naja, eigentlich finde ich es immer schwierig, die Finger von dir zu lassen. Heute Abend ist es nur besonders hart.«

22 *Anfang vom Ende*

DREI JAHRE ZUVOR
WESTCHESTER, NEW YORK
THE GROVE

Erika betritt den Vorlesungssaal, als würde sie die Last der gesamten Welt auf den Schultern tragen. Es ist mucksmäuschenstill. Die Spannung ist kaum noch zu ertragen.

Nach der Aufführung des Abschlussprojekts am Samstag hatten die Agenten, Produzenten und Regisseure das Wochenende Zeit, um ihre Angebote einzureichen. Jetzt ist der Moment der Wahrheit gekommen: Wir erfahren, wie es mit uns weitergehen wird.

»Zu allererst muss ich Ihnen sagen«, setzt Erika an und legt einen dicken Stapel Umschläge auf ihrem Pult ab, »dass ich sehr stolz auf Sie alle bin. Die Qualität Ihrer Leistungen am Samstag war extrem hoch, und ich hätte mir von keinem von Ihnen mehr Hingabe wünschen können. Denken Sie daran, wenn ich Ihnen jetzt gleich die Umschläge austeile. Sollten Sie kein Angebot erhalten, ist das kein Grund zum Verzweifeln. Es bedeutet nicht, dass Sie nicht talentiert sind, und es bedeutet ebenso wenig, dass Sie keinen Job finden werden. Es bedeutet nur, dass Sie für die Rollen, die derzeit von diesen Leuten besetzt werden, nicht geeignet waren.«

Sie geht durch die Reihen und verteilt die Umschläge. Ethan bekommt zwei. Ich ebenfalls. Außer uns erhalten noch eine Handvoll anderer zwei Angebote. Die meisten bekommen eins. Ein paar wenige gehen leer aus.

Aiyah bleibt ohne Umschlag und bricht in Tränen aus. Erika umarmt sie und versichert ihr, dass die richtige Rolle für sie schon noch kommen wird.

Mit zitternden Händen öffne ich meine Umschläge.

Der erste ist von einer Theater-Company in Los Angeles, die mir eine Anstellung anbieten. Sie führen zeitgenössische Stücke auf und arbeiten mit Gewinnbeteiligung. Den Inhalt des zweiten Umschlags muss ich dreimal lesen, ehe ich es richtig begreifen kann. Das Angebot ist von einem Regisseur, der eine Off-Broadway-Produktion von *Das Bildnis* machen möchte. Voll professionell. Fünf Wochen Proben, plus vorläufig sechs Wochen Spielzeit. Er hat sich bereits die Rechte gesichert und will, dass Connor und ich die Hauptrollen übernehmen. Ich schiele zu Ethan rüber.

Er hat die Stirn in Falten gelegt und starrt einen der Briefe an.

Ich sage seinen Namen, und er schaut auf. »Was hast du bekommen?«, frage ich.

Er hält die zwei Briefe hoch. »Naja, das Erste ist von der *Lowbridge Shakespeare Company,* die mir anbieten auf ihrer nächsten Europatournee den Mercutio in *Romeo und Julia* zu spielen.«

»Das ist phantastisch!«

»Ja.«

»Warum siehst du dann so geschockt aus?«

Er schüttelt den Kopf. »Das andere ist … vom *New York Shakespeare Theater*. Sie wollen mich für *Hamlet*.«

»Welche Rolle?«

Er sieht benommen aus. »Die Hauptrolle. Ich schätze, sie mochten meinen Monolog.«

»O mein Gott, Ethan, das ist unglaublich!«

»Ja! Ich kann es auch kaum glauben.«

»Mensch, glaub es einfach. Du bist toll, und die Angebote beweisen das. Wieso freust du dich nicht?«

»Tue ich ja … Ich weiß nur nicht, wofür ich mich entscheiden soll. Die Europatournee bedeutet einen längeren Vertrag, aber das andere … ich meine, es ist *Hamlet*. Seit Jahren sage ich schon, dass ich mein linkes Ei geben würde, um diese Rolle spielen zu dürfen.«

»Dann tu es. Es ist eine der begehrtesten männlichen Rollen, die es gibt. Und du würdest das absolut rocken.«

Er zuckt mit den Schultern. »Ich hoffe es. Aber, hey, was ist mit dir?«

»Also, ich habe ein Angebot für eine Anstellung im *Roundhouse* in L. A. bekommen.«

»Echt? Die Truppe ist total cool. Ihre Produktionen sind wegweisend. Und das andere?«

»Naja, das andere ist Off-Broadway.«

»Machst du Witze? Mann, Cassie, das ist großartig!«

»Ja, ich weiß …«

»Ich rieche ein ›Aber‹.«

Ich hole tief Luft. »Es ist für die Hauptrolle in *Das Bildnis*.«

Er blinzelt. »Du meinst, *Das Bildnis* mit …«

»Connor. Genau. Sie wollen uns beide.«

Er gibt sich wirklich Mühe, seinen Gesichtsausdruck unter Kontrolle zu behalten. »Wie lange?«

»Elf Wochen vorläufig. Wenn es gut läuft ... wer weiß? Ein paar Monate. Ein Jahr, wenn wir Glück haben.«

Er nickt. »Wow. Ein Jahr. Das ist ... wow. Eine Wahnsinnschance.«

»Ja, ich glaube auch.« Mein Magen krampft sich zusammen, als ich die dunkle Wolke spüre, die ihn umgibt.

Er schafft es, sich am Riemen zu reißen, als er meine Hand in seine nimmt. »Mal im Ernst, Cassie, das ist unglaublich. Ich freue mich wirklich für dich.«

»Wirklich?«

Er lächelt. »Wirklich.«

Er ist ziemlich überzeugend. Aber er ist eben auch ein exzellenter Schauspieler.

♦

GEGENWART
NEW YORK CITY
WOHNUNG VON CASSANDRA TAYLOR

»Ich kann nicht hinsehen.«

»Ich auch nicht.«

»Wo zur Hölle ist Cody, wenn man ihn braucht?«

»Ich hoffe, er schläft tief und fest. Es ist sechs Uhr morgens.«

Ethan und ich sitzen im Schneidersitz auf dem Boden meines Wohnzimmers, ein dicker Stapel Zeitungen und Ausdrucke verschiedener Blogs vor uns.

Kritiken. Das Urteil über unser Stück.

»Okay, du liest die *Times*«, schlage ich vor. »Das trau ich mich nicht.«

»Na gut. Dann musst du aber die *Post* lesen«, entgegnet Ethan. »Der Typ hat mir gestern viel zu lang die Hand geschüttelt. Und er hat sie auch ein bisschen gestreichelt, fürchte ich.«

»Okay.«

Wir nehmen beide die jeweilige Zeitung zur Hand und blättern zum entsprechenden Teil. Ich lese den Artikel in der *Post*. Als ich am Ende angekommen bin, schaue ich Ethan an.

Er ist noch mit gerunzelter Stirn über die *Times* gebeugt und schüttelt langsam den Kopf. Dann senkt er die Zeitung und atmet tief durch. »Also … das war … unerwartet.«

»Es hat ihm gefallen?«

»Nein. Er fand es sogar großartig. Abgesehen vom Skript, aber alles andere hat ihn so begeistert, dass er darüber hinwegsehen konnte.«

»Aber er mochte uns?«

Ethan nickt. »Absolut. Ich zitiere: ›Die zwei Hauptdarsteller haben diese spezielle, verzaubernde Chemie, die die Zuschauer immer wieder in ihren Bann zieht. Die meisten, mit denen ich nach der Premiere gesprochen habe, planten schon ihren nächsten Besuch. Diese wunderbare Magie wird dem Stück eine lange und erfolgreiche Zukunft garantieren. Ein absolutes Muss für alle Theaterfreunde.‹«

»Wow.«

»Allerdings.«

Der Rest der Kritiken ist ähnlich positiv. Alle fanden das Stück toll, immer wieder wird die besondere Chemie zwischen Ethan und mir erwähnt. Als wir alle Artikel gelesen haben, ist mir das viele Lob schon fast peinlich. Ich habe das Bedürfnis, mir kaltes Wasser übers Gesicht laufen zu lassen.

»Hey.« Ethan berührt meine Wange. »Alles okay?«

»Ja. Ich bin nur … glücklich, weißt du?«

»Du siehst aus, als müsstest du gleich weinen.«

»Halt die Klappe. Wenn du das sagst, passiert es erst recht.« Ich blinzle, um die Tränen zu unterdrücken.

»Sorry.«

Ich blinzle noch heftiger, aber es ist zu spät. Die Tränen laufen mir bereits über die Wangen. Ethan nimmt mein Gesicht in die Hände und wischt sie mit den Daumen weg. Der Damm ist gebrochen. Ich schniefe nur so los. Ethan zieht mich in seine Arme, und ich weine hemmungslos. Es ist lang her, dass ich vor Freude geweint habe. Er presst seine Lippen an meine Stirn und streichelt mir über die Haare.

Es fühlt sich so gut an … so absolut richtig, dass ich nur noch mehr weinen muss.

♦

DREI JAHRE ZUVOR
WESTCHESTER, NEW YORK
THE GROVE

Er hat mich seit fast einer Woche nicht mehr richtig angeschaut. Er meidet den Kontakt mit mir. Er macht zu und zieht sich zurück.

Mir wird schlecht beim Gedanken, dass ich genauso hilflos bin wie beim letzten Mal. Aber ich habe noch einen letzten Trumpf, den ich ausspielen kann. Einen letzten verzweifelten Zug in einem Spiel, das wahrscheinlich eh schon verloren ist.

»Ich werde Erika sagen, dass ich die Rolle in *Das Bildnis* ablehne.«

Er schaut von seinem Buch auf und runzelt die Stirn. »Was?«

»Ich sage ab. Ich gehe stattdessen nach L. A.«

»Cassie –«

»Ich meine, das andere ist auch ein Superangebot. Außerdem ist es nicht so, dass der Broadway mir wegläuft. Ich werde schon irgendwann dort hinkommen.«

Er legt das Buch beiseite und seufzt. »Sei nicht dumm. Du kannst das nicht ablehnen. Besonders dann nicht, wenn du es nur für mich machst.«

»Ich denke, ich tue es für uns. Ich weiß, wie verrückt dich der Gedanke machen würde, wenn ich das Stück mit Connor siebenmal die Woche aufführe.«

»Na und. Mich in diese Entscheidung miteinzubeziehen ist lächerlich. Es ist doch deine Karriere.«

»Nicht, wenn es bedeutet, dass ich dich dann verliere.«

Er reibt sich die Augen. »Wenn du es nicht annimmst, verlierst du mich auch, weil ich mir nie verzeihen könnte, dir etwas so Wichtiges versaut zu haben. Bitte, Cassie. Nimm es an.«

»Aber –«

»Nein, keine Diskussion. Du bekommst diese phantastische Chance, und ich werde nicht zulassen, dass du dir das wegen mir entgehen lässt. Auf keinen Fall! Du sagst entweder Erika selbst, dass du die Rolle annimmst, oder ich werde es tun.« Er schlägt das Buch zu und stopft es in seinen Rucksack.

»Wo willst du hin?«

»Nach Hause.«

»Aber was ist mit der Abschlussklausur?«

»Ich lern allein weiter.«

»Warum bist du so wütend auf mich?«

Er wirft sich die Tasche über die Schulter und sieht mich an. »Ich bin nicht wütend auf dich. Ich bin wütend auf mich. Wütend darüber, dass du denkst, du müsstest deine Karriere für mich opfern.«

»Ethan –«

»Nein, Cassie, das alles ist total verrückt. Das ist doch keine Liebe, das ist Paranoia, Angst, Schizophrenie. Du fürchtest meine Reaktion und lässt zu, dass es deine Entscheidungen beeinflusst. Was zur Hölle tue ich dir nur an?«

»Du tust gar nichts! Manchmal muss man eben Kompromisse eingehen, damit eine Beziehung funktioniert.«

»Das ist aber kein Kompromiss! Du gibst deinen Traum für

mich auf, und es kotzt mich an, dass du denkst, du müsstest das tun.«

»Du hast doch nicht –«

»Bitte, hör auf. Ich habe mir wirklich alle Mühe gegeben, die Sache mit Connor ruhig durchzustehen, aber ich kann es nicht, und das weißt du.«

»Was ist dann die Lösung? Gibt es überhaupt eine? Du machst mir langsam Angst.«

Sein Gesichtsausdruck wird etwas milder, aber meine Zweifel werden trotzdem nicht zerstreut. Ich weiß nicht, ob es überhaupt etwas gäbe, was mir gerade helfen könnte.

»Ich muss gehen.«

»Warte!«

Er bleibt stehen, die Hand schon an der Türklinke. Ich gehe zu ihm und bringe ihn dazu, mich anzusehen. Nur widerwillig tut er es.

»Ich liebe dich.« Ich stelle mich auf die Zehenspitzen, um ihn zu küssen.

Er erwidert den Kuss, aber nur flüchtig. Seine Hand liegt immer noch an der Klinke. »Ich liebe dich auch«, sagt er leise und streicht mir über die Wange. »Das ist ja das Problem.«

Er öffnet die Tür und geht zu seinem Auto. Ich schaue ihm hinterher, bis er außer Sichtweite ist.

♦

GEGENWART
NEW YORK CITY
GRAUTMANN THEATER

Als ich beim Theater ankomme, stelle ich meine Tasche in der Umkleide ab und mache mich auf die Suche nach Ethan. Er hat mir in letzter Zeit ein paar neue Meditationstechniken beigebracht, und auch wenn ich mich nicht besonders geschickt anstelle, ist er bisher ein sehr geduldiger Lehrer gewesen.

Tristan ist natürlich total ausgeflippt, als er es rausgefunden hat. Wobei Ausflippen bei ihm relativ ist. Als Superyogi flippt er natürlich nicht wirklich aus, sondern straft mich nur mit Stillschweigen. Er hatte vom ersten Tag an versucht, mich zum Meditieren zu bewegen. Unnötig zu erwähnen, dass Ethan und ich auf seiner Beliebtheitsskala gerade nicht sehr weit oben rangieren.

Ich gehe zu Ethans Umkleide, doch dort ist er nicht. Ich höre seine Stimme irgendwo im Theater, also folge ich dem Klang. Im Backstage-Bereich sehe ich ihn, wie er in einer Ecke steht und telefoniert.

»Ich weiß nicht genau. Ich meine, das Stück läuft gerade einen Monat. Wir kommen erst auf die Beine. Ja, ich weiß, es ist eine großartige Chance, aber …« Er fährt sich mit der Hand über die Augen und seufzt. »Ja, ich verstehe. Und nein, das hat nichts mit Cassie zu tun. Es ist nur … ich weiß nicht, ob es der richtige Zeitpunkt für mich ist.«

Als ich meinen Namen höre, ziehe ich mich hinter dem Vorhang zurück.

Er beendet das Gespräch mit den Worten »Ich werde es mir überlegen«, und ich schleiche mich leise zu seiner Umkleide zurück. Als er eine Minute später dort auftaucht, wirkt er überrascht, mich zu sehen. »Oh, hey.«

»Hi. Alles klar?«

»Ja. Alles cool.« Er legt das Handy auf den Tisch und setzt sich auf den Boden. »Bist du so weit?«

»Klar.«

Er sieht mich kaum an. Wir beginnen mit der Meditation, aber es ist offensichtlich, dass er nicht richtig bei der Sache ist. Bei mir funktioniert es auch nicht. Ich bekomme meinen Atem nicht unter Kontrolle und frage mich die ganze Zeit, worum es bei dem Telefonat ging und wieso er es vor mir verheimlicht.

Wir beenden den Durchgang, und als ich die Augen öffne, habe ich das Gefühl, dass er mich die ganze Zeit angestarrt hat.

»Willst du kuscheln?«, fragt er leise.

Ich stehe auf und schüttle den Kopf. »Nein, ich glaub eher nicht.«

»Alles okay?«

»Yep.« Ich spüre, wie die Teile von mir, die sich in letzter Zeit zögerlich geöffnet haben, kurz vor dem Zufallen sind. Ich wollte ihm vertrauen, aber jetzt … ist der Zweifel zurück.

»Cassie …«

»Alles okay. Ich muss nur noch ein paar Sachen erledigen.«

Er nimmt meine Hand. »Warte mal. Was ist denn los?«

Ich schüttle nur den Kopf. Ich kann ihn jetzt nicht darauf

ansprechen, weil ich Angst vor seiner Antwort habe. »Nichts. Mir ist nur grade nicht nach Kuscheln.« Ich ziehe meine Hand weg und verlasse den Raum. Ich muss von ihm wegkommen.

Sofort.

23 *Sinken oder schwimmen*

DREI JAHRE ZUVOR
WESTCHESTER, NEW YORK
THE GROVE

Ich fühle mich wie ein U-Boot. Es ist ein seltsames Bild, aber ich erinnere mich an einen alten Film, den ich gesehen habe, als ich klein war. In diesem Film wird ein U-Boot von einem Torpedo getroffen. Die einzelnen Kammern im Inneren des U-Boots haben sich nach und nach mit Wasser gefüllt, überall sind Menschen durch die Flure gerannt und haben versucht, die wasserdichten Türen hinter sich zu verrammeln.

Diese Panik entspricht meinem derzeitigen Zustand. So wie Ethan sich gerade verhält, erscheint es mir ratsam, schnell mein Herz wieder zu verschließen. Ich schalte meine Gefühle ab, damit mir nichts mehr weh tut. Dabei ist der Torpedo noch nicht mal eingeschlagen.

Ethan bemerkt es. Er spürt, dass ich mich zurückziehe, so wie er es auch getan hat. Wir reden darüber, dass wir nach dem Abschluss zusammen nach New York gehen könnten, aber es ist ohne wirkliche Überzeugung.

Auch sonst fühlt sich nichts mehr gut an. Die Intimität flaut allmählich ab.

In der Vergangenheit hätte ich vielleicht dagegen angekämpft, aber das tue ich nicht mehr. Ich bin nicht allein für diese Beziehung verantwortlich. Diesen Schuh habe ich mir einmal angezogen, und es hat mich fast umgebracht. Wenn er glaubt, dass ich es wieder tue, muss ich ihn enttäuschen.

♦

GEGENWART
NEW YORK CITY
GRAUTMANN THEATER

Wir stehen uns jeweils am anderen Ende der Bühne gegenüber.

»Jemand hat mal gesagt ›Wenn du etwas liebst, musst du es loslassen. Erst wenn es zu dir zurückkommt, gehört es dir. Wenn nicht, war es nie deins.‹«

Das Licht ist gedimmt, wird aber allmählich heller, während wir uns aufeinanderzubewegen.

»Und glaubst du nicht daran?«, fragt Ethan.

»Doch, aber manchmal denken Leute, sie müssten gehen, weil sie Angst haben oder verwirrt sind. Und es ist in diesen Momenten … diesen schwierigen, entscheidenden Momenten, wenn zwei Leute kurz davor sind, zu fallen oder zu fliegen, dass man sich eines fragen muss: Lasse ich diese Person gehen? Oder sorge ich dafür, dass sie alle Gründe kennt, weshalb sie bleiben sollte?«

Er senkt den Blick. »Ich habe keinen Grund gebraucht. Sondern eine Ausrede.«

»Warum?«

»Als ich das mit deiner Familie und eurem Reichtum rausgefunden habe, dachte ich, ich wäre nicht gut genug für dich.«

»Aber das ist lächerlich. Zu denken, du wärst nicht gut genug nur wegen des Geldes?«

»Um ehrlich zu sein, ging es um Geld *und* Macht.«

»Ich habe aber überhaupt keine Macht.«

Sein Blick ist intensiv, er brennt sich in meine Haut. »Über mich hast du sehr wohl Macht.«

Inzwischen stehen wir uns direkt gegenüber, und ich lege ihm eine Hand an die Wange. »Ich habe dir nichts von meiner Familie erzählt, weil es mir nicht wichtig erschien. Genau wie Schleifen und aufwendige Verpackungen nichts über den Inhalt eines Geschenks aussagen. Ich wollte nicht wegen eines Namens wertgeschätzt werden. Du hast mich ausgepackt und mir das Gefühl gegeben, ich sei das Wertvollste auf der Welt – obwohl du meine Herkunft nicht kanntest.«

Er küsst mich, und alles Licht wird zurückgedreht, bis auf den einen Spot, der auf uns beide gerichtet ist. Eine ganze Welt – beleuchtet durch einen einzigen Lichtstrahl.

»Trotzdem. Ich glaube nicht daran, dass man etwas, das man liebt, loslassen muss«, fahre ich fort. »Ich glaube an den Kampf für die Liebe. Schreien und mit den Fäusten um sich schlagen, bis derjenige weiß … versteht … dass er zu mir gehört.«

Er berührt mein Gesicht, fährt mit sanften Fingern über meine Wange. »Ich bin froh, dass du mich nicht hast gehen lassen.«

»Ich auch. Sonst hätte ich dir folgen müssen.«

Er küsst mich, während das Scheinwerferlicht ausgeblendet wird.

Es folgt ein kurzer Moment der Stille, ehe das Publikum in Applaus ausbricht.

Ich brauche einen kurzen Moment, um von Sam und Sarah wieder zu Cassie und Ethan zurückzukehren. Dann geht auch das Licht schon wieder an, und wir verbeugen uns. Ich erlebe den vertrauten Adrenalinrausch eines gelungenen Auftritts, doch darunter liegt eine latente Unruhe, die ich nicht mehr loswerde, seit ich Ethans Telefonat vor ein paar Tagen mitgehört habe.

Wir verlassen die Bühne und gehen in unsere Umkleiden. In mir brodelt es, während ich mich abschminke und umziehe. Als Ethan zehn Minuten später an meine Tür klopft, koche ich bereits innerlich.

»Herein!«, rufe ich. Er hat kaum die Tür hinter sich geschlossen, da deute ich auch schon mit dem Zeigefinger auf ihn. »Ich hätte mir gewünscht, dass du es mir erzählst, und zwar ohne dass ich fragen muss. Aber jetzt reicht es mir, es macht mich wahnsinnig. Was verheimlichst du?«

»Was meinst du?«

»Du weißt genau, was ich meine. Du bist schon die ganze Woche so seltsam.«

»Cassie …«

»Du hast mir versprochen, dass ich dir vertrauen kann! Nie mehr Lügen, das hast du versprochen. War das alles nicht ernst gemeint?«

»Doch.«

»Dann raus mit der Sprache. Ich hab neulich mitbekommen, wie du telefoniert hast. Ich weiß, dass irgendwas los ist. Du hast gesagt, es hätte nichts mit mir zu tun, aber ich hab das Gefühl, dass das nicht stimmt.«

Er seufzt. »Letzte Woche war eine Casting-Direktorin im

Publikum. Sie will, dass ich nach L. A. gehe, um in einer neuen HBO-Serie eine Gastrolle zu übernehmen. Es ist eine ziemlich große Rolle, und mein Agent drängt mich, das Angebot anzunehmen.«

»Warum machst du es dann nicht?«

»Weil … wir erst seit vier Wochen spielen und es sich auch mit uns gerade gut entwickelt und … ich nicht gehen will.«

»Ethan …«

»Es wird noch andere Angebote geben. Es ist ja nicht so, dass ich auf die schwarze Liste gesetzt werde, nur weil ich dieses Mal ablehne. Und schau mal deine Reaktion an, deshalb hab ich es dir nicht erzählt.«

»Weil ich dir sagen würde, dass du es annehmen sollst?«

»Ja.«

»Das ist dumm.« Wir hatten schon mal so eine Diskussion. Ich erinnere mich ganz deutlich. Wie schrecklich sich jetzt wieder alles anfühlt …

»Nein, ist es nicht.« Er kommt zu mir. »Ich will hierbleiben und jeden Abend dieses phantastische Stück mit dir spielen. Ich will nicht eine Woche lang am anderen Ende des Landes hocken. Was ist daran falsch?«

»Weil es nur eine Woche ist, verdammt! Und wir kommen schon ohne dich zurecht. Das ist eine Megagelegenheit, Ethan. Hat dein Agent schon mit den Produzenten des Stücks gesprochen?«

»Ja. Und dir würde es überhaupt nichts ausmachen, wenn ich eine Woche weg wäre?«

»Doch, natürlich würde es das, aber ich werde es schon überleben. Wir werden ein paar extra Proben einlegen müssen, um deine Zweitbesetzung auf den Stand der Dinge zu bringen. Aber Nathan lernt schnell. Er wird das schon hinkriegen.« Mir entgeht nicht, dass er unmerklich zusammenzuckt, ehe er die Hände in die Hosentaschen steckt. »O Mann, bitte sag mir nicht, dass du deshalb nicht gehen willst, weil du dir Sorgen machst, dass ich die Liebesszenen mit Nathan spiele?!«

Er schüttelt den Kopf. »Das ist es nicht.« Er sieht mir nicht in die Augen. Alarmglocken schrillen in meinem Kopf.

»Ich komme mir ziemlich blöd vor«, sagt er leise.

»Sag einfach, was los ist.«

Er atmet tief durch. »Ich will dich nicht verlassen. Das habe ich schon viel zu oft getan. Ich habe so hart an mir gearbeitet, um wieder an diesen Punkt mit dir zu kommen … Ich glaube, ich kann jetzt einfach nicht weg.«

»Ethan …«

»Nein, du verstehst das nicht. Hier kann ich dich jeden Tag berühren und küssen, auch wenn es nur auf der Bühne ist. Warum sollte ich das zurücklassen?«

»Es ist doch nur für eine Woche.«

»Eine Woche ohne dich fühlt sich an wie ein Jahr. Vertrau mir, ich weiß, wovon ich rede.«

Ich lege die Arme um ihn. Er drückt mich so fest, dass es schon fast unangenehm ist.

»Du musst gehen. Du solltest es wirklich.«

»Wieso?«

Ich schaue ihn ernst an. »Erinnerst du dich, was du mir vor Jahren gesagt hast? Du hast gesagt, man kann nur bis zu einem gewissen Grad mitansehen, wie jemand etwas für einen opfert. Das ist doch genau das, was hier auch passiert.

Ich finde es großartig, wie sehr du an dir gearbeitet hast und dass du jetzt so stark und mutig bist. Aber das Angebot für mich auszuschlagen? Das ist einfach falsch. Ruf deinen Agenten an und sag ihm, dass du die Rolle annimmst.«

»Cassie …«

»Ernsthaft, Ethan. Tu es. Ich werde hier auf dich warten.«

Er umarmt mich wieder, und ich vergrabe die Hände in seinen Haaren. »Weißt du, Dr. Kate hat heute etwas Interessantes gesagt. Sie meinte, die meisten Leute wären total damit beschäftigt, ihre Ängste zu bekämpfen. Dabei müssten sie einfach nur lernen, sie zu akzeptieren.«

Er seufzt tief. »Ich habe Angst, dich zu verlassen.«

Ich weiche etwas zurück, um ihn anschauen zu können. »Dann stell dich dieser Angst.«

»Ich liebe dich«, sagt er und nimmt mein Gesicht in die Hände. »Das weißt du, oder?«

»Du sagst es mir jeden Tag, wie könnte ich es da vergessen?«

♦

DREI JAHRE ZUVOR
WESTCHESTER, NEW YORK
THE GROVE

Die Prüfungswoche ist der Horror. Ich hetze wie in Trance zwischen den Klassenräumen hin und her. Doch das ist es nicht allein. Ich bin erschöpft davon, Zeit mit Ethan zu verbringen und dabei alle Themen zu vermeiden, die wichtig sind. Ich bin ständig damit beschäftigt, mich emotional zu distanzieren. Und gleichzeitig soll ich mich auf die Prüfungen konzentrieren?

Meine abschließende Schauspielprüfung ist ein ziemliches Desaster. Ich hab so dichtgemacht, dass ich nicht mal die einfachsten Rollen spielen kann, deshalb täusche ich vor und hoffe, dass Erika es nicht bemerkt.

Natürlich tut sie es.

Noch bevor ich fertig bin, sehe ich schon die Enttäuschung in ihrem Blick. Als ich zu Ethan rüberschaue, wirkt er deprimiert.

An diesem Abend reden wir darüber, was wir nach dem Abschluss machen. Er erzählt, dass seine Eltern angeboten haben, mich bei ihnen in Manhattan wohnen zu lassen, aber irgendwie klingt er nicht so glücklich darüber. Ich frage ihn, wann seine Proben für *Hamlet* anfangen, aber er weicht meiner Frage aus. Genaugenommen weicht er all meinen Fragen aus. Am Ende gebe ich es auf.

Am Wochenende ist Rubys Freund nicht in der Stadt, und sie zerrt mich aus der Wohnung, um mich auf andere Gedanken zu bringen. Wir gehen shoppen und zusammen mittagessen. Ich tue so, als hätte ich Spaß, aber sie kauft es mir nicht ab.

Irgendwann hat sie die Nase voll. »Okay, das reicht jetzt. Was zur Hölle ist da los bei Holt und dir?«

Ich seufze. »Keine Ahnung.«

»Gott, das nervt echt.« Sie lässt sich auf die Couch fallen. »Das ist jetzt schon so lang schwierig bei euch beiden. Immer ist irgendwas. Hat er wieder Probleme mit Connor?«

»Ich weiß es nicht. Ich glaube, irgendwie schon.«

»Aber er hat dir doch gesagt, dass du das Angebot annehmen sollst, oder? Ich meine, wieso sollte er das tun, wenn er weiß, dass er nicht damit umgehen kann?«

»Er will, dass ich erfolgreich bin.«

»Aber dann geht es ihm schlecht?«

»Ja.«

»Wow. Das macht ihn mir ja fast wieder sympathisch.«

Ich starre sie an.

Sie verdreht die Augen. »Hast du versucht, offen mit ihm zu reden?«

»Ja. Aber er weicht mir aus.« Mein Handy klingelt. Ich werfe einen Blick aufs Display, ehe ich drangehe. »Hey Elissa.«

»Cassie, du musst unbedingt vorbeikommen.« Sie klingt panisch und ein bisschen verheult.

»Alles okay bei dir?«

»Nein. Und es ist mir egal, dass ich dir nichts sagen soll. Komm einfach her.« Sie legt auf, und meine Paranoia verwandelt sich schlagartig in eine ausgewachsene Panikattacke.

»Ruby, kann ich mir dein Auto leihen?«

»Klar. Was ist denn los?«

»Keine Ahnung, aber ich fürchte, es ist nichts Gutes.«

20 Minuten später parke ich vor Ethans Wohnung und laufe die Treppen hoch. Meine Gedanken rasen, ich stelle mir die unterschiedlichsten Szenarien vor, als ich an die Tür klopfe. Mein Herz macht sich bereits auf den nächsten Schlag bereit.

Elissa öffnet innerhalb von Sekunden. Ihre Augen sind gerötet, und sie sieht wütend aus. »Vielleicht kannst du ihn zur Vernunft bringen. Ich bin jedenfalls mit meinem Latein am

Ende. Wenn er fragt, ich hab dich nicht angerufen.« Damit stürmt sie davon und lässt mich in der Tür allein zurück.

Ich betrete die Wohnung, in der überall Kisten herumstehen. Die meisten sind halbvoll und nicht ordentlich gepackt. Als ich in Ethans Zimmer gehe, bietet sich mir ein ähnliches Bild. Er kommt aus dem Badezimmer, den Arm voller Toilettenartikel und erstarrt, als er mich erblickt.

»Was tust du hier?«

»Ich könnte dich dasselbe fragen.« Ich schaue mich im Zimmer um. »Du packst früh. Ich dachte, du wolltest noch zwei Wochen hierbleiben?«

Er schweigt und senkt den Blick.

Mein Herz schlägt mir bis zum Hals. »Ethan?«

»Ich wollte es dir ja sagen … Es ist nur … Ich wusste nicht …«

Ein Schauer läuft mir über den Rücken. »Mir was sagen?«

Er räuspert sich. Ich versuche, die Alarmglocken in meinem Kopf zu ignorieren.

»Ich hab *Hamlet* abgelehnt. Ich nehme den Job in Europa an. Ich fliege in drei Tagen.«

Ich starre ihn an und bin so von Adrenalin durchflutet, dass ich nervös auflachen muss. »Nein, das tust du nicht.«

Er stopft die Toilettensachen in einen schwarzen Rucksack. »Doch, tue ich.«

Ich wusste, dass es letztendlich so kommen würde, aber so sehr ich auch versucht habe, mich auf den Moment vorzubereiten, jetzt hat es mir doch die Sprache verschlagen. Der Schmerz in meiner Brust macht mir das Atmen schwer.

Ich nicke nur.

Er steckt die Hände in die Hosentaschen. »Ich habe mich so bemüht, ein guter Freund zu sein. Es war mein größter Wunsch. Aber ich bin kläglich gescheitert. Ich … Ich hab versucht, mit meinen Problemen umzugehen, um dich nicht völlig zu verkorksen, aber ich habe versagt. Jeden Tag sehe ich, wie du dich mehr distanzierst, und ich weiß, dass es meine Schuld ist. Wenn ich bleibe, werde ich nicht nur dich kaputtmachen, sondern auch deine Karriere zerstören. Ich sehe doch schon, wie sich der ganze Beziehungsstress auf dein Schauspiel auswirkt … Es tut mir weh, das zu sehen. Ich kann das nicht, Cassie. Ich kann dich nicht mit mir in den Abgrund ziehen. Sosehr es mir das Herz zerreißt, gehen zu müssen – es wäre noch viel schlimmer zu bleiben.«

Ich schlucke mühsam und versuche, irgendwie aufrecht stehen zu bleiben. Der Schmerz drückt mich nieder.

Er verlässt mich.

Wieder.

Er hat mir gesagt, unsere Beziehung würde besser werden. Es war gelogen. Es war eine wunderschöne Lüge, die ich zu gern geglaubt hätte.

Ich bin so unfassbar dumm.

»Cassie«, sagt er und macht einen Schritt auf mich zu. »Bitte, sag doch was.«

»Was soll ich denn sagen?« Meine Stimme klingt gepresst und kalt. *Bin ich das wirklich, die da spricht?*

»Ich weiß auch nicht. Sag mir, dass du es verstehst.«

Ich starre ihn perplex an. »Tue ich aber nicht.«

»Sag mir, dass du mich nicht dafür hasst.«

Jetzt muss ich lachen. Es ist ein hysterisches, verrücktes

Lachen. Dieses fröhliche Geräusch steht in krassem Gegensatz dazu, wie ich mich grade fühle: nämlich wie der letzte Dreck. »Wann hast du die Entscheidung getroffen?«

»Gleich nachdem wir unsere Angebote erhalten haben.«

Ich starre ihn an. »Aber … du hast doch *Hamlet* angenommen.«

»Nein, habe ich nicht.«

»Dann hast du mich angelogen?«

»Nein, ich hab nie gesagt, dass ich es angenommen habe. Du bist nur davon ausgegangen.«

Ich will laut losschreien. »Wann genau hattest du vor, es mir zu sagen? Auf dem Weg zum Flughafen?«

Er senkt den Blick. »Ich hab tausendmal versucht, meinen Mut zusammenzunehmen und es dir zu sagen. Aber dieses Loch in mir öffnet sich, und es tut zu sehr weh, auch nur daran zu denken.«

Es tut *ihm* zu sehr weh, *mir* zu sagen, dass er mich verlässt?!

Meine Kehle ist wie zugeschnürt, ich versuche krampfhaft, meine Wut runterzuschlucken. Aber es geht nicht. »Fick dich, Ethan! Ich hab angeboten, *Das Bildnis* auszuschlagen, um uns zu retten, und du wolltest es nicht zulassen!«

»*Das Bildnis* ist nicht das Problem!« Er macht einen Schritt auf mich zu. »Nicht mal Connor ist das Problem. Ich bin das Problem. Es ist nicht gesund, Cassie. Ich will dir so viel geben, aber ich werde zu einer bleiernen Last um deinen Knöchel. Du kannst mir nicht erzählen, dass du es nicht schon spürst.«

»Also, du gehst einfach? Läufst davon – als wäre das die Lösung?«

»Ich weiß nicht, was ich sonst tun soll.«

»Du könntest bleiben! Um uns kämpfen. Um mich.«

»Ich habe gekämpft! Und ich habe verloren! Verstehst du es nicht? Du bist ohne mich besser dran. Das warst du immer. Ich war nur zu sehr in dich verliebt, um es zuzugeben. Jetzt tue ich das Einzige, was mir noch einfällt. Du solltest dankbar sein, dass du mich endlich los bist.« Er atmet schwer, und seine Augen sind feucht.

Ich bebe am ganzen Körper. Es gibt so viel, was ich ihm gern sagen würde, aber in meinem Kopf wirbelt alles durcheinander. Keinen einzigen vernünftigen Satz kann ich formulieren. Keine scharfzüngigen Beleidigungen. Kein Flehen. Kein Betteln, damit er seine Entscheidung rückgängig macht.

Nichts.

Nichts.

Nach ein paar Atemzügen überkommt mich eine eisige Bitterkeit. Es ist seltsam. Wie eine natürliche Betäubung. Ich werde teilnahmslos und kalt. Vermutlich stehe ich unter Schock, aber es ist mir egal.

Ich zucke mit den Achseln. »Ich schätze, das war's dann.«

»Cassie …«

»Du wirst die Abschlussfeier verpassen.«

»Wenn es einen anderen Weg gäbe –«

»Viel Spaß auf der Tour, ich wette, du wirst einen phantastischen Mercutio abgeben.« Ich wende mich zum Gehen.

Als ich schon fast an der Tür bin, ruft er mir hinterher. »Warte!«

Ich bleibe stehen, drehe mich aber nicht um. »Cassie, ich …« Er seufzt erneut. »Ich hasse das. Ich hasse mich selbst. Bitte …« Er fasst nach meiner Hand, aber ich ziehe sie blitzschnell weg. Jede Berührung würde auf meiner Haut brennen wie Feuer.

Dann tue ich das, was ich schon vor Monaten hätte tun sollen: Ich gehe davon.

♦

GEGENWART
NEW YORK CITY
GRAUTMANN THEATER

Wir verlassen erschöpft das Theater. Neben den regulären Aufführungen jeden Abend kommen wir im Moment auch tagsüber zur Probe, um Ethans Zweitbesetzung darauf vorzubereiten, ab morgen Abend zu übernehmen.

Mit Nathan zu arbeiten ist interessant. Er ist ein ausgezeichneter Schauspieler, und obwohl unser gemeinsames Agieren ganz anders ist, glaube ich, dass die Zuschauer es mögen werden. Ethan war erstaunlich cool, was unsere Liebesszenen angeht, und hat Nathan sogar Tipps gegeben, wie er mich besser hochheben kann. Als ich gesehen habe, dass er so entspannt ist, wurde ich auch lockerer und konnte mich auf meinen Job konzentrieren. Ich könnte schwören, dass Marco auch vor Erleichterung aufgeseufzt hat.

Ethan und ich gehen schweigend nach Hause, unsere Hände berühren sich ab und zu. Das vertraute Verlangen nach ihm wird stärker, je näher sein Abflug rückt. Als wir bei meiner Wohnung ankommen, scharren wir beide nervös mit den

Füßen. Das ist der Abschied, und beim Gedanken daran wird mir ganz mulmig.

»Also …«, setzt er an und lächelt. »Dann sehen wir uns in einer Woche wieder.«

»Du wirst großartig sein. Hab viel Spaß, okay?«

»Ich versuch's.«

Wir starren uns ein paar Sekunden lang an, ehe er auf mich zugeht und mich fest umarmt.

»Ich werde dich so verdammt vermissen. Versprich mir, dass wir jeden Tag telefonieren.«

»Mach ich.«

»Du und Nathan werdet das gut machen.«

»Nicht so gut wie du und ich.«

»Vermutlich nicht.« Er sieht mich an. »Ich liebe dich.« Er küsst mich auf die Stirn, und ich lege den Kopf an seine Brust.

Um den Moment der Trennung hinauszuzögern, murmele ich plötzlich: »Bleib. Komm mit rein und trink noch ein Glas Wein mit mir oder so. Bleib noch ein bisschen.«

Er legt die Arme wieder um mich. »Wenn ich mit reinkomme, wirst du mich so schnell nicht mehr los.«

Ich streichle ihm über die Wange, die etwas stoppelig ist. »Dann bleib die ganze Nacht. Dein Flug geht doch erst morgen.«

Er drückt mich fester und seufzt. »Cassie … das wolltest du doch nicht. Du wolltest es ganz langsam angehen. Erinnerst du dich?«

»Wieso nicht? Ich will dich. Du willst mich.«

»Deine Therapie –«

»Läuft echt gut. Dr. Kate ist sehr zufrieden.«

»Das wäre sie aber nicht mehr, wenn sie wüsste, dass wir miteinander schlafen wollen.«

Ich fahre ihm über die Lippen. »Sie muss es ja nicht erfahren.«

Er nimmt meine Hand und küsst sie. »Doch, Offenheit gehört zur Therapie. Und dass du es mir jetzt so schwermachst, ist nicht gerade fair.« Er lacht leise.

Ich schaue ihn an. Wirke ich grad verzweifelt? »Nur fünf Minuten?«

»Wenn ich auch nur eine Minute länger bleibe, werde ich dir vermutlich hier auf der Stelle die Kleider vom Leib reißen. Und wenn ich das tue, schaffe ich es garantiert nicht, morgen in das Flugzeug zu steigen. Mein Agent wird mich umbringen und dich vielleicht auch. Deshalb muss ich gehen.« Er rührt sich nicht vom Fleck.

»Okay.«

»Sag mir, dass du mich vermissen wirst.«

»Ich werde dich furchtbar vermissen.«

Er seufzt und streicht mir mit den Fingern über den Nasenrücken. »Bis nächste Woche.«

»Okay.«

Ich sehe ihm hinterher, als er zum Aufzug geht und auf den Knopf drückt. Die Tür öffnet sich, und er geht hinein. Er winkt, als sich die Schiebetür langsam wieder schließt.

Ich starre die Aufzugtür noch lang an.

Sie bleibt geschlossen.

24 *Zugabe*

DREI JAHRE ZUVOR
WESTCHESTER, NEW YORK
THE GROVE

Das Duschwasser ist kalt geworden, und mir fällt auf, dass ich schon seit viel zu langer Zeit die Stirn an die Fliesen presse. Ich verlasse die Dusche, wickle mich in meinen Bademantel und krieche ins Bett. Seit drei Tagen habe ich es kaum verlassen. Kaum etwas gegessen.

Ruby verbringt das Wochenende mit ihrem australischen Freund auf Hawaii, sie kann mir also nicht in den Arsch treten. Erzählt habe ich ihr auch noch nichts. Ich kann es nicht. Sie war immer kritisch, was Ethans und meine Chancen angeht. Ich hätte auf sie hören sollen.

Mein Handy klingelt, und ich checke schnell das Display.

Es ist Ethan.

Wieder.

Er hat Dutzende Male angerufen, aber ich bin nie drangegangen. Ich frage mich, was er noch von mir will. Es ist ja nicht so, als könnte ich seine Entscheidung irgendwie beeinflussen. Außerdem will ich es nicht mal mehr.

Fick dich, Ethan. Fick dich und meine blöden Gefühle, die ich immer noch für dich habe.

Als es aufhört zu klingeln, rufe ich den Pizzaservice an und bestelle eine große Pizza mit allem. Wenn ich den Abend schon heulend auf der Couch verbringe, brauche ich wenigstens geeignete Vorräte.

Eine halbe Stunde später klopft es an der Tür, und mir knurrt unwillkürlich der Magen. Ich reiße die Tür auf und erstarre, als dort Ethan mit meiner Pizza steht. Meine Nackenhaare stellen sich auf. Ich will, dass mich sein Anblick kaltlässt, aber das tut es nicht. Mein Puls beginnt zu rasen.

Er streckt mir den Pizzakarton entgegen. »Ich … hab den Pizzalieferanten bezahlt.«

Ich nehme ihm die Pizza mit zitternden Händen ab. »Oh, du hast meine Pizza bezahlt? Na, das macht dich natürlich gleich viel weniger zum größten Arschloch der Welt. Danke.«

Ich will die Tür schließen, aber er hält mich auf.

»Cassie, bitte –«

»Lass los.« Er muss gehen.

Jetzt.

Ehe ich zusammenbreche.

Er macht einen Schritt vor, so dass sein Körper die Tür blockiert. »Ich fliege morgen. Ich wollte nur Tschüs sagen.«

Auf einen Schlag bin ich den Tränen nahe.

Tschüs.

Nicht »Auf Wiedersehen«.

Ich wende mich ab und stelle die Pizza auf dem Tisch ab. Ich habe ihn nicht hereingebeten, aber er folgt mir trotzdem. Als die Tür ins Schloss fällt, presse ich die Kiefer so fest aufeinander, dass meine Zähne knirschen.

Ich drehe mich nicht zu ihm um. Wenn er mir was zu sagen hat, muss er mit meinem Rücken vorliebnehmen.

»Ich weiß, du willst mich nicht sehen, und ich weiß, dass ich dich verletzt habe. Es ist nur … Fuck, Cassie, ich wollte nicht, dass es so endet. Niemals. Aber man kann nur bis zu einem gewissen Grad mitansehen, wie jemand etwas für einen opfert. Du warst perfekt, so wie du warst. Ich hoffe, dass du wieder so wirst, wenn ich weg bin.«

Ich kann nichts erwidern. Er versteht es nicht. Versteht nicht, dass er alles nur schlimmer macht, auch wenn er das Gegenteil behauptet.

Ich unterdrücke ein Schluchzen.

»Cassie …« Dann legt er die Arme um mich.

Um mich ist es sofort geschehen. Ich schluchze los, bin nur noch ein heulendes Häufchen Elend. Das ist das Ende von uns. Ich weiß es, ganz tief in meinem Herzen.

»Cassie … Gott, bitte, wein nicht. Bitte.« Er nimmt mein Gesicht in die Hände und streicht meine Tränen weg. Seine Lippen sind an meiner Stirn und an meiner Wange, und es macht mich rasend, dass er sich trotz allem so gut anfühlt. »Cassie …« Er küsst mich zärtlich auf den Mund. Einmal. Zweimal.

Ich packe ihn am Shirt. Drücke mich an seinen Körper. Stürmisch. Worte genügen uns nicht. Das haben sie nie. Sie sind nützlich, um darüber zu reden, was alles falsch läuft bei uns, aber sie können niemals beschreiben, was wir miteinander fühlen. Er fasst mich fester und tut nicht mal so, als wüsste er nicht, was los ist.

Das tut er.

Wir wissen es beide.

Dies ist ein verzweifelter und rauer Abschied. Es ist die

einzige Art, die ausdrückt, was wir wirklich fühlen. Es wird seine Entscheidung nicht ändern und unseren Schmerz nicht mildern. Es wird uns nur einen letzten Blick auf das gewähren, was wir hätten haben können, wenn unsere Geschichte eine Liebesgeschichte und kein Drama wäre.

Wir zerren und ziehen aneinander, während wir den Flur runterstolpern. Als wir in meinem Zimmer ankommen, ist er schon fast ausgezogen. Mein Schlafanzug fällt zu Boden. Er ist nicht gerade zärtlich, als er mich aufs Bett wirft. Jede Bewegung hat eine Verzweiflung an sich, die ich nicht mehr gesehen habe, seit er das erste Mal mit mir Schluss gemacht hat, und ich weiß, dass es daran liegt, dass er schon mit einem Fuß aus der Tür ist.

Ich schließe die Augen und kralle mich am Bett fest. Kann ich diesen letzten Akt wirklich genießen? Es funktioniert für einen kurzen Moment. Er übersäht meinen Körper mit Küssen, und es fühlt sich schön an. Er legt sich auf mich, und ich gerate ins Wanken. Er dringt in mich ein, und ein riesiger Riss zieht sich durch meinen mühsam aufrechterhaltenen Widerstand.

Ein Teil in mir pulsiert vor Lust. Der andere verdorrt und stirbt. Es ist der Teil, der vertraut hat. Der geliebt hat.

Er denkt, ich könnte nach alledem wieder diejenige sein, die ich vorher war? Das ist unmöglich. Lang, nachdem er weg ist, werde ich immer noch vergiftet sein.

Nachdem wir beide einen Orgasmus erlebt haben, muss ich weinen, obwohl ich es mir verboten habe. Er bemerkt es, so wie auch ich weiß, warum er still liegt. Wieso seine Arme mich so fest halten und sein Atem unregelmäßig geht. Wieso er sich das Gesicht an meinem Kissen abwischt, ehe er sich von mir runterrollt.

Er dreht sich auf den Rücken. Legt sich den Arm über die Augen. Ich bleibe regungslos liegen. Ich habe das Gefühl, wie Glas zu zerbrechen, sollte ich mich bewegen.

»Cassie –«

»Nichts, was du sagst, macht es okay, dass du mich verlässt. Niemals.«

Er atmet hörbar ein. »Wenn es eine andere Möglichkeit gäbe –«

Ich drehe mich zur Wand. Ich will ihn nicht anflehen, das ist etwas, das mein Stolz niemals zulassen würde.

»Du musst jetzt gehen.«

Er rührt sich nicht.

»Jetzt, Ethan.« Ich versuche, stark zu klingen, aber meine Stimme ist brüchig. Kein Wunder. Ich fühle mich wie eine riesige Ansammlung zerbrochener Teile, die nur von meinem schieren Willen zusammengehalten wird, ihm nicht meine Schwäche zu zeigen.

Die Matratze bewegt sich, als er aufsteht und sich hinter meinem Rücken anzieht. Ich weiß nicht, wie ich mir das Ende vorgestellt hätte, aber sicherlich nicht so.

Ich gestehe mir ein, in meinen dümmsten, optimistischsten Tagträumen habe ich uns ewig zusammen gesehen.

Was für ein Witz.

Ich kann spüren, wie er im Türrahmen stehen bleibt. Mich beobachtet. Im Moment kann ich mir nicht vorstellen, dass es mir jemals wieder gutgeht.

»Cassie –«

»Hau ab.«

»Vielleicht können wir … eines Tages –«

»Hau verdammt nochmal endlich ab!«

Ethan flüstert: »Ich werde dich vermissen.« Dann geht er.

Der Klos in meinem Hals wächst, als ich die Tür ins Schloss fallen höre. Dann erschüttert mich ein heftiges Schluchzen. Ich drohe zu ertrinken in den Tränen.

Viele, viele Stunden später schleppe mich in die Dusche. Ich wasche den Geruch von ihm ab. Während das Wasser über meinen Körper läuft, schwöre ich mir, dass ich nie wieder zulassen werde, dass mich ein Mann so tief berührt.

Niemals.

♦

GEGENWART
NEW YORK CITY
WOHNUNG VON CASSANDRA TAYLOR

Ethan wird morgen fliegen. Rastlos tigere ich durch mein Zimmer. Seit Ethan mich nach Hause gebracht hat, schaue ich ständig auf die Uhr. Ich zähle die Zeit runter, bis er los muss. Es sind noch zehn Stunden und 45 Minuten. Ich sollte ins Bett gehen, aber obwohl es schon zwei Uhr morgens ist, weiß ich, dass der Schlaf nicht kommen wird.

Tristans sonores Schnarchen dringt über den Flur in mein Zimmer. Die Monotonie seines Atems macht mich wütend. Ich muss hier weg.

Ich lege meinen Bademantel ab und ziehe mich an. Als ich

die Wohnung verlasse, beschließe ich, nur einen kurzen Spaziergang zu machen. Ich winke ein Taxi heran, rede mir ein, dass ich ein bisschen in der Gegend rumfahren werde. Und als das Taxi vor Ethans Wohnhaus hält, muss ich mir eingestehen, dass ich eine elende Lügnerin bin, dass ich mir nicht habe eingestehen können, wo ich hin wollte.

Ich tippe den Sicherheitscode ein und öffne die Haustür. Das Gebäude ist still. Als der Aufzug auf seinem Stock hält, verliere ich fast die Nerven. Er schläft wahrscheinlich sowieso.

Ich gehe den Gang entlang und klopfe an seine Wohnungstür. Ich rechne damit, ein paar Minuten warten zu müssen. Doch ich habe mich getäuscht. Innerhalb von Sekunden geht die Tür auf: Er sieht noch fertiger aus als ich.

»Fuck, nein«, sagt er, und für einen Moment denke ich, er macht mir die Tür wieder vor der Nase zu. »Was zum Teufel, Cassie?«

»Was denn?«

»Du bist hier.«

»Ich weiß.«

Er fährt sich mit den Fingern durch die Haare. »Du solltest bei dir zu Hause sein. Weit weg von mir, und du solltest schlafen. Vorzugsweise in einem hässlichen Flanell-Schlafanzug.«

»Ethan –«

»Verstehst du, wie hart es für mich ist, mich ständig von dir fernzuhalten? Und jetzt tauchst du einfach hier auf und siehst so aus?«

»Wie denn?«

Er wedelt mit der Hand in meine Richtung. »Zum Anbeißen. Total geil. Verdammt schön. Such dir was aus.«

Ich mache einen Schritt auf ihn zu, aber er streckt mir abwehrend die Hände entgegen. Also bleibe ich auf der Türschwelle stehen. Als ich mir vorher überlegt hatte, wie ich hier hereinrausche, hatte ich mir seine Reaktion anders vorgestellt. Enthusiastischer. Ich weiß, dass er nur das Beste für mich will, aber er ist nicht gut darin zu wissen, was das Beste für mich ist.

Ich wage einen winzigen Schritt. »Ethan, hör zu –«

Er weicht zurück. »Bitte lass mir meinen Stolz. Ich will einfach mal alles richtig machen. Geh jetzt nach Hause, okay? Ich kann echt nicht sagen, wie ich sonst reagieren werde. Es ist drei Jahre her, Cassie. Drei verdammte Jahre. Wer weiß, was ich mit dir machen würde …« Er schüttelt den Kopf. »Du verstehst es einfach nicht.« Er schließt die Augen und lehnt den Kopf gegen die Wand. »Mann, echt jetzt.«

Ich trete durch die Tür und schließe sie hinter mir.

Er öffnet die Augen. »Cassie, ich will das nicht vermasseln.«

»Ethan, ich liebe dich, aber du musst aufhören, so viel nachzudenken.«

Er erstarrt. Reißt die Augen auf. »Äh … was ich sagen wollte, war – Krass, du hast gerade gesagt, dass du mich liebst.«

»Ja, das habe ich, aber –«

»Du hast es nicht so gemeint?«

Ein seltsames Gefühl der Ruhe überkommt mich. Wieso sollte ich es weiter abstreiten? »Ich hab es so gemeint«, sage ich langsam. Ich rechne mit Reue oder einer Panikattacke, aber stattdessen verspüre ich nur Erleichterung. Lang überfällige Erleichterung.

Er strahlt mich an. »Wirklich?«

Ich atme tief durch und erwidere sein Lächeln. »Wirklich.« Dann küsse ich ihn.

Das ist kein Bühnenkuss. Das sind keine choreographisch einstudierten Emotionen. Das sind wir. So wie wir sein sollten. So wie ich nie dachte, dass wir je wieder sein könnten.

Nach all der Zeit.

Ich habe das Gefühl, nervös sein zu müssen, doch dann fällt mir auf, dass alle unsere Schritte uns genau hierhingeführt haben. Auch die schmerzhaften.

Er erwidert den Kuss. Was wir tun, ist auf seltsame Art vertraut und neu zugleich. Ich zerre an seinem Shirt, während wir den Flur runter ins Wohnzimmer stolpern. Als er mich in meiner Geschwindigkeit drosseln will, schubse ich ihn einfach vorwärts.

»Du musst in …« – ich werfe einen Blick auf meine Armbanduhr – »neuneinhalb Stunden ins Flugzeug steigen. Wollen wir wirklich unsere Zeit mit Diskussionen verschwenden?«

»Das ist ein unschlagbares Argument.« Er zieht sein Shirt über den Kopf.

Gott, ich habe ihn so vermisst – was verrückt ist, weil wir uns jeden Tag auf der Bühne sehen.

Aber nicht so.

Unter meiner Haut flammt eine vertraute Hitze auf, die sich in meinem Bauch sammelt und mein Herz zum Pochen bringt. Überall, wo Ethan mich berührt, entfacht er ein verzehrendes

Feuer. So war es immer. Auch wenn mein Kopf vergessen wollte, mein Körper erinnert sich.

Verloren in meiner Begierde ermutige ich ihn, sich mehr zu nehmen. Alles von mir. Ich gehöre ihm. Mit Haut und Haaren.

Er hebt mich hoch, und ich schlinge meine Beine um seine Taille. Wir kommunizieren mit begierigen Händen. Als wir an seinem Bett ankommen, hat er mich kaum abgelegt, da reißt er mir auch schon die restlichen Kleider vom Leib. Sein konzentriertes Gesicht, als er mir meine Jeans von den Beinen streift, ist total sexy. Dann hält er inne und starrt mich an.

»Verdammt.« Er schüttelt den Kopf. »Egal, wie oft ich von dir träume, die Realität ist immer noch tausendmal atemberaubender.«

»Soll ich die ausziehen?«, frage ich und hake die Daumen in den Gummi meines Slips. »Oder willst du das tun?«

Seine Augen leuchten auf. »Oh, ich will. Unbedingt sogar.« Er fasst mich an den Knöcheln und zieht mich an den Bettrand. Dann legt er sich meine Beine über die Schultern.

Er fängt bei meinen Knöcheln an. Mit sanften Küssen arbeitet er sich auf qualvoll schöne Weise nach oben. Jeder Zentimeter Haut, den er auslässt, bleibt eifersüchtig zurück. Jeder berührte Zentimeter prickelt und jagt Funken durch meinen Körper.

Alles dreht sich.

»Gott … Ethan …«

Ich ringe um Beherrschung. Seine Hände sind immer in Bewegung, und jede Berührung treibt mich weiter in den Wahnsinn. Ich fühle mich wie auf Drogen, und er hält mich in diesem Zustand, bis ich es nicht mehr aushalte. Ich falle atemlos und schwindlig auf die Matratze zurück.

Ich kann mich nicht bewegen. Mein Gehirn hat ausgecheckt. Selbst Atmen scheint eine zu große Anstrengung zu sein.

Ich halte die Augen noch geschlossen und streichle seinen Arm. Ganz langsam befreie ich mich aus meinem Nebel und beginne, meine Hände auf Wanderschaft zu schicken. Ich kann ihm genauso viel süße Qual verschaffen. Ich fange an seinem Hals an. Als ich beim Bund seiner Jeans ankomme, lecke und knabbere ich an der Haut in seiner Leistengegend. Er klingt, als hätte er Schmerzen. Ich genieße die Macht, die ich jetzt über ihn habe. Er kann sich kaum zurückhalten, aber seine Selbstkontrolle ist erstaunlich.

Der dunkle Stoff seiner engen Boxershorts umgibt ihn wie eine zweite Haut. Ich fahre mit einem Finger die Konturen seines Gesäßes nach. Berühre ihn dort, wo es ganz hart ist. Er kneift die Augen zusammen und stöhnt auf.

»Hast du davon geträumt, mich zu berühren, als wir getrennt waren?«

»Jeden Tag«, er lacht. »Die Phantasie-Cassie war eine ziemliche Nymphomanin.«

Ich grinse ihn sexy an und küsse seinen Hals, fahre mit den Zähnen über seine Bartstoppel und schmecke seine Haut. Als ich bei seinem Bauchnabel ankomme, hört er auf zu atmen.

»Alles okay?«

»Yep«, antwortet er gepresst. »Mehr als okay. Versuche nur … mir keine Schande zu machen.«

Ich ziehe ihm die Unterhose aus, und er hebt die Hüfte an,

um mir dabei behilflich zu sein. Wie in Zeitlupe lehne ich mich nach vorn und fahre mit den Lippen über die samtige Haut. Er stöhnt, und ich weiß, dass er nicht mehr lange durchhalten wird. Seine Unterbauchmuskeln zittern.

»Gott … nein. Nein, nein, nein, *nein.*« Er presst die Kiefer zusammen und stöhnt langgezogen, während er über seinen Bauch ejakuliert.

»Fuck, Cassie. Es tut mir leid, das ging zu schnell. Ich –«

Lächelnd gebe ich ihm einen Kuss. »Das muss es nicht. Das war … beeindruckend. Können wir das noch mal machen?«

»Du fragst mich ernsthaft um Erlaubnis? Hmmm, lass mich nachdenken.«

Obwohl wir die erste Lust bereits gestillt haben, flammt Begierde schon bei diesem Gespräch wieder auf. Beschleunigt unsere Finger und macht die Bewegungen stürmischer. Ich kann nicht aufhören, ihn zu berühren.

Er nimmt mein Gesicht in die Hände. »Bist du dir ganz sicher? Ich will nicht, dass du nachher irgendwas bereust.«

»Ja, bin ich«, erwidere ich und streiche ihm über den Rücken. »Ich brauche dich.«

»Sagst du das nur, weil ich gehe?«

»Nein. Ich sage es, weil ich es satthabe, es abzustreiten.« Natürlich wird er auch dieses Mal gehen, aber er will zurückkommen. Er hat versprochen, dass er es tut.

Er küsst mich zärtlich und dringt vorsichtig in mich ein. Sein Kopf sinkt auf meine Schulter, und wir atmen einfach nur.

»Hey«, sagt er leise und streicht mir über die Wange. »Alles wird gut.«

»Ich weiß.«

»Ich liebe dich. Mir fehlen die Worte, um dir zu sagen, wie sehr.«

Wir bleiben noch lange so ineinanderverschlungen liegen. Irgendwann muss ich eingeschlafen sein, denn als ich die Augen öffne, scheint die Sonne durch die Fenster. Es dauert einen Moment, ehe ich begreife, wo ich bin und wieso. Doch dann kann ich nicht verhindern, dass sich ein breites Lächeln auf mein Gesicht stiehlt.

»Hey.«

Er küsst mich. »Guten Morgen.«

»Wie viel Uhr ist es?«

»Spät. Ich muss bald los.«

»Ich komm mit dir zum Flughafen.«

»Nein. Bleib du ruhig liegen.«

»Aber –«

»Cassie.« Er streichelt mein Gesicht. »Bitte. Ich will, dass das letzte Bild, das ich von dir habe, nackt in meinem Bett ist – und nicht heulend in der Abflughalle.«

Wir liegen noch eine Weile da und dösen. Als es so weit ist, löst er sich vorsichtig von mir und geht duschen. Ich kuschle mich in seine Decke und atme seinen Geruch ein.

Ich halte die Augen geschlossen, während er sich anzieht und seine letzten Sachen packt. Beim Abschiedskuss öffne ich doch die Augen.

Er hat ein kleines Samttäschchen und einen Brief in der Hand. »Mach das erst auf, wenn ich weg bin«, weist er mich an, ehe er es neben mich aufs Bett legt.

»Was ist das?«

»Ein Geschenk. Ich hab es gekauft, als ich in Italien war, ich hatte nicht den Mut, es dir vorher zu geben. Jetzt hab ich ihn.« Ethan erhebt sich vom Bett. »Dann bis nächste Woche«, sagt er und streicht mir über die Wange. »Ich liebe dich.«

Ich hole tief Luft. »Ich liebe dich auch.«

Er lächelt. »Ich liebe es, dass du mich liebst.«

»Weißt du noch, als du mir die E-Mail mit den tausend ›Ich liebe dich's‹ geschickt hast?«

Es klingelt an der Tür, und er steht seufzend auf.

»Das ist mein Taxi. Ich muss los.« Er küsst mich ein letztes Mal, lang und zärtlich. Dann nimmt er seine Tasche. »Ich rufe dich an, wenn ich angekommen bin.«

»Okay.«

Er wendet sich zum Gehen, dreht sich dann aber noch einmal um. »Darf ich noch einmal unter die Decke linsen? Du bist doch noch nackt, oder?«

Ich lächle, als er sich unter die Bettwäsche wühlt.

Er stöhnt und beißt sich auf die Lippe. »Verdammt, das ist der beste Gedanken-Porno der Welt.«

»Pornographie?«, sage ich mit gespielter Entrüstung. »Du bist doch ein Schwein, Ethan Holt!«

»Ach, du stehst doch auf Schweine!«, ruft er aus dem Flur. Und damit fällt die Tür hinter ihm ins Schloss.

Ich lasse mich in die Kissen zurückfallen und seufze. Ich vermisse ihn jetzt schon.

Da vibriert mein Handy, das auf dem Nachttisch liegt. Ich strecke den Arm danach aus und lese die Nachricht.

Vermisst du mich schon? Ich bin noch im Fahrstuhl und verzehre mich bereits nach dir. Vergiss nicht, dein Geschenk zu öffnen. Ich liebe dich.

Lächelnd öffne ich das samtene Säckchen. Ein goldener Herzanhänger und eine Kette fallen heraus. Der Anhänger sieht alt aus. Fast ein bisschen verbeult. Gespannt lese ich den Brief dazu.

Liebe Cassie,

ich wollte dir das schon lang geben, und nach letzter Nacht fühlt sich der Zeitpunkt jetzt richtig an. Ich habe den Anhänger in einem kleinen Antiquitätenladen in Mailand gefunden, als ich auf Europatour war. Ich weiß auch nicht, warum das Herz mir aufgefallen ist, aber ich musste es einfach für dich kaufen.

Das Besondere sind seine kleinen Makel. Es ist nicht perfekt. Es hatte schon viele Besitzer, und ein paar davon waren nicht nett zu ihm, was die kleinen Schäden beweisen. Irgendwie ist es wie ich. Und traurigerweise auch wie du.

Mir ist in dem Moment, als ich es sah, sofort klar gewesen, dass es trotz der kleinen Macken wunderschön ist. Eigentlich glaube ich, dass es dadurch sogar noch schöner ist.

Im wirklichen Leben hat es eine Weile gedauert, bis ich begriffen habe, dass nichts ohne Fehler und Macken ist. Du hast versucht, mir das zu sagen, aber ich wollte es dir nicht glauben. Erst jetzt verstehe ich richtig, wie wertvoll das ist, was wir haben.

Wenn ich über uns nachdenke, frage ich mich oft, was passiert wäre, wenn ich dich nie getroffen hätte. Ob ich trotzdem die Motivation gefunden hätte, mich vom Ballast meiner Vergangenheit zu befreien.

Die Wahrheit ist, erst die zweimalige Trennung von dir hat mich dazu gezwungen, der hässlichen Wahrheit über mich selbst ins Auge zu sehen. Und nach dem Unfall war die

Aussicht auf ein Treffen mit dir die ganze Motivation, die ich gebraucht habe. Ich habe mich mit dem auseinandergesetzt, was mich jahrelang behindert hat. Und sosehr ich es auch für mich selbst getan habe, so habe ich es vielleicht noch mehr getan, um dir gerecht zu werden.
Also, ich schätze, hiermit schenke ich dir mein Herz. Ziemlich kitschig, oder? Auch ein bisschen überflüssig, weil du es sowieso schon seit unserem Kennenlernen beim Auswahlverfahren besessen hast.
Es scheint, wir haben etliche Umwege genommen, um dort anzukommen, wo wir jetzt stehen. Aber trotz all der Dinge, die ich an unserer Reise gern rückgängig machen würde, bin ich mir einer Sache sehr sicher, nämlich, dass ich nie ein anderes Ziel vor Augen hatte. Danke, dass du mir diese letzte Chance gibst. Ich verspreche dir, dass du es nicht bereuen wirst.
Wenn ich dich jetzt so anschaue, habe ich wirklich keine Ahnung, wie ich dich je verlassen konnte. Nur so nebenbei: Du bist unfassbar schön, wenn du schläfst. Wusstest du das eigentlich? Ich kann gar nicht aufhören, dich anzusehen. Ich hab übrigens ein paar Fotos mit meinem Handy von dir gemacht. Findest du das pervers oder ein kleines bisschen süß? Ich hoffe, zweites. Ich wollte einfach etwas von dir mitnehmen. Ich vermisse dich jetzt schon.
Okay, ich sollte jetzt besser aufhören, weil du bestimmt gleich aufwachst, und ich will mich noch mal neben dich legen. Genaugenommen will ich jeden Morgen mit dir aufwachen, aber ich schätze, darüber sollten wir ein anderes Mal reden.
Ich liebe dich, Cassie. Das habe ich immer getan. Und werde es immer tun.
Ethan

Ich starre seine Worte an. Nachdem ich den Brief ein paarmal gelesen habe, lege ich mir die Kette um. Das Herz kommt genau zwischen meinen Brüsten zu liegen.

Ich habe mir geschworen, dass ich dieses Mal nicht weinen werde, wenn er mich verlässt, aber er macht es mir wirklich schwer. Wenigstens sind es nun Freudentränen.

Ich nehme mein Handy, um ihm zu antworten.

Ich liebe die Kette und trage sie schon. Deinen Brief liebe ich noch mehr. Deine Worte sind wunderschön. Ich liebe dich. Ruf mich an, wenn du landest.

Ich ziehe mir die Decke über den Kopf und atme begierig seinen Duft ein. Wenn mir jemand vor drei Jahren gesagt hätte, dass ich eines Tages in Ethan Holts Bett liegen und ihm Liebesnachrichten schicken würde, hätte ich demjenigen wahrscheinlich eine reingeschlagen.

Jetzt kann ich mir nicht vorstellen, irgendwo anders zu sein.

Ich schlafe ein und träume von uns beiden.

25 *Letzte Verbeugung*

GEGENWART
NEW YORK CITY

Dr. Kate mustert mich, und ich versuche, mein Lächeln zu verbergen.

»Sie sehen heute anders aus. Sind Sie glücklich?«

»Ja.«

»Sehr glücklich?«

Ich kann es nicht leugnen. Ich will es auch nicht. »Ja.«

»Naja, so wie Sie strahlen, nehme ich an, Sie und Ethan …?«

Sie muss den Satz nicht beenden. Genau wie ich die Frage nicht beantworten muss. Mein Gesichtsausdruck scheint mich ohnehin zu verraten. Ich nicke, und sie notiert sich etwas. Mir entgeht nicht ihr feines Grinsen.

»Sie sind nicht sauer?«, frage ich vorsichtig.

»Wieso sollte ich denn sauer sein?«

»Weil ich dachte, wir müssten vielleicht noch weiter an meiner Beziehungsfähigkeit arbeiten, bevor –«

»Fühlen Sie sich denn bereit?«

»Ja.«

»Das ist alles, was zählt. Ich kann keinen Zeitplan für Ihr Glück aufstellen, Cassie. Nur Sie selbst können das. Solange Sie sich gut dabei fühlen, haben wir etwas erreicht.«

»Ich fühle mich gut, aber auch irgendwie …«

»Wie?«

Wie soll ich ihr sagen, wie es mir geht, wenn meine verwirrten Gefühle in keine einzelne Kategorie einzuordnen sind? Glücklich, vorsichtig, euphorisiert, elektrisiert, sehnsüchtig, zaghaft, hoffnungsvoll.

»Er ist gestern übrigens geflogen.«

Dr. Kate sieht mich ein paar Sekunden schweigend an. »Und wie geht es Ihnen damit?«

»Mir gefällt es nicht. Ich vermisse ihn.«

»Ihn zu vermissen ist gut.«

Ich schaue aus dem Fenster und beobachte die Wolken, die schnell ihre Formation ändern. »Ihr Kommentar überrascht mich. Mir selbst einzugestehen, dass ich ihn brauche, habe ich immer für Schwäche gehalten.«

»Und jetzt?«

Ich entdecke eine Wolke, die aussieht wie ein Herz, und muss lächeln. »Jede Liebe braucht Mut.«

»Da haben Sie recht. Es heißt, das Glück bevorzugt die Mutigen.«

Ich muss daran denken, wie ich bei ihm vor der Tür gestanden habe. Ihn überzeugen musste, mich in die Wohnung zu lassen. Mich selbst überzeugen musste, ihn wieder in mein Herz zu lassen. Ein wohliger Schauer überkommt mich. »Ich hoffe, das stimmt.«

Ich lehne mich an die Wand meines Umkleideraums. Ich habe in letzter Zeit Probleme, meine Konzentrationsübung zu machen. Ich komme einfach nicht richtig in den Flow. Ich fürchte, heute wird es nicht anders sein. Nathan ist zwar ein toller Schauspielpartner, aber es ist schwierig, sich ohne Ethan in die Rolle einzudenken.

Ich schüttle Arme und Beine aus und lasse den Kopf kreisen. Ich habe noch zehn Minuten Zeit. Ich muss mich zusammenreißen. Ich gehe den Flur runter zu Ethans Umkleide und öffne die Tür, um ein bisschen seines Geruchs einzuatmen.

Innerhalb von Sekunden fühle ich mich besser.

Ich setze mich vor den Spiegel und betrachte seine Utensilien. Nicht, dass er viele hätte. Eine Make-up-Dose, Puder, Haar-Gel. Mascara, die er nie benutzt, weil er von Natur aus lächerlich lange und dunkle Wimpern hat.

Ich öffne eine Schublade und finde ein Buch mit dem Titel *Den feinstofflichen Körper aktivieren. O Ethan. Lesen wir etwa heimlich Sex-Literatur? Ungezogener Junge!* Ich blättere das Buch durch, in Erwartung Illustrationen von Sex-Stellungen zu finden. Doch ich werde enttäuscht. Es gibt nur wenige Bilder, und sie zeigen alle einen asiatischen Mann mittleren Alters, der verschiedene Meditationsposen demonstriert.

Langweiler.

Als ich das Buch zurücklegen will, fällt ein Foto aus den Seiten. Es zeigt Ethan und mich. Er hat den Arm um mich gelegt, und wir sehen beide sehr glücklich aus. Ich erinnere mich noch gut an den Moment der Aufnahme. Das Foto hat Jack Avery von uns gemacht, an dem Abend unserer Premiere von *Romeo und Julia* im ersten Semester. An dem Abend hatte ich das Gefühl, über allem zu schweben.

Ich fahre mit dem Finger über Ethans Gesicht. Sein Lächeln ist so schön, es macht mich traurig, dass ich es während unserer Zeit auf der Schauspielschule so selten gesehen habe.

»Dieses Foto hat er auf der ganzen Welt bei sich gehabt, weißt du?«

Ich drehe mich um.

Elissa lehnt im Türrahmen. »Naja, zumindest in ganz Europa. Hat es sich jeden Abend angeschaut, ehe er auf die Bühne gegangen ist. Es überrascht mich ehrlich gesagt, dass dein Gesicht überhaupt noch zu erkennen ist.«

»Ich habe dasselbe Foto zu Hause«, erwidere ich. »Es ist das einzige, das ich behalten habe. Die anderen habe ich alle in einer betrunkenen Aktion verbrannt.«

»Am Valentinstag?«, fragte Elissa.

»Yep.«

»Das kenne ich.«

Ich schiebe das Foto wieder zwischen die Buchseiten und lege alles zurück in die Schublade. Elissa lächelt.

»Was ist?«

»Ich habe vorhin mit Ethan telefoniert.«

Ich werde sofort nervös. Ob er ihr etwas erzählt hat? Ich versuche, mir nichts anmerken zu lassen. »Echt? Und wie geht's ihm?«

»Sogar übers Telefon konnte ich hören, dass er auf Wolke sieben schwebt.« Ihr Blick ist so hoffnungsvoll, dass ich sie nicht anlügen kann.

»Kann schon sein.«

Sie strahlt mich an. »Okay … wow. Das ist … super.«

»Elissa, es ist noch sehr früh.«

»Ich weiß. Aber dieses Mal wird es klappen. Daran habe

ich keine Zweifel.« Sie kommt zu mir und umarmt mich. »Er ist seit Jahren so wahnsinnig in dich verliebt. Er wird es dieses Mal nicht vermasseln. Ich bin mir ziemlich sicher, dass mein Bruder gerade der glücklichste Mann der Welt ist.«

»Naja, ich schätze, wir haben beide mal ein bisschen Glück verdient, was?«

»Absolut.« Sie umarmt mich wieder. »Jetzt schwing dich in dein Outfit, in fünf Minuten ist Aufstellung.«

»Okay. Bin gleich da.«

Als sie gegangen ist, gehe ich zu Ethans Schrank und finde seine Aufwärm-Klamotten. Ich nehme sie heraus und verberge mein Gesicht darin. Wenn ich die Augen schließe, kann ich mir fast vorstellen, dass ich ihn umarme.

Zwei Minuten später versuche ich es noch mal mit meiner Konzentrationsübung.

Sein Gesicht erscheint auf dem Bildschirm, und ich will am liebsten die Hand ausstrecken und ihn berühren. »Hi«, sage ich und atme erleichtert auf.

Es knistert in der Leitung. »Wow. Hi. Ich hab das Gefühl, wir haben uns seit Ewigkeiten nicht gesehen.«

»Wir haben uns doch gestern Abend gesprochen.«

Er schnaubt. »Das war doch vor Ewigkeiten.« Er wirft einen kurzen Blick über die Schulter, und ich erkenne das schwachbeleuchtete Innere seines Wohnmobils. »Ich hab nicht viel Zeit. Wir sind gerade zwischen zwei Szenen. Ich warte nur darauf, dass sie die Lichter neu einstellen.«

»Dreht ihr wieder die ganze Nacht?«

»Bis die Sonne aufgeht.«

»Das ist dein Kostüm?«

Er sieht an sich runter und lächelt. »Ja. Sexy, was?« Er trägt ein zerrissenes weißes T-Shirt, das voller Blutflecken ist. Die linke Seite seines Gesichts ist geschwollen und lädiert, seine Unterlippe ist scheinbar aufgeplatzt.

»Hmmm. Ja, ziemlich cool. Beeindruckendes Make-up.«

Er schmunzelt. »Äh … naja. Das ist nicht alles Make-up.«

»Was?!«

»Wir haben gestern Nacht die große Kampfszene gedreht. Ich habe vergessen, dass ich mich an der einen Stelle ducken sollte und … naja …«

»Nein!«

»Yep. Genau in die Fresse.«

»O Ethan.«

»Ist schon okay. Ich sah schon schlimmer aus.«

»Echt, wann denn?«

Er reibt sich den Nacken. »Damals … als ich so wütend war … ich bin manchmal zu dieser Bar in der Stadt gefahren. Da ging's ziemlich hart zu.«

Ich muss einen Moment darüber nachdenken, wie er das meint. »Du hast dich absichtlich mit Leuten geprügelt?«

»Naja, ich bin hingefahren, um meine Aggressionen rauszulassen. Und manchmal hab ich auch selbst böse was abbekommen.«

»O Gott. Waren deine Knöchel an der Hand deshalb immer so kaputt?«

»Ja.«

»Ethan …«

»Ich weiß. Ziemlich dumm, oder?«

»Nicht dumm. Traurig.«

»Ich hab es auch seit Jahren nicht mehr gemacht. Es hat was mit angespannten Nerven zu tun.«

»Hattest du in letzter Zeit so ein Gefühl?«

»Vor drei Monaten. An dem Abend vor unserem Probenbeginn. Ich war nervös, dich wiederzusehen, und hab gebetet, dass ich von dir keinen Korb bekomme.«

»Ich hab dir doch einen Korb gegeben.«

»Ja, aber du hast es nicht so gemeint.«

»Hab ich doch.«

Er runzelt die Stirn. »Echt? Wow. Das muss ich damals total missverstanden haben. Auch gut. Wahrscheinlich wäre ich sonst total ausgetickt und hätte später so ausgesehen wie nach dem Haken von dem Stuntman.«

»Hat es weh getan?«

»Ach, das ist nichts im Vergleich zu dem Schmerz, von dir getrennt zu sein.«

Ich seufze. »Ich würde dich gerade so gern küssen.«

»Ja?« Er lehnt sich etwas nach vorn.

»Dich zu küssen ist der erste Punkt auf einer sehr langen Liste von Sachen, die ich mir wünsche. Also, ich würde mit Küssen anfangen … naja, wenn es nach mir ginge, würde ich gar nicht damit aufhören –«

Es klopft an der Tür des Wohnmobils. Ethan dreht den Kopf. »Mist. Sie sind fertig für meine Szene.«

»Hey, und was ist mit mir?«

Er beugt sich zum Bildschirm runter. »Noch zwei Tage, Baby.«

»Na gut. Dann geh ruhig. Sei ein harter Kerl oder was auch immer.«

»Wir sprechen uns morgen?«

»Okay. Ich liebe dich.« Es rutscht mir einfach so heraus. Seit wann ist es für mich so natürlich, das zu ihm zu sagen? Wir sind gerade mal seit ein paar Tagen wieder zusammen.

»Cassie?« Er unterdrückt ein Grinsen. »Sei nicht so hart zu dir selbst. Ich bin eben unwiderstehlich. Ich liebe dich auch.«

Ich schlafe nicht gut, seit er weg ist. Meine Gedanken sind zu laut. Mein Körper fühlt sich allein. Ich hatte vergessen, wie schlimm es ist, ihn zu vermissen.

An dem Tag, als er zurückkommt, bin ich so nervös, dass mir fast schlecht ist. Ich rasiere mir die Beine. Wasche und föhne meine Haare. Gebe mir besondere Mühe mit dem Makeup. Schmiere mich am ganzen Körper mit Bodylotion ein, bis ich so gut rieche, dass man mich essen könnte.

Und all das tue ich mit zitternden Händen.

Vorfreude? Yep. Definitiv.

Im Taxi auf dem Weg zum Flughafen knibbele ich an meinen Fingern rum. Ich kann es nicht glauben, wie angespannt ich bin. Es ist so, als würde ich für einen Auftritt auf die Bühne gehen, den ich nicht geprobt habe. Aber das habe ich. Und er auch. Wir haben diese Szene beide vorbereitet, jahrelang. Das Happy End.

Ich begebe mich in die überfüllte Ankunftshalle. Menschen jeden Alters laufen umher, warten voller Vorfreude auf ihre Lieben – genau wie ich.

Wow. Genau wie ich, richtig. Ich warte auf die Liebe meines Lebens. Ethan.

Die ersten Passagiere kommen durch die Schiebetür, und ich schlage die Beine übereinander, um meine schlotternden Knie zu verbergen. Ein paar kleine Kinder neben mir hüpfen aufgeregt auf und ab. Ich beneide sie.

Ich stelle mich auf die Zehenspitzen, um zwischen den vielen Menschen etwas sehen zu können. Ich verstehe, dass sie sich alle über das Wiedersehen freuen, aber sie müssen trotzdem aus dem Weg gehen, damit ich die Tür im Auge behalten kann. Endlich erhasche ich einen Blick auf einen wuscheligen Haarschopf. Ich rufe seinen Namen. Es kommt etwas zu laut hervor. Die Männer neben mir drehen sich erschrocken um. Aber mir ist gerade alles egal.

Ethan sieht mich und erstarrt. Mein Herz macht einen Sprung. Dann schiebt er sich durch die Menge, entschuldigt sich immer wieder, weil er Leute anrempelt. Als er bei mir ankommt, werfe ich mich ihm in die Arme. Er fängt mich und vergräbt den Kopf an meinem Hals.

Er ist hier. Zu Hause. Bei mir.

»Gott das war nur eine Woche«, murmelt er verlegen. »Aber fuck, ich hab dich so vermisst.« Er lässt mich runter, und sein Blick fällt auf den Herzanhänger, der in meinem Ausschnitt liegt. »Oh … wow. Das …« Er lächelt und schüttelt den Kopf. »Ich wusste gleich, dass er dir super stehen würde.« Er gibt mir einen langen Kuss.

Damit ist es um mich geschehen. Meine Hände sind überall in seinen Haaren, an seinem Rücken und in seinem Nacken. Er zieht mich an sich, legt die Hände an meinen Po. Mir wird bewusst, dass wir gerade ziemlich peinlich in der Öffentlichkeit rummachen, aber es ist mir egal.

»Gepäckausgabe«, stößt er irgendwann atemlos hervor. »Wir müssen meine Tasche abholen.«

»Oder du lässt sie einfach hier, damit wir schnell nach Hause können. Wir kaufen dir einfach neue Klamotten.«

Ethan lacht schelmisch. »Gute Idee, aber erst mal müssen wir diese Kuss-Orgie beenden. Mit diesem Ständer kann ich in kein Taxi. Erzähl mir irgendwas Schreckliches. Irgendwas, das mich ablenkt.«

»Äh … okay. Also, einer unserer weiblichen Fans, die diese Woche noch mal die Show gesehen hat, meinte, Nathan und ich wären besser auf der Bühne als du und ich.«

Er stutzt. »Wie bitte? Willst du mich verarschen?!«

»Nö. Sie hat gesagt, sie fand dich zwar besser, aber Nathan und ich würden ein besseres Paar abgeben. Dass er einfühlsamer mit mir wäre.«

Er schüttelt den Kopf und lacht. »Das ist keine Einfühlsamkeit. Das ist mangelnde Leidenschaft.«

»Sie hat dir außerdem eine Strickjacke gemacht und wollte wissen, ob du Single bist.«

Er runzelt die Stirn. »Was hast du ihr gesagt?«

»Dass du nicht der Strickjacken-Typ bist.«

»Ich meine bezüglich meines Beziehungsstatus.«

Mein Gesicht, das eh schon heiß war, läuft rot an. »Ich hab gesagt … dass du vermutlich vergeben bist.«

»Vermutlich?«

»Naja … ja.«

Er hebt mein Kinn an.

»Vergeben? Ich finde, das klingt gut.«

Er küsst mich wieder. Zärtlicher, aber dennoch intensiv. »Das nächste Mal, wenn du sie siehst, sag ihr, dass ich auf jeden Fall vergeben bin. Und dass sie spinnt, wenn sie glaubt, dass Nathan und du eine bessere Chemie hättet. Ich habe die Chemie mit dir erfunden. Wir sind ein fucking explodierendes Reagenzglas. Alles andere ist nur billiger Abklatsch.« Als ob er mir das demonstrieren wollte, küsst er meinen Hals so leidenschaftlich, dass meine Beine weich werden.

»Denkst du, deine Tasche ist inzwischen auf dem Gepäckband?«, frage ich zwischen zwei Küssen.

»Wenn nicht, scheiß drauf. Da ist nichts drin, was ich nicht leicht ersetzen kann. Außer meinem Tagebuch.« Er denkt kurz nach. »Ehrlich gesagt, sollten wir sie vielleicht doch abholen. Wenn das jemand findet, es geht immer nur um dich darin.« Er nimmt mich an der Hand, und wir gehen zusammen zur Gepäckausgabe.

»Hey, ich trage Absätze. Nicht so schnell.«

»Meinst du, die Leute würden uns sehr anstarren, wenn ich dich einfach über die Schulter werfe? Dann kann ich deinen Arsch anstarren und einfach losrennen.« Er wirkt fast entschlossen, dann entdeckt er einen schwerbewaffneten Sicherheitsbeamten ein paar Meter vor uns.

»Entschuldigen Sie?«, spricht er ihn an. »Wäre es in Ordnung, wenn ich meine Freundin wie einen Sack Kartoffeln über die Schulter werfe, damit ich sie schneller hier rausbekomme?«

Die Mundwinkel des Beamten zucken, aber er lächelt nicht. »Nein, Sir, das wäre nicht in Ordnung.«

»Huckepack?«

»Nein.«

»Kann ich sie auf einen Gepäckwagen laden?«

»Die sind nicht für Personen gedacht, Sir.«

»Sie sind ein Spielverderber.«

»Das sagt meine Frau auch immer.«

Ethan nimmt wieder meine Hand, und wir setzen unseren Weg zum Gepäckband fort. Er geht ein wenig langsamer, aber nicht viel. Als wir ankommen, entdeckt er sofort seine Tasche und nimmt sie vom Band. Dann zieht er mich nach draußen zum Taxistand, und wir nehmen das erstbeste Auto. Ethan gibt dem Fahrer seine Adresse, legt den Arm um mich und seufzt.

Ich lehne mich an seine Schulter. »Also, du hast mich da eben ›deine Freundin‹ genannt, hab ich das richtig gehört?«

»Das ist dir aufgefallen, was? Und, bist du jetzt sauer?«

Ich denke eine Sekunde nach. »Nö.«

»Kurz vor einer Panikattacke?«

»Schon eher.«

»Okay. Geht es dir alles zu schnell?«

Ich senke den Blick und zucke mit den Schultern. »Keine Ahnung.«

»Cassie, ich liebe dich jetzt seit mehr als sechs Jahren. Wie kann es da eigentlich zu früh sein?«

»Ich meine dieses Mal.«

Er stutzt und nimmt mich fester in den Arm. »Hör zu, es gibt kein dieses Mal. Das ist es jetzt. Das Ende. Der letzte Halt unserer Beziehungsfahrt.«

Ich hänge an seinen Lippen

»Okay, pass auf, wir machen es so. Du vergisst jetzt wieder, dass ich dich eben meine Freundin genannt habe. Ich werde das mit der ›Freundin‹ nicht wiederholen und dir auch keinen Druck machen, unserer Beziehung eine Bezeichnung zu geben. Welche übrigens ›verdammt großartig‹ lauten sollte. Ich bin einfach nur froh darüber, dass es so ist, wie es ist.«

»Und wie ist es?«

»Wir sind zusammen.« Dann hustet er gespielt und versteckt darin ein »Für immer«. Er grinst mich unschuldig an. »Was? Wieso siehst du mich so an? Ich hab nichts gesagt.«

Ich lache und küsse ihn, als das Taxi vor seinem Gebäude hält. Ethan bezahlt den Taxifahrer, und der ganze Weg hoch zu seiner Wohnung ist ein einziger Eiertanz zwischen Rummachen und Gepäck balancieren.

Wir schaffen es nicht, zum Essen rauszugehen, sondern liegen einfach im Bett und schauen Filme. Er streichelt mir den Rücken, während ich Muster auf seine nackte Brust male. Ich kann mich nicht erinnern, dass ich jemals in meinem Leben so zufrieden gewesen bin.

»Ethan?«

»Hmmm?«

»Wenn du willst … und nur, wenn wir unter uns sind, weil ich nicht will, dass die Leute bei der Arbeit tratschen … kannst du …« Ich hole tief Luft. »Kannst du mich deine Freundin nennen.«

Er hält im Streicheln inne. »Du meinst es wirklich ernst?«

»Ja, tue ich.«

Seine Mundwinkel zucken. »Entschuldige mich kurz. Ich bin gleich wieder da.« Er klettert aus dem Bett und geht ins

Wohnzimmer. Dann höre ich, wie er die Balkontür öffnet und grölt: »CASSIE TAYLOR IST MEINE FREUNDIN! FUCK, ICH BIN DER GLÜCKLICHSTE MANN DER WELT, JA!« Er schließt die Tür wieder und kommt in aller Seelenruhe zurück ins Bett.

Er räuspert sich. »Also, ja. Gut. Das hätten wir geklärt. Hey, und das macht mich zu deinem …?«

Ich seufze. »Du weißt genau, wozu dich das macht.«

»Ja …?« Er sieht mich erwartungsvoll an.

»Muss ich es wirklich sagen?«

»Ich würde explodieren vor Glück. Aber, hey, kein Druck.«

Ich schüttle den Kopf und stehe auf. »Ich kann nicht glauben, dass ich das tue.« Ich gehe zum Balkon und öffne die Tür. Hoffentlich sieht mich niemand, denn ich finde es nicht gerade lustig, nackt vor wildfremden Leuten zu stehen. »ETHAN HOLT IST MEIN FREUND! JA!« Ich recke noch kurz die Faust in die Luft, wackle schwachsinnig mit dem Po und husche schnell wieder nach drinnen.

»Das war, ohne Scheiß, das verdammt Erregendste, das du je getan hast.«

»Ach ja?«

»Ich meine natürlich die hochgereckte Faust, nicht der nackte Freiluft-Hüftschwung.« Ethan prustet los und stürzt sich auf mich. Küsse fliegen nur so hin und her.

Eine Woche später steht Ethan hinter mir und schaut in den Schlafzimmerspiegel, während er sich an den Haaren herumzupft. Das tut er schon zum dritten Mal. Marco hat ihn letzte Woche zu einem Friseurtermin überredet, und seine Haare sind jetzt ein wenig kürzer als sonst. Er hasst es. Ich finde es sexy.

Genau wie seine Nervosität.

Er gibt schließlich auf und setzt sich aufs Bett, während ich noch etwas Make-up auftrage.

»Wie soll ich sie denn nennen?«, fragt er. »Ich meine, Mr und Mrs Taylor erscheint mir irgendwie nicht richtig, immerhin sind sie nicht mehr verheiratet.«

»Dann nenn sie doch Leo und Judy.«

»Ja, aber meinst du nicht, das ist ein bisschen respektlos?«

»Ich nenne deine Eltern doch auch Maggie und Charles.«

»Echt?«

»Yep.«

»Wow, meine Freundin ist ganz schön unhöflich.«

Ich gehe lachend zu ihm. »Sie haben es mir doch selbst angeboten. Außerdem, es gab da Situationen, da mochtest du es, wenn ich etwas ruppiger war. Oder erinnere ich mich da falsch?« Ich beuge mich zu ihm und gebe ihm einen flüchtigen Kuss.

»Aber hallo, wenn du noch mal so wild bist, bekommst du ganz schön Ärger mit mir.«

»Was denn für Ärger?«

»Solchen Ärger, dass ich dir deinen hübschen, kleinen Hintern versohle.«

»Ooh. Hast du etwa meine heimlichen Wünsche ausspioniert?«

Er stöhnt und lacht zugleich. »Verdammt, Cassie. Wissen deine Eltern eigentlich, dass du mich in den Wahnsinn treibst?«

»Nein. Und wenn du das Abendessen überleben möchtest,

würde ich vorschlagen, dass du meinen Namen und Sex nicht im selben Satz verwendest. Mein Vater besitzt ein Gewehr und denkt höchstwahrscheinlich, dass ich noch Jungfrau bin.«

»Shit. Was würde er tun, wenn er wüsste, dass ich dir die Jungfräulichkeit genommen habe?«

»Bin mir nicht sicher, aber ich nehme an, es hätte was mit deinen Eiern und einem überdimensionalen Nussknacker zu tun.«

Ich gebe ihm noch einen Kuss und klettere von ihm runter, um mein Make-up zu beenden. Er stellt sich hinter mich und schlingt die Arme um meine Taille.

»Es macht mich irgendwie nervös, deine Eltern zu treffen.«

»Das wird schon gut laufen.«

»Was, wenn sie mich nicht mögen?«

Ich tätschele gespielt mütterlich seine Brust. »Das werden sie.«

»Was, wenn sie mein Essen nicht mögen?«

Noch ein Kuss. »Du hast es geschafft, dass dieses vegane Zeug tatsächlich gut schmeckt. Meine Mutter wird dich lieben.«

»Was, wenn ich aus Versehen ›Fuck‹ sage? Oder ›Mein Gott, Sie beide haben eine großartige Tochter, und lassen Sie mich Ihnen versichern, sie ist eine Granate im Bett‹?«

Ich mache ein ernstes Gesicht, da klopft es schon an der Tür, und Ethan springt erschrocken von mir weg.

»Entspann dich.«

Er lässt den Kopf kreisen, und es knackt ein paarmal laut. »Alles klar, ich bin bereit. Operation Eltern-Beeindrucken ist hiermit offiziell gestartet.«

Wir gehen in den Flur, er biegt ins Wohnzimmer ab. Ich öffne die Tür und umarme meine Eltern stürmisch. Ich sehe sie nicht sehr oft, also ist jeder Besuch etwas Besonderes.

»Kommt rein«, lade ich sie ein und führe sie ins Wohnzimmer. Ethan steht mit den Händen in den Hosentaschen da und fühlt sich sichtlich unwohl.

»Mom, Dad … das ist Ethan.«

Er geht auf sie zu und streckt die Hand aus. »Mrs Taylor, Mr Taylor … es ist schön, Sie endlich kennenzulernen. Cassie hat mir schon so viel von Ihnen erzählt.«

Mom und Dad schütteln ihm die Hand, aber mir entgeht nicht, wie Dad ihn kritisch mustert. Das war zu erwarten, nehme ich an.

Soweit ich das beurteilen kann, läuft das Abendessen ganz gut. Ethan ist schon fast etwas zu bemüht, aber meine Mom scheint ihn zu mögen. Er ist auch wirklich sehr charmant. Er schafft es sogar, Dad kurzzeitig in ein Gespräch über Football zu verwickeln, was ich als gutes Zeichen deuten würde.

Nach dem Essen kümmere ich mich mit Mom um den Abwasch, und wir überlassen die Männer sich selbst. Überraschenderweise hat Ethan eine Menge zu sagen, aber ich kann aus der Küche nicht richtig ausmachen, worüber er redet. Was auch immer es ist, es scheint meinem Dad zu gefallen, denn als meine Eltern etwas später gehen, schüttelt Dad Ethans Hand mit beiden Händen. Das tut er fast nie. Es ist ein bisschen wie seine Version einer Umarmung unter Männern.

Als ich Ethan frage, worüber sie gesprochen haben, sagt er nur, dass es ein Männergespräch gewesen ist. Was auch immer es war, Ethan scheint erleichtert zu sein, dass der Besuch vorüber ist. Ich bin es auch.

Ethan ist der erste Mann, den ich meinen Eltern vorstelle. Ich hoffe, er wird auch der letzte sein.

Mit einem dumpfen Knall drückt mich Ethan gegen die Tür der Umkleide und zerrt mit einer Hand am Reißverschluss meines Kostüms.

»Hey«, warne ich ihn, »das sollst du doch nicht mehr tun, erinnerst du dich? Karen hat es dir verboten.«

»Karen ist eine Spielverderberin.«

»Sie ist für die Kostüme verantwortlich, und du hast schon einen Reißverschluss kaputt gemacht.«

»Dann sollte sie stärkere benutzen.«

»Oder du solltest warten, bis ich mein Kostüm ausgezogen habe.«

»Unmöglich. Es ist schlimm, wenn ich dich die ganze Zeit auf der Bühne geküsst habe.« Er zerrt wieder ungeduldig am Reißverschluss, und natürlich macht es ritsch.

»Fuck.«

»Hab's dir doch gesagt.«

»Kauf ich Karen eben noch einen Blumenstrauß.«

Er zieht das Kleid runter, als es laut an der Tür klopft. Ethan lässt mich sofort los und reicht mir hastig meinen Morgenmantel.

Ich schlüpfe hinein und rufe: »Moment, bitte!«

Marco steht vor der Tür. »Euch beiden ist doch wohl klar, dass alle in diesem Theater wissen, was ihr treibt, sobald der Vorhang fällt, oder? Und Karen hat sich schon eine Voodoo-

Puppe von Ethan gemacht, damit nicht noch mehr Kleider ruiniert werden. Leider sieht die Puppe schon wie ein Stachelschwein aus.«

Ethan kichert.

Marcos Miene verfinstert sich. »Ich glaube, mir hat es besser gefallen, als ihr euch noch gehasst habt. Naja, wenn ihr fertig seid, euch gegenseitig zu belästigen, kommt bitte runter in die Bar. Dort ist jemand, der euch hallo sagen will.«

»Ich war noch nicht mal annähernd fertig, sie zu belästigen.«

Marco seufzt. »Ihr habt fünf Minuten. Und ich würde an deiner Stelle lieber dafür sorgen, dass Karen genug Valium intus hat, ehe du ihr sagst, dass ein weiteres Kostüm hinüber ist. Ich hab neulich gesehen, wie sie mit so einem stämmigen Italiener geredet hat. Ich bin mir nicht sicher, ob sie jemanden auf dich angesetzt hat.«

Als wir in die Bar kommen, erwartet uns eine vertraute dunkelhaarige Dame.

»Erika!«

Sie breitet die Arme aus, und Ethan und ich umarmen sie zur Begrüßung. »Ethan. Cassie. Es ist schön, Sie wiederzusehen. Sie waren beide wundervoll heute Abend.«

»Sie haben das Stück gesehen?«

»Ja. Es hat mir sehr gefallen. Ich war in Begleitung einer Gruppe von Erstsemestern aus der Grove da. Ich denke, zwei unserer Absolventen auf der Bühne zu sehen war eine großartige Motivation für sie. So sehen sie, dass harte Arbeit sich auszahlt.«

»Ich wünschte, wir hätten sie treffen können«, meint Ethan bedauernd.

»Naja, vielleicht kriegen Sie dafür noch eine Chance. Ich möchte Sie dafür gewinnen, im nächsten Semester ein paar Kurse zu geben.«

»Ich nehme an, Sie wollen, dass ich meine Weisheiten über die Arbeit mit Masken weitergebe«, erwidert Ethan mit einem schiefen Grinsen.

Erika lacht. »Sorry, haben Sie gesagt ›Arbeit mit Masken‹ oder ›Versagen mit Masken‹?«

»Hey«, protestiert Ethan. »Ich habe phänomenal versagt. In der Geschichte der Grove hat es niemanden gegeben, der den Maskenkurs derart vermasselt hat.«

»Das stimmt allerdings.«

Ethan nimmt meine Hand, und mir entgeht nicht, dass Erika es schmunzelnd zur Kenntnis nimmt.

»Weißt du«, sage ich zu ihm, »wenn du das mit den Masken jetzt noch einmal probieren würdest, wärst du bestimmt wesentlich erfolgreicher.«

Erika schenkt uns ein warmes Lächeln. »Ich glaube, da könnten Sie recht haben, Miss Taylor.«

Marco bestellt eine Runde Champagner, und wir verbringen die nächsten Stunden damit, über die guten alten Zeiten auf der Schauspielschule zu plaudern. Offenbar verträgt Erika nicht allzu viel, denn schon nach zwei Gläsern wird sie ziemlich lustig und imitiert Ethan und mich, wie wir uns das erste Mal getroffen haben. Dann macht sie uns beim Streiten nach. Sie verstellt dazu die Stimme und starrt finster drein. Ich lache so heftig wie seit Jahren nicht mehr.

Ich hatte vergessen, was für gute Zeiten das auf der Uni waren. Zu lang hat das, was mit Ethan passiert ist, alle anderen

Erinnerungen getrübt. Jetzt kann ich mit einem Lächeln zurückschauen.

»Allen außer euch war klar, dass ihr am Ende wieder zusammenkommt«, meint Erika. »Mir auf jeden Fall. Ihr zwei wart ein ernster Fall von Plove.«

»Was zur Hölle ist ›Plove‹?«, fragt Ethan. »Klingt wie 'ne Krankheit.«

»Eine Mischung aus passion und love – aus Leidenschaft und Liebe.«

»Aber ist Liebe nicht immer leidenschaftlich?«

»Nicht unbedingt.« Erika lehnt sich in ihrem Stuhl zurück. »Man kann etwas auch lieben, ohne leidenschaftlich zu sein. Umgekehrt kann man Leidenschaft für jemanden empfinden, den man nicht liebt. Erst wenn die beiden Gefühle zusammenkommen, passiert die wahre Magie.« Sie senkt den Blick auf ihre Hände, als würde sie an eine persönliche Erinnerung denken. »Es ist dieses subtile Erschauern, wenn man den Namen des anderen hört. Es sind diese kleinen, wertvollen Momente, wenn man sich wünscht, die andere Person wäre bei einem, weil nichts etwas bedeutet, wenn man es nicht mit ihr teilt. Es ist mehr noch als Liebe und Leidenschaft, es ist diese Alchemie, die zwei Menschen verschmelzen lässt.« Sie seufzt tief. »Ihr zwei habt Glück. Ihr habt zusammengefunden. Das passiert nicht immer. Manchmal trifft man einen Menschen, der das eigene Leben für immer verändert, und aus irgendeinem Grund wird derjenige nicht Teil deines Lebens. Das Problem ist, dass man diesen Menschen nie vergisst.« Sie erhebt ihr Glas in unsere Richtung. »Ihr zwei habt für euer Glück gekämpft. Genießt es. Ihr habt es verdient.«

Ethan drückt unter dem Tisch meine Hand. Ich erwidere es. Ich schätze, ich habe vorher noch nie über Erikas Privatleben nachgedacht. Sie hat immer so unantastbar gewirkt. Vielleicht liegt es daran, dass sie einmal so sehr geliebt hat, dass sie sich nie davon erholt hat.

Was ich total nachvollziehen könnte.

Ehe wir gehen, sprechen wir mit Erika noch über mögliche Kurstermine an der Grove. Dann umarmen wir sie und Marco und verabschieden uns.

Auf der Taxifahrt zu Ethans Wohnung sind wir beide ungewöhnlich still. Wir halten Händchen. Ich lehne mich an seine Schulter. Er streichelt meine Finger und starrt aus dem Fenster.

Ich schätze, wir haben wirklich Glück. Unser Ende hätte auch anders aussehen können. Wenn Ethan nicht diese Erleuchtung in dem Krankenhausbett in Frankreich gehabt hätte, wären wir uns vielleicht nie wieder begegnet. Er hat den ersten Schritt zurück in meine Richtung gemacht, auch wenn er vorher tausendmal einen Schritt von mir weggegangen ist.

Es macht mich traurig, dass Erika diese Chance vielleicht nie bekommen hat. Wahrscheinlich geht es vielen Menschen so.

Erika hat das zwischen Ethan und mir »Alchemie« genannt, und ich finde, das trifft es gut. Es ist nicht so, dass Ethan irgendetwas anders macht als andere Männer, mit denen ich zusammen war. Aber seine Haut kommuniziert mit meiner auf einer anderen Ebene. Der Puls seines Bluts befeuert das Tempo meines Herzschlages. In Worten lässt sich das schlecht erfassen. Wir wissen eh beide genau, was der andere sagen will: *Das ist unsagbar wertvoll. Das ist Liebe. Das ist etwas, das für mich nie selbstverständlich sein wird, weil ich jetzt weiß, wie es sich anfühlt, ohne es zu sein.*

Beim Einschlafen liegen wir Seite an Seite. Ich zeichne Muster auf seine Haut. Seine Finger kreisen ebenfalls über meinen Bauch. Irgendwann erkenne ich, dass es Worte sind. Als er sie wiederholt, bin ich hellwach.

Er fragt sich, ob ich ihn verstanden habe. Verzweifelt wartet er auf eine Antwort. Ich stütze mich auf einen Ellenbogen und schaue ihn an. Er blickt stumm zurück und zeichnet mit dem Zeigefinger die Worte ein weiteres Mal auf meine Brust. Dann fügt er das zärtlichste »Bitte« der Welt hinzu.

Mir kommen die Tränen. Ich muss schlucken, so dass ich das eine Wort kaum herausbekomme. »Ja.« Ich küsse ihn und wiederhole es, nur um sicherzugehen. »Ja.«

Er seufzt erleichtert auf.

»Ja, ja, ja.«

Seine Augen sind jetzt auch feucht. Ich weiß hundertprozentig, dass ich die richtige Entscheidung getroffen habe. Ich bezweifle nicht, dass wir auch in Zukunft streiten werden. Ich gebe mich auch nicht der Illusion hin, dass der Rest unserer Reise ohne Zwischenfälle verlaufen wird. Aber ich weiß, dass, egal welche Probleme uns erwarten, wir sie gemeinsam lösen werden.

Da liegt unsere Zukunft.

Zusammen.

Wir schreiben unsere eigene unkonventionelle, dramatische Liebesgeschichte. Seite um Seite.

Danksagung

Es ist nie genug Platz, um allen zu danken, die es verdient haben, besonders der Schar an wunderbaren Bloggern und Rezensenten, die mit ihrem Enthusiasmus und ihrer Leidenschaft sowohl *Bad Romeo* als auch *Broken Juliet* vorangebracht haben. Meine Damen (und auch ein paar Herren), ich kann euch nicht genug danken. Ihr wisst, wer gemeint ist.

Dann gibt es da draußen ganz tolle Lesergruppen, die mich jeden Tag zum Lächeln bringen (One-Click Addicts und Vixens – euch schaue ich dabei an). Unter ihnen sind ein paar der großzügigsten, hilfreichsten Seelen, die man sich vorstellen kann.

Danke an mein großartiges Straßenteam – ihr seid die Besten. Ich bin so dankbar für alles, das ihr tut.

Danke auch an die drei großartigen Damen, die mir gute Ratschläge geben, mir die Haare streicheln und verhindern, dass ich wahnsinnig werde. Caryn, Heather, Andrea – ich liebe euch.

Danke an meine Filets – ich könnte weder mit dem Leben noch den Verrücktheiten der Buchwelt umgehen, wenn es euch nicht gäbe.

Danke an die beiden besten Frauen, die ich kenne – meine Agentin, Christina, und meine Lektorin, Rose (mit ihren fabelhaften Teams bei JRA und SMP). Eines Tages schleife ich euch noch mal in eine Karaokebar und singe für euch die schnulzigste Version von *Wind Beneath My Wings*, dann wisst ihr, wie viel mir eure Unterstützung und euer fachmännischer Rat bedeuten. (Und es wird zweifellos eine extrem peinliche Aktion für alle Beteiligten werden.)

Danke an die wunderbare Haylee von Pan Macmillan Australia – die beste Mum, die ein Bücherbaby haben kann.

Danke an meinen unglaublichen Ehemann, der sich unermüdlich abrackert, damit ich jeden Tag stundenlang auf meinem Hintern sitzen und schreiben kann. Du bist mein Ethan, Liebling. Ich liebe dich über alles.

Und danke an meine Jungs, Special K und Doctor X – ihr macht alles lohnenswert. Nicht nur diese Bücher, sondern mein ganzes Leben. Ich liebe euch mehr, als ich es in Worten ausdrücken könnte.

Und schließlich danke ich allen, die meine Bücher lesen und denen meine Charaktere zu Herzen gehen – ob Freunde oder Fremde, Blogger oder einfach Liebhaber von Worten. Ich bin so dankbar, dass ihr euch mit mir auf diese Reise begebt. Ich liebe euch mehr, als Ethan Cassie liebt, und das hat etwas zu bedeuten. Ich wünsche euch allen ein phantastisches Happy End.

Leisa x

Interview mit der Autorin
Leisa Rayven

Warum haben Sie sich entschieden, einen Liebesroman zu schreiben?

Weißt du, ich war eigentlich nicht darauf aus, eine Liebesgeschichte zu schreiben. Eines Tages sah ich »Romeo & Julia« (die Fassung von Baz Luhrman) und begriff, warum ich Romeo schon immer gehasst hatte. Er ist für mich ein alberner, launischer Junge, dessen Handlungen einfach keinen Sinn ergeben. Am Anfang des Stücks grämt er sich über sein gebrochenes Herz, weil Rosaline ihn zurückgewiesen hat, und er bejammert, dass er sich nie wieder verlieben könne bla bla bla. Dann geht er auf eine Party, trifft Julia, verliebt sich Hals über Kopf und ist keine 24 Stunden später mit ihr verheiratet. Ich denke, wenn er wirklich Liebeskummer wegen Rosaline gehabt hätte, wäre er beim Anblick von Julia schnellstmöglich weggerannt. Die Intensität seiner Gefühle für sie hätte ihn doch nur noch verletzlicher gemacht.

Das brachte mich zu der Überlegung, wie es ist, wenn jemand die Liebe seines Lebens trifft, aber durch vorangegangene Beziehungen zu verletzt ist, um sich darauf einzulassen. Was wäre, wenn Romeo Himmel und Hölle in Bewegung gesetzt hätte, um Julia widerstehen zu können? Hätte es trotzdem einen Sieg für die Liebe gegeben, weil die beiden einfach für einander bestimmt waren? Diese Frage interessierte mich so sehr, dass ich begann dieses Buch zu schreiben.

Haben Sie Ihre Erfahrung als Schauspielerin in den Schreibprozess einfließen lassen?

Ja, absolut. Ich habe schon vor »Bad Romeo & Broken Juliet – Wohin Du auch gehst« viele (unveröffentlichte) Bücher geschrieben, die alle nicht in der Theaterwelt spielten. Aber die Theaterwelt ist mein Zuhause. Ich schauspielere, seitdem ich ein kleines Mädchen bin, also schrieb ich mich nach der Highschool auf einer Theaterhochschule ein, die viel Ähnlichkeit mit der Grove hat. Es hat Spaß gemacht, einige meiner Schauspielschul-Erinnerungen lebendig werden zu lassen und in »Bad Romeo« einzubauen. Es ist eine krasse Umgebung, und die Zeit dort war eine wichtige Erfahrung für mich, so dass Cassie und ich hier einiges gemeinsam haben.

Auch einen Großteil meines Berufslebens habe ich als Schauspielerin und Sängerin verbracht, daher habe ich es sehr genossen, meine persönlichen Erfahrungen in das Buch einfließen zu lassen. Die Schauspielerei ist sowohl herausfordernd als auch sehr bereichernd, aber sie unterscheidet sich deutlich von anderen Berufen. Ich dachte, dass es für meine Leser interessant wäre, über diese Welt mehr zu erfahren.

Können Sie uns ein bisschen von Ihrer Zeit als Schauspielerin erzählen?

Ich war ein total schüchternes Mädchen. Am Tag meines Vorsprechens bin ich fast gestorben vor Angst. Wirklich, das war die schlimmste Erfahrung meines Lebens. Und das will was heißen: Ich komme aus Australien – einem Land mit den giftigsten Spinnen der Welt. Naja, irgendwas muss ich aber doch richtig gemacht haben, denn ich wurde aufgenommen und konnte einige Semester später meinen Bachelor of Arts mit den Hauptfächern Schauspiel und Regie machen. Lustigerweise spielt das Theater derzeit nur die Nebenrolle in meinem Leben, aber ich begrüße diese Veränderung sehr. Man braucht keine falschen Wimpern oder ausgefallenen Kostüme am Schreibtisch. Wenn es darum geht, jeden Tag ein paar Tausend Wörter zu Papier zu bringen, dann kann man das ruhig in Jogginghose machen.

Wann haben Sie angefangen zu schreiben? Haben Sie bestimmte Gewohnheiten, wenn Sie einen Roman schreiben?

Ich schreibe Geschichten, seit ich ein kleines Mädchen bin. Während meines Schauspielstudiums wurde mein Interesse für Theaterstücke geweckt, also habe ich nach meinem Abschluss eine Menge Drehbücher geschrieben und fürs Fernsehen gearbeitet. Einige meiner Theaterstücke waren sogar auf Tour.

Als ich aber dann mit meinem Mann nach Rom gezogen bin, hatte ich das dringende Bedürfnis, Romane zu schreiben. Es dauerte ein bisschen, bis ich mich an das Schreiben von Büchern gewöhnt hatte. Aber als ich sechs Monate später zurück nach Australien kam, hatte ich drei Romane angefangen und viele weitere Ideen im Kopf.

Mein Arbeitstag sieht meist so aus: Ich erledige zuallererst meine alltäglichen, langweiligen Aufgaben, und dann – während meine Jungs noch in der Schule sind – setze mich hin, um zu schreiben. Nachmittags bin ich meistens das Mama-Taxi und fahre die Jungs zu ihren Hobbies. Aber auch dann vertreibe ich mir die Wartezeit damit, zu schreiben. Das einzige Problem ist, wenn die Kurse vorbei sind und ich mitten in einem Kapitel stecke. Oft versuche ich, die Jungs zu überreden, sich erst mal hinzusetzen und ein bisschen zu warten ….

Wie schreiben Sie Liebesszenen?
Sind die besonders schwierig?

Sexszenen sind einfach, aber mit der Liebe ist es schwer – wie immer im Leben. Ich versuche mich wirklich in die Figuren hineinzuversetzen. Es hilft mir, wenn ich dabei die Augen schließe. Das Ganze läuft dann wie ein Film vor meinem inneren Auge ab, und ich schreibe im Nachhinein auf, was ich gesehen habe.

Welche Autoren haben Sie beeinflusst?

Ich liebe Stephen King und habe in meiner Jungend alles von ihm verschlungen. Dean Koonz und James Patterson habe ich auch viel gelesen. Liebesgeschichten waren früher nicht so mein Fall. Das erste Buch, in das ich mich total verliebt habe, war *Die Outsider* von Susan E. Hinton. Das muss man sich mal vorstellen: Die Autorin war bei der Niederschrift grad mal 16 Jahre alt! Ich war zehn, als ich es zum ersten Mal las. Seitdem bin ich ein Buch-Junkie. Auch für Ethan hat Hintons Roman eine große Bedeutung. Seine Ausgabe ist völlig zerfleddert, weil er sie ständig mit sich rumträgt.

Ist Ethan der Typ Mann, in den Sie sich verlieben würden?

O mein Gott, JA! Haha! Ich glaube, jeder von uns hat sich schon mal in jemanden wie Ethan verliebt – den kaputten Typen, den es zu »bekehren« gilt. Aber wenn es nur eine Sache gibt, die die Leser aus meinen Büchern lernen, dann ist es hoffentlich die, dass man andere Menschen nicht heilen oder ändern kann. Wir können sie unterstützen, wenn sie sich selber ändern wollen. Aber mehr kann man nicht tun. Zu glauben, dass die Liebe alles bewirken kann, wenn sie nur stark genug ist, stimmt nicht.

Welche Schauspieler würden Sie vorschlagen, wenn »Wohin Du auch gehst« verfilmt wird?

Das Model Sean O'Pry wäre die perfekte Besetzung für Ethan – also rein optisch. Leider weiß ich nicht, ob er schauspielern kann. Ich würde es mir natürlich wünschen, denn er wäre PERFEKT. Meine zweite Wahl fiele auf den britischen Schauspieler Douglas Booth. Der ist unglaublich attraktiv, spielt aber meines Wissens sonst ganz andere Rollen. Für Cassie schwebt mir Phoebe Tonkin vor. Die australische Schauspielerin würde das sicher phantastisch hinkriegen.

Was ist das Geheimnis einer funktionierenden Partnerschaft?

Gespräche, Liebe und Respekt! Ganz sicher. Mein Mann und ich sind zusammen, seit ich 19 bin, und wir hatten immer eine unglaublich offene und ehrliche Beziehung. Was wir über die Jahre gelernt haben, ist, den anderen nie als selbstverständlich anzusehen. Wir scheinen in einer Gesellschaft zu leben, die immer mehr will, dabei sollten wir dankbar sein für alles Gute, das uns bereits widerfahren ist. Ich bin sehr glücklich, dass ich meinen Mann habe, jeden Tag. Er ist der tollste Mensch, den ich kenne. So einen Seelenverwandten in meinem Leben zu wissen, macht mich zufrieden und beflügelt mich bei allem, was ich tue.

Lori Nelson Spielman
Morgen kommt ein neuer Himmel
Roman
368 Seiten. Klappenbroschur

Ein berührender Roman über die eine Liebe,
die uns ein Leben lang nicht verlässt.

Elizabeth weiß, dass sie sterben wird. Und sie weiß auch, dass ihre 34-jährige Tochter Brett nicht glücklich ist – trotz Freund, Wohnung und Job. In ihrem Testament fordert Elizabeth ihre Tochter dazu auf, ihr Leben komplett zu ändern und hinterlässt ihr mehrere Briefe. Brett ist fassungslos: Wie kann ihre Mutter sich derart in ihr Leben einmischen? Wütend liest Brett den ersten Brief – und ist überwältigt von der liebevollen und fürsorglichen Nachricht ihrer Mutter.

»Eine wunderschöne, berührende Geschichte.«
Cecelia Ahern

Das gesamte Programm gibt es unter
www.fischerverlage.de

fi 2-1330 / 1

Paige Toon

Ohne dich fehlt mir was

Roman

Aus dem Englischen von Andrea Fischer

448 Seiten. Broschur

Kann eine Begegnung für immer
in deinem Herzen bleiben?

Unbeschwert und glücklich verbringt Alice die Ferien mit Joe. Beiden ist klar, dass ihre Affäre dem Sommer gehört und der Realität niemals standhalten kann. Alice ist ehrgeizig und will in Cambridge studieren; Joe schuftet in der Kneipe seiner Eltern.
Als Alice mit gebrochenem Herzen ihre erste Vorlesung antritt, ermahnt sie sich, dass Jungen wie der begabte Lukas viel besser in ihr Leben passen. Doch die Erinnerung an Joe will nicht verblassen. Und dann sieht Alice ihn wieder: auf der Kinoleinwand …

Das gesamte Programm gibt es unter
www.fischerverlage.de

fi 2-2034 / 1

Mary Kay Andrews
Ein Ja im Sommer
Aus dem Amerikanischen von Andrea Fischer
Roman

Band 03233

Sommerflair, Blumen und viele Hochzeiten – zurücklehnen und einfach genießen.

Cara versucht, Fuß auf dem Heiratsmarkt zu fassen. Natürlich nur beruflich. Als Floristin entwirft sie romantische Blumenarrangements für den großen Tag. Privat glaubt Cara schon lange nicht mehr an die Liebe, denn mit ihrem Ehemann ist es aus. In ihrem Leben läuft es wirklich alles andere als rund: Ihr Assistent will lieber für die Konkurrenz arbeiten, ihr strenger Vater fordert sein Geld zurück, und ein Hundedieb hat es auf ihren Vierbeiner abgesehen. Warum nur sieht der Kerl so unverschämt gut aus?

Das gesamte Programm gibt es unter
www.fischerverlage.de

fi 03233 / 1

Seré Prince Halverson

Die andere Seite des Glücks

Roman

Aus dem Amerikanischen

von Helga Augustin

Band 19378

»Ein Frauenroman bester Art«

SWR

Ella Beene führt mit ihrem Ehemann Joe und seinen kleinen Kindern ein gutes Leben im traumhaft schönen Nordkalifornien. Doch eines Tages verschlingt eine Ozeanwelle ihren Mann und nimmt auch seine Geheimnisse mit sich. Bei Joes Beerdigung erscheint plötzlich seine Exfrau, die ihn und die Kinder verlassen hatte. Für Ella geht es jetzt um alles: die Suche nach der Wahrheit und die Zukunft ihrer Familie.

fi 19378 / 1

Cecelia Ahern
Für immer vielleicht
Roman
Band 16134

»Wir haben zweimal nebeneinander vor dem Altar gestanden, Rosie, zweimal! Und jedes Mal auf der falschen Seite!« Rosie und Alex kennen sich, seit sie fünf Jahre alt sind. Das Schicksal hat sie zu mehr als besten Freunden bestimmt, das scheint jedem klar – nur dem Schicksal nicht …

Mit »Für immer vielleicht« legt Cecelia Ahern ihren zweiten großartigen Liebesroman vor: romantisch, witzig, spannend und voller Gefühle.

»So viel Spaß beim Lesen.«
Brigitte

»Intensiv und einfühlsam.«
Hamburger Abendblatt

Fischer Taschenbuch Verlag

fi 16134 / 2

Emma Hart

Love Games 3 – Mit dem Feuer spielt man nicht

Aus dem Amerikanischen von Tanja Hamer

Roman

Band 03327

Lieb mich, wenn du dich traust!

Was würdest du tun, wenn du dich in den besten Freund deines großen Bruders verliebt hast, der in dir immer nur die kleine nervige Schwester sah? Was, wenn er dir seine Hilfe anbietet, weil du den Tod deines Bruder nicht verkraftet hast? Was, wenn es plötzlich mehr als eine Schwärmerei ist? Was, wenn aus dem Knistern ein Feuer wird?

Der dritte Band der Love-Games-Serie – noch frecher, noch heißer!

fi 03327 / 1

Sadie Matthews

Fire after Dark – Dunkle Sehnsucht

Roman

Aus dem Englischen von Tatjana Kruse

Band 19682

Romantisch und intensiv, provokant, sinnlich und gefühlvoll: ›Fire after Dark‹ entführt Sie in eine Welt, in der Sie Liebe und Leidenschaft neu entdecken werden.
Alles verändert sich für Elizabeth, als sie Dominic begegnet. Sie ist nach London geflüchtet, denn gerade ist ihr das Herz gebrochen worden. Dominic eröffnet ihr eine Welt der hemmungslosen Leidenschaft, von der sie keine Vorstellung hatte. Er führt sie auf einen Pfad der puren Lust, aber auch der Gefahr. In seiner Liebe erlebt sie Licht und Dunkel zugleich. Und ihr Herz sagt ihr, dass sie dem Weg, den er ihr weist, folgen muss …

»Wenn Mr. Greys Abenteuer Ihren Appetit
auf mehr geweckt haben, dann können Sie
als nächstes ›Fire after Dark‹ lesen.«
The Sun

Sadie Matthews

Fire after Dark – Tiefes Begehren

Roman

Aus dem Englischen von Tatjana Kruse

Band 19683

Erregend und elegant, provokant und verführerisch –
der zweite Band der großen Trilogie »Fire after Dark«

Eine leidenschaftliche Liebe verbindet Beth und Dominic. Doch das macht Beth umso attraktiver für den arroganten, magnetischen Kunstmäzen, für den sie nun arbeitet. Was bedeutet das für das verführerische Spiel zwischen Risiko und Lust, Hemmungsloigkeit und Erfüllung, dem sie und Dominic verfallen sind? Beth kann Dominic dadurch für immer verlieren – und auch sich selbst ...

»Wenn Mr. Greys Abenteuer Ihren Appetit auf mehr geweckt haben, lesen Sie ›Fire after Dark‹.«
The Sun

Fischer Taschenbuch Verlag

fi 19683 / 1